上海外国语大学建校七十周年
70TH ANNIVERSARY CELEBRATION
SHANGHAI INTERNATIONAL STUDIES UNIVERSITY

季愚文库

译入与译出

谢天振学术论文暨序跋选

谢天振　著

商务印书馆
创于1897
The Commercial Press

2020 年·北京

谢天振

1944 年生，浙江萧山人，历任上海外国语大学社会科学研究院副院长、常务副院长等职，现任上海外国语大学高级翻译学院翻译研究所所长，比较文学暨翻译学专业博士生导师，受聘为广西民族大学"相思湖讲席教授"暨兼职博士生导师。教育部 MTI 教育指导委员会学术委员会委员，中国比较文学学会学术顾问暨翻译研究会名誉会长，中国译协理事兼翻译理论与教学委员会委员。中国比较文学终身成就奖获得者。兼任《中国比较文学》主编，《东方翻译》执行主编，以及《中国翻译》、《翻译季刊》、《翻译学报》、《广译》等学术杂志编委或学术委员会主任。著有《译介学》、《翻译研究新视野》、《译介学导论》、《隐身与现身——从传统译论到现代译论》，个人论文集《比较文学与翻译研究》、《超越文本 超越翻译》、《海上译谭》、《海上杂谈》，以及译著《当代国外翻译理论导读》(主编)、《比较文学概论》等。

总　序

　　七十年在历史长河中只是短暂一瞬,但这却是上外学人扎根中国大地、凝心聚力、不断续写新时代中国外语教育新篇章的七十年。七秩沧桑,砥砺文脉,书香翰墨,时代风华。为庆祝上外七十华诞,上外携手商务印书馆合力打造"季愚文库",讲述上外故事,守望上外文脉。"季愚文库"系统整理上外老一辈学人的优秀学术成果,系统回顾上外历史文脉,有力传承上外文化经典,科学引领上外未来发展,必将成为上外的宝贵财富,也将是上外的"最好纪念"。

　　孔子曰:"居之无倦,行之以忠。"人民教育家王季愚先生于1964年出任上海外国语学院院长,以坚定的共产主义信仰和对人民教育事业的忠诚之心,以坚苦卓绝、攻坚克难的精神和毅力,为新中国外语教育事业做出了卓越贡献。她在《外国语》杂志1981年第5期上发表的《回顾与展望》一文被称为新时期外语教育的"出师表",对上外未来发展仍具指导意义。王季愚先生一生勤勤恳恳,廉洁奉公,为人民服务,她的高尚情操始终指引着上外人不断思索:"我们从哪里来? 我们在哪里? 我们向哪里去? 我们应该做什么?"

　　七十载筚路蓝缕,矢志创新。上外创建于1949年12月,是中华人民共和国成立后由国家创办的第一所高等外语学府,是教育部直属并与上海市共建、进入国家"211工程"和"双一流"建设的全国重点大学。从建校初期单一语种的华东人民革命大学附设上海俄文学校,到 20 世纪 50 年代中期迅速发展为多语种的上海外国语学院;从外语单科性的上海外国语学院,到改革开放后率先建设以外国语言文学学科引领,文、教、经、管、法等学科协调发展的多科性上海外国语大学;从建设"高水平国际化多科性外国语大学",到建设"国别区域全球知识领域特色鲜明的世界一流外国语大学",上外的每一次转型都体现着上外人自我革新、勇于探索的孜孜追求。

"立时代之潮头,通古今之变化,发思想之先声。"习近平总书记在哲学社会科学工作座谈会上强调,要着力构建中国特色哲学社会科学,在指导思想、学科体系、话语体系等方面充分体现中国特色、中国风格、中国气派。在中国立场、中国智慧、中国价值的理念、主张、方案为人类文明不断做出更大贡献的新时代,外语院校应"何去何从"?秉承上外"格高志远、学贯中外"的红色基因,今日上外对此做出了有力回答,诚如校党委书记姜锋同志所言:"要有一种能用明天的答案来回应今天问题的前瞻、勇气、担当和本能。"因此,上外确立了"国别区域全球知识领域特色鲜明的世界一流外国语大学"的办学愿景,致力于培养"会语言、通国家、精领域"的"多语种+"国际化卓越人才,这与王季愚先生"外语院校应建设成多语种、多学科、多专业的大学"的高瞻远瞩可谓一脉相承。

历沧桑七十载,期继往而开来。"季愚文库"是对上外学人的肯定,更是上外文脉在外语界、学术界、文化界的全新名片,为上外的学术道统建设、"双一流"建设提供了全新思路,也为上外统一思想、凝心聚力注入了强大动力。上外人将继续跟随先师前辈,不忘初心,砥砺前行,助力中国学术出版的集群化、品牌化和现代化,为构建有中国特色、中国风格、中国气派的哲学社会科学体系贡献更大的智慧与力量!

上海外国语大学

2019 年 10 月

编辑说明

1. 本文库所收著作和译作横跨七十载，其语言习惯有较明显的时代印痕，且著译者自有其文字风格，故不按现行用法、写法及表现手法改动原文。文库所收译作涉及的外文文献底本亦多有散佚，据译作初版本着力修订。

2. 原书专名(人名、地名、术语等)及译名与今不统一者，亦不作改动；若同一专名在同书、同文内译法不一，则加以统一。如确系笔误、排印舛误、外文拼写错误等，则予径改。

3. 数字、标点符号的用法，在不损害原义的情况下，从现行规范校订。

4. 原书因年代久远而字迹模糊或残缺者，据所缺字数以"□"表示。

目　录

卅载回眸

十年一瞥

自　序

　　在这本《译入与译出——谢天振学术论文暨序跋选》(以下简称《译入与译出》)之前我出版过三本学术论文选:1994 年台北业强出版社出版的《比较文学与翻译研究》、2011 年复旦大学出版社出版的同名论文集,以及 2014 年复旦大学出版社出版的《超越文本　超越翻译》。前两本论文集尽管书名一样,但所收的论文除 4 篇相同外,其余 20 余篇都不重复。这三本书都是严格意义上的学术论文选集,分别收入了我自 20 世纪 80 年代以来在国内外学术刊物上公开发表的关于比较文学和翻译研究的论文,基本反映出了我的学术研究发展轨迹和所取得的学术成果概貌。另外,我还出版了两本学术散文随笔选集,分别是 2013 年复旦大学出版社出版的《海上译谭》和 2018 年香港城市大学出版社出版的《海上杂谈》,所收的文章大多发表在非学术刊物和受众面较广的报纸杂志上,体现了我为学术研究走出象牙塔与更广大读者接触交流所作的努力。事实上,这些文章发表后在国内学界、文化界也确实产生了比我的一些学术论著更大的影响。

　　眼下这本《译入与译出》与以上这 5 本书有点不一样。一如书名的副标题所示,它收入了我的一些学术论文,但同时还收入了我为我自己的著译作所写的序言和后记(跋),包括具序言性质的前言,而且后者的量更多。我把这些文章分成三个小辑:第一辑是"文化外译探索",收入的是我近几年来发表的关于文学文化外译的论文;第二辑是"卅载回眸",把我最近 30 余年来为自己的著译作所写的序跋文章集成一辑;第三辑是"十年一瞥",系我为"21 世纪中国文学大系"每年编选的一本年度"翻译文学卷"所写的序言的汇总。

第一辑"文化外译探索"收入的几篇学术论文集中反映出了我最近几年发表的关于文化外译(译出)的思考,尤其是与中国文学文化如何切实有效地"走出去"问题有关的一些思考。我认为,我们国家尽管在中国文学文化"走出去"方面投入了相当大的人力、物力和财力,但就实际效果而言是不很成功的,其中最主要的原因在于我们看不到译入与译出之间的区别,看不到中西文化交流中的"时间差"和"语言差"问题,看不到文学文化传播的译介学规律。这些观点我在 2014 年发表于《中国比较文学》杂志上的《中国文学走出去:问题与实质》一文中进行了比较集中深入的阐释,在国内学界产生了较大的影响。该论文发表后即被《新华文摘》作为重点文章全文转载,之后,我把文章的内容又在上海社科院文研所主办的文化外交官高级研修班上讲了一次,讲稿并被收入该研修班的教程,这样这篇文章的影响和传播面也就更广了。

其实我关于文化外译的思考并不止于最近这十来年,早在 20 世纪末我在复旦大学指导比较文学译介学方向的博士生时我就已经在引导学生关注文化外译的问题了,并逐渐形成了我自己独特的立场和观点。这些观点与当时和眼下国内学界占主流的观点不尽一致,但因其所述观点更符合文化外译的实际,所以还是得到了不少学术界的有识之士的共鸣和支持。本书有意识地收入了我于 2008 年发表在《辽宁日报》上的答记者问《如何向世界告知中华文化》、2013 年发表在《学术月刊》上的访谈录《中国文学文化走出去:问题与反思》、2018 年发表在《上海文化交流发展报告(2018)》上的讲稿《中国文化走出去:问题与思考》,以便读者可比较全面深入地了解我在文化外译问题上的一些独特思考。在我看来,国内学术界对文化交流中的译入与译出的差别认识是不够的,许多人甚至根本都没有看到两者之间的差异,以为仅仅是翻译的"方向"不同而已——前者是把外国文学文化翻译成本国语言文字,后者是把本国文学文化翻译成外文。而对这一问题认识上的缺失或不到位恰恰是当前中国文学文化未能切实有效地走出去的一个重要原因。本书用"译入与译出"作为书名,用意也是希望以此引起国内学界对此问题的重视。当然,另一方面也是因为本书的另外两辑收录的文章涉及的都与译入问题有关。

第一辑内的其余几篇文章则是从不同的角度来阐述文化外译问题:《历史的启示》从中西翻译史的角度切入,《换个视角看翻译》以莫言获诺贝尔文学奖为案例进行阐释,《川味〈茶馆〉与文化外译》借川味话剧《茶馆》的成功演出引出对外译问题的思考,等等。至于《网络时代文学翻译的命运》和《翻译巨变与翻译的重新定位与定义》则意在为我们思考文化外译问题提供当前的时代语境。

第二辑"卅载回眸"收入了我为自己的著译作写的序言(或具序言性质的前言)和后记(跋),共 30 篇。考虑到篇幅的因素,我没有收我为友人的著作和我学生的著作所写的序。这些序跋文章最早的一篇《狄更斯传》前言写于 1984 年,距今远远超过 30 年了。写这篇前言时还在 20 世纪 80 年代初,当时"文革"刚结束没多久,所以尽管我们把英国著名传记作家的代表作《狄更斯传》翻译了出来,也算是一个"突破",但在写这本书的译者前言时,写到最后还是没有忘记强调一下:"然而,皮尔逊毕竟是一个资产阶级的传记作家,当论题牵涉'天才',特别是'罢工''起义''革命政权'等一些政治问题时,他的言词就不那么公允和客观了,如他把法西斯专政的德国和无产阶级专政的苏联相提并论为极权国家等。这些方面我们相信读者在阅读时是能够识别的,在此就不一一赘言了。"这些话现在读起来也许有些可笑,但在当时却是不得不说的话。这次在收入本书时我没有把这些话删去,一方面是尊重历史,另一方面留下这些富于时代印记的话语,对于今天的青年读者来说恐怕也别有一番意义和情趣。

我的序跋文章通常都是直抒胸臆、实话实说,并不忌讳这样做会不会得罪人,会不会让人觉得你有点不知天高地厚。譬如,我在《隐身与现身——从传统译论到现代译论》一书的引言里,我就直言不讳地指出在《林纾的翻译》一文里,"大学者钱锺书似乎不知不觉地也陷入了一个有点自相矛盾的境地":一方面他明确"流露出了对林译的欣赏甚至推崇",但另一方面却又声称"作为翻译,(林译的)这种增补是不足为训的","正确认识翻译的性质,严肃执行翻译的任务,能写作的翻译者就会有克己的工夫,抑止不适当的写作冲动"。这里我并不是对钱先生表示不敬,而只是想借钱先生翻译思想中的"矛盾"来说明,目前我们正好处在翻译史上一个从传统译论向现代译论视角转变的时期:一方面是两千余年来的"原文至上""翻译必须忠实原文"等传统译学观念已经深深地扎根在每个翻译家和翻译研究者的脑海之中;但另一方面,翻译的事实又提示人们传统译论在对翻译的理解和认识上显然有失偏颇,它解释不了当前翻译中出现的一些现象和现实问题。这也就是为什么我要提出我们当前有必要更新我们的翻译理念,同时把我们的翻译理论向现代译论转换。

第三辑"十年一瞥"如上所述,是我自 2001 年以来为"21 世纪中国文学大系"中每年我负责编选的一本翻译文学年度文选所写的序言汇编。每年编选一本这样的年度译文集其实是很辛苦的,我必须把这一年主要外国文学期刊上发表的翻译文学作品都翻阅一遍,同时还要把这一年出版的单行本翻译文学作品书目浏览一遍,这样才能得出我对这一年我国的外国文学翻译现状的把握。但与此同时我又觉得很快乐,因为每年阅读这一篇篇"译采纷呈"的翻译文学作品,无论是小说、诗歌、戏剧乃至散文,都不啻是一场文学和文化的盛宴,是让人乐在其中的文学享受。这些序言记录下了我在阅读这些作品时的感受,同时我也从中归纳梳理出每年我国外国文学译介的脉络、特点和问题。这些序言我另以"20XX年翻译文学一瞥"的标题发表在相关刊物上,因文中有不少对作品内容的介绍,同时也有我对当年国内文学翻译界现状和问题的评点,内容很丰富,所以发表后也颇赢得了一批读者。

就像第二辑"卅载回眸"不止于30年一样,这一辑号称"十年一瞥"其实也不止于10年,而是11年。我主编的这本年度翻译文学选集从2001年起到2010年都是在春风文艺出版社出版的,但到了2010年时出版社方面跟我提出选入这本书里的译作需要取得原作者的版权授权,且与原作者联系授权的事出版社不管,要由编选者自己也就是我本人来做。每一本年度翻译文学卷入选的作品都有好几十篇,这意味着我得与好几十位作者联系版权事宜,这个工作量显然不是我能够胜任的,为此我只好终止了与春风文艺出版社的合作。之后,漓江出版社对我这个选题也很感兴趣,请我继续编2011年的翻译文学选集。不过文学翻译的原作者版权问题显然是出版界绕不过去的一个坎,在推出《2011中国年度翻译文学》一书后,漓江社迫于有关规定也不得不放弃了这个选题。似乎是对这项工作难以为继有某种预感,所以我在《2011中国年度翻译文学》一书的序言里的一段话颇有点回顾与总结的味道了:"回顾这10年的编选过程,我感到欣慰的是,我的审美态度和编选眼光至少在对某些作家作品的选择上还算能经得起时间的考验吧。譬如在编选《2004年翻译文学》时,我当时毅然决然地破例在一本作品选集中收入了同一个作家的两篇作品,那就是2010年诺贝尔文学奖得主略萨的长篇小说《天堂在另外那个街角》

的片段和他的散文《文学与人生》，并在该卷序言里明确表示："在同一本翻译文学卷里收入同一个作家的两篇作品，这在此前的三本翻译文学卷里是没有先例的，但这次我却要为略萨破一下这个先例。"所以去年（2011年）6 月 14 日略萨在上海外国语大学做他的首场访华报告之前，我向他出示这本'翻译文学卷'并告诉他，我是最早向中国读者推荐他的作品的文选编选者，他听了非常高兴并欣然在这本'翻译文学卷'上签名留念。"

我在《比较文学与翻译研究》一书的后记中曾坦言："我很庆幸自己有幸经历了比较文学在中国重新崛起，尔后由'热'而'冷'，再进入平稳健康发展的全过程，没有像贾（植芳）先生所讥讽的那样'落荒而走，穿径而去'，而是坚守到了现在。所以从某种意义上而言，这本论文集正好记录了我在这全过程中的学习心得和体会。'文革'十年剥夺了我最可宝贵的10 年青春年华，但是改革开放的国策却给了我 30 年丰富的进修、学习、出国交流的机会，给了我前所未有的宽松、自由的学术研究的环境。如果说这 30 年来我在学术研究的道路上多少取得了一点成绩的话，那么我首先要感谢这个改革开放的时代。"我就把这段话借作这篇序言的结束语吧。

最后，我要对培养了我的母校上海外国语大学，一直关心、支持我的学校和部门领导，以及培养我的老师们表示由衷的感谢！这本拙作权作我呈献给母校和我的老师们的一份不起眼的成绩单吧。

文化外译探索

中国文学走出去：问题与实质^①

一

中国文学如何才能切实有效地走出去？随着中国经济实力的增强和国际地位的提升，这个问题被越来越多的人所关注，从国家领导人到普通百姓大众。追溯起来，中国人通过自己亲历亲为的翻译活动让中国文学走出去的努力其实早就开始了。不追得太远的话，可以举出被称为"东学西渐第一人"的陈季同，他于1884年出版的《中国人自画像》一书中即把我国唐代诗人李白、杜甫、孟浩然、白居易等人的诗翻译成了法文，他同年出版的另一本书《中国故事》则把《聊斋志异》中的一些故事译介给了法语读者。至于辜鸿铭在其所著的《春秋大义》中把儒家经典的一些片段翻译成了英文、敬隐渔把《阿Q正传》翻译成法文、林语堂把中国文化译介给英语世界等，都为中国文学、文化走出去做出了各自的贡献。

当然，有意识、有组织、有规模地向世界译介中国文学和文化，那还是1949年以后的事。1949年中华人民共和国成立以后，领导人们迫切希望

---

① 原载《中国比较文学》2014年第1期。同年被《新华文摘》第7期作为重点文章全文转载。又载陈圣来主编：《向世界讲好中国故事——文化外交官高级研修班教程》，上海社会科学院出版社，2016年。

向世界宣传新生共和国的情况,而文学作品的外译是一个很合适的宣传渠道,因此对中国文学作品的外译非常重视,于1951年创办了英文版的期刊《中国文学》。该期刊自1958年起改为定期出版,最后发展成月刊,并同时推出了法文版。前后共出版了590期,介绍中国古今作家和艺术家2000多人次,在相当长的时期里,它是中华人民共和国向外译介中国文学的最主要的渠道。"文革"期间停刊,"文革"后复刊,但后来国外读者越来越少,于2000年最终停刊。

创办了半个世纪之久的英、法文版《中国文学》最终竟不得不黯然停刊,令人不胜唏嘘,同时也发人深省。研究者郑晔博士在她的博士论文《中国文学在现当代美国的传播和接受——以〈中国文学〉(1951—2000)的对外译介为个案》中总结了其中的经验教训,她归纳为四条。一是译介主体的问题。她认为像《中国文学》这样国家机构赞助下的译介行为必然受国家主流意识形态和诗学的制约,这是由赞助机制自身决定的。译本和编译人员不可能摆脱它们的控制,只能在其允许的范围内做出有限的选择。这种机制既有好处,也有坏处。好处是国家有能力为刊物和专业人员提供资金保障,并保证刊物通过书刊审查制度得以顺利出版发行;坏处是由于国家赞助人的过多行政干预和指令性要求,出版社和译者缺乏自主性和能动性,刊物的内容和翻译容易带有保守色彩,逐渐对读者失去吸引力。二是用对外宣传的政策来指导文学译介并不合理,也达不到外宣的目的,最终反而让国家赞助人失去信心,从而撤资停止译介。三是只在源语(输出方)环境下考察译者和译作(指在《中国文学》上发表的译文)并不能说明其真正的翻译水平,也不能说明这个团队整体的翻译水平,必须通过接受方的反馈才能发现在译语环境下哪些译者的哪些翻译能够被接受,哪些译者的哪些翻译不能够被接受。四是国家垄断翻译文学的译介并不可取,应该允许更多译者生产更多不同风格、不同形式的译本,通过各种渠道对外译介,由市场规律去淘汰不合格的译者和译本。①

　　"文革"以后,在 20 世纪八九十年代,我们国家在向外译介中国文学方面还有过一个引人注目的行为,那就是由著名翻译家杨宪益主持编辑、组织翻译、出版的"熊猫丛书"。这套"熊猫丛书"共翻译出版了 195部文学作品,包括小说 145 部,诗歌 24 部,民间传说 14 部,散文 8 部,寓言 3 部,戏剧 1 部。但这套丛书正如研究者所指出的,同样"并未获得预期的效果。除个别译本获得英美读者的欢迎外,大部分译本并未在他们中间产生任何反响"。因此,"熊猫丛书"最后也难以为继,同样于 2000年黯然收场。

　　"熊猫丛书"未能取得预期效果原因,研究者耿强博士在他的博士论文《文学译介与中国文学"走向世界"——"熊猫丛书"英译中国文学研究》中总结为五点:一是缺乏清醒的文学译介意识。他质疑:"完成了'合格的译本'之后,是否就意味着它一定能获得海外读者的阅读和欢迎?"二是"审查制度"对译介选材方面的限制和干扰。三是通过国家机构对外译介的这种模式,虽然可以投入巨大的人力、物力和财力,也能生产出高质量的译本,但却无法保证其传播的顺畅。四是翻译策略。他认为"要尽量采取归化策略及'跨文化阐释'的翻译方法,使译作阅读起来流畅自然,增加译本的可接受性,避免过于生硬和陌生化的文本"。五是对跨文化译介的阶段性性质认识不足,看不到目前中国当代文学的对外译介尚处于起步阶段这种性质。②

　　另一个更发人深省甚至让人不无震撼的个案是杨宪益、戴乃迭夫妇

---

① 有关《中国文学》译介中国文学的详细分析,参见郑晔:《国家机构赞助下中国文学的对外译介——以英文版〈中国文学〉(1951—2000)为个案》,上海外国语大学博士论文,2014 年。

② 参见耿强:《文学译介与中国文学"走向世界"——"熊猫丛书"英译中国文学研究》,上海外国语大学博士论文,2010 年。

合作翻译的《红楼梦》在英语世界的遭遇。众所周知,杨译《红楼梦》在国内翻译界备受推崇,享有极高的声誉,代表了我们国家外译文学作品的最高水平。然而研究者江帆博士远赴美国,在美国高校的图书馆里潜心研读了大量的第一手英语文献,最后惊讶地发现,在国内翻译界得到交口赞誉、推崇备至的杨译《红楼梦》,与英国汉学家霍克斯的《红楼梦》英译本相比,在英语世界竟然是备受冷落的。江帆在其题为《〈红楼梦〉百年英译史研究》的博士论文中指出:"首先,英美学术圈对霍译本的实际认同程度远远超过了杨译本:英语世界的中国或亚洲文学史、文学选集和文学概论一般都直接收录或援引霍译本片段,《朗曼世界文学选集》选择的也是霍译本片段,杨译本在类似的选集中很少露面;在相关学术论著中,作者一般都将两种译本并列为参考书目,也对杨译本表示相当的尊重,但在实际需要引用原文片段时,选用的都是霍译本,极少将杨译本作为引文来源。其次,以馆藏量为依据,以美国伊利诺伊州(Illinois)为样本,全州六十五所大学的联合馆藏目录(I-Share)表明,十三所大学存有霍克斯译本,只有两所大学存有杨译本。最后,以英语世界最大的亚马逊(Amazon)购书网站的读者对两种译本的留言和评分为依据,我们发现,在有限的普通读者群中,霍译本获得了一致的推崇,而杨译本在同样的读者群中的评价却相当低,二者之间的分数相差悬殊,部分读者对杨译本的评论极为严苛。"①

杨译本之所以会在英语世界遭受"冷遇",其原因与上述两个个案同出一辙:首先是译介者对"译入语国家的诸多操控因素"认识不足,一厢情愿地进行外译"输出";其次是"在编审行为中强行输出本国意识形态",造成了译介效果的干扰;最后是译介的方式需要调整,"对外译介机构应该

---

① 参见江帆:《他乡的石头记:〈红楼梦〉百年英译史研究》,复旦大学博士论文,2007 年。

增强与译入语国家的译者和赞助人的合作，以求从最大限度上吸纳不同层次的读者，尽可能使我们的对外译介达到较好的效果"。①

进入 21 世纪以后，我们国家有关部门又推出了一个规模浩大的、目前正进行得热火朝天的中国文化"走出去"工程，那就是汉英对照的"大中华文库"的翻译与出版。这套标举"全面系统地翻译介绍中国传统文化典籍"，旨在让"中学西传"的丛书，规模宏大，拟译选题达 200 种，几乎囊括了全部中国古典文学名著和传统文化典籍。迄今为止，这套丛书已经翻译出版了一百余种选题，一百七八十册，然而除个别几个选题被国外相关出版机构看中被购买走版权外，其余绝大多数已经出版的选题都局限在国内的发行圈内，似尚未真正"传出去"。

不难发现，中华人民共和国成立 60 余年来，我们国家的领导人和相关翻译出版部门在推动中国文学、文化走出去一事上倾注了极大的热情和关怀，组织了一大批国内（还有部分国外的）中译外的翻译专家，投入了大量的人力、物力、财力，然而总体而言，如上所述，收效甚微，实际效果并不理想。

二

2012 年年底，第一位中国籍作家莫言获得诺贝尔文学奖之后曾引发国内学术界和翻译界围绕中国文学、文化走出去问题的广泛讨论，并想通过对莫言获得诺贝尔文学奖背后翻译问题的讨论获得对中国文学、文化典籍外译的启示。我当时就撰文指出，严格而言，对莫言获奖背后的翻译问题的讨论已经超出了传统翻译认识和研究中那种狭隘的语言文字转换层面上的讨论，而是进入了译介学的层面，这就意味着我们今天在讨论中国文学、文化外译问题时不仅要关注如何翻译的问题，还要关注译作的传

---

① 参见江帆：《他乡的石头记：〈红楼梦〉百年英译史研究》，复旦大学博士论文，2007 年。

播与接受等问题。在我看来,"经过了中外翻译界一两千年的讨论,前一个问题已经基本解决,'翻译应该忠实原作'已是译界的基本常识,毋须赘言;至于应该'逐字译''逐意译',还是两相结合等,具有独特追求的翻译家自有其主张,也不必强求一律。倒是对后一个问题,即译作的传播与接受等问题,长期以来遭到我们的忽视甚至无视,需要我们认真对待。由于长期以来我们国家对外来的先进文化和优秀文学作品一直有一种强烈的需求,所以我们的翻译家只需关心如何把原作翻译好,而甚少甚至根本无须关心译作在我国的传播与接受问题。然而今天我们面对的却是一个新的问题:中国文学与文化的外译问题。更有甚者,在国外,尤其在西方尚未形成像我们国家这样一个对外来文化、文学有强烈需求的接受环境,这就要求我们必须考虑如何在国外,尤其是在西方国家培育中国文学和文化的受众和接受环境的问题"①。

莫言作品外译的成功让我们注意到了以往我们在思考、讨论翻译时所忽视的一些问题。一是"谁来译"的问题。莫言作品的外译者都是国外著名的汉学家、翻译家,虽然单就外语水平而言,我们国内并不缺乏与这些国外翻译家水平相当的翻译家。但是在对译入语国家读者细微的用语习惯、独特的文字偏好、微妙的审美品位等方面的把握上,我们还是得承认,国外翻译家显示出了我们国内翻译家较难企及的优势,这也就是为什么由这些国外翻译家翻译的中国文学作品更易为国外读者接受。有些人对这个问题不理解,觉得这些国外的翻译家在对原文的理解,甚至表达方面有时候其实还比不上我们自己的翻译家,我们为何不能用自己的翻译家呢?这个问题其实只要换位思考一下就很容易解释清楚,试想一想,我们国家的读者接受国外文学、文化典籍是依靠我们自己的翻译家、

---

① 谢天振:《莫言作品"外译"成功的启示》,《文汇读书周报》2012 年 12 月 14 日。

通过自己翻译家的翻译作品接受外来文学、文化的呢，还是通过外国翻译家把他们的文学作品、文化典籍译介给我们的？设想在你面前摆着两本巴尔扎克小说的译作，一本是一位精通中文的法国汉学家翻译成中文的，一本是我国著名翻译家傅雷翻译的，你会选择哪一本呢？答案是不言而喻的。实际上可以说世界上绝大多数的国家和民族接受外来文学和文化主要都是通过他们自己国家和民族的翻译家的翻译来接受外国文学和外国文化的，这是文学、文化跨语言、跨国界译介的一条基本规律。

二是"作者对译者的态度"问题。莫言在对待他的作品的外译者方面表现得特别宽容和大度，给予了充分的理解和尊重。他不仅没有把译者当作自己的"奴隶"，而且还对他们明确放手："外文我不懂，我把书交给你翻译，这就是你的书了，你做主吧，想怎么弄就怎么弄。"正是由于莫言对待译者的这种宽容大度，所以他的译者才得以放开手脚，大胆地"连译带改"以适应译入语环境读者的阅读习惯和审美趣味，从而让莫言作品的外译本顺利跨越了"中西方文化心理与叙述模式差异"的"隐形门槛"，并成功地进入了西方的主流阅读语境。我们国内有的作家不懂这个道理，自以为很认真，要求国外翻译家先试译一两个章节给他看。其实这个作家本人并不懂外文，而是请他懂外文的两个朋友帮忙审阅。然而这两个朋友能审阅出什么问题来呢？无非是看看译文有无错译、漏译、文字是否顺畅而已。然而一个没有错译、漏译、文字顺畅的译文能否保证译文在译入语环境中受到欢迎、得到广泛的传播并产生影响呢？本文前面提到的杨译《红楼梦》在英语世界的遭遇就是一个很好的例子：英国翻译家霍克斯的《红楼梦》译本因其中的某些误译、错译而颇受我们国内翻译界的诟病，而杨宪益夫妇的《红楼梦》译本国内翻译界评价极高，被推崇备至。然而如前所述，研究者在美国高校进行实地调研后得到的大量数据表明，在英语世界却是霍译本更受欢迎,而杨译本却备受冷遇。① 这个事实应该引起我们的有些作家,更应该引起我们国内的翻译界的反思。

三是"谁来出版"的问题。莫言作品的译作都是由国外一流的、重要出版社出版,譬如他的法译本的出版社瑟伊(Seuil)出版社就是法国最重要的出版社之一,这使得莫言的外译作品能很快进入西方的主流发行渠道,也使得莫言的作品在西方得到有效的传播。反之,如果莫言的译作全是由国内出版社出版的,恐怕就很难取得目前的成功。近年来国内出版社已经注意到这一问题,并开始积极开展与国外出版社的合作,很值得肯定。

四是"作品本身的可译性"的问题。这里的可译性不是指一般意义上的作品翻译时的难易程度,而是指作品在翻译过程中其原有的风格、创作特征、原作特有的"滋味"的可传递性,在翻译成外文后这些风格、这些特征、这些"滋味"能否基本保留下来并被译入语读者所理解和接受。譬如有的作品以独特的语言风格见长,其"土得掉渣"的语言让中国读者印象深刻并颇为欣赏,但是经过翻译后它的"土味"荡然无存,也就不易获得在中文语境中同样的接受效果。莫言作品翻译成外文后,"既接近西方社会的文学标准,又符合西方世界对中国文学的期待",这就让西方读者较易接受。其实类似情况在中国文学史上也早有先例,譬如白居易、寒山的诗外译的就很多,传播也广,相比较而言李商隐的诗的外译和传播就要少,原因就在于前两者的诗浅显、直白,易于译介。寒山诗更由于其内容中的"禅意"而在正好盛行学禅之风的 20 世纪五六十年代的日本和美国得到广泛传播,其地位甚至超过了孟浩然。作品本身的可译性问题提醒我们在对外译介中国文学作品、文化典籍时,如何挑选具有可译性的也

---

① 参见江帆:《他乡的石头记:〈红楼梦〉百年英译史研究》,复旦大学博士论文,2007 年。

就是在译入语环境里容易接受的作品首先进行译介。

三

以上关于莫言作品外译成功原因的几点分析,其触及的几个问题其实也还是表面上的,如果我们对上述《中国文学》期刊等几个个案进行进一步深入分析的话,那么我们当能发现,真正影响中国文学、文化切实有效地走出去的还与以下几个实质性问题有关。

首先,与我们在对翻译的认识上存在误区有关。

大家都知道,中国文学、文化要走出去里面有个翻译的问题,然而却远非所有的人都清楚翻译是个什么样的问题。绝大多数的人都以为,翻译么,无非就是两种语言文字之间的转换。我们要让中国文学、文化走出去,只要把用中国语言文字写成的文学作品、典籍作品翻译成外文就可以了。应该说,这样的翻译认识不仅仅是我们翻译界、学术界,甚至还是我们全社会的一个共识。譬如我们的权威工具书《辞海》(1980 年版)对"翻译"的释义就是:"把一种语言文字的意义用另一种语言文字表达出来。"另一部权威工具书《中国大百科全书·语言文字卷》(1988 年版)对"翻译"的定义也与此相仿:"把已说出或写出的话的意思用另一种语言表达出来的活动。"正是在这样的翻译认识或翻译思想的指导下,长期以来我们在进行中国文学作品、文化典籍外译时,考虑的问题也就只是如何尽可能忠实、准确地进行两种语言文字之间的转换,或者说得更具体一些,考虑的问题就是如何交出一份"合格的译文"。然而问题是交出一份"合格的译文"后是否就意味着能够让中国文学、文化自然而然地"走出去"了呢? 上述几个个案表明,事情显然并没有那么简单,因为在上述几个个案里,无论是长达半个世纪的英、法文版《中国文学》杂志,还是杨宪益主持的"熊猫丛书",以及目前仍然在热闹地进行着的"大中华文库"的编辑、翻译、出版,其中的大多数甚至绝大多数译文都堪称"合格"。然而一个无可回避且不免让人感到沮丧的事实是，这些"合格"的译文除了极小部分外，却并没有促成我们的中国文学、文化切实有效地"走出去"。

问题出在哪里？我以为就出在我们对翻译的有失偏颇的认识上。我们一直简单地认为翻译就只是两种语言文字之间的转换行为，却忽视了翻译的任务和目标。我们相当忠实地、准确地实现了两种语言文字之间的转换，或者说我们交出了一份份"合格的译文"，然而如果这些行为和译文并不能促成两种文化之间的有效交际的话，并不能让翻译成外文的中国文学作品、中国文化典籍在译入语环境中被接受、被传播并产生影响的话，那么这样的转换（翻译行为）及其成果（译文）恐怕就很难说是成功的。这样的译文，尽管从传统的翻译标准来看都不失为一篇篇"合格的译文"，但恐怕与一堆废纸都并无实质性的差异。这个话也许说得重了些，但事实就是如此。当你看到那一本本堆放在我们各地高校图书馆里的翻译成外文的中国文学、文化典籍却无人借阅、无人问津时，你会作何感想呢？事实上，国外已经有学者从职业翻译的角度指出，"翻译质量在于交际效果，而不是表达方式和方法"①。

为此，我以为我们今天在定义翻译的概念时倒是有必要重温我国唐代贾公彦在其所撰《周礼义疏》里对翻译所下的定义，他的翻译定义是："译即易，谓换易言语使相解也。"我很欣赏一千多年前贾公彦所下的这个翻译定义，寥寥十几个字，言简意赅，简洁却不失全面。这个定义首先指出"翻译就是两种语言之间的转换"（译即易），然后强调"换易言语"的目的是"使相解也"，也即要促成交际双方相互理解，达成有效的交流。我们把它与上述两个权威工具书对翻译所下的定义进行一下对照的话，我们

---

① 达尼尔·葛岱克：《职业翻译与翻译职业》，刘和平、文韫译，外语教学与研究出版社，2011年，第6页。

可以发现,贾公彦的翻译定义并没有仅仅局限在对两种语言文字转换的描述上,而是把翻译的目的、任务也一并包含进去了。而在我看来,这才是一个比较完整的翻译定义,一个在今天仍然不失其现实意义的翻译定义。我们应该看到,两种语言文字之间的转换(包括口头的和书面的)只是翻译的表象,而翻译的目的和任务,也即促成操不同语言的双方实现切实有效的交流、达成交际双方相互之间切实有效的理解和沟通,这才是翻译的本质。然而,一千多年来我们在谈论翻译的认识或是在进行翻译活动(尤其是笔译活动)时,恰恰是在这个翻译的本质问题上偏离了甚至迷失了方向:我们经常只顾盯着完成两种语言文字之间的转换,却忘了完成这种语言文字转换的目的是什么,任务是什么。我们的翻译研究者也把他们的研究对象局限在探讨"怎么译""怎样才能译得更好、译得更准确"等问题上,于是在相当长的历史时期内我们的翻译研究就一直停留在研究翻译技巧的层面上。这也许就是这 60 多年来尽管我们花了大量的人力、物力、财力进行中国文学、文化典籍的外译,希望以此能够推动中国文学、文化走出去,然而却未能取得预期效果的一个重要原因吧。

其次,与我们看不到译入(in-coming translation)与译出(out-going translation)这两种翻译行为之间的区别有关。

因为对翻译的认识存在偏颇、偏离甚至迷失了翻译的本质目标,于是对于译入与译出两种翻译行为之间的区别也就同样未能引起充分的重视。只看到它们都是两种语言文字之间的转换,而看不到两者之间的极为重要的实质性差别,以为只是翻译的方向有所不同而已。其实前者(译入)是建立在一个国家、一个民族内在的对异族他国文学、文化的强烈需求基础上的翻译行为,而后者(译出)在多数情况下则是一个国家、一个民族一厢情愿地向异族他国译介自己的文学和文化,对方对你的文学、文化不一定有强烈的需求。这样,由于译入行为所处的语境对外来文学、文化已经具有一种强烈的内在需求，因此译入活动的发起者和具体从事译入活动的译介者考虑的问题就只是如何把外来的文学作品、文化典籍译得忠实、准确和流畅，也就是传统译学理念中的交出一份"合格的译作"，而基本不考虑译入语环境中制约或影响翻译行为的诸多因素。对他们而言，他们只要交出了"合格的译作"，他们的翻译活动及其翻译成果也就自然而然地能够赢得读者，赢得市场，甚至在译入语环境里产生一定的影响。过去两千多年来，我们国家的翻译活动基本上就是这样一种性质的活动，即建立在以外译中为主的基础上的译入行为。无论是历史上长达千年之久的佛经翻译，还是清末民初以来这一百多年间的文学名著和社科经典翻译，莫不如此。

但是译出行为则不然。由于译出行为的目的语方对你的文学、文化尚未产生强烈的内在需求，更遑论形成一个比较成熟的接受群体和接受环境，在这样的情况下，译出行为的发起者和译者如果也像译入行为的发起者和译介者一样，只考虑译得忠实、准确、流畅，而不考虑其他许多制约和影响翻译活动成败得失的因素，包括目的语国家读者的阅读习惯、审美趣味，包括目的语国家的意识形态、诗学观念，以及译介者自己的译介方式、方法、策略等因素，那么这样的译介行为能否取得预期的成功显然是值得怀疑的。

然而令人遗憾的是，这样一个显而易见的道理却并没有被我们国家发起和从事中国文学、中国文化典籍外译工作的有关领导和具体翻译工作者所理解和接受。其原因同样是显而易见的，这是因为在两千年来的译入翻译实践（从古代的佛经翻译到清末民初以来的文学名著、社科经典翻译）中形成的译学理念——奉"忠实原文"为翻译的唯一标准、拜"原文至上"为圭臬等——已经深深地扎根在这些领导和翻译工作者的脑海之中，他们以建立在译入翻译实践基础上的这些翻译理念、标准、方法论来看待和指导今天的中国文学、文化典籍的译出行为,继续只关心语言文字转换层面的"怎么译"的问题,而甚少甚至完全不考虑翻译行为以外的诸种因素,如传播手段、接受环境、译出行为的目的语国家的意识形态、诗学观念等。由此我们也就不难明白:上述几个个案之所以未能取得理想的译出效果,完全是情理之中的事了。所以我在拙著《隐身与现身——从传统译论到现代译论》中明确指出:"简单地用建立在'译入'翻译实践基础上的翻译理论(更遑论经验)来指导当今的中国文学、文化'走出去'的'译出'翻译实践,那就不可能取得预期的成功。"①

再次,是对文学、文化的跨语言传播与交流的基本译介规律缺乏应有的认识。一般情况下,文化总是由强势文化向弱势文化译介,而且总是由弱势文化语境里的译者主动地把强势文化译入自己的文化语境。所以法国学者葛岱克教授会说:"当一个国家在技术、经济和文化上属于强国时,其语言和文化的译出量一定很大;而当一个国家在技术、经济和文化上属于弱国时,语言和文化的译入量一定很大。在第一种情况下,这个国家属于语言和文化的出口国,而在第二种情况下,它则变为语言和文化的进口国。"②历史上,当中华文化处于强势文化地位时,我们周边的东南亚国家就曾纷纷主动地把中华文化译入他们各自的国家便是一例,当时我国的语言和文化的译出量确实很大。然而当西方文化处于强势地位、中华文化处于弱势地位时,譬如在我国的晚清时期,我国的知识分子也是积极主动地把西方文化译介给我国读者的,于是我国的译文和文化的译入量同样变得很大。今天在整个世界文化格局中西方文化仍然处于强势地位,与之相比,中华文化也仍然处于弱势地位,这从各自国家的翻译出版

① 谢天振:《隐身与现身——从传统译论到现代译论》,北京大学出版社,2014年,第13页。
② 达尼尔·葛岱克:《职业翻译与翻译职业》,第10页。

物的数量也可见出：数年前联合国教科文组织的一份统计资料表明，翻译出版物仅占美国的全部出版物总数的百分之三，占英国的全部出版物总数的百分之五。而在我们国家，我虽然没有看到具体的数据，但粗略估计一下，说翻译出版物占我国出版物总数将近一半恐怕不会算太过吧。

与此同时，翻译出版物占一个国家总出版物数量比例的高低还从一个方面折射出这个国家对待外来文学、文化的态度和立场。翻译出版物在英美两国以及相关的英语国家的总出版物中所占的相当低的比例，反映出来的正是英语世界对待发展中国家包括中国的文学、文化的那种强势文化国家的心态和立场。由此可见，要让中国文学、文化走出去（其实质首先是希望走进英语世界）实际上是一种由弱势文化向强势文化的"逆势"译介行为，这样的译介行为要取得成功，那就不能仅仅停留在把中国文学、文化典籍翻译成外文，交出一份所谓的"合格的译文"就算完事，而必须从译介学规律的高度全面审时度势并对之进行合理的调整。

最后，迄今为止我们在中国文学、文化走出去一事上未能取得预期的理想效果还与我们未能认识到并正视在中西文化交流中存在着的两个特殊现象或称事实有关，那就是"时间差"（time gap）和"语言差"（language gap）①。

所谓时间差，指的是中国人全面、深入地认识西方、了解西方已经有一百多年的历史了，而当代西方人对中国开始有比较全面深入的了解，也就是最近这短短的二三十年的时间罢了。具体而言，从鸦片战争时期起，西方列强已经开始进入中国并带来了西方文化，从清末民初时期起中国

---

① 这两个术语的英译由史志康教授提供，我以为史译较好地传递出了我提出并使用的这两个术语"时间差"和"语言差"的语义内涵。

人更是兴起了积极主动学习西方文化的热潮。与之形成对照的是,西方国家开始有比较多的人积极主动地来认识和了解中国文学、文化就是最近这二三十年的事。这种时间上的差别,使得我们拥有丰厚的西方文化的积累,我们的广大读者也都能较轻松地阅读和理解译自西方的文学作品和学术著作,而西方则不具备我们这样的条件和优势,他们更缺乏相当数量的能够轻松阅读和理解译自中国的文学作品和学术著作的读者。从某种程度上而言,当今西方各国的中国文学作品和文化典籍的普通读者,其接受水平相当于我们国家严复、林纾那个年代的阅读西方作品的中国读者。我们不妨回想一下,在严复、林纾那个年代,我们国家的西方文学、西方文化典籍的读者是怎样的接受水平:译自西方的学术著作肯定都有大幅度的删节,如严复翻译的《天演论》;译自西方的小说,其中的风景描写、心理描写等通常都会被删去,如林纾、伍光建的译作。不仅如此,有时整部小说的形式都要被改造成章回体小说,还要给每一章取一个对联式的标题,在每一章的结尾处还要写上"欲知后事如何,且听下回分解",等等。更有甚者,一些译者明确标榜:"译者宜参以己见,当笔则笔,当削则削耳。"[1]明乎此,我们也就能够理解,为什么当今西方国家的翻译家们在翻译中国作品时,多会采取归化的手法,且对原作都会有不同程度甚至大幅度的删节。

时间差这个事实提醒我们,在积极推进中国文学、文化走出去一事时,现阶段不宜贪大求全,编译一本诸如《先秦诸子百家寓言故事选》《聊斋志异故事选》《唐宋传奇故事选》也许比你花了大力气翻译出版的一大套诸子百家的全集更受当代西方读者的欢迎。有人担心如此迁就西方读者的接受水平和阅读趣味,他们会接触不到中国文化的精华,读不到中国

---

① 谢天振:《译介学》(增订本),译林出版社,2013年,第63页。

文学的名著。这些人是把文学交流与文化交际和开设文学史课与文化教程混为一谈了,想一想我们当初接受西方文学和文化难道都非得是从荷马史诗、柏拉图、亚里士多德开始的吗?

所谓语言差,指的是操汉语的中国人在学习、掌握英语等现代西方语言并理解与之相关的文化方面,比操英、法、德、西、俄等西方现代语言的各西方国家的人民学习、掌握汉语要来得容易。这种语言差使得我们国家能够有一批精通英、法、德、西、俄等西方语言并理解相关文化的专家学者,甚至还有一大批粗通这些语言并比较了解与之相关的民族文化的普通读者,而在西方我们就不可能指望他们也有许多精通汉语并深刻理解博大精深的中国文化的专家学者,更不可能指望有一大批能够直接阅读中文作品、能够轻松理解中国文化的普通读者。

语言差这个事实告诉我们,在现阶段乃至今后相当长的一个时期里,在西方国家中国文学和文化典籍的读者注定还是相当有限的,能够胜任和从事中国文学和文化译介工作的当地汉学家、翻译家也将是有限的,这就要求我们在推动中国文学、文化走出去的同时,还必须关注如何在西方国家培育中国文学、文化的接受群体的问题——近年来我们与有关国家互相举办对方国家的"文化年"便是一个相当不错且有效的举措,还必须关注如何扩大国外汉学家、翻译家的队伍问题,关注如何为他们提供切实有效的帮助,从项目资金到提供专家咨询、到配备翻译合作者等。

文学、文化的跨语言、跨国界传播是一项牵涉面广、制约因素复杂的活动,决定文学译介效果的更是有多方面的原因,但只要我们树立起正确、全面的翻译理念,理解译介学的规律,正视中西文化交流中存在的"语言差""时间差"等实际情况,确立起正确的指导思想,那么中国文学和文化就一定能够切实有效地"走出去"。

历史的启示^①

——从中西翻译史看当前的文化外译问题

最近一二十年来，国内译学界甚至文学界和文化界，对中国文学、文化的国际传播问题开始给予越来越多的关注。而半个多世纪以来，我们国家在中国文学、文化的国际传播一事上也投入了相当大的人力、物力和财力，但实际效果，正如我们大家所看到的，并不是很理想。之所以如此，究其根源，跟我们国家有关部门的领导和实际从事中国文学、文化外译的工作人员缺乏对文化外译问题的全面正确的认识有关。而要确立对文化外译问题的全面正确认识，就有必要从文化外译问题的历史渊源、当前翻译理念的演进以及当前翻译所处时代语境的变化诸多方面进行考察。限于篇幅，本文拟对中西翻译史上的两个翻译活动——佛经翻译和传教士翻译——进行一个新剖析，探索其中的文化外译因素及其历史表现，希望能为当前我们正在讨论的"中国文学、文化走出去"问题提供一个新的视角。

首先我们拟对中国历史上的佛经翻译做一番审视和探讨。

---

① 原载《东方翻译》2017年第2期。

一、佛经翻译:"外来和尚好念经"

中国的佛经翻译,历来我们都是从文化译入的角度展开讨论的,这自然无可非议,因为佛经翻译首先就是建立在对外来文化有所需求的前提之上的,佛经翻译的性质也因此只能定位在译入行为的范畴内。然而如果我们对佛经翻译再深入探究一下的话,则不难发现,其中也是有文化外译的因子在里面,尤其是一批"外来和尚"对佛经翻译的参与,让我们对佛经翻译有了一个新的认识。而且,有必要指出的是,这些因子对于今天我们思考和探讨中国文化的外译问题具有非常现实的启迪意义。

关于佛教何时传入中国的探讨,目前引述较多的是东汉明帝夜梦金人的传说。说的是明帝永平七年(64)某夜,梦见一个身形高大、项有日光的金人在空中飞行,最后落到自己的殿庭之前。翌日明帝以此梦问群臣,有大臣认为明帝所梦金人即西方称为"佛"的神。于是明帝便遣使西行访"佛",结果在大月氏碰到正在那里弘扬佛法的印度僧人摄摩腾和竺法兰,使者恳请二位僧人去中土弘法,二人也欣然应允,携佛像佛经,用白马驮之,来到洛阳。明帝命为他们筑寺,即白马寺,摄摩腾和竺法兰从此就在白马寺译经弘法,所译佛经四十二章,后世称《四十二章经》。

对上述传说乃至《四十二章经》本身的真伪学界有所质疑,对此我们姑且不论。目前学术界多倾向于认为佛经翻译始自汉桓帝年代,系桓帝建和二年(148)安息国僧人安清(字世高)来华,正式揭开了佛教入华和佛经汉译的历史序幕。据《高僧传》,安世高来华后,很快学会了汉语。在华20多年间,他共汉译佛经35部41卷,其中比较重要的经籍有《安般守意经》《阴持久经》《人本欲生经》和《大安般经》等,开创了后世禅学之源。①

---

① 本节有关中西翻译史的史实除注明出处者外,均转引自谢天振、何绍斌:《简明中西翻译史》,外语教学与研究出版社,2013年。

从以上传说和史实，我们可以发现一个共同的事实，即佛经最初的汉译我们都是请的"外来和尚"（当时称之为"胡僧"）：传说中是两位印度和尚摄摩腾和竺法兰，史实记载的是安息国僧人安世高。

事实上，在佛经翻译的初期、中期乃至后期，"外来和尚"都扮演了主要的甚至非常重要的角色。譬如与安世高同时代的著名佛经翻译家支娄迦谶（生卒年不详），就是大月氏人，桓帝建和元年（147）来华。他比安世高来华还早一年，母语并非中文，但他通晓中文。僧祐的《出三藏记集》收录了他翻译的佛经共 14 部 27 卷，只是可惜今天大部分已经散佚。他所译佛经中，较重要的有《般若道行品经》《首楞严经》和《般舟三昧经》等，系开启后世般若学之源。

再如三国时期活跃在北方的几位译经僧：昙柯迦罗本是中天竺人，于魏嘉平中（249—254）到了洛阳。他熟悉佛经律部，翻译《僧祇戒心》1 卷，填补了此前无律部佛经汉译的空白。康僧铠是西域康巨国人，于 247 年抵洛阳，翻译了 3 部佛经，较重要的是《无量寿经》。昙无谛是安息人，254 年来洛阳，在白马寺译经。安法贤，原籍不明，但从汉名推测，可能也是安息人，译有《罗摩伽经》3 卷及《大般涅槃经》2 卷。

又如竺法护，原姓支，是世居敦煌的月氏侨民，8 岁时从竺高座出家，改姓竺。他有感于西晋人只注重寺庙佛像等外在形式而忽略教义，决意随师远赴西域搜寻佛经原典，以匡时弊。据说他遍游西域诸国，学会了 36 种语言，带回大量梵文经卷，自此"终身译写，劳不告倦"，译有佛经 159 部 309 卷之多，现存 84 部。竺法护译经不仅数量庞大，范围也很广，包括般若经类（如《光赞般若经》）、宝集经类（如《普门经》）、大集经类（如《宝女经》）、法华经类（如《如来兴显经》）、涅槃经类（如《方等泥洹经》）、净土经类（如《无量清平等觉经》）及禅法经类（如《首楞严三昧经》）等。另一位西晋时期的译经者竺叔兰，原本也是天竺人，随父亲避难来到中国河南。所以他生长于中土,幼时即学佛典,于惠帝元康年间译出《首楞严经》2 卷、《异毗摩诘经》3 卷,与无罗叉合译《放光般若经》20 卷。《放光般若经》与竺法护所译《光赞般若经》译自同一原本,但内容更为充实,前者共 90 品,而后者仅 27 品。据说《放光般若经》刚译出,僧俗信徒争相抄写,后世以此立论者也不在少数,因此奠定了该译本在中国佛教史上的重要地位。

至于中国翻译史上著名的四大佛经翻译家之一的鸠摩罗什,同样是一位"外来和尚"——祖籍天竺,生长于龟兹。他的成长环境赋予他兼通多种语言文化的优势。《高僧传》载其祖父为天竺世宰,父亲鸠摩罗炎因故放弃相位,来到龟兹国(今新疆库车一带),被聘为国师。鸠摩罗什 7 岁出家,随母亲前往罽宾拜师学法,9 岁赴天竺学佛,12 岁返回龟兹,初习小乘,后转宗大乘,兼通五明之学,擅长辩论,《高僧传》赞其"道流西域,名被东国"。罗什主持翻译的佛经数量,历代说法不一致,据今人统计存世者约 39 部 313 卷。[①] 代表性译经包括《摩诃般若波罗蜜经》《金刚般若波罗蜜经》《妙法莲华经》《维摩诘经》《大智度论》《中论》《百论》《马鸣菩萨传》和《龙树菩萨传》等。

此外,还有昙无谶和真谛,他们俩也都是"外来和尚"。昙无谶亦名昙摩谶,是中天竺人。西晋末年,他携带《大般涅槃经》等一批经卷,经西域,至北凉国都姑臧(今甘肃武威)。北凉统治者是匈奴人,但也信奉佛教,国主沮渠蒙逊请昙无谶译经,且将闲豫宫设置为专门的译经场所,但昙无谶以不善汉语推脱,直到玄始三年(414)才开始译《大般涅槃经》。在闲豫宫译经 20 年,昙无谶和他的助手们共译出各类佛经共 12 部 117 卷,其中对中国佛教思想影响最大的当推《大般涅槃经》40 卷。真谛又名拘那罗陀,是西天竺伏阐尼人。真谛少年时代游历诸国,学习过各派佛理,游学至扶

---

① 马祖毅:《中国翻译史》(上卷),湖北教育出版社,1999 年,第 117 页。

南国时，巧遇中国使者，受邀来华。真谛来华的23年里，翻译了大量佛经，据《续高僧传》统计共有64部278卷，现存26部87卷。其中较知名有《大乘起信论》1卷、《中论》1卷、《全光明经》7卷、《摄大乘论》15卷、《俱舍论疏》60卷。

即使在佛经翻译的后期，"外来和尚"也仍然发挥了重要的作用。著名的如金刚智（669—741），梵文名跋日罗菩提，是南天竺人，他16岁出家，在那烂陀寺学佛法。719年，金刚智携弟子不空抵达广州，唐玄宗专门派遣特使前往迎接，并敕住长安慈恩寺，后移至荐福寺。他常随皇驾往返于长安与洛阳之间，翻译了《瑜伽念诵法》《曼殊室利五字心陀罗尼》等经文，共24部30卷。

另一位著名佛经翻译家不空，梵名阿目佉跋折罗，也是南天竺人。不空幼年随舅父来华，13岁时拜金刚智为师，兼通梵语和汉语，与师傅共同译经。师傅死后，奉师命回国学习密法，搜求密宗经典，得《金刚顶瑜伽经》等80部1200卷。746年，不空携带梵文经卷返回中国，唐玄宗赐号"智藏"，命译经。不空所译佛经多为密宗学说，如《金刚顶一切如来真实摄大乘现证大教王经》《金刚顶五秘密修行念诵仪轨》等，共110部143卷。就数量而言，可与罗什、玄奘、真谛等媲美，被誉为中国古代"四大佛经翻译家"之一（还有一种说法是用义静代替不空）。

然而，虽说是"外来和尚好念经"，但有必要指出的是，这些"外来和尚"在译经时大多都离不开"本土和尚"的协助。所以，如果说得确切些，恐怕应该说这些"外来和尚"是"主持"了我国佛经翻译史上初期和中期的佛经翻译。当然，与此同时，他们通过与"本土和尚"合作，也参与了具体的实际翻译工作。而随着"本土和尚"外语水平的提高，"本土和尚"在佛经翻译的中后期终于相继脱颖而出，成为我国佛经翻译的主力。这也就是为什么我们在佛经翻译的中后期看到了越来越多的本土佛经翻译家。

其中东汉时期的严佛调即明显的一例。严佛调,临淮(今江苏盱眙)人。他最初的工作就是给安世高和同样是安息国人的安玄当译经助手,负责记录西域僧人的口述佛经,并加以润色。严佛调是第一个参与译经的中国人,所著《沙弥十慧章句》记载了安世高的译经活动与方法,是第一部中国僧人的佛教著作。《高僧传》赞赏严佛调的译笔"理得音正,尽经微旨",甚至说"世称安侯(即安世高)、都尉(安玄)、佛调三人,传译号为难继",可见当时严佛调的地位已经不比外来和尚差。

另一位为佛经翻译做出突出贡献的"本土和尚",那就是道安了。道安俗姓卫,常山扶柳(今河北翼县)人。他出身士族,可生逢乱世,更兼幼年失怙,所以 12 岁就出家了。24 岁至邺城,先后师从数人,兼修大小乘,"堪称东汉以来汉僧佛学造诣最深之人"。[①] 道安本人并不懂梵语或西域语言,但他却整理和编纂了汉末以来已经翻译的经籍,后世名之曰《综理众经目录》,这是中国最早的佛经目录,也是最早的翻译目录。与此同时,他长期在长安五重寺主持译经并宣讲佛法。由于他精深的佛学修养,蜚声中外,慕名来五重寺出家礼佛者人数众多。同时他还邀请中外高僧共同译经,共译出佛典 14 部 180 卷,约百万字。

与此相仿,道安的弟子慧远对中国的佛经翻译也卓有贡献。慧远,俗姓贾,在 21 岁时与弟弟听了道安在太行恒山讲法,兄弟俩就决定出家为僧,拜道安为师,24 岁开坛讲法。和道安一样,慧远亦不通外语,但他是当时江南译经活动最专业的组织者。当时江南佛经多有残缺,内容比较狭窄,于是他派弟子去西域寻求佛典,所得佛典转译为汉语后,长期流行于江南。他还大量招徕各地名僧去庐山弘法译经,如僧伽提婆曾在道安译场译过《阿毗昙心经》,但很不满意,慧远请他来庐山重译该经,并亲自

---

① 王铁钧:《中国佛典翻译史稿》,中央编译出版社,2009 年,第 99 页。

助译，结果十分成功，毗昙学由此大盛于江南。

对以上史述，熟谙中国翻译史的读者肯定不会感到陌生。尽管如此，对其中的"外来和尚好念经"这个史实却很少有人给予过应有的重视。这个史实从文化译入的角度看，它告诉我们，在引入和译介外来文化的初期，源语文化背景的译介者的参与和介入，对译介的成功能起到很大的助推作用。

实际上，从这个角度我们去观照一下早期西方翻译史的话，也不难发现同样的"外来和尚好念经"的史实。西方翻译史上最早、最著名的圣经翻译活动，即史称《七十子希腊文本》的圣经翻译，就是公元前 3 世纪耶路撒冷的主教埃里扎尔应埃及国王托勒密二世费拉德尔弗斯的请求，派出72 名"高贵的"犹太学者在埃及亚历山大图书馆合作翻译的结果。在古代，埃及的亚历山大城是当时地中海东部地区的文化贸易中心，城里的五分之二居民是犹太人。但这些犹太人由于好几个世代漂泊在外，已经忘记了他们祖先的语言——希伯来语，而只会说希腊语，也看不懂希伯来文的《圣经·旧约》，所以就希望有一本希腊文的《圣经·旧约》。而他们中间显然又缺乏精通希伯来语和希腊语这两种语言的专家，于是只好向"外来和尚"——72 名来自以色列的学者求助。西方翻译史上第一本《圣经》的译本也就这样诞生了。

此外，像古罗马最早的翻译家里维乌斯·安德罗尼柯，他的原籍也是希腊，尽管出生在意大利，但也是一位"外来和尚"。他翻译了荷马史诗《奥德赛》，对西塞罗、贺拉斯等人都有影响。

从文化外译的角度看，"外来和尚好念经"这个史实对我们今天思考"中国文学文化如何切实有效地走出去"问题也是富于启迪意义的：一个国家或民族如果能让具有本民族文化背景的专家、学者和译者参与到译入语国家和民族的译介活动中去，那么这个国家或民族的文化就能够比较顺利地译介出去。联系当今中国文化走出去的问题,显然今天的英语世界在引入和译介中国文学文化方面尚处于初始阶段,还没有形成一支较强较成熟的译介队伍,更缺乏一个接受中国文学文化的较成熟的接受群体。在这种情况下,如果我们能够通过适当的途径,以适当的方式,让中国的专家、学者、译者参与到英语国家对中国文学文化的译介活动中去,那么中国文学文化走出去的效果必定会显著得多。而这样的途径实际上是很多的,譬如为当地从事中国文学文化翻译的汉学家、翻译家配备相应的专家、学者,或者鼓励我们国家从事文学文化外译的翻译家与英语世界的汉学家、翻译家合作,又或者创造条件让中国的作家与英语国家的汉学家、翻译家经常有机会当面接触、交流,建立彼此的友谊,加深彼此的了解,这些举措都会切实有效地促成中国文学文化走进英语世界。

二、传教士翻译:"不以我为中心"

如所周知,一部两千年的中西翻译史就是一部译入史。西方翻译史,自古希腊、古罗马时期至20世纪初,其翻译活动主要也是以译入活动为主:古罗马时期,罗马人把希腊文化译介给自己民族;文艺复兴时期,欧洲诸国把古希腊、古罗马的文化分别译介给自己的国家和民族;即使在18—19世纪甚至在20世纪初,欧洲各国的翻译活动基本上也是以译入活动为主,很少有主动把自己国家和民族的文化外译出去的。但也不是没有例外,那就是传教士的译介活动。而且在我看来,传教士的译介活动恐怕是西方翻译史上最成功的文化外译活动,尽管迄今为止的西方翻译史对传教士的译介活动很少提及。传教士的译介活动,确切地说,当然应该说是传教,但是我们不能不看到,传教活动中一项最主要的工作就是把宗教典籍译介到传教对象国,所以从这个意义上而言,传教的实质也就是宗教典籍的外译。

近年来,国内学术界对来华传教士的活动正给予越来越多的关注,但多偏重传教士的汉学研究,如阎宗临著、阎守诚编的《传教士与法国早期汉学》①、张西平著的《传教士汉学研究》②等,从文化外译的角度进行研究的似还不多见。其实,来华传教士的传教、译介活动以及他们所取得的成功,同样可以为我们当下正在探讨的文化外译研究提供诸多有益的启迪。

从表面看,来华传教士的译介活动与上述"外来和尚好念经"不无暗合之处。其实并不一样,这是因为上述佛经在华土的译介和传播有一个前提,即中国本土人士主观上想引入这些外来的宗教典籍。为此,甚至不惜巨大代价去迎奉这些"外来和尚"。但传教士的译介活动面临的情势却不一样:中国本土的官方人士一开始对他们是抵触的,是不欢迎的,甚至明令禁止他们进入华土。最早想来中国传教的耶稣会士方济各·沙勿略就因此而屡屡碰壁。自1541年起,沙勿略在印度、日本传教整整10年。由于意识到中国对于传教的战略意义,他于1551年萌念想到中国来传教。他离开日本先到了印度的果阿,然后于1552年到达离中国海岸约30海里的一座荒凉小岛——上川岛。然而尽管他数次想通过非常手段潜入中国,但都归于失败,最终于1552年的12月病逝于上川岛。

沙勿略尽管未能如愿进入中国传教,但凭借其在印度、日本丰富的传教实践和敏锐的观察力,他还是逐渐认识到了跨文化交流中的一些规律性问题,特别是"适应"和"认同"在跨文化交流中的作用。这一点对于步他后尘最终终于如愿以偿地进入中国传教的后来者如范礼安、罗明坚、利玛窦等人,毫无疑问是大有裨益的。③

沙勿略认识到的"适应"与"认同"的问题,确实非常重要。事实上,正

---

① 阎宗临著,阎守诚编:《传教士与法国早期汉学》,大象出版社,2003年。
② 张西平:《传教士治学研究》,大象出版社,2005年。
③ 参见陈义海:《明清之际:异质文化交流的一种范式》,江苏教育出版社,2007年,第64—65页。

如有关专家曾指出的,佛教典籍在译入中国之初也面临过同样的问题,因为佛教的一些理念与儒学格格不入,于是为了迎合中国的儒道文化,佛教的译本中采用了"佛道"一词,所以东汉时期佛教的译介是依附于当时流行中国的道术而传播的。但后来在汉末三国期间,中国玄学盛行,于是佛教典籍的译介又开始依附于玄学。凡此种种,都提醒我们,任何一种外来文化要想让目标语文化接受的话,都必须经历一个本土化的过程。

然而,对这样一个显而易见的规律性问题,人们对它的认识也并不是一蹴而就的,也是历经反复才最终认识到的。有关史料表明,早期在澳门的传教士一开始在传教时在文化上奉行的都是以"我"为中心,要求入教者完全放弃自己的文化传统,乃至生活习俗。所谓"凡欲进教者,须葡萄牙化,学习葡国语言,取葡国名姓,度葡国生活"①,"凡领教入洗的中国人,都要变成葡萄牙人或西班牙国人。在姓名、服装、风俗上都要按照葡、班两国的式样"②。

这种"以我为中心"的传教方式,听上去似乎很不错,也比较容易博得当时教会上层的满意和欢心,但其实际效果却不会好,所以也就理所当然地受到像范礼安这样的有识之士的反对。范礼安很明白,"要在中国这样一个具有悠久文明的国度立足,必须有耐心,必须尊重中国的传统文化,'不能采取打倒一切的办法'"。③ 为此,范礼安积极收集有关中国的资料,努力学习中文。他还鼓励并安排罗明坚、利玛窦等神父在澳门修习中文。后来,罗明坚、利玛窦等人能成功地从澳门到广东,再由广东到中国内地进行传教,显然是与范礼安的以上指导思想分不开的。利玛窦对此显然也有深刻认识,所以他撰文写道:"我建议,所有在这里的神父努力学习中

① 徐宗泽:《中国天主教传教史概论》,商务印书馆,2015 年,第 116 页。
② 裴化行:《天主教十六世纪在华传教志》,萧濬华译述,商务印书馆,1937 年,第 194 页。
③ 陈义海:《明清之际:异质文化交流的一种范式》,第 67 页。

国文化,把这作为一种很大程度上决定传教团存亡的事情看待。"①

从文化外译的角度对明清之际以利玛窦为代表的传教士的传教活动进行一番较深入的考察的话,我们应该可以得到不少启发。

首先就是要摈弃"以我为中心"的思想,并学会尊重和适应译入语的文化语境。对于文化译出方来说,在进行文化外译活动时很容易产生和形成"以我为中心"的思想,以为既然是"我"要把"我"的文化译介给你们,那么,"译什么""如何译介"当然应该是"我"说了算。这种想法,貌似有理,实质大谬不然,因为忽视了文化外译的目的。文化外译都有一定的目的,至少你总是希望通过你的外译活动能让对方(译入语国家、民族的受众)对你的文化有所认识和了解,最终还能喜欢和接受,而绝不是仅仅做了一下外译活动、交出几份译成外文的书籍就算完事。具体如传教士的外译活动,他一定是希望通过他的传教(外译)能让听众和读者对他宣讲或译介的教义感兴趣,并进而吸引他们加入教会。如果他只顾自己传教,而不管人家愿不愿听、爱不爱读,那么他的传教肯定是不会成功的。

利玛窦等人的传教(外译)之所以能取得成功,就在于他们确立了正确的、切合实际的文化外译指导思想——摈弃"以我为中心",尊重并努力适应译入语文化语境。所以利玛窦进入中国内地后,一开始并不是全身心地投入传教工作,而是花了相当多的时间与精力进行社交,广交朋友,结交当时中国社会的显宦、皇亲、名流,结识叶向高、李贽、徐光启等大儒。为了赢得这些人对他的认同和接受,他还有意不穿自己的民族服装,而是身着僧袍,以"西僧"自居,因为他知道中国人对僧人比较熟悉,也比较认可。后来,在其中国弟子的建议下,他又改穿僧袍为着儒服,因为儒学才是中国文化的主流。利玛窦还巧妙地利用自己的原文名字给自己取了一

① 裴化行:《利玛窦评传》(下册),管震湖译,商务印书馆,1993年,第589页。

个中文名字——利玛窦。其他不少传教士也都如此,譬如汤若望、艾儒略等。凡此种种,都是为了一个目的,即淡化自己身上的异国、异族色彩,增强译入语语境对他的认同感、亲和力,减弱译入语语境对外来文化的排斥感。

其次,译介的方式、方法非常重要。文化外译者通常更多关注如何尽快把自己的文化外译出去,而较少注意译介的策略包括具体的译介方式、方法。以传教士的外译(传教)活动为例,一些传教士往往急于四处宣教,到处发展民众入会,却忽略了合适的传教方式和方法,结果效果适得其反,甚至引起对象国统治者的疑虑甚至警惕,引发"南京教案"这样的事件,从而导致明末中国基督教的传教活动陷入低潮。① 利玛窦的明智之处在于他深谙文化外译之道,懂得面对中国这样具有深厚文化历史积淀的国家和民族,不能急于求成,而需要极大的耐心。他把科学知识与基督教义结合在一起,所谓"一手拿着福音书,一手拿着《几何原本》",以新奇的西方科学知识来吸引中国的士大夫,使他们对西方文化产生兴趣,又以译书修历来打动中国朝廷,使之感到西方文化有可取之处,能满足中国文化自身的需要,从而让传教士获得了进入中国腹地和深入朝廷传教的机会。

与此同时,利玛窦还懂得在与中国人交往时"投其所好"。譬如他发现中国人喜爱并推崇书籍,于是他就不像在美洲传教的传教士那样仅仅通过口头传教,而是借助书籍把他们的宗教思想传递给中国人。利玛窦在中国居住前后达 19 年之久,在这 19 年期间,他或是独立完成,或是与中国士大夫合作,撰写和翻译出版了《天主实义》《畸人十篇》《几何原本》

---

① "南京教案"的发生是主持南京教务的王丰肃等耶稣会士急于在教务上取得很大很快的突破,抛弃了利玛窦一直坚持的极其审慎的传教态度,又是盖教堂,又是置花园,又是公开举行宗教仪式,吸引众多信众,引起南京礼部侍郎沈榷的疑虑,三次上书皇帝,明神宗遂颁发放逐西洋传教士回其本国的诏令。

（与徐光启合译）等十多部著作，切实有效地向中国译介了西方的天文、数学、物理、语言、文字、音韵、心理、伦理等领域的文化知识。而与此同时，他也达到了向中国人宣传、介绍西方基督教神学思想的目标，并在中国收获了一批信众。

最后，努力挖掘、发现外译文化与对象国文化之间的共同点、构建两种不同文化之间的亲缘关系，缩短对象国的受众与外译文化之间的距离，使得对象国的受众对外译文化易于接受，乐于接受，也是使文化外译取得成功的至关重要的一个策略。譬如传教士在把基督教的最高神"天主"（拉丁文为 Deus）翻译成中文时，起初都采取音译"陡斯"。之后，利玛窦在中国的古籍中发现了"上帝"和"天"，并发现它们的内涵跟基督教的天主有共通之处，于是明末传教士在翻译时就有意把"天主""天"和"上帝"并用。研究者指出："由于'上帝'和'天'是中国古籍当中固有的，所以用它们来称名西方的天主，很多中国人都乐于接受。"①研究者把明清之际西方传教士的这种传教（外译）策略称之为"合儒"，即从中国古代经籍中寻找出跟基督教相一致或至少表面上比较一致的成分，如把儒家经典中的"天""上帝"等词汇与基督教的"天主"相匹配，或把先秦儒家经典中的某些语汇解释为基督教义中的"天堂地狱""灵魂不灭"说，或有意把儒家学说中的"仁"等同于天主教的"爱"。② 除"合儒"外，他们还有"补儒""易佛"等策略，都是为了追求切实有效的传教效果。

事实上，在这种策略指导下，"适应儒家、释经阐教"，利玛窦们的传教活动（其实质就是一种文化外译活动）也确实取得了不俗的效果。据说，徐光启就是花了一个晚上读完了罗如望神父送给他的《天语实义》和《天

---

① 陈义海：《明清之际：异质文化交流的一种范式》，第 79 页。
② 参见陈义海：《明清之际：异质文化交流的一种范式》，第 127 页。

主十诫》两书后，第二天就要求罗如望神父给他付洗的。① 研究者指出，这些书的"可贵之处不仅仅是用纯熟的汉语写成，更主要是它能跟中国传统的思想相契合；无论肯定中国思想，还是指斥中国思想之不足，都能按儒理、按中国路数来进行论辩"，所以特别富有说服力，也就特别能让读者信服。②

明清之际西方传教士在中国的传教活动，究其实质，也是一种文化外译活动。当然，因为它有宗教背景，所以这是一种比较特殊的文化外译行为。但不管怎样，从文化外译的角度看，无论是他们曾经遭遇的失败还是所取得的成功，都可以为我们今天进行文化外译、包括思考和从事中国文学、文化"走出去"提供有益的经验和教训。他们来到中国，明明是来传教的，但首先奉上的不是福音书，而是自鸣钟、望远镜、三棱镜、地图之类的能引起中国人浓厚兴趣的西洋新奇"玩意儿"。他们来到中国，明明是来传教的，但他们在中国期间撰写出版的有关西方科学、文化方面的书籍却比直接与宗教有关的书籍要多得多。这些与西方的天文、历算、数学、地理、物理、生物、医学、建筑、机械、音乐、美术等学科相关的著述，一方面固然是传播了西方的科学、文化知识，但另一方面，却也使得他们可以同时能够比较顺利、畅通地传递他们想要传递的主要"货色"——基督教义和相关的神学思想。他们的这种文化外译策略甚至使得他们能够俘获像徐光启、李之藻、杨廷筠这样的"大儒"受洗入教，这不能不说是他们传教活动的一大成功。

---

① 参见罗光：《徐光启传》，（台北）传记文学出版社，1982 年，第 15—16 页。
② 参见陈义海：《明清之际：异质文化交流的一种范式》，第 129 页。

川味《茶馆》与文化外译①

2017 年 12 月 3 日，刚刚出席完中国译协主办的一个翻译学术研讨会，我搭乘飞机从北京返回上海。飞机起飞后不久空姐递给我一份报纸，上面一则题为《话剧〈茶馆〉从此不再独一份》的文化报道立即吸引了我的注意。报道称，北京人艺的《茶馆》一直没有其他地方的演出版本，因为"京味太浓"，其他地方剧团"演不了"。但最近四川人艺在李六乙导演下，上演了一版"麻辣但不油腻，幽默也有诗意"的全新川味《茶馆》，"带给观众耳目一新的感受"，取得了成功。②

我是北京人艺的忠实观众，是于是之那批"老人艺"演员的铁杆"粉丝"。20 世纪 80 年代每每有机会到北京去出差，只要有北京人艺的演出，我是必定想方设法买票去看的。不过眼下这则报道引发我关注的却无关乎人艺的演出，而是关于翻译尤其是关于文化外译的一连串联想。我有一位年轻朋友曾"讥笑"我说，在我眼中似乎"无处不翻译"。事实也真是如此，譬如眼前这则报道中提到北京人艺演出的《茶馆》"京味太浓"，其他地方剧团"演不了"，我读着这些文字，脑海中浮现出来的却是："我们的有

---

① 原载《东方翻译》2018 年第 1 期。
② 和璐璐：《话剧〈茶馆〉从此不再独一份》，《北京晨报》2017 年 12 月 3 日。

些文学作品也与之相仿,因为它们的语言地方特色太浓,譬如像好几位陕西作家作品中那些'土得掉渣'的方言,要翻译成外文就特别困难,简直译不了。"这里的"演不了"不啻翻译中的"译不了",也即在翻译研究中我们所说的"不可译性"。

不过就像优秀的翻译家绝不会止步于"不可译性"面前而放下他的译笔一样,一位优秀的导演也不会被"演不了"三个字所吓退。川味《茶馆》的导演李六乙的睿智表现在他深谙北京的茶馆文化与四川的茶馆文化之间的相通性,正如这篇报道所言:"四川的茶馆和京城的茶馆同样历史悠久,所以除了用四川话演出,以四川语系和四川市井生活的幽默元素加入老舍先生《茶馆》剧本也具备了一些天然的'嫁接'因素,导演李六乙在文本的文学性、艺术审美上首先抓住了这些共通性,打开了改编的一条通道。"我感觉这里提到的文本的文学性、艺术审美上的共通性对我们从事翻译尤其是文化外译极具启迪意义。如果说这里的"共通性"为导演的改编打开了一条通道的话,那么我们的文化外译也应该去深入探索我们的拟译作品与译入语境之间的共通性,从而使我们的拟译作品在译入语境中更具可接受性,我们的译作也就能找到一条切实有效、顺畅"走出去"的通道。

李六乙导演的睿智还具体表现在他的舞台布置巧妙地"嫁接"了川西民居的空间布局:"大幕刚一拉开,就非常吸睛地引起了台下小小的骚动,层层叠叠的阶梯式舞台大摆龙门阵,带来视觉上的愉悦。随后麻辣烫味儿的叫卖声起起伏伏,手巾板儿满天飞,春熙路的大茶馆一副市井气派,立刻让人充满期待。"

"二层茶楼上站着搔首弄姿的小妹,大碗茶变成了四川盖碗茶,满场飞起的白色手巾板,在四川观众看来尤为亲切。"

李导也没有照搬京味《茶馆》中"一方舞台、五张桌子"的格局,在他的舞台上呈现出来的是:"满台方桌竹椅,茶客们川话龙门阵的此起彼伏。还有茶馆中正在采耳的茶客,小摊贩们沿街吆喝四川小吃的叫卖声,充满四川韵味的金钱板,都赋予《茶馆》更多的活色生香。"

看了以上这番川味十足的舞台布置描述,我不知道是否会有人拍案而起,愤然指责李六乙导演这样的"改编"是对老舍先生的"大不敬",是对老舍先生的经典作品《茶馆》的"歪曲"甚至"亵渎"? 就像我们翻译界某些专家学者在看到一些当代西方汉学家、翻译家在翻译中国文学作品时对原作有删节、有误译甚至还改变了原作的结尾时(不无巧合的是,李六乙导演的川味也把老舍原作的结尾改了,把原剧中三老头撒纸钱的结尾挪到了戏的最前面),会愤愤然地指责对方对原作"不忠实","曲解""误读"了原作,等等。不过我对李导的这番改变却是非常欣赏,甚至觉得川剧《茶馆》之所以能取得成功,这些"改变"是其中重要的因素之一。

我曾在拙著《译介学》里把改编与文学翻译做过一个比较,我发现两者颇为相似:"如果说改编大多是原作文学样式的变换的话(小说变成电影,或剧本变成散文故事,等等),那么文学翻译就主要是语言文字的变换。除此以外,它们还有很多的相似之处:无论是前者还是后者,它们都有一本原作作为依据,而且它们都有传播、介绍原作的目的,尤其是当改编或翻译涉及的作品是文学经典和文学名著的时候。"①不过当初我对这两者的比较目的主要在于,通过对改编作为文学作品一种独立存在形式的性质的揭示来论证文学翻译同样也是文学作品的一种独立存在形式,以求为文学翻译在文学史上争取相对独立的一席之地。而今天,当我再次对改编进行审视时,却发现改编与翻译还有一个共同点,它们都把原作引入了一个新的接受层面。而当我们讨论的翻译是文化外译时,那么它

---

① 谢天振:《译介学》,上海外语教育出版社,1999 年,第 212 页。

与改编就又多了一个共同点，那就是如何在新的接受层面也即接受语境中赢得读者和观众，在新的接受语境中得到传播、产生影响。

这又让我想起了另一则改编案例，那是一则直接与中国文化"走出去"相关的案例：2013 年 8 月 14 日，上海芭蕾舞团首次以自主商演的运作模式走出国门，他们排演的现代芭蕾舞剧《简·爱》在英国国家歌剧院首演并连续演出了 5 场，观众达 6700 人次。对这个个案演艺界看重的肯定是它的自主商演的成功，但我却更看重它对当今中国文化"走出去"的启迪意义。

表面看，上芭演出的这出现代芭蕾舞剧《简·爱》讲的是英国故事，似乎与中国文化无关，其实不然。这就像美国拍摄的动画电影《花木兰》，表面上讲的似乎是中国故事，实则传递的却是美国的好莱坞文化。所以上芭的这次演出实质是用你的语言（现代芭蕾）讲你熟悉的故事（《简·爱》），然而这又是中国人重新编排的故事（让"疯女人"贝莎与简·爱、罗切斯特一起演绎现代人的情感关系），因而其中也蕴含着中国文化的因素。更让我印象深刻的是上芭演出结束后英国观众对上芭演员说的话："下次有上海芭蕾舞团来伦敦的演出，我们还会来观赏，并且希望那时候能看到以芭蕾舞演绎的中国故事。"我从这位英国观众的话中充分感受到了上芭这次赴伦敦演出的另一层面上的意义：激发了英国观众对中国文化的兴趣。我此前曾提到过一个例子：由于从小看日本的动漫，美国的一些青少年在报考大学外语专业时会选择读日语而不选择读中文，因为动漫激发起了他们对日本文化的兴趣。所以，如果我们能有更多像上芭这样的演出，能更多地激发起国外观众对中国故事、中国文化的兴趣和期待，那么我们在推动中国文化"走出去"一事上也许就能取得更多的实效。

然而，国内学界和译界围绕着中国文化如何"走出去"一事却还存在着一些不同的声音。首先，如果说对于川味《茶馆》和上芭《简·爱》这样把接受者(观众)的审美趣味、接受习惯放在如此重要位置予以考虑的做法大家还能够理解和接受的话,当我们把这同样的做法引入对外译介中国文学文化时,却引发了相当强烈的保留甚至反对态度,一些学者认为在外译中国文学和文化时一味照顾西方读者的审美趣味和阅读习惯,是缺乏文化自信的表现。还有学者提出,我们对外译介哪些中国文化典籍、哪些中国文学的名著,以怎样的方式译介,这些应该由我们说了算,那种强调中国文学文化对外译介时要重视接受语境的特点、要把接受群体的阅读习惯和审美趣味放在重要的位置上予以考虑的观点是对西方读者的"曲意奉迎",是被人家牵着鼻子走,是丧失了中国人在中国文化对外译介中的话语权,影响了我们国家独立、主动的文化传递,甚至断言这是国内某些学者对西方翻译理论"顶礼膜拜"的结果,等等。值得注意的是,类似的观点在国内学界和译界讨论中国文学文化如何"走出去"问题时,还不乏市场。

批评在文化外译时照顾西方读者的审美趣味和阅读习惯是对西方读者的"曲意奉迎",表面上看这些意见似也不无道理,因为在如此做时译作对中国文学文化典籍的原作确实有所删节乃至改动。其实不然,经过删节或改动后的译作是会损失一部分中国文学文化的内容,但这样善于用译入国读者容易接受的方式和语言讲述中国故事,却能更好地激发起译入语国家的人民对中国文学文化发生兴趣,这才是切实有效地推动中国文化"走出去"。否则,只顾自己自说自话,不顾人家听不听得懂、愿不愿意听,以这样的方式能让中国文化真正"走出去"吗?我认为文化自信绝不等同于在国际文化交流中的"自说自话"。

至于要掌握中国文化对外译介的话语权,这里恐怕也有一个认识上的误区,即把文化外译与对外宣传混为一谈了。我们在对外宣传时当然要把握住其中的话语权,因为这是在宣传我们国家党和政府的政策、文件,以及我们国家对当今世界一些重大问题的态度和立场。但文化外译不然,文化外译的目的不是去与人家争什么话语权,而是要通过对我们国家的文学文化的外译,培育起国外读者对中国文学文化的兴趣和爱好,进而建立起对我们国家和民族全面、正确的认识,而不至于被历史上西方国家对中国的偏见所误导。众所周知,文学作品、文化典籍,是认识和了解一个国家、一个民族最生动、最形象的途径,因此切实有效地做好文化外译工作,对于贯彻落实党的十九大提出的构建人类命运共同体、与各国人民共同努力建设一个和谐的世界具有极其重要的意义。

其次,还有一些学者提出文化译介应该"相互尊重",应该"平等交流",等等。言下之意也就是说我们在翻译西方文学文化作品时,推出的大都是全译本,而且出版的数量大大多于翻译出版的中国文学作品和文化典籍,而在翻译出版我们中国文学文化作品时往往伴有不少的删节,甚至还有大的改动,这反映了西方对我们不尊重,双方之间的交流缺乏平等。这个观点在国内学界和译界同样也很有市场。

然而,如果我们对这个观点进行细究,那就不难发现这个观点是似是而非的。不同国家与民族之间的文化交流确实应该"相互尊重",应该"平等交流",但这里的"相互尊重"和"平等交流"指的是一种态度、一种立场,我们不能把这种态度和立场简单化、数量化,好像我翻译了你多少作品,你也就应该翻译我多少作品,我翻译你的作品时是不加删节的,那你在翻译我的作品时也不能进行删节,否则就是对我的"不尊重",就是我们之间的交流缺乏"平等"。这个观点的错误根子在于未能认识到国际文化交流也即文学文化的跨国界跨民族译介的特点:其实在文学文化的跨国跨民族交际领域是没有绝对的平等可言的,因为各国各民族文化之间的关系不平等是绝对的,平等只是相对的。各国各民族的文化一定有强有弱,而文化的译介在大多数情况下则一定是从强势文化译向(或说"流向")弱势文化国家的,而且往往是弱势文化国家主动把强势国家的文化译入自己的国家。这也就是为什么"五四"前后,我们国家会大量地译介西方文化,因为当时在世界上西方文化处于强势先进地位。其实我们想一想,在我国历史上的盛唐时期,我们中华文化也曾占有过强势文化的地位。而当我们国家处于强势文化地位时,我们那个时候并不需要提什么中华文化"走出去"的口号,周边国家自然而然地会派遣他们的专家学者到中国来,到长安来,如饥似渴地学习中国的文学、文化,并非常积极地把中国文学文化典籍翻译成他们国家的语言文字,介绍给他们国家的读者。这是文化的跨国跨民族交际的基本规律。

从这个意义上而言,我们今天所做的文化外译工作,其实有点"逆向而行",因为在当前整个世界的文化格局中,中西方文化还是不平等的,西方文化仍然处于更为强势的地位,因此我们在推动中国文学文化"走出去"时就更需要考虑一些务实的做法和策略,使得尽管处在相对弱势地位的中国文化,也能让西方国家读者对我们国家的文学文化产生兴趣,这就不是简单地搞几套中国文学文化典籍的"丛书""文库"能奏效的了。当然,这里有必要顺便指出的是,世界文化的格局也不仅仅只有中西文化这样的关系,在东南亚地区,我们中国文化与东南亚国家的文化关系就是另一种面貌。由于历史、地理、经济等方面的原因,东南亚地区的国家和人民对于中国文化具有更多的亲近感,对中国文学作品和文化典籍有内在的需求,他们不仅不排斥中国文化,相反还非常希望我们国家能主动地把中国文学文化翻译成他们国家的语言文字,供应给他们国家的读者阅读。

最后,我觉得仍有必要再次强调要重视文化外译,特别是面向西方国家的文化外译的特殊性,在中西方文化之间的强弱关系还没有发生明显的实质性变化的情况下,面向西方国家的中国文学文化的外译注定是长期的,不可能一蹴而就。对于当今世界主要是英语世界对中国文学、文化的外译中存在的某些"连译带改"甚至一些"误译"和"曲解"等现象,也没有必要大惊小怪,因为不同国家和民族间的文化交流本来就需要一个过程。就以我们国家对莎士比亚的翻译为例:我们长期以来一直读的是朱生豪用散文体翻译的《莎士比亚全集》,然而今天我们都已经知道,莎士比亚戏剧的原文是诗体,而我们直至前几年才迎来了方平先生主持翻译的诗体《莎士比亚全集》。那么我们是否因此就可以去指责朱生豪的翻译"曲解"了莎士比亚原文的文体,从而否定朱译莎士比亚的价值与意义呢?答案是不言而喻的。我们对西方的文化接受是这样的情况,那么我们又为何要对西方国家的汉学家和翻译家给予特别的苛求呢? 从中西文化交流的长远观点来看,目前反映在中国文学文化外译中的一些"连译带改""误译"乃至"曲译",都是暂时的现象,最终一定会走向越来越全面、越来越准确的相互认识。

作为当前时代语境下的一个新课题,文化外译与两千多年来的以宗教典籍、文化经典、文学名著为主要的翻译对象的文化译入有着多方面的差异,对文化外译的理论研究其实才刚刚开始,其中的理论探讨空间还很大。但有一点可以肯定,那就是如果我们不摆脱传统的文学翻译思维习惯,只是简单地套用译入实践的经验乃至标准去审视、去评价当前文化外译的行为和现象,那么必定不可能对文化外译有全面、深刻的认识,同时也就不可能对当前的文化外译给予正确的指导,当然也就不可能在这方面取得真正的实际效果。川味《茶馆》给我们的启迪也就是,一定要学会善于用接受语境所喜闻乐见的语言和表述方式讲自己的故事,才有可能让你的故事被观众、听众和读者所接受。戏剧改编是如此,文化外译更是如此。

换个视角看翻译^①

——从莫言获诺贝尔文学奖谈起

一、 莫言获奖背后的翻译问题

2012 年莫言获得国际文学界的大奖——诺贝尔文学奖肯定是中国文学界乃至文化界最引人注目且最令人激动的事件了,它极大地提升了人们对中国文学"走出去"的自信。莫言的获奖,其背后有许多因素在起作用,但其中翻译毫无疑问是最重要的因素之一。然而,尽管谁都知道莫言的获奖其背后有个翻译的问题,却不是谁(包括国内的翻译界)都清楚,这是些什么样的翻译问题。日前读到一位老翻译家在莫言获奖后所说的一番话便是一例,他对着记者大谈"百分之百的忠实才是翻译主流"、要"逐字逐句"地翻译等似是而非的话^②,却不知莫言作品的外译事实正好与他所谈的"忠实"说相去甚远:英译者葛浩文在翻译时恰恰不是"逐字、逐句、逐段"地翻译,而是"连译带改"地翻译的。他在翻译莫言的小说《天堂蒜薹之歌》时,甚至把原作的结尾改成了相反的结局。然而事实表明,葛浩文的翻译是成功的,我这里特别是指译者在推介莫言的作品并让它们

---

① 原载《东方翻译》2013 年第 1 期。
② 参见刘莉娜:《译者,是人类文明的邮差》,《上海采风》2012 年第 12 期。

在译入语国家切实地受到读者的欢迎和喜爱方面。德国汉学家顾彬指出，德译者甚至不根据莫言的中文原作，而是选择根据其作品的英译本进行翻译，由此可见英译本迎合了西方读者的语言习惯和审美趣味。

仔细考察一下，莫言获奖背后的翻译问题主要有如下几个：

首先是"谁来译"的问题。莫言作品的外译者，除了美国的"中国现当代文学的首席翻译家"葛浩文（Howard Goldblatt）外，还有法译者杜特莱（Noël Dutrait）和尚德兰（Chantal Chen‐Andro）夫妇，瑞典语译者陈安娜（Anna Gustafsson Chen）等。这都是些外国译者，他们为莫言作品在国外的有效传播与接受发挥了至关重要的作用。正如诺奖评委马悦然（Göran Malmqvist）所指出的，他们"通晓自己的母语，知道怎么更好地表达。现在（中国国内的）出版社用的是一些学外语的中国人来翻译中国文学作品，这个糟糕极了。翻得不好，就把小说给'谋杀'了。""应该让更多的喜欢中国文学的'非专业翻译'的外国人来把中国文学作品翻译成他们的母语。这样，中国文学才能走向世界。"①马悦然的说法也许不无偏激之处，因为单就外语水平而言，我们国内并不缺乏与这些外国翻译家语言水平相当的翻译家。但是在对译入语国家读者细微的用语习惯、独特的文字偏好、微妙的审美品位等的把握方面，我们还是得承认，国外翻译家显示出了我们国内翻译家较难企及的优势，这恐怕是我们在向世界推介中国文学和文化时必须面对并认真予以考虑的问题。马悦然就曾现身说法地举过一个例子：他翻译中文小说遇到方言就会相应地用瑞典方言来代替。譬如《水浒》中的鲁达和杨志说"洒家"，他就用吉卜赛语的"我"去翻译。

其次是作者对译者的态度问题。莫言在对待他的作品的外译者方面

① 参见王洁明：《专访马悦然：中国作家何时能拿诺贝尔文学奖?》，《参考消息》2004 年 12 月 9 日。

表现得特别宽容和大度,给予了充分的理解和尊重。他不仅没有把译者当作自己的"奴隶",而且还对他们明确放手:"外文我不懂,我把书交给你翻译,这就是你的书了,你做主吧,想怎么弄就怎么弄。"①正是由于莫言对待译者的这种宽容大度,他的译者才得以放开手脚,大胆地"连译带改",从而让莫言的外译本跨越了"中西方文化心理与叙述模式差异"的"隐形门槛",并成功地进入了西方的主流阅读语境。有人曾对莫言作品外译的这种"连译带改"译法颇有微词,质疑"那还是莫言的作品么?"对此我想提一下林纾的翻译,对于林译作品译介的是不是外国文学作品的问题恐怕不会有人表示怀疑吧? 这里其实牵涉到一个民族接受外来文化、文学的规律问题:它需要一个接受过程。我们不要忘了,中国读者从读林纾的节译本《块肉余生述》,到读今天董秋斯、张谷若或其他译者译的全译本《大卫·科波菲尔》乃至"狄更斯全集",已经花了一百多年的时间。然而当代西方国家的读者对于东方包括中国文学和文化的真正兴趣却是最近几十年才刚刚开始的,因此我们不可能指望他们一下子就会对全译本以及作家的全集感兴趣。但是随着莫言获得诺奖,我相信在西方国家也很快会有出版社推出莫言作品的全译本甚至莫言作品的全集。

再次是译本由谁出版的问题。莫言作品的外译本都是由国外的著名出版社出版的,譬如他的法译本的出版社瑟伊(Seuil)出版社就是法国最重要的出版社之一,这使得莫言的外译作品能很快进入西方的主流发行渠道,也使得莫言的作品在西方得到有效的传播。反之,如果莫言的译作全是由国内出版社出版的,恐怕就很难取得目前的成功。近年来国内出版社已经注意到这一问题,并开始积极开展与国外出版社的合作,很值得肯定。

---

① 刘莉娜:《译者,是人类文明的邮差》,《上海采风》2012年第12期。

最后,作品本身的可译性也是一个需要注意的问题。这里的可译性不是指一般意义上的作品翻译时的难易程度,而是指作品在翻译过程中其原有的风格、原作特有的"滋味"的可传递性,在翻译成外文后这些风格、这些"滋味"能否基本保留下来并被译入语读者所理解和接受。譬如有的作品以独特的语言风格见长,其"土得掉渣"的语言让中国读者印象深刻并颇为欣赏,但是经过翻译后它的"土味"荡然无存,也就不易获得在中文语境中同样的接受效果。有人对贾平凹的作品很少被翻译到西方去甚至几乎不被关注感到困惑不解,觉得贾平凹的作品也很优秀啊,似乎并不比莫言的差,为什么他的作品没能获得像莫言作品一样的成功呢? 这其中当然有多种原因,但作品本身的可译性恐怕也是其中的一个原因。莫言作品翻译成外文后,既接近西方社会的文学标准,又符合西方世界对中国文学的期待,这就让西方读者较易接受。其实类似情况在中国文学史上也早有先例,譬如白居易、寒山的诗外译的就很多,传播也广,相比较而言李商隐的诗的外译和传播就要少,原因就在于前两者的诗浅显、直白,易于译介。寒山诗更由于其内容中的"禅意"而在正好盛行学禅之风的 20 世纪五六十年代的日本和美国得到广泛传播,其地位甚至超过了孟浩然。

不难发现,以上对莫言获奖背后的翻译问题的讨论视角显然已经不再局限于传统翻译研究者那种仅仅关注"逐字译还是逐意译"等狭隘的语言文字转换的层面,而是进入了更为广阔的跨文化交际的层面,即不仅关注如何翻译的问题,还要关注译作的传播与接受等问题。其实经过了中外翻译界一两千年来的讨论,"该如何译"的问题已经基本解决,"翻译应该忠实原作"也早已是译界的基本常识,毋须赘言;至于应该"逐字译""逐意译"还是两相结合等,具有独特追求的翻译家自有其主张,也不必强求一律。倒是对后一个问题,即译作的传播与接受等问题,长期以来被人们所忽视甚至无视,从而需要我们认真对待。现在是到了换一个视角看翻译的时候了。

二、正视译出活动的特殊性

所谓换一个视角看翻译，确切地说，就是要求我们拓展我们的视野，从更高、更开阔的层面，也即从跨文化交际的层面上去审视翻译，去理解翻译，去认识翻译的性质及其本质目标，就是要求我们跳出狭隘的仅仅局限在文本以内的语言文字转换层面去看待翻译的传统眼光，而还能注意到文本以外影响、制约翻译行为的各种因素，影响、决定翻译的传播、接受效果的各种因素。站在跨文化交际这个高度看翻译，那就不仅应该看到翻译的译入行为及其相关活动，而且还应该看到翻译的译出行为及相关活动，应该看到与翻译的译入行为和活动相比，翻译的译出行为及相关活动呈现出传统翻译研究甚少关注和思考的一些特殊问题。而缺乏对翻译的译出行为和活动的特殊性以及相关问题的关注与思考，恰恰是传统翻译研究和传统翻译理论的一个空白，同时这也是一个应该由我们今天的翻译研究者去填补的空白。

两千余年的中西翻译史表明，历代翻译家和翻译研究者对翻译的研究基本上都是建立在对翻译的译入行为、译入活动的思考的基础上的。这当然也很正常，因为事实上翻译的发生和发展首先也总是与翻译的译入行为和活动密切相关的，翻译的发生基础就是译入语国家或民族对外国、外族的先进文化主动的强烈需求。古罗马人对古希腊文化典籍的翻译是如此，文艺复兴时期英、法、德等国对古希腊、罗马文化典籍的翻译是如此，清末民初我国对西方文化典籍的翻译也同样如此。正是由于译入语国家本身内部就有对外国的先进文化和优秀文学作品主动的强烈需求，因此译入语国家的翻译家通常也就往往把他们的注意力集中在如何把原作翻译好等问题上，诸如如何尽可能忠实地传递原作的内容、形式、风格等问题，以及与此相关的翻译技巧方面的问题等，而甚少甚至根本不考虑翻译出来的作品在译入语国家的传播、影响与接受效果等只有在进行翻译的译出行为和活动时才会突显出来并需要认真对待的问题。

由此我们也就不难发现,自中华人民共和国成立以来到目前为止我们在推动中国文学、文化"走出去"一事上所存在的一个认识上的误区,即把翻译的译出行为和活动简单地等同于翻译的译入行为和活动,而看不到翻译的译出行为和活动的特殊性。于是尽管我们为此投入了大量的人力和物力,组织了一批像杨宪益夫妇那样一流的翻译家和外国专家,配备了我们国家最好的印刷和纸张,与此同时还投入了大量的资金,然而翻译出来以后的作品,其传播、影响与接受的效果却远不如预期:杨译《红楼梦》在英语世界遭到冷遇,西方读者大多青睐英国翻译家霍克斯(David Hawkes)的译本;旨在介绍中国现当代文学作品的外文版"熊猫丛书"读者越来越少,乏人问津;编辑、出版了长达半个世纪的英、法文版的《中国文学》杂志,最后也因各种各样的原因而只能黯然停刊。① 如此结果其背后当然有许多原因,但其中以我们对翻译的译入行为和活动的理解和认识去指导我们的译出行为和活动,恐怕是我们的这一翻译行为和活动未能取得预期效果的最主要和最重要的原因。

诚然,从表面看,译入(in-coming translation)与译出(out-going translation)这两种翻译都是两种语言文字之间的一种转换行为和活动,只是翻译的"方向"不同而已,在这一层面上两者确实并无二致。然而从深层次看,由于它们的本质都是一种跨文化交际行为和活动,因此它们的行为和活动就不能不受到跨文化交际规律的制约。而不同民族、国家之

———————

① 限于篇幅,这里不展开叙述。我曾指导三位博士生对这三个个案进行了深入细致的研究,有兴趣的读者可参阅他们的博士论文,分别是江帆的《他乡的石头记:〈红楼梦〉百年英译史研究》,耿强的《文学译介与中国文学"走向世界"——"熊猫丛书"在美国的接受与考察》,郑晔的《国家机构赞助下中国文学的对外译介——以英文版〈中国文学〉(1951—2000)为个案》。

间文化交流的流向是有其内在的规律的,它总体上总是从强势文化流向弱势文化,这样的例子在古今中外的翻译史上可以说比比皆是。这也在一定程度上解释了为什么我们对西方文化、文学的译介品种和数量都远远超过西方国家对我们国家文化、文学的译介品种和数量的原因。

这么说并不是妄自菲薄,贬低自己国家和民族的文化,而是要揭示一个我们必须面对的客观事实。回避事实,不敢正视事实,甚至闭眼不顾事实,只会导致我们相关的跨文化交际行为和活动的失败。顺便可以一提的是,其实历史上我们中华文化也有过辉煌的时期,中华文化也曾经是周边国家心目中的强势文化,当时周边国家曾派出过许多知识分子来我国学习中华文化,并把中华文化的典籍带回各自的国家,翻译成各自国家的语言文字,并在他们的国家广为传播。是由于晚清统治者的腐败、昏庸和闭塞,导致我们国家从近代起与西方发达国家拉开了距离。近代中国的落后是促成清末民初我国历史上第三次翻译高潮的最直接和最根本的原因,与此同时,从某种意义上而言,它也是造成当代西方发达国家面对有着五千年悠久深厚历史的中华文化却仍然会表现出一种倨傲自大的文化自负的原因,因为它们国家里的不少人对中华文化的认识,具体而言,是对中国国家和民族的认识,仍然停留在清末民初那个时代。在他们的心目中,中国人还穿着马褂旗袍,留着长辫子,戴着瓜皮帽,中国女人仍然裹着小脚,彳亍而行……张艺谋的某些影片之所以能在西方走红得奖,正是在一定程度上迎合了相当数量的西方观众对中国和中国人的这种畸形想象。这种现象当然是我们不希望看到的,但它又是当今国际社会的一个现实,我们必须面对它,正视它。这个现实给予我们一个非常重要的启示:在国外,尤其是在西方发达国家,远未形成像我们国家这样一个对外来文化、文学有着强烈需求的接受环境,这就要求我们在进行中译外工作时,我们必须考虑如何在国外,尤其是在西方发达国家培育中国文学和文化的受众和良好的接受环境的问题。本刊自去年第二期推出连载的"借帆出海——史译论语选载"系列便是在这方面所做的一个探索,译者希望通过把论语与西方前贤名家思想的比较,拉近两者的距离,有助于当代西方读者对中国古代典籍的阅读与理解。

三、探索新视角下的翻译理论

当代西方国家社会里这种对中国文学和文化接受环境的特殊性提醒我们,文学作品的跨国、跨民族的译介与传播是个非常复杂的问题,它远非我们某些人所想象的那样只是一个简单的语言文字转换的问题,尤其是涉及中国文学和文化的对外译介,更受制于一系列特殊的因素,从社会制度、意识形态、国力强弱,到审美趣味、阅读习惯、语言文字的偏好等。我们有些人往往只是从外译中的角度来看待中译外的问题,也即把译出翻译等同于译入翻译,这就把问题简单化了,背离了跨文化交际的规律。莫言作品外译的成功和此前半个多世纪我们国家在对外译介中国文学和文化典籍方面的经验和教训,值得我们好好反思。

当然,这里不无必要强调指出的是,莫言作品外译的成功也并不意味着我们国内从事中国文学、文化外译和出版的翻译家和出版社从此就无可作为。此前我曾在多个场合提到,由于中国与西方发达国家之间在文化交流层面存在的时间差(time gap)和语言差(language gap),西方国家能够从事中国文学、文化典籍外译的译者数量相当有限,而中国文学和文化值得译介的优秀作品却是数量巨大,这就决定了中国文学和文化典籍的外译不可能仅仅依靠外国译者,而离不开中国本土翻译家的积极努力和共同参与。[①] 只是我们的翻译家在积极努力和参与中国文学和文化典

[①] 参见谢天振:《语言差与时间差》,《文汇读书周报》2011年9月3日;谢天振:《中国文化如何才能真正有效地"走出去"?》,《东方翻译》2011年第5期。

籍的外译时，要认真吸取从前的经验教训，避免重蹈覆辙，必须调整我们的翻译的指导思想，我们的翻译方式、方法和策略，要探索新视角下的翻译理论，有效地促进中外文化的交流，让中国文学和文化能切实地"走出去"。

说到翻译理论，我此前曾说过，"严格而言，翻译研究或者说翻译学并没有完全属于自己的理论，所谓的翻译理论实际上大多借鉴自其他学科理论"。[①] 但这并不是说翻译研究就不可能建立起属于自己的理论。这其实是所有新兴的边缘学科和交叉学科的一个特点，它们就是在不断地借鉴其他学科理论的过程中，结合自己的相关实践，吸取一切于自己学科有用的思想、主张和经验，丰富、深化对实践的认识，然后慢慢地上升为理论。

因此，新视角下的翻译理论首先要求我们必须跳出所谓的"翻译本体论"或"语言本体论"，这种把翻译仅仅视作一种语言行为，并把翻译仅仅定位在两种语言文字转换层面上的理论，局限了我们的视野，看不到除了笔译之外的其他各种翻译形态，诸如口译、机辅翻译、符际翻译以及合作翻译等。这种理论还束缚了我们的思维，因而也就更看不到翻译的跨文化交际的实质。

其次，承认翻译是一种跨文化的交际行为已经是当代国际翻译界的共识，由此新视角下的翻译理论必然也是以此共识为其出发点构建其理论体系。为此，它就必须广泛借鉴交际理论、行动理论、传播学理论、信息理论、接受美学理论等思想，其中德国的功能学派翻译理论有望成为新视角下翻译理论的重要思想来源。该派理论中的一个核心思想，即把翻译定位为"以原文为基础的、有目的和有结果的行为"，认为"这一行为必须经过协商来完成"，提出"翻译必须遵循一系列法则，其中目的法则居于首

---

① 参见谢天振：《新时代语境期待中国翻译研究的新突破》，《中国翻译》2012 年第 1 期。

位,即译文取决于翻译的目的",等等。① 这些思想当能为我们今天探索新视角下的翻译理论以深刻的启迪。

最后,新视角下的翻译理论还必须进一步拓展自己的视野,跳出单纯的人文、社会学科的范畴。随着当今翻译实践中对现代最新科技手段的引入和应用,我们对翻译的研究也同样需要借助人文、社会学科以外的理论,甚至当今最新的科技设备,譬如对口译者的心理学研究,对口译者在从事同声传译时脑电波活动情况的测试等,都已经越出了传统的人文、社会学科研究范畴。

换个视角看翻译,我们就能够构建起一个更加全面、更加科学的翻译理论,我们也就能够以这样的翻译理论去认识我们的翻译实践,去指导我们的翻译实践,从而实现切实有效的不同国家和民族之间的跨文化交流。

---

① 参见谢天振主编:《当代国外翻译理论》,南开大学出版社,2008年,第135—196页。

网络时代文学翻译的命运^①

一、网络时代与文学翻译的边缘化

在当今时代，尤其是在这样一个以信息快捷传播为特征的网络时代，文学翻译的边缘化恐怕是一个不争的事实。尽管我们现在走进书店还会发现书架、柜台上外国文学翻译作品似乎还不少，称得上琳琅满目，然而想一想文学翻译在眼下整个翻译市场中所占的比例吧，想一想现在有还多少人在认真地读外国文学翻译作品吧。我指的是严肃的外国文学翻译作品，而不是指像《哈利·波特》或《达·芬奇密码》那样的畅销书（两部作品的译者今天也都来了）。如所周知，"哈利·波特"和"丹·布朗系列小说"的翻译在前几年国内的图书市场也曾引起过一阵阵的销售和阅读热潮，这当然也是好事，也有它的价值与意义。不过，这与我心目中的文学翻译"热"还是两回事。不过话说回来，我心目中的那种文学翻译"热"恐怕也是一去不复返了，因此在当今这个时代，文学翻译的位置被边缘化也是可以理解的。在当今这个信息化时代，人们的生活节奏、工作节奏都变得异常地快，及时获取相关信息也就成为许多人的第一需要。从这个意

---

① 本文根据谢天振 2018 年 6 月 16 日在浙江大学主办的"新时代文学翻译的使命———文学翻译名家高峰论坛"上的发言补充修改而成。正式发表于《东方翻译》2018 年第 4 期。

义上而言,文学翻译的最好时代就必然是在一个生活节奏和工作节奏都相对比较慢的时代,譬如20世纪的五六十年代或是20世纪80年代。

20世纪五六十年代,中华人民共和国刚刚成立,急于建设有别于旧中国文化的社会主义无产阶级新文化,加上在外交上采取向苏联"一边倒"的国策,于是大量翻译苏联作家,还有俄罗斯经典作家的作品。一时间高尔基的小说、马雅科夫斯基的诗,普希金、果戈理、陀思妥耶夫斯基、托尔斯泰、契诃夫等人的诗、散文、小说、戏剧作品几乎悉数翻译成了中文,甚至一些二、三流苏联作家的作品也都被翻译成了中文,像巴巴耶夫斯基的长篇小说《金星英雄》,还被推崇为当代苏联文学中的经典。至于出于意识形态的需要,因为"政治上正确"的原因,一些作品尽管艺术水平并不高,但也被推崇为当代苏联文学的经典,成为20世纪五六十年代广大中国读者的案头必备书,像大家熟悉的长篇小说《钢铁是怎样炼成的》,以及《卓娅与舒拉的故事》《古丽娅的道路》等,并对几代中国读者的人生观产生了深刻的影响。

这里可以顺便一提的是,20世纪五六十年代对中国读者尤其是青年读者的人生观产生深刻影响的其实还有另一批外国文学翻译作品,其中首推傅雷翻译的罗曼·罗兰的长篇小说《约翰·克利斯朵夫》、罗玉君翻译的司汤达的长篇小说《红与黑》以及李霁野翻译的英国女作家勃朗特的长篇小说《简·爱》。这几部作品的主人公克利斯朵夫、于连和简·爱都出身于社会底层,然而凭借自己的不懈努力奋斗,再加上自己的才华,他们终于跻身上流社会。只是这样的文学形象及其反映的奋斗精神并不符合20世纪五六十年代中国社会的主流精神,因此被斥之为"小资产阶级世界观""宣扬个人奋斗"而在主流意识形态层面上不断遭受批判,这些作品的出版发行也因此受到限制,在高校图书馆、更不要说在公共图书馆里很难借到。尽管如此,这几部翻译小说在当年青年读者中的影响却不可小觑，它们在青年读者中私底下辗转流传，其产生的实际影响同样相当巨大。

由此可见，文学翻译对民族、国家、社会可以产生巨大的影响，它们甚至改变乃至塑造了整整一代人的世界观。但是近年来，随着网络时代的来临，更因为翻译作为一门职业而进入了职业化时代，在这样的大背景下，文学翻译被边缘化了。正如我在《论翻译的职业化时代》一文中指出的："从翻译史的整体发展脉络而言，作为翻译史上的一个时代，文学翻译时代、宗教典籍翻译时代，已经成为过去。"①这种"边缘化"具体反映在从事文学翻译②的译者人数相较于从事非文学翻译的译者人数要远远少得多，文学翻译在当前文化市场中所占据的份额也在大幅缩小。而更重要的是，文学翻译在当今我国社会中所产生的影响正在大幅减退。

对此现状，我今天却要补充说一句话："翻译家们，你们大可不必为此而感到沮丧，尽管这是当今文化市场的一个现实。然而就像流行音乐尽管占据了很大的市场份额，但大家可以发现，古典音乐、高雅音乐并没有因此而失去它们的听众，通过一些宣传和普及手段，古典音乐、高雅音乐听众的数量甚至还在日渐增多。由此我相信，以译介国外先进文学和文化为己任的文学翻译也同样会赢得它的忠实的读者的。"

诚然，今天科技的进步与物质生活水平的提高，为人们提供了多种不同的满足文化生活需求的方式和渠道，手机更是已经成为人们不可须臾离手的了解信息、互通信息的通信工具。但是快捷而浅薄的快餐文化注定是满足不了相当一部分有着崇高和美的精神需求的读者的需要的，因为网络所能提供的大多只是解决一时之需的信息资料，从阅读的方式而

① 谢天振：《论翻译的职业化时代》，《东方翻译》2014年第2期。
② 我指的是严肃翻译文学。

言,这是一种快餐式的浅度阅读,它不可能代替通过纸质文本或类纸质文本的电子文本的深度阅读而能陶冶读者的美学情怀,培育、铸造读者的人文素养。因此,充满了崇高和美的文学形象和意境的外国文学经典作品它的价值和意义是永恒的,是不可替代的。

只是面对着在网络时代环境下成长起来的一代又一代的新人,今天的文学翻译也有一个培育自己的新读者群的问题。我们的文学翻译家有没有可能带着他们的翻译文学作品走进校园,走近读者,让今天的青年人认识和了解文学翻译作品里崇高和美的主题和形象,从而能爱上文学翻译作品?

不过眼下有一个事实还是让人感到欣慰的:在不少实体商店超市接二连三地关门的同时,一些小型的、有品位的实体书店却在不少城市悄然开设,且受到欢迎。我们的文学翻译家们有没有可能借助这股春风,推波助澜,把当下的年轻人从手机边拉回到优秀的翻译文学作品边,让他们放下手机而捧起一本本优秀的翻译文学作品启卷品读呢?

二、如何为文学翻译家提供一个良好的生存发展环境?

文学翻译的发展与繁荣离不开文学翻译家,而为了让文学翻译家能够心无旁骛全心投入文学翻译事业,为文学翻译家们提供一个良好的生存发展环境就至关重要。这么多年来我们一直在呼吁要提高文学翻译的稿酬,其目的也与此有关。呼吁提高文学翻译的稿酬无可非议,也是完全可以理解的,目前文学翻译的稿酬与翻译家们付出的劳动不相称,与当前物价指数也不相称。只是在我看来,仅仅呼吁提高文学翻译的稿酬还不够,我们还应该重视跟我们文学翻译的命运休戚相关的另一个领域,只有在这个领域里的著作者们的利益得到了切实的提高和鼓励,才有可能保证我们的文学翻译家们拥有一个良好的生存发展环境,从而进一步保证文学翻译获得一个健康良好的发展空间。这个领域就是文学翻译批评。

　　说起来改革开放 40 年以来，我国的翻译研究得到了前所未有的迅猛发展。然而，不无遗憾的是，翻译研究中的其他两块翻译理论、翻译史研究都发展得非常快，获得了实质性的进展，唯独文学翻译批评这一块在我们国家却一直未能真正健康地发展起来，更远远谈不上繁荣。我指的是文学翻译批评实践，因为对文学翻译批评的理论研究和学术思考的著述倒还是能举出几部的，譬如在座的许钧教授早在 20 世纪 90 年代初就已经推出了一本《文学翻译批评研究》的专著，但"真刀实枪"地对某部翻译作品，尤其是一些劣质翻译作品进行鞭辟入里的分析、给予曝光的文章，却为数甚少。这当然也是可以理解的，因为通常有资格、有能力做文学翻译批评实践的人他也一定也有能力从事文学翻译实践的。而写一篇文学翻译批评的文章，不光吃力，而且还要得罪人，真所谓"吃力不讨好"，还不如自己去翻一本书呢。更何况写出来的批评文章稿酬也不高，那就更没有人愿意去做这件事了。

　　然而没有健康有力的文学翻译批评，就会造成劣质文学翻译的横行，甚至堂而皇之地招摇撞骗，搅乱图书市场。前几年我就曾见到过北方某出版社出版的一套所谓的外国文学名著丛书，洋洋洒洒几十本，几乎囊括了英美文学、俄罗斯文学、西葡拉美文学最主要的经典文学作品，然而这样一套包括了英、美、德、法、俄、西、葡、日等那么多不同语种的文学翻译丛书，译者署名竟然都只是一个人，这就不能不让人对这套外国文学名著质量产生怀疑了。然而这样一套明显有问题的外国文学名著翻译丛书却堂而皇之地摆在全国许多书店里公开销售，畅通无阻。这是对国内文学翻译市场和正直翻译家们的正当权益肆无忌惮的侵犯和嘲弄。而且，这还是比较明显且规模较大的劣质文学翻译事件，至于其他单本的劣质译作那就更多了，而广大普通读者大多并不明白其中的问题，他们看封面只知道这是一本外国文学名著，又是正式出版社的公开出版物，也就欣然买下了。然而这样的情况如果不及时给予批判揭露，而是听之任之，任其延续蔓延，那么我们国家的文学翻译事业是绝对得不到健康正常发展的。为此，我觉得我们一定要大力呼吁提高文学翻译批评的待遇。假如说文学翻译的稿酬是每千字一百元的话，那么文学翻译批评文章的稿酬应该是它的三倍甚至五倍，只有如此才能吸引和鼓励优秀的文学翻译家和文学翻译研究者投身到文学翻译批评的事业中来，才能帮助大众读者识别劣质文学翻译与优秀文学翻译，让劣质文学翻译无处藏身，从而保证我们国家的文学翻译真正走向繁荣。

三、正确认识何为优秀的翻译文学

这次在会上听到了两位资深外国文学编辑的发言。曾多年主编《译林》杂志的王理行博士强调优秀的翻译文学作品一定要"经得起看""经得起读"。所谓"经得起看"，他的意思是把译文对照原文，能做到紧扣原文，非常忠实原文；而所谓"经得起读"，则指的是译文语言文字明白晓畅，绝无佶屈聱牙之处。这与人民文学出版社的资深编辑，同时自身也是著名翻译家的马爱农女士的发言异曲同工。马爱农强调"翻译的第一要义就是忠实"，"任何对于原著的改动或者增添"都不是忠实的翻译，都不是好的翻译。两位资深外国文学编辑表示他们在编辑翻译文学作品时就是这样逐字逐句地对照原文"读"和"看"的。这让我看到了两个恪尽职守、对文学翻译高度负责的编辑形象，也让我对他们肃然起敬。

然而特别有意思的是，与此同时，我在会上也听到了著名作家毕飞宇和著名翻译家林少华的发言。毕飞宇举了我特别熟悉、也特别喜欢的 20 世纪上海翻译电影制片厂（以下简称"上译厂"）翻译配音的外国电影为例来说明他心目中的优秀外国文学翻译。毕飞宇说他特别欣赏当年上译厂那些配音演员在为外国电影配音时的那个"腔调"，正是那个"腔调"让他感受到了外国电影独有的情调，由此他觉得好的翻译文学就应该传递出原作的这种"腔调"。而林少华接过他的话，说他在翻译村上春树等日本作家的作品时一心想的就是怎么在译文里能找到自己独有的"调调"。显然，在林少华看来，优秀的翻译文学作品不可能是原作简单的复制。

毕飞宇、林少华两位的发言立即引发了我的强烈共鸣，我甚至等不及进入互动环节就要求发言，以表达我对他们两人发言的赞赏和肯定。在我看来，毕飞宇提到的上译厂翻译、配音外国电影时的那个"腔调"，正好可以视作是对文学翻译中的艺术再创造的一个极其形象的阐释。其实我们大家都很清楚，上译厂配音的那些外国原版电影中的人物并不是像我们听到的配音演员那么讲话的，那些译制片中人物说话的"腔调"完全是我们的配音演员"再创造"出来的。我于是想，假如把那些上译厂翻译、配音、制作的影片当作一个个的翻译文本，然后让我们两位如此认真负责的资深外国文学编辑去"审读"去"责编"的话，它们能经得起我们这两位如此认真负责的资深编辑的"看"和"读"吗？他们很可能会问："外国人是这样说话的吗？""翻译"成编辑的话语，也就是："原文是这样的吗？"而如果套用文学翻译的批评话语，那么这样的"翻译"就是"不忠实"的。然而观众的反应却表明，上译厂以他们这种独特的方式翻译、配音、制作的影片赢得了难以计数的甚至是几代观众的欣赏和喜爱。最近几年来，在网上还一直可以看到有人在不断地撰文怀念上译厂的那些配音演员。我自己也很怀念邱岳峰、尚华、李梓、刘广宁等配音演员，因为在"文革"期间出于特殊的机遇我曾跟他们有过一段时间的当面接触。

上译厂的配音电影让我联想到了著名翻译家傅雷的翻译。事实上我们这代人以及我们的上一代人在读傅雷的翻译文学作品时，都曾经不止一次地不由自主地冒出一个问题："巴尔扎克是这样写的吗？""罗曼·罗兰是这样写的吗？"之所以会冒出这样的问题，倒不是我们在质疑傅雷的翻译忠实不忠实的问题,而是因为我们觉得傅雷的译笔太好了,还因为我们实在太喜爱傅雷的翻译了,以至于我们会怀疑巴尔扎克、罗曼·罗兰的原文有没有这么好。这与上述上译厂配音的译制片受到观众的欢迎也称得上是异曲而同工。

由此我还进一步想到该如何全面正确地认识优秀翻译文学的问题。是不是只是考虑经得起"看"(对照原文忠实)、经得起"读"(译文语言文字流畅)的译文才是优秀的翻译文学呢? 我在会上半开玩笑半认真地对王理行、马爱农两位资深外国文学编辑说:"我很赞赏你们两位在责编外国文学翻译作品时的那种高度认真负责、恪尽职守的敬业精神,对此我要向你们表示敬意。然而在评选优秀翻译文学奖时我却不希望你们两位去,因为你们去做评委的话,你们一定会以你们多年来养成的编辑的职业习惯去'看'、去'读'候选作品。这样的话,被你们选上的作品可以保证是一部合格的翻译作品,但是否就是优秀的翻译文学呢? 恐怕未必。"

我说这话不是没有来由的。我知道国内历年来的优秀翻译文学奖评委们通常都把眼光集中在候选作品文本内的情况,也即王理行所说的是否经得起"看"、经得起"读"。再说得具体些,也就是译文在两种语言文字转换过程中是否"忠实",有没有翻译的"硬伤"。我发现此前几届我们国家最高级别的优秀翻译文学奖"鲁迅文学奖"中的"优秀翻译文学奖"的评奖正是遵循了这样的思路,从而导致不仅评选出来的优秀翻译文学作品没有产生应有的影响,有时还导致某一届优秀翻译文学奖的空缺。然而如果我们能冷静下来仔细想一想的话,对这样的结果应该感到奇怪:我们这样的翻译大国,这么多年来有这么多的翻译文学作品问世,却居然会评选不出一部或几部优秀的翻译文学作品,这不是很荒唐么? 改革开放 40年以来,我们国家的文学翻译应该说是发展最快、成就也最为瞩目的一个领域。尤其是 20 世纪 80 年代的文学翻译,被推崇为我们国家翻译史上的第四次翻译高潮。这 40 多年来的文学翻译在我们国家的文化生活、社会生活乃至意识形态领域,产生了不可估量的影响。从某种层面上而言,没有当年李文俊翻译的美国作家福克纳的作品,也许就没有后来莫言的获得诺贝尔文学奖;没有当年几个西语翻译家翻译的马尔克斯的长篇小说《百年孤独》,也许就没有当代中国作家集体对小说一种写法认识的觉醒;而没有一批俄语翻译家们对 19 世纪末、20 世纪初俄国白银时代文学作品的翻译,我们国内文学界、文化界对俄苏文学的认识和理解恐怕至今仍是残缺不全面的。还有许多翻译作品在此难以一一列举了,然而在如此众多的翻译文学作品中我们竟然发现不了、评选不出一部或几部优秀的翻译文学作品来,那就只能说明我们的评奖理念有问题,我们的评奖机制有问题,我们的评奖标准有问题,甚至我们评委的眼光以及他们对优秀翻译文学的认识有问题了。

针对优秀翻译文学的问题,我还在 10 多年前就已经发表过多篇文章,阐述了什么是优秀翻译文学,同时对国内很不科学、很不合理且完全不能起到推动文学翻译发展繁荣作用的评奖理念、评奖机制和所遵循的评奖标准提出了直言不讳的批评。我认为,优秀翻译文学首先它翻译的原作就应该是优秀的,在原语国家甚至在国际上都享有很高的声誉,否则,你即使翻译得再好,再忠实,译文的语言文字再流畅,也是没有意义的。其次,优秀的翻译文学应该对译入语国家的文学、文化有所影响、有所贡献。我曾在一篇文章中说过:"(在评选优秀翻译文学奖时)不要仅仅只考虑译作的翻译质量而忘记了文学翻译的本旨,忘记了文学翻译的首要意义应该在引进、译介、传播外国文学作家、作品、流派等方面发挥作用,同时通过文学翻译为中国文学和中国文化的建设和发展作出贡献。"再次,"至于文学翻译的质量问题,应该是我们评选优秀文学翻译奖的参考因素之一,而不是全部"。① 我觉得这里有必要强调一下的是,对译作的翻译质量我们当然是要关注的,但是我们的评委切不可忘记,他们是在评选优秀的翻译文学,而不是在出版社编辑翻译作品,更不是在大学课堂里批改学生的翻译作业。因此,在审读候选的评奖作品时,评委不仅要仔细地对照原文审阅译文,同时还要考虑与文学翻译密切相关的其他因素。

我认为,鉴于在当前网络时代文学翻译正在被边缘化的情况,优秀翻译文学的评奖对于吸引更多读者关注翻译文学、改善并提高文学翻译的地位就更加具有特别重要的意义了。因此,如何建立一个科学、合理的优秀翻译文学奖的评奖机制、确立一套合理的优秀翻译文学奖的评奖标准,并通过文学翻译的评奖,吸引更多当代读者关注翻译文学,这是摆在我们国家有关领导部门面前的一个急需解决的问题。

最后,我这里还想顺便提一下,最近几十年来国内兴起了一股国学热,简直到了满城尽在说国学的地步了。建设中国文化关注国学自然无可厚非,但是我们不能忘记的是,当代中国文学、文化的建设离不开对世界各国先进文学和文化的译介与借鉴。没有这些译介与借鉴,当代中国文学文化不可能是现在这样的面貌和形态。

因此,如果说普通民众和读者容易被媒体或某些舆论牵着鼻子走的话,那么我们的有关领导部门可不能忽视这一条,即先进的国外文学、文化对我们国家的文化建设的价值与意义。这恐怕也是文学翻译在十九大以后的使命,即为新时代的中国文学文化的建设和发展做出我们的积极贡献。

---

① 参见谢天振:《假设鲁迅先生带着他的译作来申报鲁迅文学奖——对第三届鲁迅文学奖优秀文学翻译奖评奖的一点管见》,《文景》2005 年第 7、8 期合刊。

翻译巨变与翻译的重新定位与定义[①]
——从 2015 年国际翻译日主题谈起

最近一二十年来,翻译正在发生空前巨大的变化,无论是它的对象、手段、形式,还是它的内涵、外延、译介方向(译入与译出)等。国际译联推出的 2015 年国际翻译日主题"变化中的翻译面貌"再次以清晰的语言昭示了这一事实。然而国内翻译界和学界对此变化的反应尚显得有些滞后,前些年关于翻译本体的争论以及近几年关于中国文化如何走出去讨论中的某些模糊认识都反映了这一点。为此本文作者提出,随着最近几十年来翻译活动内涵的不断拓展,国际互联网时代和翻译职业化时代的来临,文化外译命题在多国的提出,有必要对当前中西方通行的翻译定义进行审视,并且结合当下的历史语境,对翻译进行重新定位和定义,从而让我们的翻译行为和翻译活动为促进中外文化切实有效的交际作出贡献。

[①] 本文根据谢天振 2015 年 3 月 28—29 日在广东外语外贸大学举行的"何为翻译?——翻译的重新定位与定义高层论坛"上的发言整理而成。部分观点以三千字浓缩稿《现行翻译定义已落后于时代的发展——对重新定位和定义翻译的几点反思》发表于《中国翻译》2015 年第 3 期。正式发表于《东方翻译》2015 年第 6 期。

一

翻译正在发生巨变,发生一场两千年来中西翻译史上前所未有的巨变,从翻译的对象、翻译的手段、方式以及翻译的形式,到翻译的内涵、外延、翻译的方向(译入或译出)等,无不发生着巨大的变化。还在几年以前,我就已经在不止一篇文章中提到,对我们从事翻译工作和翻译研究的译者、教师、学者而言,目前已经进入一个崭新的时代,也即翻译的职业化时代。在这个时代,无论是翻译的对象、还是翻译的方式、方法、手段和形态,以及外译在整个翻译活动中所占的比重,都发生了巨大的甚至是根本性的变化。[①] 就像 10 年前我们很难想象今天的网购居然会成为我们生活中一个主要的购物方式一样,今天翻译所发生的变化同样也可与之比拟。我把今天翻译发生的变化归结为以下五个方面:

一、翻译的主流对象发生了变化:宗教典籍、文学名著、社科经典等传统的主流翻译对象正在一步步地退出当今社会翻译活动的核心地位而被边缘化,特别是从量的方面而言,实用文献、商业文书、国家政府、国际组织的文件等,日益成为当代翻译的主流对象。而更具划时代意义的是,随着数字化时代的来临,翻译的对象除了传统的纸质文本外,还涌现出了形形色色涵盖了文字、图片、声音、影像等多种形式符号的网状文本也即超文本(hypertext)或虚拟文本(cybertext),对这些"文本"的翻译行为已经远远超出了传统意义上的翻译概念。

---

① 主要文章及著作有:《翻译:从书房到作坊——2009 年国际翻译日主题解读》,《东方翻译》2009 年第 2 期;《新时代语境期待中国翻译研究的新突破》,《中国翻译》2012 年第 1 期;《关注翻译与翻译研究的本质目标——2012 年国际翻译日主题解读》,《东方翻译》2012 年第 5 期;《从翻译服务到语言服务》,《东方翻译》2013 年第 3 期;《切实重视文化贸易中的语言服务》,《东方翻译》2013 年第 2 期;《中国文学文化走出去:问题与反思》,《学术月刊》2013 年第 1 期;《论翻译的职业化时代》,《东方翻译》2014 年第 2 期;以及专著《隐身与现身——从传统译论到现代译论》,北京大学出版社,2014 年;个人论文集《超越文本 超越翻译》,复旦大学出版社,2014 年;等等。

二、翻译的方式发生了变化：从历史上翻译主要是一种个人的、具有较多个人创造成分的文化行为，而逐步演变为今天的一种团队行为，一种公司主持的商业行为，一种译者为了谋生而不得不做的职业行为。同样有必要指出的是，这里所说的"团队行为"与传统意义上的"合作翻译"（从几个人的合作到几十乃至上百人的合作，如中国翻译史上的'译场'式翻译）也并非是一回事，因为现代意义上的"合作翻译"①并非简单的化整为零式的"合作"，而是融合了各种现代化的科技手段以及现代化管理手段的"合作"，与传统意义上的合作翻译完全是两回事，根本不可同日而语。

三、翻译的工具、手段发生了变化：电脑、因特网等现代科技手段的介入，不仅极大地提高了翻译的工作效率和翻译质量，而且使得现代意义上的合作翻译成为可能，使得世界一体化的翻译市场的形成成为可能。

四、翻译的方向增添了一个新的维度，越来越多的国家和民族开始积极主动地把自己的文化译介出去，以便世界更好地了解自己。这样，两千多年来以译入行为为主的翻译活动发生了一个非常重要的变化，即翻译领域不再是译入行为的一统天下，民族文化的外译也成为当前许多国家翻译活动中的一个越来越重要的领域。与此同时，文化外译，包括相应的文化外译理论，也正成为当前翻译研究的一个重要内容。

五、翻译的内涵和外延获得了极大的丰富和拓展：职业口译、翻译服务、翻译管理以及翻译中现代科技手段的应用等正在成为翻译活动的重要组成部分。尤其是口译，在当今世界各国的翻译活动中开始占据越来越大的比重。更有甚者，口译的形式、手段等也发生了极大的甚至是根本性的变化，不再局限于传统的交替传译、同声传译、陪同口译等形式，而是发展出了"远程翻译"如电话翻译等这样的运用现代化网络手段的口译服

---

① 2009 年国际翻译日主题的英文表述为"Working Together"。

务,口译员都无须在翻译现场了。

不无巧合的是,国际译联(FIT)为 2015 年国际翻译日(International Translation Day)推出的庆祝主题也正是"变化中的翻译面貌"(The Changing Face of Translation and Interpreting)①,且以非常清晰、形象的语言指出:

"世界在变,翻译工作也随之发生诸多变化。今天的毕业生们很难相信,仅仅 30 年前他们的前辈们面临的是一个多么不同的工作环境! 而如今,动动手指我们就可以获得海量的信息。我们可以利用诸多工具使翻译速度更快,前后更加一致。我们可以稳坐办公室与全球各地的同事对话交流。

对于客户而言,翻译也大不一样了。他们再也不用为找到一位符合要求的当地译者而大费周折,因为全球各地的翻译专业协会编制的会员名录可提供众多会员供客户选择。得益于跨时区的沟通,客户晚上离开办公室前发出的文件,第二天早晨回到办公室时就可以拿到译稿。他们可以通过各种项目与全球不同地区的译员合作,找到成本和目标受众之间的平衡。他们可以通过熟练专业的电话口译员向位于另一个半球的他们自己的客户或异国的医生进行咨询。他们可以将一篇文章输入机器翻译程序,马上了解其大意。"②

仔细品味一下,我们不难发现,上述五大变化,以及 2015 年国际翻译日主题所指出的当今口笔译翻译面貌所发生的变化,实际上已经动摇了传统译学理念的根基,即以宗教典籍、文学社科经典为主要翻译对象和以

---

① 中国翻译协会网站上提供的译文为"变化中的翻译职业"。
② 玛丽昂·伯尔思撰写,李旭译,黄长奇审定:《变化中的翻译职业》,2016 年 1 月 12 日,http://www. tac-online. org. cn/index. php? m=content&c=index&a=show&catid=395&id=2020 本文引用时根据英文原文对所引译文略有改动。

译入行为为主要翻译方向的、主要是以笔译为主的翻译行为和翻译活动，从而给我们展示出了一个崭新的翻译时代，促使我们必须结合当前时代语境的变化，重新思考翻译的定位及其定义。

二

众所周知，翻译的定义其实是特定历史时期一个国家或民族对翻译行为和翻译活动的共识的集中体现，也是这个国家或民族对翻译行为和翻译活动认识的高度概括。而这个共识的形成又是跟这个国家或民族在特定历史时期的翻译行为和翻译活动的性质、特点、形态、方式，乃至"方向"（译入还是译出）密切相关。譬如目前通行的、并为我们许多人所熟悉和接受的几则中西方翻译定义，就是这样的情形。

我们中国的翻译定义可以《辞海》和《中国大百科全书·语言文字卷》里对翻译的释义为代表。前者称："翻译：把一种语言文字的意义用另一种语言文字表达出来。"[1]后者说："翻译：把已说出或写出的话的意思用另一种语言表达出来的活动。"[2]也可以在外语教学界影响较广的翻译教材中所给出的翻译定义为例，如在20世纪80年代国内高校使用较多的张培基等人编写的《英汉翻译教程》，该教材给出的翻译定义是："翻译是运用一种语言把另一种语言所表达的思维内容准确而完整地重新表达出来的语言活动。"[3]

西方的定义也许可以《牛津英语词典》里的释义为例："（a）The action or process of turning from one language into another；also，the product of this；a version in a different language"（从一种语言到另一种语言的转换

---

① 《辞海》（词语分册（下）），上海辞书出版社，1985年，第2103页。
② 《中国大百科全书》（语言文字），中国大百科全书出版社，1988年，第69页。
③ 张培基等编：《英汉翻译教程》，上海外语教育出版社，1980年，第Ⅶ页。

行为或过程;亦指这一行为的结果;用另一种语言表述出来的文本)"(b) to turn from one language into another; to change into another language retaining the sense ..."(把一种语言转换到另一种语言;把一种语言转换成另一种语言并保留原意……)

以上这几则定义,不论中西,我们只要对其稍稍进行深入一点的分析,就不难发现,这几则翻译定义对翻译的定位基本上都局限在两种语言文字之间的转换层面,视翻译仅仅为两种语言文字之间的转换行为或过程。而且鉴于它们并没有具体标明翻译的方向——译入还是译出,所以我们还可以由此推断,这几则定义基本上不涉及或不关注翻译活动中的外译行为。或者更确切地说,它们都把译入行为和译出行为视作一回事,并不觉得其中存在什么差异而需要给予明确的区分。在它们看来,"译入"是"把一种语言转换到另一种语言","译出"也同样如此,两者能有什么两样?事实上,在此之前的绝大部分有关翻译的定义都没有对翻译的方向——"译入"还是"译出"——给予过特别的关注。之所以形成这样的认识,这当然跟两千年来翻译活动所处的中西历史文化语境有关。我曾在多篇文章中不止一次地指出,两千年来的中西翻译史基本上就是一部译入史,甚少甚至几乎没有涉及文化外译的活动。譬如在古罗马时期,罗马人就是把希腊文化译入自己民族的文化语境中来的:安德罗尼柯(Livius Andronicus)、涅维乌斯(Gnaeus Naevius)和恩尼乌斯(Quintus Ennius)等翻译家把荷马史诗、古希腊的悲喜剧等翻译成拉丁文,介绍给了自己的同胞。文艺复兴时期,英法德西意等国的翻译家不光把古希腊古罗马的文学作品和文化典籍,还把相邻国家的文学文化典籍分别译入他们自己的国家或民族文化语境:譬如英国 16 世纪著名翻译家诺斯(Thomas North),不仅翻译了古罗马作家普鲁塔克(Plutarch)的《希腊罗马名人比较列传》,还借助法译本翻译了西班牙作家格瓦拉(Antonio de

Guevara)的作品,借助意大利语译本把一部东方寓言翻译成了英文;弗罗里欧(John Florio)把蒙田的《散文集》翻译成了英文,而查普曼(George Chapman)则翻译了《伊利亚特》和《奥德赛》两大史诗。同时期的法国翻译家阿米欧(Jacques Amyot)、多雷(Etienne Dolet)也同样翻译了普鲁塔克、柏拉图等古希腊罗马的诸多作家的作品。在中国,历经汉唐宋三朝长达千年的佛经翻译,主要也就是把印度的佛教典籍翻译进来,从而使佛教在中国得到了极大的传播。中国历史上的大规模翻译活动,尤其是宗教典籍以外的翻译,主要始于清朝中后期,在清朝中期科技文献翻译还曾掀起过一个小小的翻译高潮,而到了清末民初,又掀起了一个社科经典、文学名著的翻译高潮,赫胥黎(T. H. Huxley)、孟德斯鸠(C. S. Montesquieu)、莎士比亚、狄更斯等西方思想家、文学家的作品就是在这一时期开始进入中国的。与此同时,涌现出了如严复、林纾等这样一批中国历史上杰出的翻译家,但他们也都只是把外国的尤其是西方的文化译入我们自己国家,而很少有把自己国家的文化典籍翻译出去的活动。① 虽然当时也有陈季同、辜鸿铭等人把中国文化典籍翻译成法文、英文,以期引起国外读者对中国文化的兴趣和了解,但终属凤毛麟角,翻译的主流方向还是外译中。因此,在这样的翻译实践基础上形成的翻译观念,只关注译入行为而不把译出行为纳入自己的研究视野,那也就是理所当然的事了。

三

　　其实,对翻译的重新定位和定义,无论是国际还是国内学术界,早就有学者开始了这方面的思考,只是一直没有把它作为一个独立的、必须正视的学术问题提上议事日程而已。譬如,早在 20 世纪 50 年代雅各布森

---

① 参见谢天振等:《中西翻译简史》,外语教学与研究出版社,2009 年。

(Roman Jakobson)就提出了翻译的"三分法",即把翻译分为语内翻译 (intralingual translation)、语际翻译(interlingual translation)和符际翻译 (intersemiotic translation)三类,把翻译活动的内涵从纯粹的两种语言之 间的转换,不仅扩大到了同一语言内部古今语言之间的转换,而且还扩大 到了语言与非语言系统符号之间的转换,其实质就是对翻译的一种重新 定位和定义,明显地拓展了仅仅局限于两种语言文字之间转换的传统的 翻译定义。这里有必要顺便指出一下,雅氏的符际翻译主要还是指的是 语言与非语言符号之际的翻译,而不是今天网络时代所说的符际翻译已 扩展至两种非语言符号之间的翻译了,这是因为雅氏把语言也视作一种 符号。

　　继雅氏之后,从 20 世纪七八十年代起,德国功能学派翻译理论家们 发表的一些著述也先后提出了一些特别的翻译术语,实际上也同样反映 了他们对翻译的重新定位与定义的探索。譬如莱斯(Katharina Reiss)提 出了"综合性交际翻译"(integral communicative performance)这样的术 语,其用意其实就是想把概念性内容、语言形式和交际功能都纳入翻 译的内涵;而霍茨-曼塔里(Justa Holz-Mänttäri)提出了"翻译行为" (translational action)的术语,后又用"翻译行为"(translatorial action)来替 代"翻译"(translation)一词,则进一步把翻译视作受目的驱使的、以翻译 结果为导向的人与人之间的相互作用,把翻译看作是包括文本、图片、声 音、肢体语言等复合信息传递物(message-transmitter compounds)在不同 文化之间的迁移,并把改编、编译、编辑和资料查询等行为都纳入翻译行 为之中。①

　　至于当代职业翻译理论家法国学者葛岱克(Daniel Gouadec)更是明

---

① 详见谢天振主编:《当代国外翻译理论导读》,南开大学出版社,2008 年,第 135—196 页。

确提出了他对翻译的定义。他首先指出,"所有语言、图形、符号、手势及各种代码形式都有可能成为翻译的对象",然后说:"翻译,就是让交际在进行中跨越那些不可逾越的障碍:语言障碍、不了解的编码(形码)、聋哑障碍(手语翻译)。"与此同时他又进一步强调:"翻译的作用就是借助与文本匹配或相关的工具或资料让产品、理念、思想等得到(尽可能广泛的)传播"。① 从翻译的对象、过程,到翻译的作用,葛岱克对翻译的思考何其周到。

其实我们中国学者对当前社会中翻译的发展与变化也并不是一无所知并无所反应,我们中国学者在 20 世纪末已经提出了对翻译的新定义,认为:"翻译(translation)是语言活动的一个重要组成部分,是指把一种语言或语言变体的内容变为另一种语言或语言变体的过程或结果,或者说把一种语言材料构成的文本用另一种语言准确而完整地再现出来。翻译的作用在于使不懂原文的译文读者能了解原文的思想内容,使操不同语言的社会集团和民族有可能进行交际,达到互相了解的目的。但是,随着科学技术的发展,翻译概念的内涵越来越丰富。翻译不仅仅是由人直接参与的口译或笔译;而且包括各种数字代码的互译、光电编码信号的转换、人机互译、机器翻译等。"②只是国内学界包括翻译界,受传统翻译理念的束缚,未能对这一富于时代感且具有相当前瞻性的定义给予重视,更未能在此基础上展开相关的研究,却依然抱残守缺,固守原先狭隘的翻译理念,以之规范甚至苛求、限制我们的翻译活动和行为,这是非常可惜的。

实际上有关翻译定义的问题并非只是探讨如何来用文字表述翻译这个行为和活动的问题,在实际生活中,它还被人们视作一种翻译标准,甚

① 葛岱克:《职业翻译与翻译职业》,外语教学与研究出版社,2011 年,第 5 页。
② 穆雷、方梦之:《翻译》,载林煌天主编:《中国翻译词典》,湖北教育出版社,1997 年,第 167 页。

至视作翻译行为的准则，并以之指导和规范当下的翻译行为和翻译活动。毫无疑问，陈旧狭隘的翻译定义肯定会对我们当下的翻译活动形成错误的导向，这在当前中国文化的外译领域更为明显。前不久在一次学术会议上，一位资深外国文学出版家就在会上大声疾呼"不要把葛浩文的翻译神化了！"而且这样的观点在国内翻译界还颇有市场。明明葛浩文（Howard Goldblatt）的翻译在为中国文学走出国门赢得国外读者的喜爱方面做出了很大的贡献，但国内的翻译界和出版界却有相当一部分人对之并不认可，甚至心存戒心。何故？究其深层原因，在于这些人担心对所谓"连删带改"的葛译的肯定会动摇甚至颠覆他们心目中根深蒂固的翻译理念，即：原文是至高无上的，翻译应该是尽可能百分之百地忠实于原文的，怎么可以又删又改呢？这些人不明白，翻译不是发生在真空中的两种语言文字之间的转换，"译入"与"译出"并不是同一回事，把文化从弱势文化国家和民族向强势国家和民族译介更是涉及一系列特别的因素制约。这些人也不明白，评判一个翻译行为的成功与否，其标准难道仅仅只是译文对原文的忠实度，而无关乎译文在译入语语境中切实有效的接受、传播和影响吗？一个似乎是非常忠实的译本，在译入语环境中却乏人问津、几乎没有影响，这样的译本是值得肯定的吗？我认为葛岱克的话"翻译质量在于实际效果，而不是表达方式和方法"①应该引起我们对此问题的反思。

由此可见，如何结合当下的历史语境，对翻译进行重新定位和定义，从而让我们的翻译行为和翻译活动为促进中外文化之间切实有效的交际作出应有的贡献，正是当前这个时代赋予我们的历史使命。

四

毫无疑问，建立在两千余年来的宗教典籍翻译和文学、社科名著翻译

---

① 葛岱克：《职业翻译与翻译职业》，外语教学与研究出版社，2011年，第6页。

基础之上所形成的翻译定义，其关注的重点是笔译，且主要是译入行为，而基本不涉及译出行为，这样的翻译定义显然无法涵盖当下的翻译行为和翻译活动的内涵和特点。因此，重新定位与定义翻译势在必行。

今天我们要重新定位与定义翻译，我以为首先要考虑的是对新时代语境下翻译的基本形态的描述。翻译的基本形态是口译和笔译，而随着时代的发展，口译目前已经衍生出陪同口译、交替传译、同声传译和借助网络和电话等手段进行的远程口译等形态；而笔译则是否可在雅各布森三分法的基础上，增加对网络翻译的阐述？网络翻译所用的书写工具与传统的书写工具"笔"尽管完全不一样了，但其行为过程及其本质应该是基本一致的。因此，网络翻译应该视作新时代语境下笔译的一种形式，而且已经发展成了一种基本形式。

其次，我觉得有必要对翻译的对象进行新的描述。也就是说，必须强调指出翻译的对象并不仅仅局限于两种语言文字，还包括手语、旗语等符号，以及网络世界的各种形码和虚拟文本等。

再次，还要对新时代语境下翻译的手段、方式进行描述，这是新翻译定义中最能凸显时代特征的一个内容。必须指出，随着网络化时代的来临，翻译的手段已经发生了根本的变化，电脑、因特网以及目前还无法完全预见的科技手段的应用和介入，不仅提高了翻译的质量和效率，还从根本上改变了传统的翻译方式，使得跨地域的合作翻译成为可能，这是过去几千年所难以想象的。

最后，对于翻译的本质与使命的阐述必须纳入翻译定义的描述中去，这样做有利于纠正目前国内翻译界一味沉醉于追求所谓的"合格的译文"，而忘记了翻译的本质是什么，翻译的使命是什么。中国人一千多年前就已经提出了一个简明扼要、至今仍不失其现实意义的翻译定义"译即易，谓换易言语使相解也"，凸显了翻译的本质与使命。2012 年国际译联推出当年国际翻译日的庆祝主题"翻译即跨文化交际",与这个古老的中国人的翻译定义可谓遥相呼应,再次强调了翻译的本质及其使命,其中的深意值得我们反思。其深层原因,在我看来,正是有鉴于当代翻译界对翻译本质及其使命的偏离。因此,今天当我们重新思考翻译的定位与定义时,一定要把对翻译的本质及其使命(也即其目标和功能)纳入翻译的定义中去。只有这样,我们才有可能获得一个全面、完整的翻译定义。

认真思考翻译的重新定位与定义,现在是时候了!

如何向世界告知中华文化①

——答辽宁日报记者问

1. 当下,中国文学和文化的对外翻译现状是怎样的? 您如何看待这样的现状? 如果把当代中国文学和文化的对外翻译放在中国对外翻译历史发展至今的全过程中来考察,有哪些进步和哪些不足?

谢天振:对目前我们国家的中国文学和文化的对外翻译现状,我没有做过全面的调查,手头也缺乏相关数据,不敢妄言,只能谈点印象。第一点印象是,自中华人民共和国成立以来,我们国家的党和政府以及有关部门对此问题一直高度重视:建立了专门出版中译外专门著作的出版社,推出了好多种外文版的画报、杂志,如以前长期出版的英文版和法文版的《中国文学》期刊等,也投入了相当多的资金。最近几年来,有些出版社还积极组织国内各地的翻译专家,推出全面介绍中国文学和文化典籍的"大中华文库",规模非常大,据说列入翻译计划的有两百种中国文学和文化的典籍,已经出版了一百种。第二点印象是,尽管我们对中国文学和文化的对外翻译投入了不少的精力、物力和财力,但取得的实际效果与我们预

---

① 原载《辽宁日报》2008 年 5 月 9 日。

想的效果似乎还是有较大的距离。有一个例子也许多少能说明这个问题：前几年作家刘心武访问法国，他发觉接待他的法国人中间几乎没有什么人知道鲁迅。按理说，这几十年来，我们翻译出版了不少鲁迅的著作到国外，有英文的，法文的，还有其他语种的，接待刘心武的法国人也应该都是些文化人吧？但他们却都不知道鲁迅。这个例子也许不能说明我们对外翻译效果的全部，但至少从一个侧面反映了我们对外翻译的效果恐怕并不是那么理想。

我还可以提供一个例子：杨宪益、戴乃迭夫妇翻译的《红楼梦》一直是被国内翻译界推崇备至的中译英的经典译作。事实上，它的翻译质量也确实相当不错。但它在国外的影响如何呢？我指导的一位博士生对一百七十多年来十几个《红楼梦》英译本进行了相当深入的研究，并到美国大学图书馆进行实地考察，收集数据，发觉与英国汉学家霍克斯、闵福德翻译的《红楼梦》相比，杨译本无论是在读者的借阅数、研究者对译本的引用数，还是发行量、再版数等方面，都远逊于霍译本。

其实这个结果对我来说，倒并不出乎我的意料，因为我是专门从事译介学研究的。一千多年来中外文学、文化的译介史表明，中国文学和文化能够被周边国家和民族所接受并产生很大的影响，并不是靠我们的翻译家把中国文学和文化翻译成他们的文字，然后输送到他们的国家去的，而是靠他们国家对中国文学和文化感兴趣的专家、学者、翻译家，或是来中国取经，或是依靠他们在本国获取的相关资料进行翻译，在自己的国家出版、发行，然后在他们各自的国家产生了影响。譬如古代日本就翻译出版了大量中国古代的文学和文化典籍，然后对古代日本的社会和文化产生了很大的影响。

有必要指出的是，最近几年来我们国家在对外翻译领域已经开始有了一些新的变化，譬如高等教育出版社与美国的老牌出版社施普林格（Springer）出版社联手，推出介绍国内各学科研究前沿成果的季刊杂志，每一门学科有一本,如文学、哲学、历史、教育、数学等。我参加的是文学学科杂志的编委工作,英文刊名为 *Frontier of Literary Studies in China*,由国内从事中国古代文学、现当代文学、文艺学、外国文学和比较文学研究的专家学者组成一个编委班子,挑选最近一两年在国内公开发表的有价值的学术论文,把它们翻译成英文,然后交施普林格出版社最终定稿,并在美国出版发行。这种运作方式使我们编辑的杂志立即进入西方世界的发行渠道,与我们国家当年编辑出版英文版、法文版的《中国文学》杂志时的情景不可同日而语,当年我们《中国文学》的那种运作方式基本上是无法打入国外期刊发行的主流渠道的。再譬如,年前在法兰克福书市上,国内有好几家出版社与国外出版社洽谈合作计划,由国内出版社或由对方提供拟翻译出版的中国文学、文化名著书目,然后由国内出版社组织翻译初稿,再由国外出版社负责定稿以及在国外出版和发行,等等。我觉得这些做法都值得肯定和提倡。

2. 您说过,国内在对外翻译的问题上存在一些认识误区,这些误区是什么?您认为,应当如何正确认识翻译的问题?

谢天振:是的,国内在关于对外翻译的问题上确实存在着一些认识误区。首先是把对外翻译的问题简单化了,以为翻译就是两种语言文字的转换,以为只要懂点外语就可以做成此事。前几年就有人在报上撰文说,我们国家有许多高水平的英语专家,我们完全有能力把中国文学和文化翻译出来。这位作者的问题就在于,他只看到我们能够把中国文学和文化作品翻译成不错的英文,但他却没有考虑译成英文后的作品如何才能在英语国家传播、被英语国家的读者接受的问题。然而,假如我们尽管交出了一本不错的、甚至相当优秀的中译英译作,但是如果这本译作没有能走出国门为英语国家的读者所阅读、所接受、所喜爱的话,那么这样一本译作它又有什么价值、什么意义呢？

其次是在对外翻译问题上缺乏国际合作的眼光,对国外广大从事中译外工作的汉学家、翻译家们缺乏应有的了解,更缺乏信任,总以为向世界译介中国文学和文化"要靠我们自己""不能指望外国人"。其实我们只要冷静想一想,国外的文学和文化是靠谁译介进来的? 是靠外国的翻译家,还是靠我们国家自己的翻译家? 答案是很清楚的。事实上,国外有许多汉学家和翻译家,我个人认识的就有好多位,有美国、英国、俄罗斯、日本、韩国的,他们对中国文学和文化都怀有很深的感情,多年来一直在默默地从事中国文学和文化的译介工作,为中国文学和文化走进他们各自的国家做出了很大的贡献。我认识一位韩国女作家,她甚至放弃了自己的文学创作,全力以赴地投入当代中国文学的译介工作,这些年来她已经把莫言的主要作品以及其他几位中国当代作家的作品都翻译成了韩文,在韩国出版。假如我们对类似这样的汉学家、翻译家给予精神上的、物质上的,乃至提供具体翻译实践上的帮助的话,那么他们在中译外的工作中必将取得更大的成就,而中国文学和文化通过他们的努力,也必将在他们的国家得到更加广泛的传播,从而产生更大的、更有实质性的影响。

当前国际译学界都已经认识到,翻译并不只是一个简单的两种语言文字转换的技术性工作,而是一个受制于多种社会、政治、文化因素制约的、复杂的文化交际行为。翻译、包括我们现在讨论的对外翻译,要想取得预期的成功,就必须全面考虑上述各种因素。

3. 中国的经济发展速度在全球受到瞩目,但是,文化输出方面却一直处于比较落后的地位。您认为其中的原因是什么? 中国文学和文化究竟应该怎样才能走向世界,真正被世界所接受?

谢天振:首先我想提醒的是,我们要慎用、不用像"文化输出"这样的提法,这种提法很容易引起人家的反感,从而使我们在对外翻译方面所做的努力效果适得其反。其实我们中国人也同样不会欢迎有哪个国家来我国"输出"他们国家的文化的,尽管也许这个国家在经济、科技等方面比我们还强一些。

这些年来,我们国家的经济上去了,赢得了世界各国的重视,但是在促进和加强国外尤其是一些经济发达国家对我们的了解方面,其效果还不尽如人意。这其中当然有多种原因,但跟我们进行对外翻译的运作方式肯定有相当的关系。我们以前的对外翻译颇有一点"闭门造车"的味道,即关着门只顾自己翻译,也不管人家对我们翻译出来的作品感不感兴趣。这样,有相当数量的译作根本走不出国门。少数勉强走出国门的译作,也因进入不了国外的主流发行渠道,其影响也不可能很大。但最近几年由我国政府出面与有关国家相互组织对方国家的"文化年"是一个很有成效的做法,譬如与法国、俄罗斯互办"中国文化年"和"法国文化年""俄罗斯文化年",就极其有效地促进了中法、中俄两国的文化交流。据报载,在法国举行"中国文化年"时,法国有三家出版社翻译出版了我国当代作家池莉的作品,其中一部作品的印数甚至达到了九万册之多,这在法国已经是一个相当不错的数字了。

为了让中国文学和文化更有效地走向世界,我觉得我们还可以做两件事。一件是设立专项基金,鼓励、资助国外的汉学家、翻译家积极投身中国文学、文化的译介工作。我们可以请相关专家学者开出一批希望翻译成外文的中国文学、文化典籍的书目,向世界各国的汉学家、中译外翻译家招标,中标者不仅要负责翻译,同时还要负责落实译作在自己国家的出版,这样做对促进翻译成外文的中国文学作品和文化典籍在国外的流通相当有利。与此同时,基金也可对主动翻译中国文学和文化作品的译者进行资助。尽管这些作品不是我们推荐翻译的作品,但毕竟也是中国文学和文化的作品,而且因为是他们主动选择翻译的,也许更会受到相应国家读者的欢迎。

另一件是在国内选择适当的地方建立一个中译外的常设基地,这种基地相当于一些国家的翻译工作坊或"翻译夏令营"。邀请国外从事中译外工作的汉学家、翻译家来基地小住一两个月,在他们驻基地期间,我们可组织国内相关专家学者和作家与他们见面,共同切磋他们在翻译过程中碰到的问题。今年3月,英国艺术委员会(相当于英国文化部)与中国新闻出版总署联手在杭州莫干山举办的一个为期一周的中英文学翻译研讨班,就是一个很好的开端。这个讲习班邀请了二十名在国外从事中译英文学翻译的翻译家和二十名在国内各大出版社从事外国文学翻译、出版的资深编辑,同时还邀请了两名英国作家和两名中国作家,共同就中英文学翻译中的一些具体问题进行深入探讨。我在讲习班上就翻译理论做主题报告时,就提到我的上述建议,结果引起那二十名来自国外的翻译家极其浓厚的兴趣,报告结束后他们纷纷走上前来询问,我这两个建议有无实现的可能。

4. 如果将翻译放在促进中华民族文化的整体繁荣这样一个大背景下来考察,您如何评价翻译具有的重要作用? 作为这方面的专家学者,您认为从事翻译事业的工作者还需要在哪些方面做出努力?

谢天振:关于翻译对促进中华民族文化整体繁荣的作用和意义,专家学者们已经说得很多了,无须我在这里赘言。有人说,没有"五四"时期的文学翻译,恐怕都没有今天的中国现代文学和当代文学,因为无论是新诗、话剧、现代意义上的小说等,都是通过翻译才进入中国并影响了中国文学的发展进程。还有人说,没有翻译,也就没有我们今天的现代化。听上去很夸张,但事实也确实如此:无论是关于现代化的观念,还是现代化的技术,哪一件离得了翻译?

我们的翻译家和翻译工作者,通过他们的辛勤劳动为我们民族文化的发展和繁荣做出了很大的贡献,这是全社会都为之感激并向他们表示敬佩的。但是与全社会对他们的期望相比,我们的翻译工作者还有许多方面需要进一步努力。首先要确立一个现代化的译学观念。目前国际上都已经认识到翻译是一门独立的学科,翻译已经进入职业化时代,已经提出了一整套的规范和很高的要求,如果我们仍然停留在"只要懂外语就能搞翻译"那个认识阶段,那么我们国家的翻译水平是否能得到迅速的提高,恐怕就很不乐观了。其次是面对市场化经济大潮的冲击,我们的翻译工作者要不为所动,保持翻译工作者崇高的使命感和责任心。目前国内的文化市场上有不少劣质译品,就跟我们的一部分翻译工作者经不起经济大潮的冲击有关。这些天我们正好在纪念著名翻译家傅雷诞辰一百周年,我觉得我们当今这个时代特别需要像傅雷这样的翻译家,淡泊名利,甘于寂寞,把自己的一生全部奉献给祖国的文学翻译事业。最后,我觉得我们的翻译工作者最好都能学一点翻译学理论,包括翻译的纯理论。纯理论也许不能对我们具体的翻译实践有直接的指导作用,但它能帮助我们全面、深刻认识翻译以及与翻译有关的现象,从而把翻译工作做得更好。否则,就像前面提到的对外翻译,翻得再好,如果没有正确的理论指导,那么仍然无法取得理想的效果。

中国文学文化走出去：问题与反思[①]
——谢天振教授访谈录

王志勤(以下简称王)：谢教授您好！我国作家莫言获得了 2012 年诺贝尔文学奖，引发了大家对中国文学文化如何有效走出去的进一步关注。您从事译介学多年，请问您对此是如何看待的？

谢天振(以下简称谢)：莫言这次获得诺贝尔文学奖为我们译介学提供了一个很好的个案。中国文学文化怎么走出去？怎么被世界所接受、所理解？怎么在世界范围内产生广泛影响？其实，中国文学文化走出去牵涉到一个翻译的问题。但是翻译是什么？翻译不仅是语言文字的转换，翻译还要使双方能够进行沟通和交流。正如我在《译介学》里面所强调的：在讨论翻译时，我们要把译者、译品或翻译行为置于两个或几个民族文化或社会的巨大背景下，审视这些不同民族文化和社会是如何进行交流的。我们要关注在翻译过程中表现出的两种文化与文学的相互理解、误解和排斥，以及相互误释而导致的文化扭曲与变形，要深入考察和分析文学交流、影响、接受、传播等问题。

---

① 原载《学术月刊》2013 年第 1 期。

有的评论家认为:中国有那么多的作家,与莫言差不多水平的作家少说也有十来个;诺贝尔文学奖考虑的作品也一定是关于中国本土色彩比较浓烈的作品,在中国能写出乡土色彩比较浓烈的作家恐怕也不止莫言。为什么恰恰是莫言而不是其他作家获得诺贝尔文学奖?我认为,莫言的魔幻现实主义的写作手法,是迎合西方读者趣味的。其次,我从译介学的角度来看,莫言的获奖还有一个很重要的因素就是,他的作品是可译的,而且可译性很强。有的中国作家也很能代表中国创作的特点,而且中文也很好,但翻译以后,它的味道就失去了。有的作品中国乡土气息很浓,但翻译时却不容易把这种浓郁的乡土色彩传递出去。而莫言的作品在翻译以后,其浓郁的乡土气息还是能够传递出去的。因此,莫言作品的可译性对于他的获奖来说也是一个非常重要的因素。

王:的确,莫言能获得 2012 年诺贝尔文学奖,除了他独特的魔幻现实主义的写作手法外,还与被誉为"西方首席汉语文学翻译家"的葛浩文的翻译息息相关。葛浩文曾经说过,"作者是为中国人写作,而我是为外国人翻译。翻译是个重新写作的过程。"您能否从翻译理论与实践的角度谈谈您对葛浩文翻译的看法?

谢:我曾经多次提到:由谁来翻译其实是一个很要紧的问题。葛浩文翻译的中国当代文学作品几乎都能获奖,因此,中国很多作家都希望葛浩文能翻译他们的作品。其实,翻译除了考虑译者外,还必须考虑到译作的出版和接受等多种因素。译作出版的机构,甚至是否有某一套品牌的丛书,如国外的《企鹅丛书》,对作家作品的译介传播都起到了一定的作用。如果某部作品被权威的出版社出版了,又被一套很有品牌、很有历史的丛书收录了,那么就有利于它的传播。相反,如果是由我们国内的翻译家、自己的出版社出版,就很不容易进入整个世界的传播系统里去。假如莫言的作品在翻译的时候仅仅是注重语言文字的转换,而且是由我们国内的出版社翻译出版,那么莫言有没有可能获得这次诺贝尔文学奖? 我可以说,是百分之百的不可能!

葛浩文的翻译为什么会取得成功? 其实不仅仅是莫言的作品,其他好几部作品经葛浩文翻译以后,都取得了成功,都得到了各种不同的奖项。这是为什么? 我觉得这和他的翻译指导思想有关系。他很清楚地知道,"我的翻译是给外国人看的,翻译是个重新写作的过程。"去年葛浩文来大陆和我们一起交流时谈到,"我在翻译的时候,第一,我肯定要删减,我不能全文翻译,如果我全文逐字翻译,出版社就不会出版。第二,我不但要删减,我还要改写。我在翻译的过程中给莫言打电话,莫言说,'你按照你的方式去翻译、去删减,甚至你要改写都可以'。"所以,我觉得莫言很聪明,他的大度让其作品更能得到美国甚至英语世界的广泛阅读、接受和传播。

而有的作家可能觉得,你怎么可以对我的作品进行改动呢? 这还是我的作品吗? 我认为,这些只是形式上的改变,话语上的一些变动,其最根本的东西还是莫言的。我们有些作家看问题也许比较简单一点、比较极端一点,以为这样一来,你就歪曲了我的作品,这作品就不是我的了,而是你的了。可是莫言却对葛浩文的工作表示非常理解,自己的作品经过译介后也获得了诺贝尔文学奖。就像他当年对张艺谋拍摄《红高粱》也表示理解一样,结果也获得了巨大成功。所以,每个领域都有自己的需求,葛浩文面对的是美国读者,他知道美国读者有什么阅读需要和审美需求,所以他的删节、改动都是为了让美国读者能接受而进行的。这样一来,我觉得葛浩文的翻译指导思想和翻译的策略都是很不错的。

王:这次莫言能获得诺贝尔文学奖,确实对我们中国文学文化走出去提供了新的思考和借鉴。您曾在 2012 年《中国翻译》第 4 期"'梦圆'之后的忧思"中谈到,"翻译的方向问题除了'译入'行为外,还有'译出'行为,譬如中国文化如何走出去即其中的一个问题,这一切都对我们的理论家提出了新的研究课题"。在您看来,"译入"行为和"译出"行为之间存在哪些主要的差异? 这些差异对于中国文学文化走出去会有哪些启示?

谢:我也是看到中国文学文化走出去越来越成为中国学术界关注的热点,才在《中国翻译》上提到了这个问题。但是,中国文学文化如何走出去一方面成为人们研究的热点,另一方面又暴露出我们国内的文化界、学术界甚至有关的领导部门对这个问题的认识还存在误区,所以我们要认真考虑这个问题。

翻译的方向除了"译入"行为之外,还有"译出"行为。两者最重要的差异在于:我们这一两千年来的翻译行为都是从外面"译入"到我们自己的国家、自己的民族的。如果我们回顾一下中西翻译史,对绝大多数国家和民族而言,过去的翻译活动都是以"译入"为主的。中国的"译入"活动包括佛经翻译、明末清初的科技翻译,以及后来的文学经典翻译等。西方也是这样,如:古罗马翻译希腊的经典作品,文艺复兴时期英、法、德等国翻译希腊和罗马的作品等。在"译入"活动中,人们更倾向于考虑文字语言层面的转换。因为对译者而言,他们只需要考虑怎么把作品翻译好就可以了。在"译入"情况下,译入语国家对外来文学文化已经形成了一种强烈的需求,已经认定对方的文化、理论、著作是先进的。正是翻译需要,才促成翻译的发生。如果没有翻译需要,翻译就成了无源之水、无本之木。所以在"译入"情况下,我们的翻译家,我们有关翻译的指导部门只集中在如何把先进的思想、先进的理论翻好,如何能够忠实地翻译过来,让我们的人民能够好好地从中吸取营养,借鉴丰富先进的经验。因此,在"译入"活动中,由于人们有一种强烈的翻译需要,译者只要把作品翻译好了,其接受、传播和产生影响都很容易。

但是,"译出"就不是这样的。"译出"是要把自己的东西送出去,要让人家能够接受,要在人家的国家里边、人家的文化圈里边得到传播、产生影响。那么这个需要考虑的问题就复杂了。如果也像"译入"的指导思想一样,"我把它翻好,尽可能翻得忠实一点,翻得好一点,就可以了",这明显是远远不够的。我们之前也有过这样的教训,虽然在"译出"方面进行过很好的努力,但是这样一厢情愿的"译出"行为,并未能取得预期的效果,产生预期的影响。在"译出"活动方面,我认为做得比较成功的是传教士,他们把教义带到世界各地进行传播,并取得了广泛影响。但是,世界上对传教士"译出"行为的理论思考是很少的。我们国家也有"译出"的翻译实践,可是,我们对"译出"行为的研究、对"译出"行为的理论思考在我们翻译史上几乎没有留下任何东西。

王:正如您刚才提到的,过去我国在"译出"行为上有许多让中国文学文化走出去的尝试,其中也经历了得失成败。请问您对此是如何评价的呢?

谢:在让中国文学文化走出去方面,我们国家和民族很早就开始了这方面的努力和实践。从晚清开始,陈季同翻译李白、杜甫等人的作品;辜鸿铭英译中国儒家经典;萧乾翻译鲁迅、茅盾等人的作品;杨宪益翻译《红楼梦》;等等。我国在1951年创办了《中国文学》杂志,办了总共五十年,但最后停办了。20世纪80年代开始,我们推出了一套"熊猫丛书",有英文、法文两种版本,但在2000年底同样停办了。1995年国家新闻出版总署开始的"大中华文库",到2011年已经翻译了汉英对照丛书一百多部。但是很可惜,这套书的译介效果怎么样,我们现在还没有人正式地好好研究它。

我想,中国文学文化如何走出去?并不能仅凭头脑发热。即使我们把汉语作品翻译成很好的英文,也并不等于就走了出去。现在,我们国家驻外的大使馆也很头疼,为什么呢?我们把翻译出来的东西寄给大使馆,希望他们能拿到国外去宣传、去散发。大使馆工作人员却感到很为难，"我们把这些翻译的东西送给人家，人家也不一定要，只有堆积在大使馆里面"。送给人家的东西，为什么还不要呢？原来，大使馆把书送给人家，人家就需要拿到图书馆编目、分类整理等，还需要投入人力、财力。如果这些书籍有人阅读还好，可是如果放在图书馆没人看，他们就不愿意接受，不想做无用功。所以，这就是为什么我们送给人家的东西，人家都不想要。因此，我们在国内，有时真的很难想象，我们辛辛苦苦翻译出来的东西在国外居然会遭遇这样的境地。还有的人以为我们翻译的东西也是很不错的，但为什么就走不出去呢？

王：您刚才提到的这些"译出"尝试，的确是对我们中国文学文化成功走出去的一种提醒。听说您指导的博士研究生在中国文学文化对外译介这个问题上，做了几个具体个案。能否请您结合这些具体个案，谈谈他们的研究成果对于我们当今的中国文学文化走出去有什么启发意义呢？

谢：好多年前开始，我就指导我的博士生关注研究文学文化的对外译介问题，并让他们做了几个个案。杨宪益翻译的《红楼梦》在国内的评价是很高的，但是他的翻译是否意味着中国文学成功走出去了？这是值得探讨的问题。我有一个博士生对1830年以来的《红楼梦》英译史进行了全面梳理，做了《红楼梦》百年英译史研究。她收集了《红楼梦》的十几种英译本，并去美国高校的图书馆待了半年，将杨宪益的译本和霍克斯的译本在美国高校图书馆和美国学术界里的影响、接受、传播的具体情况做了细致研究。通过在美国的实地调查，她获得了第一手资料：如果美国读者在图书馆要借《红楼梦》的英译本，是要借霍克斯译本还是杨宪益译本？如果美国学者要写研究《红楼梦》的文章，是引用霍克斯译本还是杨宪益译本？如果一些权威的外国文学研究要收集关于《红楼梦》的资料，会使用霍译本还是杨译本？等等。通过这些一手资料的收集，她有一个令人沮丧的发现：那就是我们推崇备至的杨宪益译本在美国、在英语世界遭受到了冷遇。很少人借用杨译本，很少人引用杨译本，更少有人把杨译本运用到相关的外国文学研究中；美国读者和学者大多都是引用霍克斯的译本。再譬如，以美国图书馆的馆藏量为例，伊利诺伊州全州的联合馆藏目录表明，该州共有十三所大学有霍克斯译本，却只有两所大学有杨宪益译本。此外，美国网站上的读者对两个译本也有诸多评论，在有限的读者群中，霍译本获得了一致的推崇，而杨译本在同样的读者群中的评价却相当低，二者之间的分数相差悬殊，甚至有的读者对杨译本的评论极为严苛。这又是一个令我们非常沮丧的发现。为什么我们国内对杨的译本评价很高，但在国外却受到了冷遇？

我们以前以为，像杨宪益这样了不起的翻译家，还有英国太太戴乃迭相助，中西合璧翻译《红楼梦》，这样的翻译难道还走不出去吗？实际情况是，走是走出去了，但并不成功。原因是什么呢？我们除了考虑译本的质量外，还必须考虑译本的接受环境等因素。国内觉得杨宪益的译本质量很好，但其翻译目的是否达到？这都是值得我们深思的问题。所以，我的博士研究生指出：我们译介工作者必须要认清译入语国家的诸多操控因素，在译出时不应强行输出本国的意识形态，否则会对译介效果造成干扰。同时对外译介机构应增强译入语国家的译者和赞助人的合作，以求最大限度上吸纳不同层次的读者，尽可能使我们对外译介产生较好的效果。杨宪益的《红楼梦》译本算不算成功走了出去？我相信国内翻译界并没有很多人意识到这个问题。

王：其实，我本人也一直非常喜欢杨宪益的译本，而且认为他通过异化的翻译策略向西方读者原汁原味地传达中国的传统文学文化。没想到，他的译本居然在英美世界里遭遇了尴尬。看来，中国作品翻译得好不好是一回事，能不能被西方读者认可和接受是另外一回事。

谢：是的，《红楼梦》在国外的译介很好地说明了这个问题。我的另一个博士生做的博士论文，是对"熊猫丛书"的译介进行研究。他把"熊猫丛书"所有的翻译篇目、所有的藏书在国外的销售情况做了调查。"熊猫丛书"一共翻译出版了一百九十多部作品，但是效果怎么样呢？同样并未取得预期效果。除个别译本获得英美读者的欢迎外，大部分译本并未在英美读者间产生任何反响。这样的结果也是很出乎意料的。"熊猫"作为我们的国宝，以"熊猫丛书"命名看上去应该很有吸引力；而且我们现当代文学与"文革"时期的作品相比，更加具有可看性。但实际情况是，"熊猫丛书"的译介并未取得预期的成功。根据世界各地的销售情况统计，"熊猫丛书"有时候可以卖出几十本，有时候只能卖两三本，有时候连一本也卖不出去。因此，我们对"熊猫丛书"的译介并未获得成功。

我的博士生因而总结了几点经验教训。第一，缺乏清醒的文学译介意识。完成了译本的翻译后，是否就意味着它一定会受到海外读者的阅读和欢迎？我们的英文水平也很高，完全可以自己来翻译，但是翻译出来能否达到预期的效果？第二，审查制度机构对译介的限制和干扰也会影响传播效果。第三，通过国家机构进行译介的模式，却无法保证其传播的顺畅。第四，在翻译策略上，我们如果想把原汁原味的中国文化翻译出去，这样中规中矩的翻译是否就是好的策略？是不是逐字逐句的翻译就能取得好的效果？因此，我的博士生指出，在文学译介中，翻译要尽量采用归化的方法，用跨文化阐释的方法，从而让译作读起来流畅自然，增加译本的可接受性，避免过分生硬晦涩的文本。最后，我们还要认识到译介的阶段性性质，目前中国当代文学的对外译介尚处于起步阶段。如果忽视了以上这些问题，我们的中国文学、中国文化能走出去吗？

王：俗话说，"以史为鉴"，以上两个个案包括杨宪益翻译的《红楼梦》和"熊猫丛书"的译介都未能取得预期的效果，这确实令人感到无比惋惜和遗憾,同时也是对中国文学文化走出去的一种启示。刚才您还提到了我国创办的《中国文学》杂志,它在经历了五十年风雨后,最终也不得不停办了。您认为,我们从中又可以吸取哪些经验和教训呢?

谢:我的另外一个博士生以《中国文学》的对外译介为个案,研究了中国文学在现当代美国的传播和接受。她把《中国文学》从 1951 年到 2000 年共五十年间翻译的所有篇目全部找到,还专门到北京找到当年编辑《中国文学》的那些编辑,以及主管该杂志出版发行的那些领导,咨询他们当时对该杂志有什么样的审稿方针、翻译政策和发行方案等。在收集到这些第一手资料后,作者对此进行了客观的分析。从 1951 年创刊以来,这份杂志受到了意识形态相同国家的欢迎。在"文革"期间,资本主义国家知识分子读者增多。在"文革"过后,欧美国家的专业读者增多。但是,1990 年以后,国外读者群大量流失;到 2000 年,该杂志只有黯然关门了。所以,我的博士研究生在对《中国文学》的五十年的译介进行考察后提到:我们只在源语环境下考察译作,不能说明其真正的翻译水平;必须通过接收方的反馈才能发现在译入语环境里面哪些译者的哪些翻译能被接受或不能被接受。

所以,这里面的经验教训告诉我们,翻译不是那么简单。第一,译介的主体应该是谁的问题? 第二,用宣传的方式到底是否是好的方式? 通过宣传政策来译介是不是会成功? 第三,国家垄断翻译文学的译介并不可取,应允许更多译者生产更多不同风格不同形式的译本,通过各种渠道对外译介,由市场规律去淘汰不合格的译者和译本。因此,我们通过一个个具体的个案进行分析,再对此问题进行思考就是有根据的,并不是凭所谓的偏见和头脑发热。我们只有通过数据和事实才会作出理性的判断,才能对中国文学文化走出去有一个比较正确的认识。

王:21 世纪,我国在中国文学文化走出去方面也采取了相关举措,如

"大中华文库项目""中国图书海外推广计划""中华学术外译项目"等。有的学者认为，这些举措为中国文学文化走出去提供了新的契机，是新的学科增长点和新的学术研究起点。但也有学者认为，这些汉译外工程是应输出国而动、应官方而动、一厢情愿的工程。您对此作何评价？

谢：21世纪以来，我们国家和政府高度重视对外译介项目，"大中华文库项目"也好，"中国图书海外推广计划"也好，"中华学术外译项目"也好，这些从主观动机来说，当然都是很好的举措。这些计划也征求了很多专家学者的意见，我们的有些专家出于想向世界介绍中国的学术和文化的一种热情，这当然也是很好的，无可非议的。

但是，我觉得我们的某些领导部门，某些专家学者，也许他们对译介的规律并不是很了解。译介的一般规律都是从强势文化走向弱势文化，是输入国有强烈的翻译需要，而不是输出国一厢情愿的行为。所以这些方面，我觉得还是有必要从译介的角度好好地思考这些项目应该怎么做。我们国家投入了这么多的经济资源、这么大的精力，怎么才能让它产生更好的效果？实际上，现在有不少学者指出这些项目的弊病，譬如"大中华文库"尽管出版了那么多品种，但真正被国外接受的却是少之又少。有的学术所谓的"走出去"，无非就是某些学者拿了国家资助的钱，与国外某个不知名的出版机构联手出版了，但是毫无影响。这样，所谓的"走出去"显然也是没有效果的。那么，怎么样让它真正产生效果？这个是我们学术界也好，政府相关部门的领导也好，都是需要认真对待的一个问题。如果不现实地考虑这些问题，只是一厢情愿地去做，注定是要失败的。

所以，由政府出面指导的、这样一种向外译介的行为，效果并不是很理想。比如说我们现在做的"大中华文库"通过国家政府把中国文学文化推出去，这是否是一个好的模式？国家花大量的钱资助国内一些学者和高校的教师进行翻译，这样的译本是否会达到预期的效果？这的确提醒我们,也许我们该改变这样一种方式。政府以怎样的方式来参与这个活动? 有没有其他更好的形式? 政府主导的译出行为让人家有一种宣传感觉,就是把译出行为和宣传行为画上等号。而人家对这个宣传行为就很警惕,甚至还会反感。所以,这种强行宣传的方式不利于我们文化的交流和交际,我觉得这方面会给我们一些启发。

王:有人提出,"中国文学的翻译出版,早已成为中国文化走出去的一个重要组成部分。毫不夸张地说,这是一条新的'丝绸之路',只不过这次驼背上驮载的不是瓷器、茶叶,而是文化与精神……想要把中国当代文学推向世界,不光要带着种子(文学作品)出去,还要带着水土(文化背景)出去"。您对此有什么看法?

谢:"中国文学翻译出版是中国文化走出去的一个重要组成部分"这种观点是正确的。"现在的'丝绸之路'不光仅仅是茶叶、瓷器的问题,还要把文化和精神介绍出去"这个提法还是有道理的。我们不光是译介几部作品的问题,希望能把真正的中国文化精神传播出去。但是,这里边也有问题,就是怎么才能够让中国文化精神走出去? 这也不是说我们一厢情愿地送出去就可以。为什么呢? 我们接受外国的东西,是靠他们送过来呢? 还是我们自己主动去拿过来? 当然是我们自己有主动的内部的需求。你现在说"我要走出去",人家问"你为什么要走出去"? 如果说"要推广中国的文化",这个指导思想就有问题。你为什么要推广你的中国文化啊? 外国人会说,"我并不觉得我需要你的中国文化啊"。他没这个需要的时候,你的推广没用。我觉得我们正确的一种定位就是:让他们通过中国文化了解中国、认识中国,不要对中国产生误解。现在有些人对中国的误解是怎么造成的? 因为他对中国文化不了解。所以,要提倡文学文化的交流,因为文学文化是了解一个民族和一个国家的最好途径。

我们这两天在四川开会,大家就提到这个问题。譬如说,四川人民也很热情好客。我来你这里做客，你把四川麻辣的菜，这是你觉得最好的东西，你做得很好，你端出来给我们外来的客人品尝。但是，外来的客人既不能吃麻的，也不能吃辣的，他就没法接受啊。所以这里面确实有一个接受的问题。文化也是这样。我们认为最优秀最经典的文化，但是人家并不觉得。我们认为这是我们最精华的，他们并不一定认同。或者，他也并不一定贬低你的文化，但是就是对你的文化不感兴趣，你怎么把你的文化推出去？

还记得我 20 世纪 90 年代初到加拿大，我和那些外国学者接触。虽然他们不懂中文，但是谈起中国的老庄哲学，他们兴趣非常浓厚，还兴致勃勃地与我讨论"无为而治"等思想。所以，只要是他们喜欢的东西，他们自然愿意去接触和讨论。同样的道理，我们希望把中国的文化精神传播给人家的时候，也不是一厢情愿地送出去，一定要了解人家的兴趣和需要。这个兴趣和需要一方面有时机成熟的问题，另一方面在于如何培养的问题。培养的问题可以先把功夫花在吸引更多的年轻人到中国来，进行短期或长期的学习，到我们的环境来"泡一下"，慢慢他们就会对我们的文学文化感兴趣了。但这是一个长期的过程，不是一蹴而就的。

王：您认为我们在让中国文学文化走出去方面，还存在什么误区？还需克服哪些障碍？

谢：首先，我们有些提法需要注意。在国际场合，我都反对公开宣传把"中国文化推出去"，因为这意味着强行把自己的文化推出去，会引起一些不了解中国的外国人的警惕和反感。而且，"战略"这个说法最好不要提，说"中国文化走出去战略"容易搞得人家一下子就变得紧张呢，会把这种行为看作"文化输出"甚至"文化侵略"。中国文化走向世界应该是一个非常长期的工程，不是短短几年内就可完成的，我们不要太急于求成了。不是说我们花上几年把这几百本书翻译出来，就算走出去了，不是那么简单的事情。我们的眼光要放长远一点。所以，我们应该强调，我们要促进中外文化的交流、交际，这样不是更好吗？"交流"是很好的字眼，我们就把位置定位在促进交流方面。所以，我们从提法到指导思想到一些行为，都需要全面审视一下。在文学文化走出去方面成功的例子有哪些？失败的例子有哪些？好好地反思一下，然后再来重新调整一下我们的指导思想、方针政策，让它真正为我们中外文化交流做出切实的贡献。

其次是对翻译认识的误区：有人认为中国的文学为什么走不出去？那是因为翻译的语言太差。是不是这么简单？其实，说这些话的有些也是翻译家，他们对翻译的认识也很局限。我们一味地认为要"忠实"于原文，不能随意删减原文，这在认识上是存在误区的。而我们某些部门的领导不懂翻译，却以为他懂翻译，结果干扰了翻译，消解了翻译的目标。从这个意义上来说，国际译联 2012 年确定的国际翻译日的主题是"翻译即跨文化交流"，希望继续在不同文化间架设翻译桥梁，推动跨文化交流，进而促进文化繁荣和提升所有人的文化素养。我们一直存在认识上的误区，以为翻译仅仅是语言文字的转换。国际翻译日的主题为"翻译即跨文化交流"，是对翻译和翻译研究本质目标的重申，就是要通过翻译实现跨文化交际。我们搞比较文学和比较文化，其实质和最终目的都是推动不同民族和不同文化之间的交流。如果我们只关注语言文字的转换，而忽视了跨文化交际的大目标，那么翻译则失去了它的意义。所以，今天，我们必须重新强调"翻译即跨文化交际"。

此外，人们还有一种简单的民族化情绪，认为中国文学文化的译介只能靠中国人，不能靠外国人，我们自己完全有能力、有水平把中国文学文化译介给世界。只要我们译得好、编得好，把中国文学文化译介出去肯定不成问题，前景一片灿烂。这样一种不依靠外国人、一种盲目的民族主义情绪，是影响我们中国文学、中国文化真正有效走出去的障碍。在中国文学文化走出去这件事情上，全靠我们中国人固然不行，但是全靠外国人也是不行的。中国那么多丰富的典籍全靠中国人做或全靠外国人做，都是做不过来的，需要中外译者一起合作才能完成。

人们在认识上还存在一个误区，以为翻译只要找懂外语的人就可以了。我们国内的翻译界、公司、部门、出版社有什么东西要翻译的时候，以为只要是外语专业的人就可以翻译，没想到翻译应该去找专门的翻译人才来翻译。这个问题，我们有些领导没搞清楚，有关部门也没搞清楚。他们以为，翻译就是简单的语言文字转换，只要懂外语的人就可以翻译。国家新闻出版总署花了大量的钱请高校的专家翻译"大中华文库"，这是一个很宏伟的项目，但我认为这是在做无用功。他们将中国的典籍一本一本翻译成英文，现在已经翻译完了一百多部，但是走出去没有？现在大多都是放在国内的图书馆里边，我们搞中国文化典籍的老师和同学很少去看，外国语学院的老师和同学也很少去看。可以查查图书馆里的"大中华文库"到底有多少人借？几乎没有人借。有多少本出版到国外？几乎没有。一百多部翻译的书中只有两本被英国的一家出版社购买了版权，这项工作做得到底是成功还是失败？这就引发了我们对中国文学、中国文化如何才能有效地走出去的思考。

我们还存在的误区就是，把过去"译入"实践上总结起来的理论拿来指导我们今天的"译出"翻译实践。正如我刚才所说的，我国两千多年来的翻译理论都是建立在"译入"实践基础上的翻译理论。如果用建立在"译入"实践上的理论简单指导当今的"译出"行为，注定是不能成功的。建立在"译入"实践上的理论的核心是只要把译本翻好就可以了，不用考虑其他的因素。但是"译出"行为就不一样了，如果我们偏离了翻译的本质目标，就会把翻译研究的重心放在"怎么译"，怎么忠实于原文等方面。所有这些讨论都把翻译研究定位在了狭隘的框架里面，却忽视了翻译的接受效果。如果说把译本翻好,杨宪益的译本就翻译得很好了。但是不是就成功了?并不成功。"译出"的话,不光是翻译好就可以了,还包括文本以外的接受因素、意识形态、社会、历史、文化等各种各样的因素。我觉得"大中华文库"已经失败了,因为它的指导思想是错的。尽管它现在还在做,我可以预言它还是要失败的。

因此,我们一定要尊重文学文化译介的规律。文学文化译介总是存在一定规律,总是从强势文化走向弱势文化。我们在明末清初的时候为什么积极地大量翻译西方文化?就是因为我们觉得西方文化强大,因而我们就会向它学习。今天,中国在经济上腾飞,为我们提供了很好的契机。西方也好,国外也好,对中国文学文化真正发生兴趣也就是最近几十年。这的确为我们当今的中国文学文化走出去提供了一个前所未有的契机。因此,我们一定要避免上述误区,积极探讨建设对外译介的翻译理论,从而更好地指导我们的"译出"实践。

王:当今,中国文学文化走出去已成为学术界和翻译界研究的热点之一,许多学者都在积极思考如何才能让中国文学文化成功走出去。请问您对此有哪些方面的建议?

谢:现在我觉得比较好的一个迹象就是:有比较多的学者和翻译家投入这项工作,中译外也很多,这是好事情。另外一方面呢,还有许多学者在积极思考"中国文学文化如何走出去"的问题。这次的"首届中国翻译史高层论坛"上,也有很多学者提到"中国文化走出去""中国学术走出去",大家对这个问题谈得还蛮热烈的。我觉得对这些问题的探讨很有必要。

在我看来,文学文化的跨国界流传非常复杂,决定文学译介效果的因素有很多,包括译入语读者对翻译家的认可程度。假如有巴尔扎克的作品翻译为中文:一部是法国的汉学家翻译成的中文,一部是我们中国著名翻译家傅雷翻译的译本。当中国读者面对这两部译本的时候,会购买谁的译本? 我想大多中国读者都会购买傅雷的译本。因为傅雷是中国著名翻译家,人民文学出版社也是我国比较权威的出版社。中国读者可能很欣赏傅雷的译笔,很喜欢他翻译的风格,因此很可能去买傅雷的译本。尽管法国汉学家翻译的巴尔扎克作品在对原文的理解上可能超过傅雷,但如果中国读者认同傅雷的翻译,还是会买傅雷的译本。所以,这里面的因素很微妙,不是正确与否的问题。文学文化译介的因素很复杂,读者对翻译家的认同程度对于译本的接受与传播尤其重要。

其次,译入语国家的社会因素、意识形态、道德观念,某一时期占主导地位的文学观念、译介出版社、主管部门等,都决定了文学作品的译介效果。因此,仅靠我们中国单方面的翻译出版,要想向世界译介我国的文学文化而取得理想的效果,这是不可能的。马悦然是诺贝尔文学奖评委之一,他在 2006 年接受南方某家报纸的采访时说,"一个中国人,无论他的英语多么好,都不该把中国文学作品翻译成英文。要把中国文学作品翻译成英文,需要一个文学修养很高的英国人,因为他通晓自己的母语,知道怎么用英文进行表达。现在某些出版社要求学外语的中国人来翻译中国文学作品,这简直糟糕极了。翻译得不好,就把小说给谋杀了"。所以,如果由中国的出版社请中国人来翻译莫言的作品,他的作品就被谋杀了,莫言也不可能获得诺贝尔文学奖。

还有,我们必须正视接受环境的时间差和语言差问题。所谓时间差,是指西方读者到最近一二十年才开始产生了解和阅读中国文学文化的兴趣和热情,而我们中国读者阅读和接受西方文学文化,已经有一百多年了。今天的西方读者和中国当初阅读严复、林纾的翻译的那些读者一样的水平,所以,给他们读全译本要求太高,不如让他们读读节译本和改译本。明白这一点,就清楚葛浩文为什么在翻译中国文学作品的时候会有大量的删减。我们现在有的出版社为了使作品畅销,就标榜该书是全译本,担心是节译本别人就不感兴趣。但是,他没有考虑到今天接受环境的现实,没有想到节译本可能销路更好。所以,你与其花这么大力气去搞全译本,还不如花点功夫出版些节译本、改写本。成本又低,效果又好。

所谓语言差,指的是操汉语的中国人在学习掌握英语语言和了解西方文化方面,比操其他西方语言的西方国家人民掌握汉语和了解中国文化更容易。所以,在中国有比较多的精通外语的读者,精通西方文化的读者。而在西方,比较少的读者精通中国文学、中国文化和中国语言,它的数量比较有限。某些汉学家对其研究的领域可能很精通,但要对中国文化全面把握大多都是不行的。反过来,中国搞外国文学文化的学者不仅对其研究的领域比较精通,对整个西方文化都有比较好的了解,这样的学者在中国比较多。这是一个语言差的问题,背后也是文化差的问题。上海外国语大学有位英语教授是我的朋友,他正在做《论语》的翻译。每翻译完一段话,他就在下面配上大量的评注,把西方先前的思想家和哲学家与此有关的一些论断、一些思想、一些观点都放在一起。这样的翻译,西方读者阅读起来就会感觉到很亲切。原来,孔子讲的话,我们西方思想家、哲学家也是这样讲的。读者感到亲切了,就很容易接受。我把这称作为"借帆出海",借人家的"帆"把我们的东西送出去。这样,读者的数量就增加了。因此,时间差和语言差的存在提醒我们,必须照顾到当代西方读者在接受中国文学文化存在以上特点,不要一味贪多、贪大、贪全。我们在现阶段不妨考虑多出些节译本、改写本,这样的效果恐怕要比那些全译本产生的接受效果要好,投入的经济成本还可以低一些。

最后,我们讨论中国文学文化走出去,需要明确一个指导思想:我们关心中国文学文化走出去,不是为了搞"文化输出",更不是搞"文化侵略";而是希望通过中国文学文化在世界各国的译介让世界各国人民更好地了解中国、认识中国、理解中国，从而让世界人民与中国人民共同构建一个更加和谐的世界。文学文化是一个民族最形象、最生动的反映，通过文学文化了解其他民族也是最便捷的一个途径。因此，我建议，在对外的公开场合，我们应该慎提甚至不要提"把中国文学文化推出去"，更不要提"中国文学文化走出去战略"，这极易引起别人的反感和警惕，效果适得其反。如果大家站在很冷静的立场，把简单的民族情绪抛开，才能比较冷静地、理智地、结合学理思考这个问题，那么才能找到正确的途径。也许这个时候，中国文学文化才能真正有效地走出去了。

王：今天我收获颇丰，对中国文学文化成功走出去有了更深刻的认识。谢谢您，谢教授！

中国文化走出去：问题与思考^①

我很高兴有这样的机会和在座的外事部门的领导，长期在外事、外交领域从事第一线工作的领导干部们一起交流我关于中国文学、文化如何切实有效"走出去"的一些想法。我从 20 世纪 80 年代初开始从事比较文学的研究。比较文学听起来可能跟在座各位所从事的工作稍微有点距离，但其实有内在的共同一致性。比较文学、比较文化，说到底就是研究文学交流、文化交流，研究以文学的形式所进行的跨国界、跨民族的交流。20 世纪 80 年代后期到 90 年代，我主要从事的是翻译研究，具体也就是译介学研究。从 90 年代末开始到 21 世纪初，我开始更多关注文化外译的问题，也即中国文学、文化怎么翻译出去的问题。我是上外的老师，但我同时在复旦也招收博士生，招收比较文学专业的博士生。我指导的博士生主要关注的也就是中国文学、文化的外译问题。在多年的教学与研究中，我对这些问题形成了自己的一些想法。但我的这些想法大多属于理论层面上的思考，能否经得起实践的检验，自己也没有完全的把握，所以

① 本文根据谢天振 2017 年 10 月 12 日在文化部"'讲好中国故事'——高级外交官研修班与新任处长培训班培训计划"上的演讲整理而成。正式发表于荣跃明主编：《上海文化交流发展报告(2018)》，上海书店出版社，2018 年。

我特别愿意跟在座的来自第一线从事外事、外交工作的专家们做面对面的交流，听取你们的意见。

一、文化外译

　　首先，我要讲的第一个问题就是文化外译的问题。其实无论是讨论"一带一路"，还是讨论中华文化"走出去"，这里面一个很关键的问题就是文化外译问题。而谈到文化外译就首先要讲到一个概念，那就是我们对翻译史的认识。有些同志也许会觉得翻译史跟我们的距离比较远，其实并非如此。尽管我们在座的各位领导和专家未必从事翻译研究，但我们对翻译都有一定的了解和认识。那么这些了解和认识是从何而来的呢？就是来自翻译史，尽管我们未必清晰地认识到这一点。我们对翻译都有一些基本的认识，譬如翻译要忠实于原文，在翻译中原文是至高无上的，译者在翻译时对原文要亦步亦趋，等等。这些概念是从何而来的呢？就是来自翻译史的。

　　然而，这里有一个问题要明确，就是说这一两千年来，我们的翻译史给我们形成了一个什么样的翻译的概念呢？对此我有一个观点：一部中西翻译史，主要是一部译入史。中国的翻译史有两千年的历史，从最早开始的古代佛经翻译，到近代对西方先进思想文化的翻译，到当前我们对国外文学作品、社科作品的一些翻译，都是译入，就是把国外的文学、文化，包括其他的典籍翻译进来。不光是中国，西方也是这样，从古罗马占领古希腊以后，古罗马把希腊典籍翻译成自己民族的语言，然后到中世纪，到后来文艺复兴，再到后来的启蒙运动等，也一直做的是把国外其他民族的文化典籍、文学经典翻译成自己民族的语言。这是一个中西翻译史的性质。那么这个性质跟我们有什么关系？大家会觉得好像没有关系，其实是有关系的。这个关系在哪里？这个关系在于我们今天在考虑中国文学、文化"走出去"的时候，我们翻译的方向是跟我们两千年来翻译的实际正好相反，我们两千年来都是把外面的东西翻译进来，我今天要做的事情是把中国的东西翻译出去。这里面会产生什么样的问题呢？就在于我们的翻译理念是建立在译入实践的基础上的。用"译入"的翻译理念来指导我们今天的"译出"，也即我们现在所说的"外译"实践，能取得成功吗？我的观点是，至少到目前为止，至少在英语世界，我们的文化外译，具体也即中国文学文化的"走出去"，基本是不成功的。我相信在座诸位应该比我更有发言权，因为你们肯定接触到了具体的事实，而我主要是根据具体数据和一些相关文献资料，一些事实，以及我本人出国所看到的、所发现的事实。

这样说，那是否意味着我们就从来没有过成功的文化外译的先例或实践了呢？倒也不是，历史上把中国文学文化成功翻译出去的先例不是没有。在我看来，在这方面做得最为成功的是传教士。中西翻译史上传教士所做的文化外译是很成功的，无论是把他们自己民族的文学文化典籍译介到他们传教的国家，还是把他们传教的国家的文学文化译介给自己国家，都取得了引人注目的业绩。譬如来中国传教的传教士，一方面把他们国家的文学、文化以及宗教典籍译介到了中国，同时另一方面也把中国的文学文化典籍译介到了他们自己的国家。但毋庸讳言的一个事实是，无论中西，迄今为止我们对文化外译的研究，尤其是理论上的探讨和总结确实不多，这也是我们必须面对的事实。

第三个问题，我们应该看到，文化外译不光是我们中国在做，其实许多国家都在做。各个国家他们也都有各自的做法。譬如法国，他们专门到中国来设立了傅雷翻译奖，就是为了吸引和鼓励中国的翻译家们积极翻译法兰西的文学。我记得荷兰也有一个公司跟我们接洽过，投了很多钱，希望我们能把荷兰文化的典籍翻译成中文。再如丹麦等国家，也都在做。由此可见，今天我们对文化外译问题的思考，不光是我们自己一个国家的问题，而且还是一个世界性的问题。

与此同时，我觉得有必要指出的是，我们要想取得文化外译成功的话，那我们一定要把这个问题放在一个跨文化交际的国际性视野中予以考察。而我们之前在这方面未能取得预期的成功，原因在哪里？就是因为没有把这个问题放到上面所说的跨文化交际这个国际性视野中去考察，我们关注的只是把某个文本准确、忠实地翻译成外文。当我们拿出来一份所谓忠实的译本的时候，我们就以为我们的文化外译已经成功了。这也是我们国内学界很普遍的一个认识：以为交出了一个"合格"的译本，也就是所谓的达到了"信达雅"标准的译本，就意味着我们的文化外译成功了。然而文化外译的成功和文化译入的成功却是不一样的。对于译入语境来说，交出一份"合格"的译本，也许可以说这个翻译行为已经基本成功。譬如说像朱生豪、傅雷等许多优秀翻译家交出了他们的译本时，他们不用担心他们的翻译有没有读者，有没有市场。在译入语语境中，我们对外来的文学文化本身有一种内在的需求。我们知道国外的文学文化比我们先进，他们的手法比我们先进，他们的思想比我们先进，对我们国家有用，所以作为一个译介者，只要把它翻译出来，用比较忠实、规范的语言翻译出来，它就自然而然地会产生影响，能够得到传播和接受，所以译作的传播、接受、影响等问题都不需要译者或译介方来考虑。但今天我们讨论的是什么问题？是文化外译。文化外译面临的接受语境与文化译入的接受语境是不一样的，这个问题正是我们迄今为止所忽略的。文化译入面临的接受语境中对外来文化本身就有内在的需求，但文化外译面临的语境呢？他们有没有在迫不及待地等着要看你们中国的文学、文化？尤其是英语世界，有没有？这里顺便还要强调一下是不同语种国家地区的接受语境也是不一样的：英语世界是一个状态，法语世界是一个状态，东南亚国家又是一个状态。我们现在说"中国文化要走向世界"，然而这里的

"世界"指的是哪个世界？我以为首先指的是英语世界，所以我今天与大家讨论的问题主要也是针对英语世界而言的。法语世界、德语世界、俄语世界、东南亚世界的情况又不一样了。我们在讨论中国文化、文学"走出去"这一问题的时候，不能简单化。不同语种的世界情况不一样，不能简单划分。

此外，我们对"文化外译"还要有一个共同的理解，即文化外译有狭义和广义之分。狭义的文化外译，指的是把一个文本翻成外文，借助翻译，让本国的、本民族的文学文化"走出去"的活动。广义的，那就不光是一个翻译的问题，不光是纯粹的语言文字的转换了。当前跨越民族、跨越国界的文化交往活动，甚至包括一支足球队到外面去，它背后都有一个文化"走出去"的问题。我们今天讨论中国文学、文化"走出去"，恐怕也需要这样一个比较开阔的视野来看这个问题，看这个活动，看这个事实，然后我们才有可能把有些问题讲透。

二、 我国在文化外译中存在的问题

然而，在我看来，目前我们国内无论是文化界还是学术界，环绕着文化外译问题，具体而言也即中国文学、文化如何"走出去"的问题，其实还存在着不少问题的。这个问题首先暴露出来的一个表现，就是我们中国文学、文化的"走出去"其实并不是很成功。其实从20世纪50年代中华人民共和国刚刚成立之时起，我们就已经在做这件事了。50年代初，我们创办了一份英文版的杂志叫作《中国文学》(*Chinese Literature*)。起先这本杂志是不定期的，到后来变成了月刊，后来还增加了法文版。这份杂志我们办了整整五十年，从20世纪50年代开始到2000年办不下去了。国外没人看，所以这份杂志当然也就只能黯然收场了。这里折射出来的一个问题，就是中国文学怎么才能够切实有效地"走出去"？我特别强调的是四个字："切实有效"，要切实有效地"走出去"。一个很实际的问题是：你在国外书店里看到这本杂志了吗？有人买吗？你在国外大学图书馆里看到这本杂志了吗？有人借吗？有多少人在借？这些都是非常实际的问题，也是我们必须面对的问题。20 世纪 80 年代著名翻译家杨宪益先生还组织编辑过一套外文版的丛书，叫"熊猫丛书"，也做了差不多将近二十年，出版的语种也是有英语和法语。这套丛书其实也不是很成功，到后来也不了了之，停止了。我有两个博士生，分别做了两篇博士论文，一个是考察历经半个世纪的《中国文学》杂志是怎么编辑、怎么发行的，在国外的情况怎么样。另外一个是专门谈"熊猫丛书"是怎么编辑，怎么发行，它的实际影响怎么样。从对这两个个案的研究中我们可以发现，我们国家围绕中国文学、文化"走出去"的一些努力，其实并不是很成功，当然也不是一点成绩也没有。到 21 世纪开始，我们又有新的努力，大家或许会注意到，那就是目前做得风生水起的"大中华文库"。据说这套"文库"要把几百种中国文化典籍翻译成英文，翻译成其他各种各样的语种，向全世界展示介绍中国文学、文化。"大中华文库"到目前为止已经出版了一百多种选题，但据我接触到的一些数据，这一百多种的选题中，真正"走出去"的，也就是被人家买走版权的，也就极少数的几种。从这个角度看，那么我们的"大中华文库"这个译介行为，到底算是成功还是不成功呢？因为我们希望通过这套"文库"把中国文学、文化推介出去的，但这些东西都在我们高校的图书馆里面，它并没有走出国门。而我到许多高校去讲学时都会问一下，"你们谁看了'大中华文库'的书？"然而应者寥寥无几。这也正常，因为除非要做相关研究，对多数中国读者来说也确实没有必要看翻译成外文的中国文学和文化典籍。

由此可见，围绕着文化外译确实存在着一些问题。这里存在着什么问题呢？我一开始提出的是一些共识性的问题，现在我要说的是目前存在的问题。这些问题是我们在讨论中国文学、文化"走出去"也好，讨论文化外译也好，一个最根本的问题是，我们根本没有注意到"译入"与"译出"即"外译"的差异。为什么？如上所述，我们对翻译的认识，我们的翻译理念全都是建立在两千年来"译入"的实践基础上的，而这个实践基础告诉我们，我们不需要关注其他的因素，只需要交出一个合格的译本就意味着译介的成功了。这样我们就发现不了文化外译的特殊性，会觉得两者都是一样的，无非是翻译的方向变了一下而已，以前是把外面的东西翻译进来，现在是把中国的东西翻译出去，里面会有什么差别呀？事实并非如此。我一直强调的，译入和译出之间存在着本质性差异：我们译入，我们有内在的自觉的对外来文学、文化的需求；而译出呢，人家并没有这个需求。以英美国家为例。美国的翻译出版物，还不是单单说文学、文化的翻译，在整个美国出版物中所占的比例仅仅是 3%，在英国是 5%。在座的诸位我相信不少人都曾经到过英国或美国，如果你们曾经去书店看过的话，你们一定会发现，你们几乎很难找到翻译作品，更不要说是翻译文学作品，甚至是翻译自中国的作品。反过来，在我们国内的书店，你们也去过，你们一进去，我们翻译的作品占了我们整个出版物的多少？我不说50%，至少不会相差很多。几乎一半都是翻译作品啊，包括文学、文化、政治、经济、哲学，大量的翻译作品。

有必要指出的是，不同语种的国家和地区对对待外来文学、文化的接受状况也并不都是一样的。在英语国家，他们满足于自己的一些东西，觉得自己的文化已经足够了。他们倒也不是专门排斥我们中华文化，不是的，他们对所有的外来文学、文化都没有表现出一种强烈的需求。外来文学、文化对他们来说并不那么急需，他们很满足于自己英语世界的文学、文化，这跟我们的观念是不一样的。我们要正视这个问题，然后进一步思考怎样在人家对我们的文学、文化没有急迫需求的情况下，能够让我们的东西引起他们的兴趣，能够被他们乐意接受，在他们的国家得到传播，产生影响。这是我们今天要考虑的问题，而不是简单地交出一本所谓的"合格译本"，就算万事大吉了。如果我们不考虑接受，不考虑传播，不考虑影响，即使交出了一本所谓"优秀"的译本，在某种意义上它仍然只是一堆废纸，并没有取得译介的成功。我曾接触到好几个国家大使馆的文化部门、教育部门，他们有的向我反映，我们送出去的东西，人家不要，白送给一些国家的高校、图书馆，人家都不要。我有时候感觉到很困惑，白送给人家怎么还不要？后来我就明白了，他们告诉我：这个东西，你送给我，那我首先要编目，才能上书架，这里面有一整套的程序要走，要花不少劳动力的。但如果这个东西没有人看，我又何必花这些劳动力呢，还要占据空间。所以白送给他们，他们都不要。

所以这是我们要认真对待的问题，我们一定要看到译入和译出的差异。只有看到这两者的差异，我们才能更好地做好我们的文化对外交流工作。否则，我以为我带着一批已经翻成外文的东西，我就能完成文化交流的任务了，未必。这一点，是我希望跟大家讨论的，不知道大家是不是同意我的观点？

第二个问题也跟接受有关，但具体指的是接受语境。这个问题也与我直接有关，因为近几年来我一直比较强调我们的文化外译要重视接受语境的特点，要关注接受群体的阅读习惯和审美趣味，了解他们喜欢读什么样的东西。要让中国文学、文化切实有效地"走出去"，就必须关注这些问题。但有一些专家学者跟我持相反的态度，他觉得你这样强调要尊重接受群体的阅读习惯、审美趣味，就是对西方读者的屈从和奉迎，你被人家牵着鼻子走了，丧失了中国文学、文化的话语权，甚至影响了我们国家独立主动的文化传递，是对西方顶礼膜拜的结果。这个观点在我们国内的学术界还很有市场。

说到文化的话语权，我觉得我们当然是要的，但我希望大家能够注意到一个问题,就是在文化外译领域,其实有两个层面,一个层面是对外宣传,另一个层面是文化交流。在对外宣传这个层面,毫无疑问,我们要牢牢掌握话语权。我们要对人家宣传,要把我们的东西传递给人家,当然要以我为主。譬如马上要开党的十九大了,这几天外文局不少专家正集中在翻译十九大的文件。这些文件中有不少新提法,新的观点,应该怎么翻,我们会有我们的考虑,这个话语权,一定是掌握在我们自己手中的。但是在文化交流这个层面,我觉得我们没有必要刻意强调所谓的"话语权",更不要去强调争什么话语权。文化交流的目的是什么?我觉得我们往往忘记了我们文化交流的目的。我觉得我们文化交流的目的,是让世界各国人民也好,读者也好,通过对中华文学、文化典籍的阅读,培养起对我们中国、对我们中华民族一个比较全面的,比较深刻的认识,因为文学、文化是让人家了解我们的最好途径。本来人家心存疑惑,以为我们中国是这样一个庞然大国,我们会不会对他们国家产生影响、带去祸害啊?还有人觉得你们中国人口这多,一定是世界的不安定因素。但如果他们能读一读中国的文学作品和文化典籍,他们就能了解到中国是一个以和为贵的民族,是崇尚和谐的民族,这样的话,他们对中国的戒心就会消除。我们进行文化交流就是这个目的,就是希望通过文化交流促成相互了解,加深彼此的认识,而并不是要争什么话语权。但我们国内学术界却仍然有些人在一味强调所谓的"话语权",有人甚至认为就讲中国式英语也没关系,"我们就是这样讲英语的,你爱听不听"。如果这样,那你英语都干脆不要讲了,你就讲中文好了,你觉得这样能促成彼此的交流吗?这样做你好像是掌握了话语权,然而人家对你一点不了解,甚至还相当反感,在这样的情况下,你的话语权有什么价值?有什么意义?

这里不妨插一个真实的小故事:我有一个朋友在美国加州一个大学做东亚系主任,他看到美国的中学毕业生来考他们东亚系选择语种时,许多孩子都选择报考日语,不选中文。他就很奇怪,就问这些孩子:"你们为什么不来考中文却要去读日语啊?"这些孩子的回答对我们从事文化外译相关人员很有启发性,这些孩子说:"因为我们从小是看日本的动漫长大的,我们想进一步了解日本文化。"动漫绝对算不上是日本文化的精髓吧?但动漫却培养了美国孩子对日本文化的兴趣。我们在进行文化外译时,经常可以听到一种声音,声称"要把最能够代表中国文化精髓的东西翻译出去"。在这些人看来,我们应该首先把四书五经、四大名著等所谓代表中国文化精髓的典籍翻译出去。然而他们却从来没有去调查过这些一厚本一厚本翻译出去的典籍有多少人看。如果没有人看的话,那么这样的翻译算不算成功?所以我特别希望我们这个研讨班能够关注这个问题,深入思考一下我们应该怎么做才能够让中华文化切实有效地"走出去",引起世界各国的读者对我们中华文化产生真正的兴趣。

其实我们今天考虑让中国文学、文化"走出去"绝对是碰上了一个千载难逢的好时机,因为当前我们中国的经济正在崛起,并引起了全世界的瞩目。在这样的背景下,人家就会思考,为什么当世界其他国家经济碰到问题的时候,中国的经济能够一枝独秀?这时他们就会对你产生兴趣,他们不光是看你的经济,他们还会关心你的文学、文化,因为通过文学、文化最能发现你们中国人是怎么生活的,是怎么思考问题的。前几年我们的外文出版社曾推出过一套书,叫《老人家说》。所谓的"老人家"就是孔子、老子、庄子、墨子等中国古代哲学家,编者选择他们最富哲理思想、最精彩的语录翻译成英文,中英文对照,再配上精美的图画,书的开本不大,但印刷得非常精致,一下就能抓住读者的眼球。

国外对中国文化产生兴趣的首先是中国古代哲学。我在 20 世纪 90 年代初到加拿大访学见到阿尔伯塔大学比较文学系的主任,此人完全不懂中文,但对中国古代哲学思想很有兴趣,一提到老庄的"无为而治"思想他就眉飞色舞,觉得好,觉得中国人有智慧。所以我觉得我们就应该首先选择这些能够引起国外读者兴趣的典籍作品对外译介,让国外读者慢慢地进入中国文化领域里面。不要追求一些表面的成就。什么是"表面的成就"?我们在汇报总结所取得的成绩时往往是这样表述的:我们去年生产了多少多少万吨钢,多少多少亿吨粮食,等等。对于工农业生产来说,这样的汇报总结自然也无可非议。但对于文化外译工作来说,类似这样的汇报,譬如把这一年我们把多少多少部作品翻译成了外文视作文化外译已经取得了不俗的成绩了,我就觉得不妥。为什么?因为把一些作品翻译成外文并不等于你的外译行为就已经取得了成功。翻译仅仅只是文化外译工作第一步。文化外译的目的是什么?是跨文化跨民族的交际。所以我觉得对于一个文化外译的官员来说,在总结汇报时候应该着重说的是"通过我们这样的文化外译,我们有多少多少作品在译入语的国家产生了什么样的影响",这才是事情的实质,而不是仅仅汇报我们把多少多少中国文学、文化作品翻译成了外文。

第三个存在的问题是什么呢?就是文化译介有一个基本的规律,我们往往没有注意到这个规律。我们总以为,以前我们把人家的东西翻译成中国的,我们今天要"走出去"了,要把中国的东西翻译成外文,如此而已。但其实背后是有规律的,这个规律就是文化的译介总是从占据主流地位的强势文化流向或者译介到弱势民族文化国家的。把这个问题点出来以后,大家就都能理解,为什么"五四"时期我们会很积极、很努力地把西方的文学、文化翻译成中文,就因为西方的文学、文化占据了世界的强势地位,文化译介一定是这样的。国内有些专家对此现象有点心态不平衡,他说文化交流应该相互尊重,我们翻译了你们那么多的东西,你们怎么才翻译了我们这么一点点的东西?提出彼此尊重,平等交流,听上去这个观点是对的,但是我们不能把这个问题简单化、数量化。好像我翻译了你多少东西,你也应该翻译我多少东西,否则你就是不尊重我。我觉得这个观点,也是可以讨论的。其实在文学、文化的跨国跨民族交际领域,没有绝对的平等可言,因为文化的不平等是绝对的,一定是有强有弱。"五四"前后,我们开始认识到西方文化占据了强势的地位,所以我们对西方文化的译介会比较多。其实我们想一想,历史上盛唐时期,我们中华文化也曾占有过强势文化的地位,当我们占据强势文化地位时,我们那个时候并不需要提什么中华文化"走出去"的口号,周边国家自然而然地会派他们的专家学者到长安来,如饥似渴地学习中国的文学、文化,非常积极地把中国文学、文化典籍翻译成自己国家的语言文字,介绍给自己的国家。这就是文化交流的规律。你有这个需求,有这个需要,就一定会主动地进行译介,所以不要心态不平衡,这是一个客观规律。

从这个意义上而言,我们今天所做的文化外译工作,其实有点"逆流而行",因为在当前整个世界的文化交流中中西方文化还是不平等的,西方文化仍然处于强势地位。因此我们需要考虑一些务实的做法和策略,尽管我们处在文化弱势的地位上,但也要让你对我的文化产生兴趣,而不是简单地搞几套中国文学、文化典籍的译丛,这样我们的文化外译才有可能取得成功。

三、 文化外译 "接受" 中的跨文化交际

最后一个问题:对于文化外译,在我们的学界也好,在译界也好,都有一点急功近利的心态,就是希望马上能够取得成效。其实文化外译是一个长期的事业,你希望通过一段时期的外译努力,甚至某几部作品的外译就能达到中外文化交流的最终目的? 那是不可能的。文化外译是长期的,需要有一定时间的积累,才可能做到文化外译的成功。我们现在国内学术界有学者在看到国外有些汉学家、翻译家在翻译中国文学、文化的作品时有连译带改的做法,就觉得他们不尊重我们的作品,对其横加指责。

譬如有人说,中国文化文学"走出去",果然是举国上下的共同目标,但是"走出去"的如果在某种程度上说是被误解、误读的文学文化,那么如此的"走出去"是否值得期盼? 还有人说,为了方便推广而抹去一部作品的差异性,这样的翻译从表面上看,也许它们更为容易被接受和传播,但最终导致的结果,只能是对作品的歪曲,对读者的欺骗以及对文化的误读与曲解,这与翻译的伦理要求也是背道而驰的。他们觉得为了让人家容易阅读,容易推广,而把我们国家文学、文化的一些特点抹掉,这种做法是不可取的,他们不赞成。这其实是看不到一个国家一个民族对其他民族的文化接受需要一个过程。我们可以想一想,我们通过我们的翻译家接受的莎士比亚和英国的莎士比亚是不是一样? 众所周知,我们读到的朱生豪的译本跟莎士比亚的原著有一个巨大的区别:原文是诗体,而朱生豪的翻译用的是散文体。但我们需要去指责朱生豪曲解了莎士比亚的东西吗? 不需要。不仅不需要,我觉得我们还应该感谢朱生豪,因为正是有了朱生豪的散文体翻译,才让中国读者认识了莎士比亚,才对莎士比亚有了一定的了解。然后我们前几年又有翻译家组织了一套莎士比亚诗体的全集,梁实秋在台湾也搞了一套诗体的莎士比亚的翻译,于是一个更加完整、更加接近莎士比亚原著的翻译本正在进入中国读者的视野。由此可见,我们自己对外来的文学、文化的翻译其实也是有这样一个接受过程的,所以不要对人家在翻译时有删改就横加指责。我觉得对这种现象没有必要大惊小怪。

我一直坚持的一个观点是,文化外译首先要让人家能够接受。如果接受都成问题,那么其他东西也就都谈不上了。但是我们有些学者、专家的观点,听上去还是振振有词,他们提到很高的高度说:"从国家文化建设的战略高度来看,中国文学'走出去',并不是某位作家、某部作品的诉求,也不是某个社会群体和某种文学类别的诉求,而是中华文化走向世界、与异域的他者文化进行平等交流与对话的诉求,任何对文学文化的曲解、误读和过滤,都是与这个根本诉求相违背的。"这些观点都是在公开发表的文章中表述的,听上去似乎也很有道理——我们的文化不能被人家曲解、被人家误读呀。他们还举了作家高尔泰的例子:由于葛浩文表示如果他来翻译高尔泰的作品的话,他肯定要做些删改的,他不能完全照原样翻出去的。对此高尔泰认为,如果他的作品翻译时会有删改,会有文化过滤,那他就拒绝葛浩文翻译。这篇文章的作者在提高尔泰这个例子时显然对高尔泰的行为很是推崇。我相信不少读者看了这样的例子,对高尔泰的行为大概也会比较赞赏,这是张扬我们中华民族的正气啊:我宁愿不翻译,我也要保持我的作品的完整性。

但是我对这个问题有另外的看法。拒绝对自己的作品在翻译时有删改,自然也无可非议。然而如果你的作品不被人删改,也没有文化过滤,能成功地翻译出去了吗? 更关键的,假设是翻译出去了,这样翻译出去以后,你的作品被人家接受、得到传播、产生影响了吗? 我们现在有些专家学者把一些事情简单化,以为这是在张扬民族志气,是展现我们的民族自尊、自重,我们没有被人家牵着鼻子走。其实,他们只看到了问题的表面,没有看到问题的实质。我好几年前就提出了两个概念,一个叫"时间差",一个叫"语言差"。我指出,今天英语世界那些在读中国文学文化作品的读者,他们的阅读能力,他们接受中国文学文化的那种水平,是什么样的情况呢。打个比方,他们就相当于我们国家晚清那个时代阅读西方文学文化作品的那些中国读者的水平。那是什么样的水平呢? 全译本是没人读的。众所周知,严复、林纾、伍光建翻译的作品全都是删节本。因为当时我们的读者对西方的东西还不很了解,他们对西方小说的叙述模式还很不习惯,所以我们的译者还要把这些西方小说改头换面,改成章回体小说,最后也要加一句"欲知后事如何,且听下回分解"。我们读者习惯于读这样的作品。一百多年来,我们就是这样一点一点地接受西方文学、文化作品,到今天我们接受西方文学、文化的水平当然是高了。今天我们出版社招揽读者的手法是什么?是打着全译本的旗号,因为今天全译本对读者有吸引力。假如这是一个删节本,那就吸引不到读者了。然而倒过来,我们回到一百年前去,如果有哪个出版社说他们出版的是一个全译本,那肯定没有人看,一定是这样的。

那么今天在西方英语世界也就是这样的情景。所以葛浩文对我说:"谢老师,《狼图腾》这本书这么厚,我翻译时肯定是要删节的。我不删节,出版社不愿意出,读者也不愿意看。今天的英语世界,特别是英语世界的读者,还没有养成读这么厚的长篇小说的习惯。"我们知道,英语世界的小说一般都是二十来万字,很少有我们这样四五十万、五六十万字篇幅的。阅读习惯已经养成了,他们的写法也往往控制在这样的篇幅,这才容易卖得出去。这恐怕也跟当今人们的生活节奏、工作节奏有关系。所以在英语世界中,简装本很受欢迎,篇幅不是很大,可以塞口袋里,地铁上、旅途中,都可以方便地拿出来看看。

这就是我说的"时间差":我们接受外国文学,特别是西方文学、文化,已经有一百多年的历史了,而西方英语世界的读者,也就最近二三十年才开始比较多的对中国文学、文化有了那么一点兴趣,而且这个读者的数量也相当有限。所以在这种情况下,我们不能太急功近利,不要看到了一点删减就大惊小怪,以为是歪曲了我们的原著。当年严复翻译《天演论》的时候,不也是把原作来了个彻底的改变吗?原先人家是第一人称,但因为我们中国读者不习惯读第一人称的作品,所以严复就把它改成第三人称了。为了突出严复想要传递的思想,严复还干脆把后半部分删掉了。林纾的翻译更是如此。由此可见,今天在西方从事中国文学、文化译介工作的译者,其实就是今天英语世界里的"严复"和"林纾",他们所做的事情,与当年严复、林纾所做的,并无二致。

我们再回到刚才高尔泰的那个例子。这里有两个问题要提请大家注意:第一,世界上存不存在没有文化过滤的文学、文化翻译? 翻译的根本性质就决定了所译作品一定会经受文化过滤的,这不是你主观上愿不愿意的问题,而是客观上就是如此。第二,高尔泰的作品,有没有没被文化过滤就"走出去"了且被接受了? 产生影响了? 这是核心问题。因为拒绝很容易啊,我不要删减,我情愿不翻。你不翻可以的,那么你的东西"走出去"了没有? 假如你没有"走出去",那我们讨论问题的前提就没有了,因为我们在讨论中国文学、文化"走出去"的问题。当你把这个问题抛弃了以后,那你后面的拒绝也就没有意义了。

最后,我想讲两个个案。这两个个案,一个也是上海的,就是前几年的事情。上海芭蕾舞团到英国的伦敦大剧院去上演,这个上演我觉得很有意义,为什么呢? 这个演出完全是商业演出,跟我们某些演员到维也纳金色大厅的演出大不一样。自己出去,并不是拉了什么赞助,而完全是一种商业行为。在伦敦大剧院上演的现代芭蕾舞《简·爱》,连演了四天五场,观众达到七千六百人次。它为什么能够成功? 我觉得非常关键的地方就是它运用了目标语的语言,讲目标语读者熟悉的故事。你喜欢看芭蕾,我就跳芭蕾给你看,我跳的这个舞就是讲你熟悉的故事。但这个故事又不是简单地重复你的故事,而是加入了中国元素,重新编排的。他们把《简·爱》原著里面的疯女人拉出来,演绎出一段表现现代人情感关系的芭蕾舞剧,让英国观众感到既熟悉又陌生。这里面还有一点也很重要,即这个剧是专门聘请了一位国际编舞大师来编舞的,所以它的舞蹈语言是一个国际性的语言,它的舞美服装也全都是由国际著名的设计师设计的,所以上海芭蕾舞团的这个成功绝非偶然。

在这个个案中我很看重的一点是,一些英国观众在看了演出以后,对上芭演员说你们上海芭蕾舞团以后再来伦敦的话,我们还会来,但希望那个时候能够看到用芭蕾舞演绎的中国故事。我非常看重这句话,我通过今天跟你讲《简·爱》,讲你的故事,里面有中国的元素,激发起你对中国人讲中国故事的一种兴趣,就像美国的孩子看到日本的动漫,希望进一步接触日本文化一样的。今天的英国观众看了中国的芭蕾舞演出,开始对中国文学、文化感兴趣。我觉得上海芭蕾舞团这个个案,为我们思考中国文化"走出去"提供了很好的启迪。

第二个例子,就是莫言获得诺贝尔文学奖。大家都知道莫言获得了奖,同时也能猜出莫言的得奖与翻译有关系。但是具体背后的各种因素大家恐怕就不一定了解了,这里面其实有一些很关键的问题,什么问题?他的作品的译者是谁?出版者是谁?作者和译者的关系怎么样?这些大家恐怕就不一定会注意到。但莫言自己很清楚,他之所以能够获奖,离不开世界各国这些翻译家。所以莫言到斯德哥尔摩去领取诺贝尔文学奖时,他把瑞典政府给他十四个可以陪他一起去领奖的名额的大部分都给了美、法、日、瑞典等国翻译他作品的翻译家。莫言跟译者之间的关系也非常重要。莫言在这个问题上很豁达,他说"我的作品给了你翻译,那就由你做主了。"

译者的问题非常重要。以前我们在讨论翻译问题时,更多是关注译文的对与错的问题。但是当我们真正在从事文化交流、文化交际时,我们要考虑更多的还有其他的因素。就像我们走进书店,我们看到了同一本原著的不同译者的译本,如果是我喜欢的译者翻译的,我会买,是我不喜欢的或不熟悉的译者翻译的,我就不会买。所以译者本身也是推介文学文化的重要因素。还有出版社的因素:这个出版社我从来都没有听说过,那这个出版社出版的译作我就不敢买,因为我对它的质量不信任。这些因素都会起作用。所以,今天我们在思考文学文化的外译问题时,决不能仅仅停留在语言文字转换的层面，我们应该具备一个跨文化交际的广阔视野，我们应该要有一种务实的态度来看待我们今天的文化外译行为和文化外译的现象，不要被一些简单的、似是而非的观点牵着鼻子走。我想，在座的长期从事外交外事工作第一线的同志，你们在这方面的丰富经验一定能够发现，我们国家到目前为止，在文化文学外译方面，有哪些是成功的，有哪些是不那么成功的。两相对照一下，一定能够发现一些问题。我也很期待你们能够发出你们的声音，从而使中国的文学、文化切实有效地走出国门，真正能够走向世界。

卅载回眸

《狄更斯传》前言^①

如果说狄更斯的作品是幽默风趣的,狄更斯创造的人物是丰富多彩的,那么狄更斯的生平就是这两种性质的总和。虽然狄更斯不像康拉德那样曾经当过海员和船长,经历过海上的冒险生涯;也不像毛姆那样在情报机关工作过,使他的生平带上传奇的色彩;但是通过赫·皮尔逊(1887—1964)之笔而展现的狄更斯的一生同样是那么趣味盎然,引人入胜。皮尔逊真不愧是撰写传记文学的行家里手(我们知道,在《狄更斯传》之前,他已经写有《王尔德生平》《萧伯纳传》《莎士比亚的一生》《柯南道尔》等十余种传记),他紧紧抓住了狄更斯身上最本质的东西——他的独特的性格和他一生所经历的戏剧性事件(本书的英文全名即《狄更斯:他的性格、戏剧性事件和生平》),从而不仅使这位一代文豪跃然纸上,而且使本书成为国外几十种狄更斯传中最受人欢迎的作品之一。

皮尔逊无意在这本书中为狄更斯树碑(他知道这是多余的,因为狄更斯凭他自己和他的作品早就给自己树起了一座非他人所能建树的丰碑),这样,写作时就比较冷静,论述也比较客观和公允。作者以酣畅的笔墨描

---

① 《狄更斯传》由谢天振、董翔晓、方晓光、鲁效阳四人合译,浙江文艺出版社1985年出版,谢天振负责通校全稿、定稿并撰写译著前言。

绘了狄更斯创作时全力以赴,如痴如狂——如何常常彻夜不眠,独自在伦敦的街上或乡间的田野上通宵达旦地漫步,如何为了取得写作素材,深入盗贼出没的黑窝,险些把命送掉;同时,以生动的文笔形象地展示了狄更斯身上许多富有魅力的品质:幽默的性格,机智的谈吐,对朋友无比忠诚,对同行毫不妒忌,对孩子慈爱、深情(虽然要求很严),对公益事业十分热心,等等。但与此同时,作者也不吝笔墨地叙述了狄更斯幼稚的初恋,他在婚姻、家庭问题上的苦恼,他对女性的感情的渴望和追求,他的弱点和怪癖。例如:狄更斯在听到女王结婚的消息后,竟然会痛不欲生、离家出走(他荒唐地自以为是女王的恋人);在海滩上散步时,他会突然抱住同行的姑娘,等着海水把他俩淹死,目的只是为了制造一则耸人听闻的新闻。但是,作者对狄更斯性格所作的多层次剖析和多方面描写的焦点却始终对准了一点:狄更斯的演员气质。皮尔逊令人信服地写出:狄更斯如何自小就渴望成为演员,如何向往和追求舞台上的成功,而这一切又是如何影响了他的创作(众所周知,狄更斯作品的情节和人物均极富戏剧性),同时又极大地损害了他的健康,导致他的早逝。

使狄更斯作品的爱好者和研究者们大感兴趣的是,皮尔逊的这部著作提供了狄更斯许多作品的详细创作背景和创作过程。在这本传记中他们将看到狄更斯创造的许多著名人物形象的原型,他们将会惊奇地发现,那对贫困潦倒的密考伯夫妇(《大卫·科波菲尔》)和尼克尔贝夫人(《小杜丽》)竟然取材于作家自己的双亲,那个恶棍奎尔普(《老古玩店》)身上竟表现了狄更斯自己的部分气质,而那个艳若桃李、心如铁石的艾斯黛拉(《远大前程》)反映的是他终生眷念的初恋情人——比德奈尔小姐的影子……

皮尔逊在表现狄更斯生平时没有死扣狄更斯一条主线,他还用了相当的笔墨描写狄更斯周围的一些人物,如狄更斯的传记作家福斯特,狄更斯同代的著名作家萨克雷、柯林斯等,详细叙述了狄更斯与他们的交往、友谊和龃龉。这样,作者笔下的狄更斯形象就显得富有立体感,传记也显得跌宕多姿、色彩斑斓。

对书中大量的引文援例不标出处、不加注释的做法显然使本书避免了某些传记作品枯燥累赘的学究气,从而使这本传记读起来仿佛在倾听友人的随意闲谈一般,显得平易亲切。(当我们在与朋友谈话时,谁也不会要求朋友对他的引言和所举的事例提供出处的。)

然而,皮尔逊毕竟是一个资产阶级的传记作家,当论题牵涉"天才",特别是"罢工""起义""革命政权"等一些政治问题时,他的言词就不那么公允和客观了,如他把法西斯专政的德国和无产阶级专政的苏联相提并论为极权国家等。这些方面我们相信读者在阅读时是能够识别的,在此就不一一赘言了。

限于我们的学识和翻译水平,书中谬误之处一定不少,敬请读者批评指正。

译者
1984 年 8 月

《普希金散文选》译序[①]

一提到普希金的名字，中国读者立刻就会想到一个天才的俄罗斯诗人，想到一首首热情奔放、脍炙人口的抒情诗，想到引人入胜、彪炳俄罗斯文学史册的诗体长篇小说《叶甫盖尼·奥涅金》，想到……确实，普希金首先是作为一个杰出的诗人而为中国读者，也为世界各国读者所了解、所喜爱的。他的诗歌创作不仅是俄罗斯诗库、也是世界诗库里的瑰宝。

但是，实际上普希金的天才并不限于诗歌创作，他在散文领域同样取得了非凡的成就。苏联著名作家达尼伊尔·格拉宁指出，普希金"既是散文家，又是诗人，他运用这两个体裁都是天才。他的散文是一个独立自主的世界，有自己的秘密，自己的结构"。

普希金很重视散文，他认为散文是不同于诗歌的艺术领域，有自己的特征和要求。早在 1822 年，普希金就写过一篇论述散文的短文，在文中他表述了对散文的见解："我们的作家却把平易地叙述最普通的事物当成了耻辱，是想通过添枝加叶的描写和毫无生气的比喻使儿童文学变得生动吗？这些人从来不肯不加上'神圣感情高尚的火焰'的话而简单地说

---

① 普希金：《普希金散文选》，谢天振译，百花文艺出版社，1995 年。

'友谊'二字。本可说'一大早',但他们却要写成'当初升的太阳把它的万道金光映红了东方鱼肚白的天空的时候'——多新鲜的描述啊！难道只要写得长就是好？"他最后明确指出："确切和简洁,这就是散文的首要优点。散文需要的是思想,思想,舍此任你妙笔生花也毫无用处。"

普希金主张散文的语言应该言简意赅,明白晓畅。他反对空洞无物、堆砌辞藻的散文,他希望俄罗斯的散文具有丰富的"思想",而不是丰富的"辞藻"。他在给一位友人的信中说："至于手法,则越简洁越好。要紧的是真实和真诚。事物本身就很精彩,无须任何粉饰。粉饰只会对它有害。"

普希金很早就开始了他的散文写作。俄罗斯普希金专家的研究表明,普希金还在皇村学校学习期间就已经在尝试写作散文了。不过专家们同时也指出,直至 20 世纪 20 年代中叶之前,普希金的散文写作还属于探索、试验阶段,自 20 年代中叶开始他的散文才真正进入了成熟期,并成为俄罗斯散文的典范。

普希金散文创作的最大特点,也正如他本人对散文提出的要求,那就是无比丰富的思想。这一特点特别突出地反映在本书的第一部分"断想录"里。收录在这里的四十四条"断想",不啻是四十四朵熠熠闪光的思想火花。它们谈文学,谈人生,还谈政治。如果说,作者推崇维亚泽姆斯基公爵的散文"极为生动",还只是为了提醒作家们学会"独辟蹊径地表达自己的思想",学会"思考"的话,那么,当他援引阿尔诺在"名噪一时"以后"被人遗忘殆尽"的教训时说"凡是为了观众而写,取悦观众,迎合观众的趣味,而不是为自己,不是因为有了独立的灵感,不是出于对自己的艺术的无私的爱而写的诗人,其命运就是如此"时,他的话所涉及的就不光是对个别几个作家的针砭,而是对文学的使命、作家的人品等大问题的思考了。至于当我们读到他说,对某些作家来说,"读者不多不要紧,只要有人肯买他们的书就行"，我们简直要怀疑，普希金是不是因为看到了我们当今中国文坛上的某些现象才发出如此评论的了。而类似这样深刻的、至今仍具有现实意义的思想，在"断想录"里，在"文学散论"里，甚至在本书的其余两个部分里，比比皆是。

本书第二部分"人物漫记"所收的十二篇文章总共描写了十二位俄国与西欧国家的人物，从俄国的浪漫主义诗歌先驱杰尔查文、俄国感伤主义代表作家卡拉姆辛、俄国早期革命思想家拉季舍夫……直到英国大诗人拜伦、法国大文豪伏尔泰和斯塔尔夫人等。但是，在这些文章里，与其说普希金在描摹上述这些人物的形象，在揭示上述这些人物的性格特点，不如说普希金是通过对这一个个人物形象的描写在展示他自己的性格特点，在阐述他自己的思想观点，在倾诉他自己的感情爱憎。因此，这一幅幅人物群像，不是简单复制的照相，而是既反映人物本身行为思想，又能折射出作者本人思想感情的艺术画像。

譬如，他写卡拉姆辛，他高度评价后者八大卷的《俄国史》，因为这部书打开了许多对自己国家并不了解的人的眼界；同时，他更对卡氏的精神推崇不已，因为后者在自己的声誉"正如日中天"的时候，在"其他人早已弃学而去，为谋求自己的一官半职而四处奔走"的时候，"他却依然枯坐自己的书房"，"默默无闻地笔耕不已，为这部著作奉献出了整整十二个春秋"。

他写拉季舍夫，他同样是赞赏拉季舍夫的精神。在当时俄国书刊检查制度下，革命思想家拉季舍夫的名字是根本不能见诸报端的。所以，普希金在写这篇文章时煞费了一番苦心。普希金是这样写的："……拉季舍夫的罪行在我们看来简直是发疯。一个没有任何权力、没有任何靠山的小官吏，竟然铤而反对公共的秩序，反对专制政体，反对叶卡捷琳娜！"他接着又写道："因此，我们从不认为拉季舍夫是个伟人。我们始终觉得他的行为是不可饶恕的罪愆,他的'旅行记'也是一部平庸之作。然而,尽管如此,我们不能不承认他是一个具有非凡精神的罪人,一位狂热的政治家,当然,他误入了歧途,但他是怀着一种令人惊讶的献身精神、带着某种骑士的良知去行动的。"在"罪行""罪人""发疯"等字眼的掩盖下,普希金曲笔传达的其实是拉季舍夫的"非凡的精神""某种骑士的良知""令人惊讶的献身精神",所以,难怪此文在送交书刊检查官审查时,不能通过。

他写罗蒙诺索夫,他没有讳言后者向权贵们写过"谄媚"的赞美诗,但他也没有仅仅停留在这些表面现象上。他援引了罗蒙诺索夫写给当时权倾一时的大臣舒瓦洛夫信中的话:"尊敬的阁下,别说是在达官贵人面前,即使我的上帝面前,我都不想充当一个傻瓜。"从而让读者看到,"当事情涉及他(指罗蒙诺索夫)的名誉,或是他心爱的思想能否成功时,他也会坚持自己的立场。这时,无论是他的庇护人的庇荫,还是自己的高位厚禄,他都视若敝屣"。他还描述了罗蒙诺索夫跟这位达官贵人的一次精彩的争吵。当舒瓦洛夫恼羞成怒,大声吼叫"我把你从科学院开除出去"时,罗蒙诺索夫反唇相讥,傲然答道:"不,还是说把科学院从我这里开除出去吧。"听着这样掷地有声的回答,读者不由得与作者一起发出衷心的赞美:这才是罗蒙诺索夫的真正面目!

与描写自己的几位同胞一样,普希金在描写几位外国作家诗人时同样并不讳言自己的立场观念,同样寄寓了自己的感情思想。他几乎是怀着一种惊喜描述缪塞对道德说教的"嘲弄",对"庄重的亚历山大诗体"的"破坏"。他不厌其烦地转述了伏尔泰与布罗斯之间的通信,揭示了这位伟大的法国哲学家身上世俗的一面——小市民式的贪婪和狡狯,但他对这些弱点取一种极为宽容的态度,认为"这一切并没有损害他在我们脑中的形象"。但是当叙述到伏尔泰对德王弗里德里希二世的卑躬屈膝行为时,普希金显然无法掩饰自己对这种行为的轻蔑,愤然责问:"他为什么把自己的独立变成对君王的献媚？对一个异国的根本没有任何权利强迫他这样做的君王去献媚呢？"并由此对作家发出了忠告：作家的真正的位置是在他自己的书房里，只要有独立与自尊，就可使我们高踞生命之剑和命运风暴之上。普希金的宽大胸怀和高尚情操，由此可见一斑。

作为一个深受拜伦影响的俄国诗人，普希金论拜伦的文字理应是最为精彩的。事实上，普希金也确实打算写一篇长文来探讨这位伟大英国诗人的生平与创作。可惜的是，这篇文章刚刚触及了这位英国诗人的性格特点及其根源时，便戛然而止，再也没有写完，从而给读者留下无限的遐想。对普希金的研究者来说，本书的第三部分"文学散论"当最能引起他们的兴趣。这里辑录并翻译的二十篇普希金有关文学批评和文艺思想的文章，文笔犀利，锋芒毕露，展现了普希金作为一个文学批评家的面貌。在这些文章里，普希金谈文学的社会功能，谈作家的社会责任，谈浪漫主义与古典主义的区别，谈文学的人民性，谈文学作品的语言和风格，等等。他批评当时的俄国文坛，"不仅没有想过使我们的诗风趋向高尚纯洁，而且把散文也搞得虚饰浮夸"；他认为，"批评是揭示文艺作品中的美与缺陷的一门科学"，"没有对艺术的爱，就没有批评"；他指出，"学者和作家，不管他们是何许人，他们总是站在一切教育进军和文明攻势的前列。他们注定总是要首先遭到攻击和忍受苦难，但他们应当豁达大度，而不应当为此而怨天尤人"；他分析作家的人民性，说这是"只有他的同胞才能充分理解其价值的优点"；在这些文章里，他甚至还对文学翻译提出了独到的见解，他"要求译者更多地忠实原文，而不要卖弄词藻，取悦读者"，他"希望看到但丁、莎士比亚和塞万提斯的本来面目，看到他们穿着他们自己民族的服装，并带着他们天生的不足"。普希金的文学批评文章，都不是什么鸿篇巨制，长的不过几千字，短的甚至只有几百字，但都充满着普希金特有的睿智，闪烁着普希金特有的文学思想光辉，并对今天的读者仍然富有教益,予人以启迪。

本书第四部分"游记"收录的三篇文章,都是记叙普希金的东方之行——从高加索、格鲁吉亚、亚美尼亚,直到俄土边境。其中,尤其是第三篇,即《一八二九年远征时的埃尔祖鲁姆之行》,不仅是普希金本人的散文创作中篇幅最长、成就最高的作品,而且还被誉为"全部俄罗斯散文创作中的巨大成就之一""世界游记体裁的突破"。这部作品,形式非常自由,有些部分像是旅途札记,有些部分像是回忆录,有些部分像是人物漫记,有些部分则像是一篇篇题材各异的议论文和短评,但各个部分又全都有机地联系在一起。随着普希金那简洁明快的笔触,我们欣赏到了高加索山区的旖旎风光,我们领略到了俄国东部山地民族独特的风土人情。无论是暮色苍茫之中在群山簇拥之下的雄伟的别什图山的轮廓,还是在万丈峭壁之间汹涌激荡的捷列克河,无论是风俗奇特的沃舍特人的出殡,还是那神秘的土耳其贵族的后宫……无不激起人们浓厚的阅读兴趣,且令人读后久久不能忘怀。而他融合了史学和文学笔法的人物描写,如文中对叶尔米洛夫将军和俄国剧作家格里鲍耶陀夫的描写,对后世的俄国作家赫尔岑、柯罗连科、高尔基等都有巨大的影响。至于他在这篇散文中对战争的描写,尤其是把激烈的鏖战与平静的日常生活场景相结合的描写,更被认为是"托尔斯泰之前的真正托尔斯泰式的战争描写"。

普希金的散文是一个内容丰富、充满魅力的世界。

最后,不无必要说明一下的是,中俄两国文艺学界对散文的定义是有差异的。俄国(还有其他欧美国家)的文艺学界在文学作品的分类上多采用三分法,即把文学作品分为诗、散文和戏剧三大类,而我国文艺学界则采用四分法,即把文学作品分为诗、小说、散文和戏剧四大类。因此,俄国文艺学家在谈论普希金的散文创作时,他们实际上还是在谈论普希金的小说创作,如他的《上尉的女儿》《别尔金小说集》等,而普希金本人所谈的散文创作,实际上也包括小说创作在内。然而,本文所引的普希金关于散文的观点,似乎更多的是着眼于与中国文类学相近意义的散文。

正是上述中俄两国文艺学界在有关散文定义上的差异,给译者编选这本《普希金散文选》带来了很大的困难,因为在俄罗斯没有一本中国文学意义上的《普希金散文选》或《普希金散文集》,译者只能在十大卷普希金全集里,按照中国文体学有关散文的定义,一篇一篇地寻找、挑选。最后,才编成了目前奉献在读者面前的这本《普希金散文选》。

本书共收录普希金的散文三十五篇(其中一篇书信),外加四十四条断想,分为"断想录""人物漫记""文学散论"和"游记"四个部分,基本上反映出了普希金散文创作的面貌。

本书是国内第一本普希金的散文选,编选和翻译上的不当之处,在所难免,敬祈读者和专家指正!

谢天振

1995 年 6 月于上海外国语大学

《普希金散文选》译后记

终于编成并译完了这本《普希金散文选》，心中有一种似了却夙愿般的喜悦。确实，20世纪60年代四年的俄语本科生涯加上70年代末80年代初三年的俄苏文学研究生经历，使我与俄苏文学结下了不解之缘。但是后来由于工作需要，自从研究生毕后我就一直从事比较文学的研究和教学。这期间除了零星翻译过几篇俄国和苏联的中短篇小说、文学论文和从俄语翻译过一本比较文学专著外，基本上没有做过较正式的俄苏文学的研究与译介。但我对俄罗斯文学的喜爱却丝毫没有减弱。不仅如此，我总觉得我们这一代人从俄苏文学中所受到的教益实在太多了：从文学趣味、审美标准，直到我们的道德观念、人生理想等，无一不受到俄苏文学的影响。因此，在我的心里一直有一个愿望，渴望能为俄苏文学的翻译与传播一尽绵薄之力。这个愿望，说它是出于对俄罗斯文学的喜爱也好，说它是想对俄罗斯文学进行"回报"也可，反正，这是我心中的一个"俄罗斯文学情结"。

正是由于这个"俄罗斯文学情结"，所以两年前的一天，当贾植芳先生受谢大光先生之托向我征求"外国名家散文丛书"的选题时，我当即报了《普希金散文选》。当时我报这个选题是出于两点考虑：一是普氏的散文在国内一直没有系统的译介，二是在我的印象中，普氏有不少好的散文很值得译介。

但是，当我于去年年底开始真正着手编选并翻译这本《普希金散文选》时，我这才意识到我给自己出了一个多大的难题。原来，我印象中的俄文版普希金散文集（选），实质上就是普希金的小说选，我印象中的普希金的好散文，有些也属于小说范畴。因此，要编一本中国文体学意义上的《普希金散文选》，就没有现成俄文版蓝本可依，而必须自己从洋洋十大卷的普希金全集（主要集中在后五卷）中一篇篇地去找。也是苍天不负苦心人吧，整整一个寒假我反复阅读普希金全集的最后几卷，终于挑选出了目前奉献给读者的这些篇目，并逐篇把它们译出。现在，如果这本小小的《普希金散文选》能对中国读者全面认识普希金的文学创作有所贡献，并且能够博得读者的喜爱的话，那么，这将是对我作为一个编选者和翻译者的最好的奖赏了。

本书的翻译遵循的也是普希金本人对翻译的要求，即"更多地忠实原文，而不要卖弄词藻，取悦读者"，让读者"看到但丁、莎士比亚和塞万提斯的本来面目，看到他们穿着他们自己民族的服装，并带着他们天生的不足"。为此，译文尽量选用符合普希金原作风格特点的简洁明快的语言来表达普希金原作的意思。普希金原文中经常插有法、英、西、意、拉丁语等词句，译文也基本予以保留，仅在文末作注，这样可让读者得到与原文读者读普氏原文相似的感觉。原文中的俄国度量衡单位，译文把它们转化为中文中的相应单位，如 10 俄里就译成"20 里"（因为 1 俄里等于 1.06 公里），而不是如有些译本那样译成"十俄里"，我觉得这样中文读者会摸不着头脑，也不译成"十里"，因为这样会传达错误的距离概念。

最后，我要借此机会向著名的普希金作品的翻译家冯春先生表示衷心的感谢！他在获悉我要翻译《普希金散文选》一事时，立即把他此前翻译出版的《普希金文集》中的"小说、散文卷"慨然相赠,供我翻译时参考。事实上,本书中《一八二九年远征时的埃尔祖鲁姆之行》一文,在翻译时从冯春先生的译文中获益甚多,他的译文素朴而又优美,深得普氏文章的真味,给我不少启迪和借鉴。这里,我还要顺便向张铁夫、黄弗同两位先生致意,本书"断想录"和"文学散论"中的部分译文也从他们翻译的《普希金论文学》一书中得到借鉴。

有人说,翻译是一门遗憾的艺术,这话说得真是不错。此刻,当我把这本译稿打印出来邮寄出版社时,我心中确实感到深深的遗憾,因为我多么地希望能有充裕的时间让我把整部译稿从头至尾再仔细地校阅一遍啊。但是,出版社的发稿计划已不允许我这样做了。

显然,翻译将永远是一门遗憾的艺术。作为一个译者,我的愿望只能是希望广大读者和专家热情指出本书翻译中的错误,从而把翻译的遗憾减少到最小,最小,最小。

谢天振
1995 年 6 月

"当代名家小说译丛"总序[①]

在人类即将进入 21 世纪的前夕,我们向广大外国文学的爱好者奉献上一套介绍当代外国文学精品的崭新丛书——"当代名家小说译丛"。

1827 年,德国大文豪歌德在读了中国明代的一部小说《好逑传》后突然感悟到:"我愈来愈深信,诗(Poesie,概言文学——引者)是人类的共同财富,它随时随地由成百上千的人所创造出来……民族文学在当今已没有很大意义,世界文学的时代即将来临,而我们每个人现在就应该出力,加快这一时代的到来……"

如果说,在一百七十多年前的当时,歌德所说的"世界文学的时代"还只是一个比较模糊和抽象的憧憬的话,那么今天,对于经历了二十年改革开放洗礼的中国人民来说,随着我们国家日益向世界敞开大门,随着中外文化交流的日益频繁,我们不能不深深感佩一百五十多年前马克思、恩格斯在《共产党宣言》中所做的英明预言:"资产阶级,由于开拓了世界市场,

① 谢天振主编"当代名家小说译丛",共收莱辛著、范文美译《一个男人和两个女人的故事》、勒克莱齐奥著、袁筱一译《流浪的星星》、马奇诺著、王殿忠译《法兰西遗嘱》、惠特尼·奥托著、林乙兰译《美食梦寻》、扎雷金著、谢天振译《南美洲方式》、麦克菲著、常立译《毕加索的女人》等 6 部作品,其中两部作品的作者为后来的诺贝尔文学奖得主,花城出版社 2000—2001 年出版。

使一切国家的生产和消费都成为世界性的……过去那种地方的和民族的自给自足和闭关自守状态,被各民族的各方面的互相往来和各方面的互相依赖所代替了。物质的生产是如此,精神的生产也是如此。各民族的精神产品成了公共的财产。民族的片面性和局限性日益成为不可能,于是由许多种民族的地方的文学形成了一种世界的文学。"

事实上,随着第二次世界大战之后人类科学技术的飞速发展,随着交通工具、通信工具的现代化、随着电脑网络的日益普及,人类确实已经置身于一个世界文学的时代了。今天,在世界上任何一个角落发生的任何一个重大文学事件,无论是一位作家的获奖,还是一部作品所引起的轰动,有关它的信息都可以在顷刻之间传遍全球,为世界各国人民所知晓。在这样一个时代,我们的读者理所当然地希望更快、更好、更充分地享受我们"人类共同的财富"——世界文学。

但是,进入 20 世纪 90 年代以来,由于"版权""成本"等诸多因素的困扰,国内出版界曾片面热衷于外国古典文学名著的重译,而忽略了对当代优秀外国文学作品的译介,从而一度造成了国内读书界与当代世界文学发展进程之间的脱节。这不仅影响了当代中外文学的正常交流,对于渴望及时了解和欣赏当代优秀外国文学作品的读者来说,也是一个很大的遗憾。有鉴于此,在花城出版社的支持下,我们策划编辑了这套"当代名家小说译丛",其目的就是要从当代世界浩如烟海的文学作品中撷取优秀的有代表性的作品,并组织优秀的译者把它们迅速翻译出来,介绍给我国读者,以满足人们渴望及时了解和欣赏当代优秀外国文学作品的需求。

我们把这套丛书命名为"当代名家小说译丛",首先是为了突出这套丛书的高品位特点。入选这套丛书的作品(或其作者)几乎都获得过各种各样的高级别的奖项,如本套丛书第一辑推出的《一个男人和两个女人的故事》的作者英国女作家朵丽丝·莱辛在当代世界文坛享有很高的声誉，是 1997 年诺贝尔文学奖的候选人之一；长篇小说《曼波之王的情歌》则获得过美国的普利策奖；扎雷金的《南美洲方式》获得过俄罗斯国家奖；《法兰西遗嘱》获得过龚古尔奖和梅迪西斯奖；《流浪的星星》则是罗诺多等多项奖获得者勒克莱齐奥的力作。其次是突出本套丛书的时代性。这里所说的时代性有两层含义：一是指作品写作出版的时间，本套丛书选择译介的多是 20 世纪后半叶，尤其是近一二十年以来国外优秀的文学作品，这是从时间角度突出本套丛书的"当代性"；二是指作品主题的时代性，即入选本套丛书的作品的题材反映的都是当代国际社会关注的热点问题，诸如对人生的终极关怀（《曼波之王的情歌》），对两性关系中女性价值的探究（《南美洲方式》），以及对传统伦理道德观念的肯定（《一个男人和两个女人的故事》）等，从而从作品的主题角度突出本套丛书的"当代性"。

这里，我们要顺便提一下的是，在注重"高品位"和"时代性"的同时，我们并没有忽视入选作品的可读性，相反，我们对作品的可读性给予了相当的重视。因为我们觉得，名家作品即名著不一定都要走曲高和寡、脱离大众读者趣味的道路。较强的可读性，富有回味，经得起反复阅读，能赢得广大读者的接受并能为他们所珍藏，这同样是"名著"的应有之义。其实，如所周知，古典文学名著中能传之后世并为世代读者所广泛传阅者，哪一本不具有较强的可读性呢？因此，我们选入这套丛书的作品，一方面具有较高的艺术水准，另一方面也都具有较强的可读性，它们在其本国和国外都拥有广大的读者。《一个男人和两个女人的故事》和《南美洲方式》所述故事与美国畅销小说《廊桥遗梦》异曲同工，但它们对中年人感情危机的表现却更为深刻，对中年人爱情的探索和两性关系的剖析更富哲理，所以问世后不断再版，后者还被译成十多种外文在国外出版，极受读者欢迎,《曼波之王的情歌》和《美衾梦寻》出版后又被搬上银幕,以其委婉动人的情节和优美感人的艺术形象博得好评如潮,《法兰西遗嘱》读起来催人泪下⋯⋯

最后,愿我们的"当代名家小说译丛"能陪伴读者度过美好的阅读时光!

《南美洲方式》译序[①]

长篇小说《南美洲方式》是当代俄罗斯著名作家、苏联国家奖得主、当代俄罗斯极有影响的文学杂志《新世界》的主编谢尔盖·扎雷金的代表作之一。小说于1973年问世后立即在读者和评论界引起强烈的反响和很大的争议，为此当时刚创刊不久的《文学评论》杂志曾连续三期开辟专栏，专题讨论这部小说。讨论者众说纷纭，褒贬不一。否定者认为这部小说不过是描写一个正在老去的女人的悲剧，是在号召妇女回到家庭中去，在家庭生活中寻找幸福；肯定者认为这是一部刻画人的灵魂的长篇小说，塑造了一个现代大城市和科技革命中的一个典型人物，提出了一个具有巨大社会意义的问题：妇女的生产作用、家庭作用怎样和她的其他作用相结合的问题。争论虽然没有结论，但小说因此成为20世纪70年代苏联社会中一个十分引人注目的文学事件，即使到了80年代末，它仍然拥有广大的读者，一版再版，每版印数均在五万册以上。小说还被译成十二种文字，得到了国外读者的赞赏。

长篇小说《南美洲方式》之所以能对读者保持长久的吸引力，并能得

---

① 扎雷金：《南美洲方式》，谢天振译，花城出版社，2000年。

到超越国界的广泛流传,是因为小说触及了当代社会的一个具有普遍意义的主题——中年人的感情危机。小说主人公伊琳娜·维克托罗芙娜聪明,美丽,单纯,富有幻想。她的少女时代正值苏联的卫国战争,她响应号召,起早摸黑地为前线战士缝制手套,到医院看护伤员。在医院里她认识了一个受伤的中尉、她后来的丈夫曼苏罗夫·库里利斯基。战后,伊琳娜上了大学,曼苏罗夫奉命去了遥远的千岛群岛服役。因曼苏罗夫不断写信催促,伊琳娜终于向学校请了假,登上了开往千岛群岛的列车。在车上伊琳娜邂逅了一位将要去南美洲工作的旅客,这位旅客向伊琳娜求爱,要伊琳娜跟他一起到南美洲去生活和工作。伊琳娜虽然对此人印象不错,但还是拒绝了他的求爱,并最终到达了千岛群岛,在那里和曼苏罗夫生了个儿子。在以后的生涯中,伊琳娜对于火车上的这次邂逅和拒绝那位旅客的求爱,一直难以忘怀,并一直在幻想,要是当年她接受了那位旅客的求爱,跟他一起去了南美洲,那她的生活将会是什么样?在她的想象中,她的生活肯定会与她现在的不同,那将完全是另一种生活方式,她把它称作"南美洲方式"。

曼苏罗夫后来从千岛群岛调到莫斯科某机关任职,官运亨通,拥有了一套漂亮的住宅,以及专门接送他上下班的小车。伊琳娜则调入莫斯科第九科研所,成为该所情报资料室一个很能干的主任。然而曼苏罗夫却是一个平庸无能的官僚,他待人傲慢,把自己的母亲和妻子也像当自己的下属一样使唤,自己却又毫无思想,任何事情都要妻子给他拿主意。曼苏罗夫在感情方面更是贫乏,根本无法理解妻子丰富的感情世界。伊琳娜与这样的丈夫生活在一起,再加上儿子阿尔卡季不好好学习,是个游手好闲的花花公子,整天让她烦心,所以十分苦闷,渴望能够得到感情的补偿。在有一年的除夕宴会上,一对坠入爱河的年青人使她受到触动,她在心里暗暗祈求:"上帝啊!赐给我热烈的爱情吧!炽热的爱情!"

伊琳娜有一个奇怪的公式:45－N。这里,她给女人定出了一个界限——45 岁。她认为,一个女人在 45 岁之前还有可能支配自己的命运,还有可能作出某种选择,还有希望改变她的现状,而随着 N(女人不断增长的年龄)不断增长,直至 45 减去 N 等于 0 甚至等于负数时,女人的命运就再也无法改变了。所以她渴望在 N 还没有等于 45 之前,让自己的命运有所改变。她把目光投向了这个科研所里一个主要研究室的主任尼康德罗夫。

尼康德罗夫是个科学博士,在技术上很有成就,经常出国,在第九科研所里是个众所瞩目的人物。他人长得漂亮,待人彬彬有礼,年龄与伊琳娜相仿,伊琳娜对他也颇有好感。一天,尼康德罗夫走进情报资料室,表面上是为了索取某些资料,实际上是为了与伊琳娜套近乎。伊琳娜觉得,在她的面前又出现了一个"南美洲",也就是说在她面前又出现了一个选择的可能——她可以选择做一个像以前一样的女人,也可以选择做一个与此前不同的女人,与现在的自己差不多完全对立的女人。尽管她的同事和挚友纽罗克已经警告过她,说尼康德罗夫此人是个"笑面虎",碰不得,但伊琳娜对"炽热的爱情"的渴望太强烈了,所以最终还是不由自主地一头栽进了尼康德罗夫的怀抱,并每周两次与他幽会。

然而,尼康德罗夫实际上是个惯于玩弄女性的伪君子,他把伊琳娜勾引上手玩弄了一阵后,便把她抛弃了。伊琳娜痛苦万分,大病一场,整天沉浸在有关"南美洲方式"的胡思乱想之中,并把当年那位请求她一起到南美洲去的旅客想象为一名理想的骑士。一天早晨,曼苏罗夫看报时顺便念到一则讣告,说是一个姓维肯基耶夫斯基的高级干部死了,此人曾长期在南美洲工作,后调回国内,在莫斯科某部门工作多年。伊琳娜听后不啻晴天霹雳,原来此人正是当年在开往千岛群岛的列车上向她求爱的旅客,这么多年与她同处一地,竟缘悭一面,她禁不住黯然神伤。现在她的骑士死了，她的"南美洲方式"也不复存在了，今后该怎么办呢？小说就此戛然而止。

《南美洲方式》叙述的故事，从某种意义尤其是人物结构而言，颇像是一个现代版的《安娜·卡列尼娜》：一个聪明、美丽、感情丰富的女性——伊琳娜（安娜），嫁给了一个昏聩的庸吏——曼苏罗夫（卡列宁），为了冲出家中令人窒息的空气，她背叛了丈夫，然而遇到的却是一个以女性为玩物的伪君子尼康德罗夫（沃隆斯基）。然而，《南美洲方式》决不是《安娜·卡列尼娜》简单的翻版，前者与后者的三个主要人物尽管不乏相似之处，但其中一个根本区别是《南美洲方式》里没有"英雄"——无论是正面意义上还是反面意义上的"英雄"，对作品中的一个主要人物作者没有简单地表示歌颂或是同情，也无意引得读者去进行谴责或是批判，作者通过对主人公心理活动的深入细腻的刻画，让读者直接面对生活在现代社会里的芸芸众生，尤其是面对一个中年妇女的感情危机。正因为此，所以作者在小说的结尾并没有提供一个圆满的最终结局，只是留下女主人公不知所终的迷惘。

读过美国当代畅销小说《廊桥遗梦》的读者在读本书的时候，也许会感到几分似曾相识的感觉，这是因为两者的题材都是瞄准了当代社会中中年人的感情困惑的缘故。然而，作为一部畅销小说，《廊桥遗梦》必须迎合普通读者的趣味，所以它着力渲染那对中年男女在四天的邂逅中喷薄而出的心中的激情，它精心编造了一个发生在现代社会中的充满幻想的传统的浪漫故事。《南美洲方式》则不然，尽管它比《廊桥遗梦》要早好多年问世，但它却面对当代社会的现实，女主人公伊琳娜虽然是一个富于幻想的女子，但她的经历和遭遇却没有丝毫的幻想色彩，不仅如此，她的幻想还被严峻的现实击得粉碎。书中的其他人物，无论是伊琳娜领导的情报资料室的女性，还是第九科研所里的男性，都与现实生活非常贴近。作者这种严谨的现实主义描写风格加深了作品思想内容的深度。

最后,简单介绍一下翻译这部小说的经过。我是在 20 世纪 80 年代中期因已故当代苏联文学专家许贤绪教授的推荐读到长篇小说《南美洲方式》的,还没有全部读完这部小说,我就已经被这部小说所深深吸引,并萌发了翻译这部当代俄罗斯文学中的佳作,把它介绍给中国读者的愿望。但是当时因为忙于教学科研,无暇动手翻译。后来,因为中国加入了国际版权公约,联系图书的版权一时颇多不便,翻译的事就再一次拖了下来。1997 年初,我有幸获得一个赴莫斯科大学做高级访问学者的机会。利用这个机会,我与小说作者扎雷金取得了直接的联系。当时他因身体不适没住在莫斯科城内,而是住在莫斯科郊外的别墅。我在《新世界》杂志的编辑部里与他通了电话,他很高兴获悉我将翻译他的长篇小说《南美洲方式》,并慨然表示愿向我无偿提供《南美洲方式》的中文翻译版权。一星期以后,我果然取得了他亲笔签名的小说中文版的翻译版权授权书。由于当时我已经结束了在莫斯科大学的学术访问,正准备回国,所以虽然版权到手,当时我也没有时间立即开始翻译这部小说,直到该年秋天,我赴香港浸会大学做访问学者,摆脱了国内许多缠身的杂事,才有时间慢慢开始翻译这部小说。

然而好事多磨。我好不容易利用访学的业余时间翻译出了小说的大部分章节,放在电脑盘片内带回上海,不料回到家里却发觉小说的前五章"不翼而飞"了,怎么找也找不到。这是我用电脑写作以来所付出的最大一笔"学费"。为了赶时间,我于是请正在从我修西方翻译史的俄语系博士生杨仕章同学帮助我重新翻译前五章,我则一边继续翻译余下的几章,一边在他翻译的初稿基础上定稿,这样总算比较顺利地完成了全书的翻译。在此,我要顺便向杨仕章同学表示感谢!

本书的翻译得到了花城出版社总编罗国林先生长期的关怀和支持。

我这个人手头的工作太多,科研、教学、行政,以及其他许多社会事务,似乎永远有做不完的事。所以,要不是罗总的一再关心和督促,这本书恐怕直到今天还没有完成哩。在此,我也要向罗总表示我诚挚的谢意!

谢天振

1999 年 6 月 30 日于上海外国语大学

《比较文学引论》译者前言[①]

　　本书是罗马尼亚当代著名文学理论家和比较文学家亚历山大·迪马所著的一部论述比较文学基本原理的理论入门书。作者迪马系罗马尼亚科学院院士，现任国际比较文学协会常务理事，著有比较文学理论书籍多部，如《总体文学与比较文学概论》(1967)，但以这本《比较文学引论》影响为最大。本书初版于1969年问世后，很快销售一空。1972年再版，还被译成多种外文在其他国家出版，引起国际比较文学界同行的注意，并给予高度评价。前国际比较文学协会会长(现任秘书长)、美国著名比较文学家威斯坦因教授称赞这本书是自比较文学产生以来最出色的几部导论性质的比较文学专著之一。

　　确实，自从19世纪末英国学者波斯奈特出版了世界上第一部比较文学专著——《比较文学》(1886)到现在，各国出版的此类著作不下三四十种。但是其中能对国际比较文学的历史、现状、方法论等作全面、中肯的评述，既具有学术价值又具有一般阅读价值的为数并不多。而迪马的这本《比较文学引论》可以无愧地置身于这"为数不多"者之列。

---

① 迪马：《比较文学引论》，谢天振译，上海译文出版社，1991年。

首先,这本书各章的安排比较合理:第一章开宗明义地谈清了比较文学与文学批评、文学理论、文学史等各文学研究学科之间的关系,阐明了比较文学在文学研究诸学科中的地位。接着,作者以两章的篇幅向读者展示了世界比较文学的发展史。其中,对罗马尼亚比较文学的发展介绍得尤为详尽,使我们获得不少难得的信息。从第四章起,作者转入对比较文学定义、对象、文学国际关系的内容、形式和类型等问题的全面论述。最后,作者归纳了比较文学的理论意义和实际意义,提出了当前比较文学面临的任务,展望了比较文学的前景。这样的安排条理清晰、逻辑性强,加上本书的文字浅显、流畅,因而容易为读者所理解和接受。

其次,由于迪马对比较文学所持的独特见解和立场,他在本书的叙述中不时地与法、美两大学派的代表人物巴登斯贝格、阿扎尔、基亚、韦勒克等人就一些比较文学理论问题展开争论,这就使得本书的叙述显得生动、有趣、富有起伏,从而避免了某些学术著作沉闷、枯燥的学究气。

迪马与法、美比较文学家的分歧多与影响研究有关。迪马不同意法国学派所说的"文学作品间没有文本上的吻合,便不能进行比较文学研究"的观点,他认为类型学的一致性同样是比较文学的基础。同时,迪马也不同意美国学派提出的"影响研究犹如徒劳无益的狩猎""不值得为研究影响徒费力气"的说法,他认为文学影响仍然是比较文学研究的重要对象之一。

毫无疑问,本书最精彩的部分是在"文学国际关系的内容"和"文学国际关系的形式和类型"这两章内。这里,迪马对比较文学提出了新的(和以前的同类著作相比)系统分类方法,把比较文学的研究对象分为:一,有直接联系的文学关系,即翻译、影响、借用等;二,类型学的相似,即无同源关系的对某些特定题材、神话、形象、体裁等的相似处理,以及各民族文学中存在的相似的文学流派、运动等;三,作为历史比较研究对象的各民族文学的特征。实际上，这种分类方法反映的不仅仅是迪马个人的观点，它在很大程度上也代表了苏联和整个东欧社会主义国家比较文学的理论主张。因此，这本《比较文学引论》对于我们了解比较文学苏、东(欧)学派是很有价值的。值得一提的还有本书书末所附的参考书目，这是迄今为止介绍到国内来的国外比较文学书目中覆盖面最广的一份书目，选择标准也比较严格。此外，书中关于"不要夸大输出者一方的作用及其影响，影响只有在接受者一方具备了相应的条件之后才能起作用"的观点，关于从国际接触角度研究文体和文学类型的主张等，对中国比较文学研究者来说都是很有借鉴意义的。

本书中作者也提到一些可以继续讨论的问题。譬如，他反对过分扩大比较文学的研究范围，这当然是对的，但是由此而提出必须明确区分比较文学与总体文学的界限，强调不要把比较文学等同于综合研究，这就值得做进一步探讨。实际上，比较文学的积极意义正在于它促进了文学研究向总体研究和综合研究的方向发展，强调划清比较文学与总体文学、综合研究的界限，不利于比较文学的发展。当前国际比较文学发展的现状也表明，比较文学已越来越多地跳出了传统的"一对一"比较的窠臼，而走上了总体着眼、综合研究的道路。假如我们今天说"比较文学就是世界文学"还嫌太早的话，那么，至少说这个话的日子也为期不远了。其实，在反对过分扩大比较文学的研究范围时，我们应该强调的是我们这门学科的主要对象——文学。光有"比较"而没有"文学"、为了"总体""综合"而丢掉"文学"——这才是值得纠正的倾向。

当然，瑕不掩瑜，尽管本书存在以上所说的不足和缺陷，但它的参考价值和借鉴意义是不容置疑的，可以相信，本书的翻译出版必将会对我国目前方兴未艾的比较文学研究热潮产生良好的促进作用。

最后，我要向鼓励和支持我翻译这本《比较文学引论》的我国比较文学前辈学者贾植芳教授和我的导师、上海外国语学院外国语言文学研究所所长廖鸿钧教授表示感谢!

上海译文出版社傅石球同志为本书的译校和资料查核倾注了不少心血和劳力,在此一并致谢!

比较文学理论书籍的特点是涉及的语种多(有些语种还相当冷僻),提到的人名、地名、书名杂,而译者所掌握的语种不多,知识面更是有限,因此在本书的翻译中肯定还存在不少错误,衷心希望广大读者和专家学者批评指教,先此致谢!

谢天振

1987 年 12 月于上海外国语学院

《比较文学与翻译研究》（业强版）前言^①

收入这本集子的十八篇文章，除了五篇写于 1985 年至 1989 年间，其余都是近几年发表的。按其内容分为三组：第一组是对中国大陆比较文学理论与研究现状的思考；第二组是对海外比较文学理论的分析与评述；第三组是翻译研究。最后一组全部写于最近三年。这些论文反映了我的主要学术兴趣和研究领域，同时也反映了我最近几年来研究重点的转移，即从以研究中外比较文学理论与实践为主，转到以运用比较文学的理论与方法研究翻译为主。

我是在 1979 年才首次听说"比较文学"这个词的，当时这个陌生的文学术语激起了我无比浓厚的兴趣，我到处向人请教，四处搜寻资料，以便对它有更多的了解，还于次年尝试着写了《漫谈比较文学》一文，这是比较文学在国内重新崛起以后国内最早介绍比较文学的三篇文章之一。但实际上，这篇文章只是自己学习比较文学的粗浅的心得体会罢了，写得比较简单，所以没有收入这本集子。

1982 年，我在上海外国语学院取得俄苏文学硕士学位后，即留校并

---

① 谢天振：《比较文学与翻译研究》，（台北）业强出版社，1994 年。

在外国语言文学研究所工作,同时受命筹办中国大陆第一本比较文学杂志《中国比较文学》。经过一年多的努力,杂志于 1984 创刊,我也从此踏上了研究比较文学的道路,并与比较文学结下了不解之缘。

由于编辑《中国比较文学》的需要,我对中国大陆比较文学的研究现状特别关心,并且由此引发出自己的思考。收入本书的第一组文章基本上都是这种思考的结果。其中,前五篇文章是对中国大陆比较文学研究实践的分析和总结,以及对某些现象如 X+Y 式的"比附"的批评,后两篇文章则试图通过对文类学、主题学研究范围、对象和方法的描述和探索,拓宽目前中国大陆比较文学研究的路子。

比较文学是一门国际性的学科,一门开放性的学科,"闭门造车"是不可能做好比较文学研究的。因此,在留心中国比较文学研究的同时,我也花了相当的时间和精力,努力汲取和借鉴国外比较文学界的经验。我利用我懂俄文的优势,翻阅了大量第一手的资料,写下了评述苏联和东欧比较文学的两篇论文。感谢香港中文大学英文系比较文学研究中心和加拿大阿尔贝塔大学比较文学系的热情邀请,他们的邀请使我于 1986 年和 1991 年有机会分别到这两所大学进行为期八个月和半年的学术访问,通过实地考察和接触原始资料,写下了评述台港和加拿大比较文学研究的两篇论文。

书名"比较文学与翻译研究"很容易使人误以为本书收入的是"比较文学"与"翻译研究"两类论文,其实不然,本书所收入的翻译研究论文也都是严格意义上的比较文学论文。我之所以在书名上标明"翻译研究",一方面是因为该部分论文在本书中占有较大的比重,但另一方面,更重要的,我是想以此突出翻译研究与比较文学的密切关系及其在比较文学中所占的重要地位。

毋庸讳言,迄今为止,中国大陆学术界对从比较文学的立场出发研究翻译,也即译介学研究,了解不多,具体投入进行研究者更少。不仅如此,人们对之还有一种误解,认为这种研究"脱离实际,没有多大意义"。有一位语言学教授就曾当面向我提问:"读了你的译介学研究,人们的翻译水平会提高吗?"这位教授显然把译介学研究与一般的翻译技巧研究混在一起了。其实,正如语言学的研究虽然不能直接影响人们的说话水平,但能深化人们对语言性质的认识一样,译介学研究虽不能对提高人们的翻译水平产生直接的作用,但这种从比较文学立场出发的翻译研究毫无疑问为人们观察、认识某些文学翻译现象提供了一个独特的视角,对于人们更加全面、更加深刻地理解文学翻译的性质有启迪意义。本书中的《论文学翻译的创造性叛逆》《误译:不同文化的误解与误释》《文学翻译与文化意象的传递》三篇文章便是试图从这方面做一些探索。

自从发表了《翻译文学——争取承认的文学》《论翻译文学及其在中国现代文学史上的地位》和《翻译文学史:挑战与前景》等论文以来,我对翻译文学与翻译文学史的观点引起了一些反响,连远在法国、加拿大、美国的一些学者都来信对我关于"翻译文学不是外国文学,而是中国文学的一部分"的观点感兴趣,表示赞赏并索取有关论文,这并不是说"翻译文学不是外国文学而是中国文学的一部分"的观点有什么了不起,事实上我在论文中已不止一次地指出,这个观点算不得我的"独创",类似的观点大陆早在半个多世纪前就已经有人提出,外国学者提出得更早。外界的兴趣说明目前我们中国大陆从理论上对翻译文学进行探讨的文章还太少,而我发表这一组文章的目的之一就是希望以此吸引大陆同行对这一论题的注意。对翻译文学的理论界定,不仅牵涉到人们对翻译家及其劳动的评价,它对中外文学交流史、翻译文学史乃至整个中国文学的撰写,都有重要的直接意义。遗憾的是,我在这几篇文章中对这一问题论述得还不够透彻,我希望能在即将完稿的拙著《译介学》中对这个问题作较为充分的阐述。

中国有句成语,叫作"敝帚自珍",我觉得这句成语道出了中外文人普遍存在的一个情结。翻检过去几年发表的文稿,理智告诉我,这些文章其实"卑之无甚高论",但在感情上又感到难以割舍,毕竟在写作这些文字的时候,我是溶进了自己的心血、自己的思考的,即使有些思考还不太成熟。承蒙台湾业强出版社社长陈春雄先生慨然允诺出版我的论文集,我就不揣简陋,从以往已经发表的论文中挑选出这十八篇文章,作为一份"作业",奉献给我的师长,也奉献给一直鼓励我、支持我的朋友和亲人。

《译介学》后记^①

　　我很早就萌发了阅读翻译文学作品的兴趣,但很晚才开始有研究翻译文学的行动。

　　1980年代末,思和兄与晓明兄联手在《上海文论》上主持"重写文学史"专栏,煞是热闹。他们所提的"重写文学史"主要是针对中国现代文学史的,虽然我对中国现代文学毫无研究,但对这场讨论却很有兴趣。因此,当思和兄邀我为专栏也写一篇文章时,我欣然从命,这就是后来发表在1989年第6期《上海文论》上的《为"弃儿"寻找归宿——论翻译在中国现代文学史上的地位》一文的由来。在那篇文章里我提出,不包括翻译文学的中国文学史是不完整的,从这个意义上看,中国现代文学史应该重写。这个观点立即被《报刊文摘》摘介,颇引起学界一些同行的注意。同年年底,我应邀赴香港中文大学出席该校主办的一个国际比较文学会议,我提交了《翻译文学史:挑战与前景》一文,论文在会上宣读后也引起了较为热烈的反响。但与此同时,在一些国内学术会议上,有一些学者对我的"翻译文学应该在中国文学史上占有一席之地"的观点却表示不解,提出

---

① 谢天振:《译介学》,上海外语教育出版社,1999年。

了一连串的疑问。由此,我感到有必要从文学翻译和翻译文学的性质角度,全面系统地探讨一下这个问题。1990年底,我向学校提交了《译介学》的写作计划,这个选题很快通过了专家评审,并立即被列入上海外语教育出版社的学术专著出版计划。

不凑巧的是,1991年我意外地获得了一个赴加拿大考察该国比较文学研究的访学机会,为了完成访学计划,此书的撰写便拖了下来。不过凡事有弊也有利:访加半年以及此后在美访问讲学期间,我收集到了大量有关西方翻译研究中的文化学派(也称翻译研究派)的第一手资料,我惊喜地发现,我关于文学翻译和翻译文学的观点与他们有颇多共同之处。这一发现使我更加坚定了研究译介学的信心,所以回国后接连写了好几篇文章,并于1994年推出了我的第一本个人论文集《比较文学与翻译研究》。

在拙著《译介学》里我主要探讨了三个方面的问题:一是论证文学翻译的再创造性质,并揭示它与文学创作的相通之处,从而从理论上肯定文学翻译家劳动的创造性价值;二是论证翻译文学在国别(民族)文学中的地位,这与上述肯定文学翻译家的劳动异曲而同工;三是由此提出了撰写翻译文学史的设想,从而可以把自古以来文学翻译家的劳动以史的形式展示在世人面前。(当然,翻译文学史不仅仅限于文学翻译家的劳动,它还包括外国文学在译语国的译介、传播、接受和影响等方面)这三个问题都是大题目,非才疏学浅如我者所能胜任。所以尽管拙著的初稿在1996年就已完成,我却一直不敢把稿子交出去。更由于本书是用电脑写作的,在写作过程中随时随刻都可以轻易地对稿子进行增删修改,而我又总想对稿子再斟酌一下,再作些补充,再作些修改,所以也就更不想把稿子交出去了。说实话,即使时至今日,我仍然不大想交稿,仍然觉得有许多内容可补充,可写。但此书实在让出版社等得太久了,所以终于下决心交稿,有些内容就留待以后以别的形式再写了。

本书的写作，自选题提出至全书完稿，自始至终得到了上外学校有关领导、科研处、出版社的关心和支持。尤其令我感动的是，出版社的几位领导，如社长庄智象教授、总编王彤福教授等，在我迟迟未交稿之时，表示了真诚的理解和极大的宽容，而一俟我交稿之后，却又以最快的速度安排发稿，仅用了短短几个月的时间就使拙著能与读者见面。在此，我谨向他们表示衷心的感谢！

本书完稿之后，承蒙吴克礼教授和方平教授审阅初稿。吴教授曾患眼疾，不堪长时间阅读，但他仍仔细审读了拙稿并提出许多有益的意见和建议。方平先生审阅拙稿时正值他主编的诗体版莎士比亚全集最后定稿和数百万字的一校小样稿寄到之时，其繁忙程度不难想见，但他竟把拙稿从头至尾逐字逐句看了两遍，不仅"捉"出了许多电脑打印错误，发现了好几处知识性的错误，还对拙稿中的某些提法字酌句斟，提出了宝贵的修改意见。方先生还不顾译事繁忙，欣然应允为拙著作序，对拙著颇多谬奖，感愧之余，我更体会到前辈学者对后辈学人的奖掖和勉励，对此自当铭记于心。

著名老作家贾植芳教授是我素来敬仰的学界前辈。十多年前一起赴港开会使我有幸拜识他老人家，从此经常有机会进入贾府面聆教诲。本书写作过程中一直得到他老人家的指点，甚至得到他提供的一些难得的参考资料。如今在拙著即将问世之际，又承他老人家不弃，欣然命笔作序，使拙著大增光彩。在此，谨向他老人家表示深切的感谢！

最后，责编岳永红女士为让本书早日面世，不惜牺牲个人的休息时间，加班加点；我的研究生查明建同学帮助我校阅小样，核对引文，并整理出了极具资料价值的"中国译介学研究资料辑录（1949—1998）"，在此也一并致谢！

《译介学》（增订版）代自序^①

一、译介学研究的缘起

我很早就对文学翻译发生兴趣，但很晚才开始进行翻译研究。20 世纪 80 年代中，上海两位青年学者陈思和教授和王晓明教授发起"重写文学史"的讨论。虽然这场讨论的重点其实针对的是中国现当代文学史的编写，但我对这场讨论也很感兴趣。并为这个专栏写了一篇《为"弃儿"寻找归宿——论翻译在中国现代文学史上的地位》的文章，提出完整的中国现当代文学史应该让翻译文学也占有一席之地。

论文发表以后，颇引起一些媒体的重视，立即转载了我的观点。但与此同时，也有不少学者对我的观点提出质疑。"怎么?"他们说，"明明是外国作家的作品，怎么经过中国翻译家的翻译就成了中国文学的作品?"

与此同时，翻译尤其是文学翻译中的一些现象也引起了我的注意和

① 谢天振：《译介学》（增订版），译林出版社，2013 年。原标题为"译介学：比较文学与翻译研究新视野（代译序）"。本文为 2004 年 12 月提交在台湾师范大学举行的翻译教学与研究年会上的书面发言稿（因故未能赴会），比较简明扼要地描述了本人的译介学研究过程及相应的主要学术观点。我对该发言稿略做压缩和改动，作为"代自序"放在全书的前面，希望有助于读者快捷地了解本人撰写《译介学》的背景及主要观点。

沉思。譬如,赵景深翻译的"牛奶路",自从被鲁迅痛骂一顿以后,半个多世纪以来一直是中国翻译界的笑柄。但我在对照了赵景深翻译所依据的原文后,发觉在赵景深翻译的上下文里,翻译成"牛奶路"其实要比翻译成现在通行的"天河""银河"更为合适,也可以说更为确切。但应该如何才能纠正翻译界对赵译"牛奶路"的偏见并重新解释类似的现象呢? 对此,必须提供一个理论依据。

这一切促使我对翻译从另一个角度或层面进行思考。从某种意义上而言,这也是我的译介学研究的缘起。

二、关于"创造性叛逆"

"创造性叛逆"这一命题不是我的首创,而是借用自法国文学社会学家埃斯卡皮的专著《文学社会学》中的一段话:"如果大家愿意接受翻译总是一种创造性的背叛这一说法的话,那么,翻译这个带刺激性的问题也许能获得解决。说翻译是叛逆,那是因为它把作品置于一个完全没有预料到的参照体系里(指语言);说翻译是创造性的,那是因为它赋予作品一个崭新的面貌,使之能与更广泛的读者进行一次崭新的文学交流;还因为它不仅延长了作品的生命,而且又赋予它第二次生命。"①

我很愿意接受埃斯卡皮关于"创造性叛逆"的说法。我认为这一说法道出了翻译尤其是文学翻译的一个本质。不过我觉得埃斯卡皮把翻译的创造性叛逆仅仅解释为语言的变化过于简单了些,这里的参照体系不仅应该指语言,还应该包括文化语境。于是我接过了埃斯卡皮的这一说法,并对创造性叛逆作了进一步的阐发,指出文学翻译中的创造性叛逆现象特别具有研究价值,因为这种创造性叛逆特别鲜明、集中地反映了不同文

---

① 罗贝尔·埃斯卡皮:《文学社会学》,王美华、于沛译,安徽文艺出版社,1987 年,第 137—138 页。

化在交流过程中所受到的阻滞、碰撞、误解、扭曲等问题。

在撰写拙著《译介学》时,我首先对"创造性叛逆"的主体——译者的创造性叛逆现象进行了比较详细的分析。我把译者的创造性叛逆在文学翻译中的表现归纳为四种情况,即个性化翻译、误译与漏译、节译与编译,以及转译与改编。与此同时,我还进一步指出,文学翻译中的"创造性叛逆"的主体不仅仅是译者,除译者外,读者和接受环境等同样也是文学翻译的"创造性叛逆"的主体。一部严肃的政治讽刺读物(如英国作家斯威夫特的《格列佛游记》),通过译者的翻译传到了另一个国家,居然变成了一部轻松愉快的儿童读物,一部在自己国家里默默无闻的作品(如爱尔兰女作家伏尼契的《牛虻》),通过翻译传到另一个国家却成了一部经典性的著作,这其中固然有译者的作用,但又怎能离得开读者和接受环境的作用呢?

文学翻译中的"创造性叛逆"是我的译介学研究的理论基础和出发点。正是文学翻译中"创造性叛逆"现象的存在,决定了翻译文学不可能等同于外国文学,也决定了翻译文学应该在译入语语境里寻找它的归宿。我关于翻译文学的论述便是建立在这一基础之上的。

三、对翻译文学及其归属问题的研究

长期以来,人们对翻译文学的概念有一种模糊的认识,即把翻译文学等同于外国文学。这种认识形成的深层原因在于,人们只看到文学翻译是一种语言层面的纯技术性的符码转换,于是把翻译文学的性质仍然定位在外国文学。这实际上是把复杂的文学翻译活动简单化,模糊了翻译文学的性质及其在国别(民族)文学史上的意义和地位,翻译家的文学贡献也因此在这种模糊的认识中被忽视甚至被抹杀了。因此,在 20 世纪 70 年代日本《比较文学辞典》之前,世界上好像还没有任何一本其他文学辞典收入过"翻译文学"的条目。是译介学的研究首先赋予翻译文学以真正的学术研究的价值,并把它确立为一条专门的学术术语。

众所周知,在传统的翻译研究和文学研究中,翻译文学往往处于一种无所归属、非常尴尬的处境。翻译研究者只注意其中的语言现象,而不关心它的文学地位。而文学研究者一方面承认翻译文学对民族文学和国别文学的巨大影响,另一方面却又不给它以明确的地位——他们往往认为这是外国文学的影响,而没有意识到翻译文学作为一个相对独立的文学现象的存在。因此之故,在 1949 年以后中国大陆编写的许多中国现代文学史里,翻译文学找不到它自己的地位。然而在源语国的文学史里,翻译文学就更找不到自己的地位了。譬如,我们无法设想要让法国文学史为傅雷、让英国文学史为朱生豪或梁实秋留出一席之地。这样,翻译文学就成了一个无家可归的"弃儿"。

然而,如果说从语言学或者从传统的翻译学的角度出发,我们仅仅发现文学翻译只是一种语言文字符号的转换的话,那么,当我们从文学研究、从译介学的角度出发去接触文学翻译时,我们就应该看到它所具有的一个长期以来被人们所忽视的十分重要的意义,即文学翻译还是文学创作的一种形式,也是文学作品的一种存在形式。文学翻译和翻译文学正是从这个意义上取得了它的相对独立的艺术价值。

为了论证文学翻译和翻译文学的相对独立的艺术价值和意义,我首先指出,一部文学作品是可能具有多种不同的形式的。一般而言,一部作品一旦经作家创作问世后,它就具有了它的最初的文学形式。如经莎士比亚创作成功的《哈姆雷特》,就具有戏剧的形式,曹雪芹创作了《红楼梦》,同时也就赋予了这部作品以长篇小说的形式。然而,这些形式都仅仅是这两部作品的最初形式,而不是它们的唯一形式。譬如,经过兰姆姐弟的改写,《哈姆雷特》就获得了散文故事的形式;进入 20 世纪以后,《哈姆雷特》被一次次地搬上银幕,这样,它又具有了电影的形式。曹雪芹的

《红楼梦》也有同样的经历：它被搬上舞台，取得了地方戏曲如越剧、评弹等形式，它也上了银幕和荧屏，取得了电影、电视连续剧的形式。

接着，我把文学翻译与改编作了比较。我认为，文学作品通过改编而获得另一种形式。通常越是优秀的作品，就越有可能被人改编，从而也越有可能取得各种不同的文学形式。尤其是一些世界文学名著，其人物形象鲜明，性格复杂，主题深邃，内涵丰富，值得从多方面予以开掘和认识，从而为改编成其他文学形式提供了厚实的基础。而名著已经享有的声誉和地位，则更是为改编作品的价值和成功创造了有利的先天条件。

把改编与文学翻译作一下比较的话，我们会发现两者颇为相似。如果说改编大多是原作文学样式的变换的话（小说变成电影，或剧本变成散文故事等），那么文学翻译就主要是语言文字的变换。除此以外，它们就有很多的相似之处：无论是前者还是后者，它们都有一本原作作为依据，而且它们都有传播、介绍原作的目的，尤其是当改编或翻译涉及的作品是文学经典和文学名著的时候。

但是，翻译与改编又有着一个实质性的区别：改编通过文学样式的变换把原作引入一个新的接受层面，但这个接受层面通常与原作的接受层面仍属于同一个文化圈，仅仅是在文化层次、审美趣味或受众对象等方面有所差异罢了。如长篇小说《红楼梦》的读者与越剧《红楼梦》的观众或听众，属一个相同的汉文化圈；而翻译却是通过语言文字的转换把原作引入了一个新的文化圈，在这个文化圈里存在着与原作所在文化圈相异甚至完全不同的文化传统，存在着相异甚至相去甚远的审美趣味和文学欣赏习惯，如莎剧在中国的译介就是这样。翻译的这一功能的意义是巨大的，它使翻译远远超过了改编。这正如法国文学社会学家埃斯卡皮所指出的，"翻译把作品置于一个完全没有预料到的参照体系里（指语言）"，"它赋予作品一个崭新的面貌，使之能与更广泛的读者进行一次崭新的文学交流","它不仅延长了作品的生命,而且又赋予它第二次生命。"①

回顾人类的文明历史,世界上各个民族的许多优秀文学作品正是通过翻译才得以世代相传,也正是通过翻译才得以走向世界,为各国人民所接受的。西方经典中的荷马史诗《奥德赛》《伊利亚特》,埃斯库罗斯、索福克勒斯的悲喜剧,亚里士多德、维吉尔等人的作品,都是举世公认的杰作,假如没有英语等其他语种的译本,它们传播的范围和受众会窄很多。这种情况在"小"语种,或者确切地说,在非通用语种的文学里更为明显:试想,用波兰语创作的波兰作家显克维支,用意第绪语写作的美国犹太作家艾萨克·辛格,用西班牙语出版了小说《百年孤独》的哥伦比亚作家马尔克斯,假如他们的作品在世界上只有原作而无译作的话,他们的作品会被世人了解吗? 世界性文学巨奖的桂冠会降临到他们的头上吗?

其实,时至今日,当今世界上已经有相当多的文学经典作品主要就是以译作的形式在世上存在、流传,在世界各国被认识、被接受、被研究的。古希腊罗马的文学作品是如此,非通用语种文学家的作品,如易卜生的戏剧、安徒生的童话是如此,有时甚至连本国、本民族历史上的一些作品都是如此。如托马斯·莫尔的名作《乌托邦》,它的主要存在形式就是英译本,因为原作是拉丁文。芬兰文学的奠基人鲁内贝格的诗是以芬兰文译作的形式存于芬兰的,因为原作是瑞典文。

然而,如果说,在把译作视作与原作改编后的其他文学样式一样是文学作品的一种存在形式的问题上,人们还是比较容易达成共识的话,那么,在涉及这些无数以译作形式存在的文学作品的总体——翻译文学的国别归属问题时,人们的意见却开始分歧了。分歧的焦点在于:翻译文学究竟是属于本国文学还是外国文学? 或者说,翻译文学能不能视作国别

---

① 参见罗贝尔·埃斯卡皮:《文学社会学》,第137—138页。

(民族)文学的一个组成部分？对我们中国文学来说，也就是说，翻译文学能不能视作中国文学的一个组成部分？

譬如，有人就曾在报刊上撰文质问："汉译外国作品是'中国文学'吗？""翻译文学怎么也是中国文学的'作家作品'呢？难道英国的戏剧、法国的小说、希腊的戏剧、日本的俳句，一经中国人（或外国人）之手译成汉文，就加入了中国籍，成了'中国文学'？"①还有人提出，"创作是创作，翻译是翻译，各有自己的位置"，"但没有一部文学史会把翻译的外国文学作品说成是本国文学作品"。② 值得注意的是，这两位作者在提到翻译文学时，不知是有意还是无意，他们不用我已经做了明确界定的"翻译文学"这个词，而是用了一个含义暧昧的词组"汉译外国作品"，反映了在他们眼中，翻译文学就是外国文学。或者更确切地说，在他们眼中，根本就不存在关于"翻译文学"的概念。然而，"汉译外国作品"与"翻译文学"却是两个范畴大小相差甚远的不同的概念，"翻译文学"指的是属于艺术范畴的"汉译外国文学作品"，而"汉译外国作品"则不仅包括上述这些文学作品，还包括文学的理论批评著作，同时还包括哲学、经济学、社会学、人类学等所有的社会科学、人文科学，甚至（在某种意义上）还可以包括自然科学文献的汉译作品。虽仅两字之差，却不知把"翻译文学"的范围扩大了多少倍。

对翻译文学认识的混乱，如果仅限于日常生活，自然无伤大雅。但如果当这种混乱的认识渗入了学术研究领域，那它引起的后果就严重了。首先，它会直接导致勾销对翻译家劳动价值的承认——既然是外国文学，其价值自然就全是外国作家创造的了，翻译家的工作无非是一个技术性的语言转换而已，而翻译家也就成了"翻译匠"；其次，对国别文学史的编

---

① 王树荣：《汉译外国作品是"中国文学"吗？》，《书城杂志》1995 年第 2 期。
② 施志元：《汉译外国作品与中国文学》，《书城杂志》1995 年第 4 期。

写也带来了困惑:翻译文学有没有资格在国别文学史(对我们来说,也就是中国文学史)上占有一席之地呢?那浩如烟海的翻译文学作品和为文学翻译事业奉献了全部生命的文学翻译家,他们的位置应该在哪里?

为了解决这一问题,我在以下两个方面作了探索:一是厘清文学翻译与非文学翻译之间的差别,一是确定文学作品国籍归属的依据。

如所周知,文学翻译与非文学翻译其性质实在是大相径庭的。文学翻译属于艺术范畴,而非文学翻译属于非艺术范畴。非艺术范畴的哲学、经济学等学科的著作的翻译,也包括佛教典籍的翻译,其主要价值在于对原作中信息(理论、观点、学说、思想等)的传递,译作把这些信息正确、忠实地传达出来就达到了它的目的。这里有必要特别强调的是,当译作把这些非艺术范畴的哲学、经济学、佛学等著作所包含的信息(理论、观点、学说、思想等)传达出来后,这些信息,具体地说,也就是这些著作中的理论、观点、学说、思想等,它们的归属并没有发生改变。

但属于艺术范畴的文学作品的翻译则不然,它不仅要传达原作的基本信息,而且还要传达原作的审美信息。如果说,属于非艺术范畴的作品中的基本信息(理论、观点、学说、思想,以及事实、数据等)是一个具有相对界限的、也相对稳定的"变量"的话,那么,属于艺术范畴的文学作品中的基本信息(故事、情节等)之外的审美信息却是一个相对无限的,有时甚至是难以捉摸的"变量"。而且,越是优秀的文学作品,它的审美信息越是丰富,译者对它的理解和传达也就越难以穷尽(在诗歌翻译中这一点尤其突出),需要译者们从各自的立场出发、各显神通对它们进行"开采"。文学翻译家如果仅仅停留在对原作一般信息的传递,而不调动自己的艺术再创造才能的话,那么这样翻译出来的作品是不可能有艺术魅力的,当然也不可能给人以艺术的享受。因此,如果说艺术创作是作家、诗人对生活现实的"艺术加工"的话,那么文学翻译就是对外国文学原作的"艺术加工"。我想,正是在这个意义上,台湾学者冯明惠会说:"一个好的翻译是一个文学作品的转生(metempsychosis)。……一位适宜的译者,便是弥补文学作品在这种情况下的有限性,而赋予文学作品原作者新的生命。"①

　　另一个方面是对确定文学作品国籍的依据所作的探索。这个问题是翻译文学研究者才会面临的一个新问题,因为传统的文学研究者通常是在国别文学的框架内进行他们的研究的,作品的国籍归属很清楚,无须考虑。然而,尽管如此,问题还是存在:你为何在编写中国文学史时,选择鲁迅、茅盾,而不选高尔基、赛珍珠呢? 是写作时所用的语言文字吗? 显然不是,否则世界上凡是用英文写作的作家岂不全成了英美作家了? 是作品的题材吗? 也不是,否则赛珍珠就可视作中国作家了。这里唯一的依据,在我看来,就是作家的国籍。

　　这样,接下来就是要判定翻译文学作品的作家是谁的问题了。翻译文学作品的作家是谁呢? 当我们手捧一本中文版长篇小说《高老头》时,我们往往会脱口而出说,它的作者是巴尔扎克。其实,我们这样说时忽视了译者的存在,因为巴尔扎克是不会用中文写作的,我们此时所读的作品是翻译家傅雷在巴尔扎克的法文原作的基础上再创造出来的作品。因此,严格而言,翻译文学作品的作者是翻译家。而根据翻译家的国籍,我们也就不难判定翻译文学作品的国籍归属了。

四、对翻译文学史与文学翻译史的研究

　　根据翻译家的国籍,为翻译文学在国别文学内找到了一席之地,但并不意味着翻译文学与本国、本族创作文学是一回事。我的提法是,翻译文学是中国文学的一个组成部分,同时还应看到它是中国文学内相对独立

---

① 冯明惠:《翻译与文学的关系及其在比较文学中的意义》,《中外文学》(台湾),1978 年第 2 期,第 145 页。

的一个部分。这样，也就引出了编写翻译文学史的问题。

厘清翻译文学史和文学翻译史之间的差别也是本人译介学研究的一个重要内容。这个内容也同样为翻译研究提供了一个广阔的学术研究空间。

我的思考来自国内已有的翻译文学史类著作。我觉得国内学界似乎并没有注意到翻译文学史与文学翻译史之间的区别。而我认为翻译文学史与文学翻译史并不是同一个概念。目前已经出版的以叙述文学翻译事件为主的"翻译文学史"并不能视作严格意义上的翻译文学史，而只能视作是文学翻译史。文学翻译史以翻译事件为核心，关注的是翻译事件和历史过程历时性的线索。而翻译文学史不仅注重历时性的翻译活动，更关注翻译事件发生时所处的文化空间、译者翻译行为的文学、文化目的，以及进入译入国（如中国）文学视野的外国作家。总之，翻译文学史将翻译文学纳入特定时代的文化时空中进行考察，阐释文学翻译的文化目的、翻译形态、达到某种文化目的的翻译上的处理以及翻译的效果等，探讨翻译文学与民族文学在特定时代的关系和意义。

我提出，翻译文学史究其实质是一部文学史，而作为一部文学史必然具体包括这样三个基本要素，即作家、作品和事件。同理，严格意义上的翻译文学史也应该包括这样三个基本要素：作家（翻译家和原作家）、作品（译作）和事件（不仅是文学翻译事件，还有翻译文学作品在译入国的传播、接受和影响的事件）。这三者是翻译文学史的核心对象，而由此核心所展开的历史叙述和分析就是翻译文学史的任务，即不仅要描述文学翻译的基本面貌、发展历程和特点，还要在译入语文学自身发展的图景中对翻译文学的形成和意义作出明确的界定和阐释。

对翻译家在翻译文学史里主体性地位的认定和承认是翻译文学史的一个重要方面。20 世纪中国翻译文学史上出现了一批卓有成就的翻译家,如林纾、苏曼殊、马君武、鲁迅、周作人、郭沫若、茅盾、巴金、傅东华、朱生豪、傅雷、梁实秋等,他们的文学翻译活动丰富了中国翻译文学史的内容,使得外国文学的图景生动地展现在中国读者的面前。

"披上了中国外衣的外国作家"是翻译文学史的另一个主体,确切地说,也许不要提"主体",而是另一个需要关注的对象,他们是翻译文学的本和源,要全面展示翻译文学史的进程和成就,就离不开对这些"披上了中国外衣的外国作家"在中国的译介和接受情况的介绍和分析。从最初的译介到他们作品在各时期的翻译出版情况、各个时期接受的特点等,尤其是某具体作家或作品在特定时代背景下的译介等情况,都应有一个比较完整的描述和阐释。如有些作家作品是作为世界文学遗产而翻译进中国的,而有些则是契合了译入国当时的文化、文学需求,作为一种声援和支持,促使特定时代的文学观念或创作方式的转变,如中国 20 世纪 80 年代以来的对外国现代派文学的翻译等。另外,还有些外国作家进入中国的形象有一个变化的过程。如拜伦开始是以反抗封建专制的"大豪侠"形象进入中国;莎士比亚是以"名优"和"曲本小说家"的形象与中国读者结识;卢梭进入中国则扮演的是"名贤先哲""才智之士""名儒";尼采进入中国的身份是"个人主义之至雄杰者""大文豪""极端破坏偶像者";等等。

作为完整形态的翻译文学史的一个重要组成部分,翻译文学史还应该涉及翻译文学在译入语文化语境中的传播、接受、影响、研究的特点等问题,从而展现它对日益频繁的文学关系、文化交流所提供的深刻的借鉴和历史参照。歌德曾说过:"原作与译作之间的关系最能表现民族与民族之间的关系"。由于翻译文学史的独特性质,翻译文学史实际上也同时是一部文学交流史、文学影响史、文学接受史。

这里不无必要指出的是,说某一部著作不是翻译文学史,而是文学翻译史,并不是贬低某一部著作。翻译文学史和文学翻译史各有各的功用、意义和价值,各有侧重并互为补充。

五、译介学研究与译学观念的转变

从以上所述不难发现,译介学研究显然不是传统意义上的翻译研究,它关注的对象已经远远超出传统翻译研究关心的对象——两种语言文字转换这样一些具体问题。译介学研究已经具有了文学研究、文化研究的实质,它大大拓展了我们比较文学和翻译研究者的学术视野。

而一旦我们跳出了传统翻译研究的框框,也即局限在文本以内的语言文字的转换,我们也就进入了文化研究层面,我们的翻译研究也就与当前国际学术界的两大转向——即翻译研究的文化转向和文化研究的翻译转向——不谋而合。当代西方的各种文学、文化理论,无论是阐释学理论、解构主义理论,还是多元系统理论、女性主义理论、后殖民理论,均能为翻译研究所用,翻译研究也因此展现出非常广阔的发展空间。

限于篇幅,在这里对文化理论与翻译研究的结合就不展开论述了。这里我只想强调一点:如果我们想要进入翻译研究非常广阔的发展空间的话,我们的译学观念必须来一个根本的转变,也即我在 2004 年《中国翻译》第一期上发表的文章《论译学观念现代化》中所说的,因为我们所处的时代已经发生了根本的变化,原先以宗教典籍、文学名著、社科经典为主要翻译对象的时代已经结束了,在那个时代形成的"原文至上观""忠实"翻译观(也即把是否忠实于原著作为评判翻译好坏的唯一标准)显然已经无法解释当前出现的许多翻译现象,譬如"可口可乐"的翻译,原文里并没有"可口"和"可乐"的意思,按传统的翻译观,它并没有忠于原著,但我们却一致认为这是一个好翻译。这些现象提示我们,现在是到了调整和转变我们的翻译观念的时候了。

《翻译的理论建构与文化透视》前言^①

1998年12月2日至5日,由上海外国语大学社会科学研究院主办、香港中文大学翻译研究中心协办的"1998年上外翻译理论与翻译教学国际学术研讨会"在上海外国语大学举行。来自欧洲、北美、南美、亚洲、非洲、大洋洲以及我国的香港、台湾等地的二十几个国家和地区的四十多位国外和海外学者,与来自全国各地的三十多名学者汇聚申城,共同探讨翻译理论与翻译教学的有关问题。这是20世纪末我国译学界的一次高层次的学术盛会,来自不同国家和地区的专家学者带来了东西方译学界对当前国际翻译研究界理论热点问题的思考,提出了他们对翻译研究理论建构的设想,同时也对以往的翻译研究进行了深刻的文化反思。

一

本届翻译研讨会的与会者来自世界各地二十几个国家和地区,比较充分地体现了会议的国际性。因此,会上代表们的发言也在相当程度上反映了当今国际翻译研究的趋势和动向。

这次会议着重探讨的是翻译理论与翻译教学,这是一个比较宽泛的

---

① 谢天振主编:《翻译理论建构与文化透视》,上海外语教育出版社,2000年。

议题,但大家的发言比较集中在国际翻译理论的最新热点问题上。虽然与会者的文化背景、经验来源各不相同,但发言涉及的问题却不乏相通之处。这样,虽是来自世界各地的学者从不同角度的思考,但他们的思考无论是契合还是分歧,都对同一问题构成了互文关系。因此,我们把与会学者们的发言和论文,根据探讨的范围、内容和性质,组成几个内容相关的单元,便于读者相互参照,生发出新的思考。所以,就某种意义上而言,这部论文集也因此具有了一部译学专著的性质。

从这次大会中外学者的发言看,文学翻译和翻译教学是大多数学者关注的问题,因此本论文集在选择入选论文时也较多侧重于文学翻译方面的内容。与此同时,我们也酌收了几篇从语言学角度对翻译进行探讨的论文,以便让读者窥见这次会议的全貌。另有些文章,由于作者是根据其所在国家翻译教学的经验写成的,地区特性太强,缺乏普遍意义,因此没有选用;还有一些不错的论文和发言,因未能与作者联系上,没有原文,也只好付诸阙如,但读者可以从本书附录的论文摘编中窥见其主要观点。

二

这次会议大多数学者探讨的问题,主要集中在翻译理论的性质、翻译的文化语言特性、文化语境与文学翻译、翻译与文化身份的关系,以及口笔译翻译教学等几个方面。

著名翻译理论家、英国伦敦大学西奥·赫尔曼教授在其《翻译的再现》中对等值和透明的翻译思想提出了质疑,并从文化角度作出反思。他指出,翻译涉及的"先前文本"绝不是单纯的源文本。译者总是在一定的翻译概念和翻译期待的语境中进行翻译的,所以翻译总是特殊的翻译。译者从来就不会"仅仅翻译"(just translate),译作不可能做到透明。翻译作为一种文化现象之所以引起人们的兴趣,正是因为翻译缺乏中立性和单纯性,同时还因为其不是透明的,添加了额外的东西。翻译史上各阶段都留下许多二元文本、无数的复译本和超时代的现存译本的修订本,这给我们提供了一系列独特的、可理解的"他者"文化结构。因此,翻译史给我们提供了文化自我界定作品的独特的第一手证据。翻译告诉我们更多的是译者的情况,而不是译本的情况。

我们常常听到翻译家对翻译理论的微词,认为翻译理论对翻译实践起不到多大的作用。实际上,这种对翻译理论的看法具有较大的普遍性。在翻译研究越来越深入、翻译理论层出不穷的今天,作为翻译研究者,我们也有必要反思并回答这个问题:翻译理论究竟有用吗? 翻译研究分为纯理论研究和应用翻译研究,纯理论翻译研究又分为描述性翻译研究和理论性翻译研究。香港城市大学朱纯深先生认为,对"翻译理论是否有用"这个问题的回答应该首先考虑两个更深层的问题:①我们所说的到底是什么翻译理论? ②我们又是如何在翻译实践和教学中应用自己所质疑的翻译理论的? 朱纯深先生结合西方主要翻译理论家对翻译理论的阐述并通过具体事例的分析,说明"健全的方法论和科学的话语规范对于翻译研究的必要性"。一个有效的翻译理论应该是客观的、分析性的、理性的,而不应是经验的、感性的、情感的。应用性纯翻译理论充当了翻译研究的开拓者,应该具有适当的地位(《翻译:理论、实践与教学》)。翻译理论不仅要指导实践和教学,而且还要解答:翻译的本质是什么? 译者是怎样进行翻译的? 其思维过程是怎样的? 简而言之,要解答"翻译是什么"这个翻译研究的"元问题"。这些问题的探讨同样是翻译研究的一个重要组成部分,并且关系到我们对翻译过程的理解。对翻译的本质、思维特征等方面的问题,西方的一些翻译理论家从信息论、控制论、心理语言学、神经语言学等不同的理论角度进行了有益的探讨和理论阐述。香港城市大学冼景炬先生认为,一些对翻译性质描述的模式和比喻貌似给我们展示了一个清晰的图像,实际上这个图像带有很大的欺骗性,导致了翻译研究和翻译培训从以翻译结果为中心转向以翻译过程为中心(《翻译中的幻象与迷误》)。香港岭南大学孙艺风副教授也对近年来在翻译研究中有一定的代表性的罗杰·贝尔关于翻译过程的理论分析和描述的观点进行了质疑。孙艺风认为,在文学翻译过程中,构码和再构码的任务远不是仅仅传递信息那么简单。在文学作品中,信息是怎样转达的,或者是怎样歪曲的,或者是怎样转达不够的,或者是怎样不转达的,都与构码和再构码有紧密的关系。这其中牵涉到阐释学,更包含效果传递的问题。孙文对以上这些问题提出了自己的思考(《文学翻译的过程》)。中国翻译理论的建构是近年来中国翻译界的热门话题。有学者认为,西方译论不适合中国,因此呼吁在中国传统译学的基础上建立"具有中国特色的翻译学"。香港岭南大学张南峰副教授对这种说法提出相反意见。他认为,我国翻译研究界对西方许多译论,特别是新的翻译理论不熟悉,更谈不上在实践中运用和验证。中国翻译界所说的翻译理论,大多处在微观、具体操作层面上,是应用性理论而并非纯理论。"特色派"无视纯理论的普遍适用性及其对翻译研究的指导作用。"中国翻译学"的提法,过分突出国别翻译学的地位,是民族偏见的产物。我国没有纯翻译理论,因此,必须向外国借鉴,作为研究我国翻译现象的框架,然后加以改良,从而参与世界翻译学的构建(《特性与共性——论中国翻译学与翻译学的关系》)。

　　以前人们对翻译的认识和探讨基本囿于具体的语言艺术层面,局限于翻译标准的辩难和译本字比句次式的比较。近十年来,随着比较文学的译介学理论对译学的浸润,以及其他学科理论,如心理学、符号学、阐释学、结构主义、女性主义批评等当代文化理论的推进,翻译研究者获得了新的多元化的理论视角来切入译学研究,突破了原来狭窄的研究空间,译学研究呈现出一个新的、令人振奋的、可自由驰骋的广阔的空间。这次研讨会上就有一些学者从文化哲学角度对翻译进行新的探讨,以期拓展翻译研究的层面。

　　翻译,无论是文学翻译还是非文学翻译,都离不开对原文的理解和解释。翻译的这种性质决定了解释学理论与翻译研究的极其密切的关系。上海外国语大学的谢天振教授通过分析现代阐释学两个代表性人物伽达默尔和赫施关于作者"本意"和文本"含义"的不同观点,以现代阐释学的观点透视翻译研究。伽达默尔认为理解是以历史性的方式存在的,理解主体和理解客体都处于历史发展演变过程中。就翻译而言,正是由于这种历史性使得理解的客体(原作)和理解的主体(译者)都具有各自的处于历史演变中的"视域",而总是以自身的文化"先结构"为依托去理解,达到"视界融合",因此,译作不是消极的原作的复制品,而是不可避免地带上翻译家自身的文化意绪,是创造性的劳动成果。赫施不同意伽达默尔关于作者"本意"不存在的观点,认为文本的"含义"是确定不变的,变化的是文本的"意义",即作者与文本的关系。赫施的观点充分解释了不同时代的译者对同一文本在翻译上的不同处理的原因(《作者本意和本文本意——解释学理论和翻译研究》)。上海外国语大学卫茂平教授则从比较能表现海德格尔翻译观的《阿那克西曼德之箴言》一文入手,分析这位本体论大师对翻译问题的看法,管窥其译学思想(《海德格尔翻译思想试论》)。上海铁道大学葛中俊副教授从语言的异质出发,说明语言对文学翻译的制约,从而对可译性问题作出了新的解释。他还对文学翻译属性的结构层次作出划分,旨在对文学翻译的实质进行诠释(《语言哲学观照下文学翻译和翻译文学》)。

　　北京大学孟华教授在《翻译中的"相异性"与"相似性"之辨》一文中,从翻译在文化相异性和认同性的转化中所起的作用来探讨翻译与文化交流的关系。她指出,在中国翻译史上,译者都自觉不自觉地处在两个向度的张力之中:既要力求保持原有的文化传统,又要在此一文化传统所归约的社会、文化体系内引入相异性。译者采取种种变通翻译策略，将文化的相异性转化为本土文化能相容纳的因素。因此，译作可以使我们看到相异性和认同性之间交互作用的具体运作过程。既然任何一种文化在植入相异性时都要对原作进行相应的本土化改造，那么，被传递的因素就不可能是真正的"相异性"。实际上是一种近似"相异性"的因素，也就是相似性。

中国人民大学杨恒达教授以哈贝马斯的交往理论为基础，涉及翻译中译者如何对待原作作者的主体性问题。他认为，翻译必须以作者主体的可认知性为前提，翻译就是译者否定自己，进入文本作者主体的过程。确立作者主体的可认知性，就是以理解作者主体为根本目的，不仅要理解文本，还要全面掌握作者本人。在翻译中，必须深刻理解交往理论中的主体间性问题。译者在翻译中承担着将两个不同文化背景下的主体性融会贯通的任务。翻译的实践需要对主体间性问题的深刻把握，所以，翻译的实践将会在生活世界的实践中促进人们对主体间性问题有更深刻的把握（《作为交往行为的翻译》）。

文化研究是近几年来文化学术界比较热门的话题。从文化层面来研究翻译，将翻译研究的视野扩大到社会文化界面，这样我们可以从一个宏观的视角来透视翻译过程中社会文化等外在因素的制约和影响作用。

香港中文大学王宏志教授分析"五四"时期有关翻译的讨论，特别探讨了引入"欧化"成分时所引起的争议。从晚清开始的文学翻译，译作语言经历了文言、白话、"欧化"语言几个转变过程。这种变化并不纯粹是语言问题，而是与当时的文化语境有密切关系。译者对译作的语言形式的择取不单纯是译者个体的审美倾向的反映，更折射出当时主流文化的特征（《"欧化"："五四"时期有关翻译语言的讨论》）。上海外国语大学青年学者查明建通过对中国新时期译介西方现代派文学语境的分析，生动地揭示了特定时代的文化语境对文学翻译择取和译介方式的制约和影响（《现代派文学在新时期译介的文化语境与译介策略》）。巴西圣保罗大学约翰·弥尔顿先生则以巴西大众小说的翻译为例，分析了以大众为价值取向的翻译的特点。大众小说不仅是指原作的大众性，还指翻译通过一定的包装和改变使经典作品"大众化"这一现象。他详细地探讨了巴西小说翻译大众化方面的具体特征和操作形式，如小说翻译的"工厂化"现象，小说翻译的语言在风格、叙述和篇幅上以是否符合时尚为标准，译者的个性化特征不再存在，删节、改编现象严重，复译现象比较普遍，等等。总之，小说翻译的择取和译作存在形式都以市场为导向（《大众小说的翻译》）。这几篇文章都是以生动的典型事例着手，从文化语境角度来分析文化语境对翻译的干预和制约作用。不同的文化语境不仅制约了翻译的择取，而且还在很大程度上决定了译作存在的形态。上海外国语大学青年学者南治国分析美国诗人霍斯曼的作品在中国的译介，揭示不同译者、不同历史时期对一个外国作家接受的变化，以及霍斯曼的诗歌给新格律诗派诗人提供了有益的借鉴，在一定的程度上影响了中国新诗的发展（《A. E. 霍斯曼的诗及其在中国的译介》）。

作为中国翻译研究者，中国翻译研究界的学者对中国翻译的现状、翻译理论的建构、翻译批评等方面展开了一系列的探讨。中国翻译工作者协会常务副会长林戊荪先生在题为"面对21世纪的中国译界"发言中，回顾了新时期以来我国翻译的现状，总结了翻译研究和实践上所取得的成就和不足。面对21世纪的要求，他提出了中国翻译界的努力方向。浙江大学郭建中教授在论文中回顾了从1987年到1997年，这十年里中国翻译界对一些重要问题的争论（《回顾与展望：中国翻译界十年大辩论（1987—1997）》）。海南大学青年学者穆雷回顾、总结了从20世纪初以来中国翻译教学的发展，对中国翻译教学的发展趋势作出预测（《中国翻译教学百年回顾与展望》)。翻译批评是翻译研究的一个重要组成部分,近年来已成为翻译界关注的一个领域。改革开放以来,我国的翻译批评虽然取得了一些成绩,但也存在不少问题。对此,洛阳解放军外国语学院孙致礼教授分析了问题的症结所在,并提出了自己的意见(《谈新时期的翻译批评》)。

译者的文化身份是越来越多的研究者关注的问题。译者既是一种社会性职业,更是两种文化的沟通者。译者的文化个性渗透在译作之中,从动态的文化交流中获得自己文化身份定位。香港浸会大学张佩瑶博士从社会学角度,以基督教传教士在香港的翻译活动(1842—1900)为个案,探讨了译者如何通过翻译这项活动在特定的历史脉络中获得权利,从而揭示在特定时期和特定文化区域内,翻译与权力、翻译与意识形态的关系(《从基督教传教士在香港的翻译活动(1842—1900)论翻译与权力的关系》)。加拿大著名翻译理论家罗德·罗伯茨提出了一个为人们忽视而又必须解答的问题,即公共口译者的职业身份问题。公共口译就是为生活在社区中的人提供口译。公共口译要比会议口译和法庭口译出现得早,但在三种口译之中,公共口译最不被重视,在过去十年才开始争取成为一种专门职业。她提出了公共口译在现阶段所面临的几个问题,如公共口译的名与实;对公共口译标准的探讨;公共口译从业者的培训;公共口译是否能成为一种独立的职业等问题。作为口译的一种类型,公共口译在我们中国虽然还不是非常普遍,但是随着全球化趋势的日益加剧和文化经济交流的日益频繁,我们也会面临公共口译的职业认定和职业要求问题。因此,罗伯茨教授的文章对我们中国学者有相当的参考价值(《公共口译:一种正在争取承认的职业》)。译者的主体性常常都是隐没在具体的译文比较之中。上海外国语大学冯庆华教授和清华大学罗选民教授都以《红楼梦》的翻译为例,前者揭示译者的文化取向对译作风格的影响

《论译者的风格》），后者从文化层面探讨书名的翻译潜含着的文化互文的张力（《从互文性看〈红楼梦〉书名的两种英译》）。上海外国语大学姚君伟博士探讨的是中国著名作家、翻译家徐迟对美国文学的译介，这是对译者作为翻译主体认识的一个个案研究，揭示了译者对翻译择取与文化个性的关系（《徐迟与美国文学翻译》）。

口译是这次会议的又一个重要议题。美国蒙特利国际研究学院鲍川运教授将在蒙特利国际研究学院举行的一次中美贸易谈判作为分析个案，说明不准确、不恰当的翻译将给双语谈判带来困难和问题，从而对译员培训，特别是对研究生层次的连续翻译译员的培训，提出了自己的见解和建议（《口译在谈判中的作用》）。台湾辅仁大学杨承淑教授探讨了电视口译的形态及其对口译者的要求，以此提出口译教学的应承要求（《口译教学如何应承电视口译的需求》）。

翻译教学是历来翻译研讨会必不可少的内容之一，本次会议上不少中外学者在发言中也都不同程度地涉及翻译教学问题。很多代表都是结合自己的翻译教学实践来展开对某一翻译问题的探讨的。加拿大圣文森特山大学朱迪思·伍兹沃丝教授介绍了文学翻译在加拿大的职业景况，她本人的文学翻译的经历以及她在文学翻译教学中如何将翻译理论与翻译实践结合的一些经验和体会（《文学翻译教学：理论与实践的结合》）。文学翻译在民族文学发展史上所起的作用是明显的事实，但是在文学研究上，却常常忽视翻译文学的存在及其影响作用。丹麦哥本哈根大学维果·佩德森教授在《翻译研究与文学史结合的诸种问题》一文中介绍了他在教授哥本哈根大学儿童文学课——一门试图将翻译研究与文学史研究结合起来的课程的教学经历，以具体的事例说明将文学研究与文学翻译研究结合起来的益处和困难。上海外国语大学的年轻学者吴刚、龚芬对我国大学现在采用的一些传统教材和授课方式的利弊进行了分析。他们认为,应该反思大学本科翻译课的教学思想,这样在教材编写和具体的教学中才能避免顾此失彼的现象。大学本科的翻译教学应跳出"小而精"的模式,走向"大而杂"的路子,让翻译摆脱单纯的语言技能的角色,将各学科的新的研究成果糅合进去。瑞典斯德哥尔摩大学布里吉塔·迪米托罗娃提出了翻译教师培训的问题。她认为,译者和翻译研究者的培训与翻译教师的培训侧重点应有不同。她介绍了瑞典培训翻译教师的一些做法和经验(《译员培训教师的培训与教学》)。

翻译是民族文化交往的产物,翻译也是文化交流的见证。从这个意义上说,每一部译作都蕴含着各民族历史的积淀和各时代的烙印。

当我们编辑完这部翻译论著,时间正一分一秒地向 21 世纪接近。随着全球化趋势的日益明显,翻译正在人类社会生活的各个领域扮演着越来越重要的角色。21 世纪将是文化交往更为频繁的世纪,频繁的文化交流也越来越重视翻译的作用,不仅在量上对翻译提出要求,更在质上提出新的期待。作为翻译研究工作者,我们更感到一种时代的使命感。有学者预言,翻译研究将毫无疑问成为 21 世纪学术研究领域的显学。但愿我们这本汇集了几十名中外学者的研究和思考的翻译论文集,能对 21 世纪的学术显学作出一点微薄的贡献!

谢天振

1999 年 3 月于上海外国语大学

《翻译的理论建构与文化透视》后记

1998 年 12 月 2 日至 5 日,上海外国语大学社会科学研究院与香港中文大学翻译研究中心合作,成功举办了一次翻译理论与翻译教学的国际研讨会。这次会议的国际性之强——有来自二十几个国家与地区的四十多位国外和海外的学者出席;学术水平之高,不仅得到与会代表的一致赞赏,也获得了国内外学界的高度评价。

会议的成功举行首先要归功于孔慧怡博士和她所领导的香港中文大学翻译研究中心的有关同事的辛勤而又富有成效的工作。早在会议之前一年,即 1997 年,孔慧怡博士即偕同丹麦哥本哈根大学的多勒鲁教授一起来上海仔细考察了上外的会场及会场周围的环境,并就会议的筹备工作进行了具体的分工。孔慧怡博士承担了与国外及海外学者的通讯联络工作,这就意味着她必须应付数以百计的电子邮件、传真和电话。同时,她还负责制定会议的日程安排表,这是一件极其耗心费力的事。为此,孔慧怡博士和她的同事们付出了大量而又艰辛的劳动。

其次,会议的成功举行要归功于上海外国语大学的领导的全力支持。戴炜栋校长从一开始就明确表态要全力支持开好这次国际会议,并一直关心会议筹备工作的进展情况。主管全校科研的副校长吴友富教授就会议的筹备工作两次召集有关处室负责人商讨，并就会议的筹备工作和会议期间的分工配合作了极其明确具体的指示。科研处长陈中耀教授、外事处正副处长陆楼法教授、潘志兴先生、总务处长倪正保先生、上外宾馆副总经理王炜先生等都亲自与会，主动承担有关任务，并对如何开好这次国际会议提出了许多有益的建议。上外校领导和有关处室负责人的大力支持和配合，为办好这次国际会议奠定了良好而扎实的基础。

再次，我所在的上外社会科学研究院的领导和同事对会议的筹备工作和接待工作的全力支持、参加和投入，更是这次国际会议能进行得有条不紊并赢得中外学者交口赞誉的一个重要因素。朱威烈院长、何寅副院长，以及姜如芳、张智园、李兰天、陆兰英、陈淑萍等，从第一个会议代表报到之日起，到送走了最后一位代表，他们几乎把自己所有的时间和精力都花在会议的组织和接待工作上了。

这次会议总共收到六十四篇论文，七十多位与会的中外代表中共有五十二名专家学者在大会上或在各个专题小组上发了言。这些论文和发言，有对翻译实践和翻译教学的具体问题的探讨，也有对翻译理论的总的发展趋势的展望，内容几乎涉及了翻译理论与翻译教学的各个领域，从一个侧面展示了当代翻译理论和教学的进展和学者们的最新探索和思考。为了把这次会议取得的学术成果更好地保留下来，我和我的青年同事查明建老师一起合作，对代表们提交的论文进行筛选，并根据特定主题进行编辑。这也是一项费时费心的工作，查明建老师为之倾注了大量的时间和精力，他不仅组织人员把国外代表提交的英文论文翻译成中文，还负责对所有的译稿进行校译。与此同时，他还对论文集的编辑方针提出了许多建设性的意见。

最后,在论文集的编辑出版过程中,我们还得到了上海外语教育出版社社长庄智象教授、总编辑王彤福教授的大力支持,慨然允诺出版本论文集。谨在此表示衷心的感谢!

谢天振

2000 年 9 月 1 日于上海外国语大学

《翻译研究新视野》（青岛版）后记^①

从某种意义上而言,本书也许可视作我自 20 世纪 80 年代末开始的译学研究的一个回顾和小结。在此之前,我除主编出版过几本翻译研究方面的论文集外,如《翻译的理论建构与文化透视》等,但纯属个人研究成果的,仅出版过一本个人论文集《比较文学与翻译研究》和一本专著《译介学》。前者于 1994 年在台湾出版,收入了我于 20 世纪 80 年代中期起发表的十余篇比较文学论文和七篇翻译研究方面的论文,反映了我对比较文学学科理论的思考和从比较文学的立场出发研究翻译的最初尝试。后者则于 20 世纪末出版,重点在于讨论"创造性叛逆""文学翻译"和"翻译文学"等概念以及"文学翻译史"和"翻译文学史"的编写等问题。但因为时间的关系,无论是前者还是后者,它们都只是反映了我在 90 年代末以前在翻译研究领域所作的探索,而未能反映我最新的译学思想和研究。为此,我一直很想找个机会能比较全面地回顾一下这些年来我发表的论文,对自己的一些译学观点进行反思,有些地方作些补充,在必要的地方作些新的阐述。

---

① 谢天振:《翻译研究新视野》,青岛出版社,2003 年。

2002 年 5 月,我应许钧教授之邀赴南京大学出席南大主办的全国高层译学论坛,正巧与青岛出版社的曹永毅先生同住一室。也许是因为曹先生此前刚好编辑完 2001 年 4 月在青岛召开的全国译学学科建设专题讨论会的论文集《译学新探》的缘故吧(实际上,曹先生此前已经编辑过多本翻译研究方面的论著,不过这是我后来才知道的),也许是因为他家里就有一位翻译研究专家(这也是我后来才获悉的),耳濡目染,对翻译研究也就特别敏感吧,总之,尽管我们素昧平生,他却与我一见如故,对我的译学思想表现出很大的兴趣,并热情希望我把我的论文集交青岛出版社出版。

之后,曹先生又专程飞到上海与我当面商谈了论文集的出版事宜,这使我很受感动。这样,我便开始着手整理我迄今为止公开发表的二三十篇翻译研究方面的论文。然而,没过多久,曹先生又传达了出版社方面的意思,希望我不要编成单纯的论文集,而要编成一本专著。我与出版社打过多年的交道,所以我对出版社的这个要求很能理解。只是这样一来,我的工作量就大大增加了,不过这也"逼"着我要认真地梳理我以前发表的论文,并对以前因篇幅和认识等方面的原因而未能展开阐述的问题,作一些补充,甚至作一些新的阐述。所以我很快就答应了他的要求,只是本书的交稿因此而拖延了较长的时间,因为为了使这本专著的整体结构显得比较匀称,我还不得不专门为此书增写了个别的章节。其他章节,尽管此前已有现成的公开发表过的论文,但此次也都在文字或内容上重新进行了梳理。

我把这本新著命名为《翻译研究新视野》,并不是要标榜我个人的译学研究之"新",而是想以此突出当前国际译学界从比较文学角度、比较文化层面研究翻译的新视角和新趋势。我不止一次地对我的同行、朋友和研究生说过,尽管在国内我算是较早提出并从理论上论述有关文学翻译中的"创造性叛逆""翻译文学的归属""翻译文学史的编写"等问题,但这些都要归功于比较文学研究,是 20 世纪 70 年代末 80 年代初在中国重新崛起的比较文学研究引导我走上了一条新的翻译研究的道路，并使得我的译学研究与国际译学的最新进展和趋势"不谋而合"。

我的朋友和同事都知道，我从 80 年代起就开始从事比较文学研究，并且在相当长的时间里一直致力于比较文学的学科理论研究。众所周知，比较文学的研究特点是立足点高、高屋建瓴、涵盖面广、跨学科、跨语言、跨民族、跨文化。这样，多年的比较文学研究不仅大大拓展了我的学术视野，更加深了我对某些特定领域的认识，其中就包括翻译研究。1989年，我发表了《为"弃儿"寻找归宿——论翻译在中国现代文学史上的地位》一文。这篇论文探讨了翻译文学在中国现代文学史上的尴尬处境——外国文学史上没有它的位置，中国文学史上也没有它的位置，于是翻译文学便成了无处归宿的"弃儿"。所以我在文中通过分析和论证，提出翻译文学应该在中国现代文学史上占有一席之地。但这篇论文在旁人看来肯定更像一篇文学论文而不是译学论文，因为我是从翻译文学在近一个世纪以来的中国现代文学史著作中地位的变迁讨论翻译文学的命运，其中没有一句话涉及中外文的对比——这似乎是国内翻译研究类文章的一个不可缺少的内容。不过这也表明我的译学研究从一开始就与国内传统译学研究的路子有所不同，因为我更多关心的是整体翻译的地位、性质和意义，而较少注意文本以内的语言转换问题。之后接着发表的《论文学翻译的创造性叛逆》《翻译文学史：挑战与前景》等文，显然都是这一研究方向的继续。

1991 年对我的译学研究来说，具有特别的意义。这一年的 10 月，我得到加拿大政府的资助，作为高级访问学者赴加拿大阿尔贝塔大学（University of Alberta）比较文学系访问半年。本来，我赴加拿大访问的目的是考察加拿大的比较文学研究，但是我在从事比较文学研究的同时，却经常被阿尔贝塔大学图书馆内丰富的译学藏书所吸引。就在这期间，我读到了霍尔姆斯(James S. Holmes)的《文学翻译和翻译研究论文集》，读到了勒菲弗尔(André Lefevere)的《文学理论与翻译文学》，读到了当时刚刚发表的埃文-佐哈尔(Itamar Even-Zohar)的《多元系统论》和《翻译文学在文学多元系统中的位置》，也读到了图里(Gideon Toury)的论文集《翻译理论探索》，苏珊·巴斯奈特(Susan Bassnett)的专著《翻译研究》，等等。在此之前，这些学者的名字、更遑论他们的著作，我在国内时闻所未闻。在此之前，我只知道尤金·奈达(Eugene Nida)，只知道彼得·纽马克(Peter Newmark)，只知道卡特福特(J. C. Catford)，只知道……这时我意识到，在西方译学界不仅仅只有语言学派，而还有一批所谓的"操纵"学派、"翻译研究"学派，其实也就是文化学派。这批学者从 1976 年起就经常聚在一起，尝试从一个新的角度研究翻译、阐述翻译，并于 1978 年和1981 年先后推出一本论文集和一本论文专辑(刊载在《当代诗学》上)。而更令我感到兴奋和激动的是，我在这些论著中隐隐感觉到了这些学者的观点与我此前一直在思考的一些观点颇多契合之处。我想起了我赴加拿大之前曾出席过的一次国际跨文化研讨会，会上我宣读了一篇讨论"误译"的论文，起先我还担心与会代表不一定能理解和接受我的观点。不料，一位日本学者在听完了我的发言后当即站起来对我说，"你并不孤立，我本人也在研究误译，而且还有其他一些学者也在研究误译。"在加拿大半年的访学使我开始确信，我此前孜孜求索的翻译理论并不虚妄(我在赴加之前已经开始了《译介学》的写作，并正在力图从理论上对文学翻译和翻译文学等概念作出我自己的独特的阐述)。与此同时，我也看到了此前我所进行的翻译研究的译学价值，而在之前，我只注意到我的研究中的比较文学价值。所以，可以这么说，是加拿大之行坚定了我的译学研究道路。

　　加拿大之行的另一个收获是，通过阅读和接触国外最新的翻译研究成果，我对我本人的以及国内的译学研究有了新的认识，而更有实质意义的是,我还看到了我们的译学研究与国外同行的研究之间的差距。

在谈到中西方译学研究的差距问题时,我们的有些学者往往从简单的民族主义感情和立场出发,不愿承认甚至完全无视中西译学理论之间存在的差距。其实,任何一个严肃的学者,只要他能正视现实,以事实说话,那么他就一定会发现中西译论之间存在的客观差距。正如谭载喜教授在比较中西译论时所分析的,尽管"西方的现代翻译研究并没有达到尽善尽美的境地,翻译学也尚未完全从语言科学中游离出来,而成为真正独立的一门学科,但在过去的半个世纪中,特别是在自 20 世纪六七十年代以来,西方现代译学研究的成果是十分突出的,产生了许多非常重要的翻译理论流派,如布拉格学派、莱比锡学派、伦敦学派、苏联语言学派与文艺学派、奈达为代表的交际理论和翻译科学派,以及以霍尔姆斯为代表的'翻译研究'派和'跨文化交际'派。由于西方这些翻译理论与思想所形成的时代,恰恰是我国翻译研究停滞不前的时代,因此到 70 年代末 80 年代初,当我们全面实行改革开放政策,我们的翻译理论研究把目光投向西方时,我们从西方丰富的理论成果中得到重要启示,从而促进了我们的翻译理论研究,促进了翻译学建设。西方译学研究借助现代语言学手段,注重科学的论证方法,不囿成规,勇于探索,不断提出并完善各种各样的翻译理论模式——所有这些,对近二十年以来我国翻译理论研究的大步发展,以及对今后我国译学理论的不断完善,都发生了并将继续发生良好的借鉴参考作用。"①

由此可见,中西译论之所以会存在一定的差距,完全是因为历史的原因。如所周知,直至 20 世纪上半叶,中西译论之间的研究其实相差还不太大,因为基本上都停留在传统的译学研究范畴,也即主要关心的是翻

① 谭载喜:《翻译学》,湖北教育出版社,2000 年,第 98 页。

译的方法(如直译、意译等问题)、翻译的标准(如严复的"信达雅"、泰特勒的翻译三原则等)、翻译的可能性(可译性与不可译性等)等。只是在进入20世纪60年代以后,西方翻译研究中的语言学转向为西方的译学研究带来了一个大的突破,雅各布森对翻译的分类、卡特福特的翻译的语言学理论、奈达的翻译科学的探索等,刷新了人们对翻译研究的认识,也促进了西方翻译研究中严格意义上的理论意识的觉醒。但这一时期,正如谭载喜教授所说的,恰恰是我国翻译研究停滞不前的时代。在差不多二十年以后,也即在改革开放的七八十年代,我国的翻译研究者才接触到这些理论,并开始了自己的探索。①

但是,自七八十年代开始的我国的译学研究受西方译学研究中语言学派的影响较深,而对同时期西方翻译研究中的文化转向并没有及时引起注意。直至90年代后期,我国译学界才开始有一些学者介绍、研究霍尔姆斯、勒菲弗尔、苏珊·巴斯奈特等人的译学观点,才开始有人注意到解释学、解构主义、女性主义、后殖民主义等当代文化理论给当代西方译学研究,尤其是给当代西方翻译观带来的巨大变化。许钧教授主编的"外国翻译理论研究丛书"(湖北教育出版社)就是在这方面所做的努力。然而,尽管如此,国内翻译界在翻译理论研究方面与西方的同行相比,差距还是存在的。有人就很直截了当地指出:"有关语言与翻译的政治,是我们大陆学人思考中的一个盲点。"②其实,如果冷静思考一下的话,我们应当能发现,我们的"盲点"何止"翻译的政治"这一个呢。

时至今日,我国翻译界仍有不少人(有些还是所谓的翻译专业的研究

---

① 正是基于这个事实,所以许钧教授指出:"中国当代翻译理论研究,在认识上比西方起码要迟二十年。"然而这样一个实事求是的观点,却引来两位学者的蛮不讲理的"声讨",这也是很值得我们思考的。参见齐雨、赵立:《中国译论研究和译学建设真的比西方严重落后吗?》,《中华读书报》2002年7月3日。

② 参见袁伟、许宝强选编:《语言与翻译的政治》,中央编译出版社,2001年。

生导师)对翻译理论及其研究的意义持排斥态度。他们抓住某个翻译理论研究者,或某个翻译研究单位的某一份"翻译文本"中的一两处错译,便以此为依据,嘲笑甚至否认翻译理论的价值。这使我想起"文革"期间,一些造反派把医学院的教授拉来,强迫他们做护士的工作——给病人打针。当这些教授因找不到静脉未能给病人注射时,造反派便以此为由,振振有词地宣称这些教授的学问是多么"无用"——"连给病人打针都不会!"

因此,从加拿大回来以后,在完成专著《译介学》的撰写以后,我有意比以前更多地参与国内译学界的活动,并积极发表我个人的意见,尽管我的观点会引起某些人的激烈反对。我觉得,我们在译学理论认识上比西方"迟"了一二十年,并不要紧。更何况承认在翻译理论研究的认识上比西方"迟",并不就意味着西方的认识全是正确的,我们都得照搬。我认为,当前国内翻译界最重要的事情是要实现译学观念的现代化转向,正确处理翻译理论与实践的关系,尽快摆脱"匠人之见"——不要因为建造过几间茅草屋或小楼房,便自以为是建筑大师,自以为最有发言权,而对国内外的建筑理论不屑一顾,甚至嗤之以鼻,视为"空谈"。现在很有必要提醒我们国内翻译界的同行们,正视国际译学界的有关进展,调整心态,认真研究,切实建设发展我们自己的译学理论,译学事业。

假如本书的出版能为我国的译学事业作出一点小小的贡献,那么这是我最大的荣幸!因时间和精力所限,有关当代国际译论的许多问题在本书中尚未能展开讨论涉及,我拟在下一本书《当代国外翻译理论研究》中予以讨论。在此敬祈各位专家学者鉴谅和指正!

《翻译研究新视野》（福建版）自序^①

  《翻译研究新视野》是我十几年前应青岛出版社之约出版的一本旧著，也是我继《译介学》后推出的第二本兼具比较文学和翻译学性质的学术专著。其写作背景与 20 世纪后半叶国际人文学界出现的两大"转向"有关：先是从 20 世纪 70 年代起国际翻译学界出现了翻译研究的文化转向，接着自 90 年代起，国际比较文学界开始出现比较文学研究的翻译转向，这两大"转向"的出现与交汇，为国际比较文学界和翻译研究界展现出了充满活力且极富发展前景的广阔的学术研究空间。不过当时国内学术界对此两大"转向"还不是很敏感，知道的人也不是很多，而我因为于 90 年代初正好在加拿大阿尔贝塔大学比较文学系做高级访问学者，机缘凑巧，有条件也有机会比较直接且及时地把握了这方面的信息，所以在回国以后发表了一系列这方面的论文。这些论文为国内比较文学界和翻译界提供了不少新鲜的第一手国外学术信息，同时也阐述了自己对国际、国内学术界一些问题的思考，乃至直言不讳地提出了一些批评性的意见。有鉴于此，所以当时出版社有意把我这些论文汇集出版，供国内学术界对国

---

① 谢天振：《翻译研究新视野》，福建教育出版社，2014 年。

际比较文学界和翻译界最新发展趋势感兴趣的读者阅读参考。但后来出于图书营销方面的原因考虑，出版社希望我把论文集"改造"成专著形式出版。此举给我增加了不少工作量，耗费掉不少我的时间与精力，不过与此同时此举也迫使我认真检视、重新梳理我以前发表的这些论文，而学术专著分章分节的写作方式也有利于我对一些学术观点作进一步的展开叙述。更有意义的是，它让我有机会把我在写第一本学术专著《译介学》时还没注意到的，或还未能充分展开的观点可以进行更深入、更全面的论述，一些当时尚未接触到的或尚未发现的一些资料也可以及时补充进去，以使相关论点的论据更加充分，更有说服力。《翻译研究新视野》一方面秉承了我在《译介学》一书中表述的基本学术立场和方法论，从这个意义层面上可以说，《翻译研究新视野》是我的《译介学》的"更新版"；而另一方面又发展和完善了我在《译介学》一书中提出的一些主要观点。不仅如此，《翻译研究新视野》还引入了我在《译介学》中还没来得及涉及的一块领域，即借助当代文化理论对翻译进行跨文化交际层面的考察、分析与思考。所以从这个意义层面上又可以说，《翻译研究新视野》是我的《译介学》的"增补版"。

概而言之，在《翻译研究新视野》一书中我在四个方面做了一些研究和探索。首先是对中西方的翻译和翻译研究从史的角度进行了一番比较全面的梳理与研究，这其实也是我在做学术研究时一贯秉持的一个基本立场，即无论做什么研究，先对相关课题进行史的梳理，在历史与现实（现状）这两条纵横轴线上找到它的交叉点，然后再展开自己的研究。第一章"当代国际译学研究的最新趋势"正是通过对西方翻译研究史的回顾与反思，再结合对当代西方、包括俄罗斯与东欧诸国的翻译研究现状的分析，发现像译介学这样跳出文本、超越翻译行为本身，站在跨文化交际的层面展开对翻译现象的审视与分析，与当代国际译学研究的前沿不谋而合，体现了国际翻译研究的最新趋势。而无论是当代西方译学研究中的文化转向，还是译介学研究把传统的仅限于翻译文本框架之内的翻译研究提升到超越文本、超越翻译的译介研究，反映的都是学科发展的历史必然，而不是某一个人或某几个人心血来潮的随意之举。不过限于当时的资料和个人认识水平，今天看来本书第一章对此问题的阐释我觉得还不够到位，为此我把后来给《北京大学学报》撰写的论文《论比较文学的翻译转向》作为"附录一"附在本书后面，作为对第一章相关内容的补充。

其次，从比较文学的视角切入，对翻译和文学翻译的性质进行了新的审视和分析，指出"翻译总是一种创造性叛逆"，并从这一立场出发，对翻译中文化意象的失落与扭曲、翻译中的误译，进行了全新的阐释。譬如，赵景深翻译的"牛奶路"一直是国内翻译界的一个"笑话"对象，但我从传递文化意象的角度出发，肯定了赵译中的可取之处。这个例子经过我的阐发，已经被许多学者引用。再如误译，在传统的翻译研究者眼中是不足为训的反面例子，但译介学研究让人们看到了其背后蕴藏着的两种不同文化之间的误解、误释乃至碰撞，从而让我们对庞德对中国古诗的翻译有了新的认识，等等。这也构成了本书第二章"比较文学与翻译研究"的主要内容。

再次，我对翻译文学的性质及其国别归属进行了比较独特的探索，并提出了"翻译文学是中国文学的一个组成部分"的观点。与此同时，我对翻译文学史与文学翻译史这两个不同的概念也进行了明确的区分，指出翻译文学史的文学史性质及其三个基本组成要素，廓清了此前国内翻译界将两者相混的认识误区。这是本书第三章"翻译文学新概念"的基本内容。

最后，也就是前面提到的我在撰写《译介学》一书时还没来得及做的一块，即引入当代文化理论对翻译行为、活动和现象从跨文化交际的角度进行考察、分析与思考。第四章"当代文化理论与翻译研究"中的三小节就是分别从解释学、解构主义和多元系统理论的角度,对作者本意和本文本意是否存在以及如何传递、以解构主义的视角重新审视翻译中的"忠实"观、从多元系统理论的角度分析制约翻译行为的诸多因素并由此对中国文化如何才能切实有效地走出去进行了独特的探讨。不过限于篇幅,更限于当时的认识水平,从今天来看,在本章第三节中对于中国文化如何走出去这一问题的思考未免失之肤浅和单薄,所以我把前不久刚刚发表的《中国文学走出去:问题与实质》一文作为"附录二"附在本书后面。

毫无疑问,作为一本十余年前的旧著,《翻译研究新视野》无法体现我最近十几年来在比较文学和译介学研究领域的新思想和新探索。作为弥补,我一是把也是最近刚刚正式发表的《论翻译的职业化时代》一文作为"附录三"附在书后,另一是把原先附录于全书后面的只收录至2002年的"作者历年发表的译学论文篇目选编"一文撤下,代之以"附录四"《谢天振论著选编》,前者反映了我对中西翻译史整体观的探索以及我对当前翻译的职业化时代的性质与特征的思考,后者则把我自1980年以来公开发表出版的主要论著全部编入。这样,有兴趣的读者就可以比较全面,也比较方便地了解这二三十年来我在比较文学与翻译学研究领域的主要研究著述以及相关进展。

令我感到欣慰的是,《翻译研究新视野》尽管是一本十余年前的旧著,但今天我在重新翻阅一遍之后发觉它依然没有失去它的"新"意。这其中固然有人皆有之的敝帚自珍的心理在起作用,但另一方面,客观而言,更与中国当代翻译研究理念更新迟缓的现状有关。还在十多年前,我在本书的"前言"里即已经指出国内翻译界在翻译研究和翻译理论认识上存在的三个误区,即把对"怎么译"的研究认作是翻译研究的全部、对翻译理论持一种实用主义的态度,以及在谈到翻译理论或翻译学时便要强调"中国特色"或"自成体系",而忽视中外理论的共通性。然而时至今日,在国内翻译界仍然不时可以听到翻译理论无用论的声音,听到"西方翻译理论对我毫无用处"的声音,听到指责"'文化转向'偏离了翻译本体"的声音,等等。更有甚者,日前我读到一本研究当代中国翻译家的博士论文,作者在文中一开始就强调"有必要以符合中国翻译实际的译论为基础"对这位当代中国翻译家进行研究,"唯有如此,才能为之提供客观的评价体系"。他甚至对中国现当代译论也持排斥态度,理由是"由于中国现当代翻译理论研究西化倾向较为严重"。一位专门研究翻译学的博士生,居然对中西翻译理论的共通性如此缺乏认识,我作为同样在指导翻译学博士生的导师不禁为之感到惊讶。至于还有一位老翻译家,根本不懂得何为翻译学,更不懂得何为译介学,却抓住译介学中的"创造性叛逆"几个字,望文生义,破口大骂"创造性叛逆"是在"教唆"译者"胡译""乱译",那就不提也罢。凡此种种,正好从另一个角度印证了拙著《翻译研究新视野》中倡导的"新视野"至今仍然没有过时,至今仍然有其现实意义。

我曾想,为何国内翻译界的翻译研究理念的进展如此迟缓?我以为这与国内翻译界一直自闭在两千年来的传统译论框架之内缺乏开阔的研究视野有关,也与他们面对中西译论时所持的非此即彼的二元对立的立场有关。与他们相比我比较幸运,因为我对翻译的研究从一开始就是从比较文学的立场出发的。比较文学作为一门跨语言、跨民族、跨国界、跨文化的交叉学科,立足点高、高屋建瓴、视野开阔、中西并蓄,它赋予我"新视野",让我看到了翻译总是一种创造性叛逆,让我看到了翻译文学在国别文学中的独特地位,让我看到了翻译不仅仅是两种语言文字之间的简单转换,等等。事实上,国际译学界的翻译研究之所以能从20世纪70年代起发生文化转向并使得当代国际翻译研究进入一个风生云起的崭新时代,在某种程度上与一批具有比较文学学科背景的学者的加入大有关系,如勒菲弗尔(André Lefevere)、巴斯奈特(Susan Bassnett)、斯坦纳(George Steiner)、埃文-佐哈尔(Itamar Even-Zohar)、图里(Gideon Toury)等,无一不具有比较文学的学科背景。与之相比,国内翻译研究界具有比较文学学科背景的学者却是屈指可数。较多的是外语教学背景和语言学背景。有鉴于此,所以我很愿意把我受益于比较文学学科的"新视野"与国内的同行分享。也正因为此,当复旦大学杨乃乔教授发来电邮表示打算把拙著《翻译研究新视野》收入他主编的《比较文学名家经典文库》时,尽管我面对"名家经典"这四个字感到惶恐,愧不敢当,但最终还是欣然同意了。我衷心希望,借此机会重新出版的《翻译研究新视野》能对国内的比较文学研究和翻译研究作出一点新的贡献。

《中国现代翻译文学史（1898—1949）》后记^①

　　本书将中国现代翻译文学史的上限定为 1898 年，下限定在 1949 年。上限定于 1898 年，其原因已在《总论》中陈述。下限定在 1949 年，是因为 1949 年以中国共产党领导的新政权的建立，不仅是中国现代史上重大的政治历史事件，也标志着新的政治意识形态的形成和强化。政治意识形态的不同也决定了大陆和港台不同的文化语境，从而在文学翻译的取向，甚至语言、文体、翻译标准上也出现明显差异。20 世纪港台的翻译文学史应是中国翻译文学史上一个不可忽视的重要组成部分，但需要设立专门的章节来进行叙述，将它们纳入"中国当代翻译文学史"研究范畴显得更为合适。

　　翻译文学史的编排是个富有挑战意味的课题。从目前已经出版的中国翻译文学史类的著述来看，大都采取了历时性的编排方式，即以时代发展的时序，介绍某一时期重要的翻译活动和翻译家的贡献。这种编排的优点是，在叙述上能将每一阶段的翻译家或文学社团的翻译活动交代得清楚明了，突出了文学翻译发展的纵向脉络，凸显"史"的特征。但其缺点

---

　　① 谢天振、查明建主编：《中国现代翻译文学史（1898—1949）》，上海外语教育出版社，2004 年。

是，对具体国家、地区的文学翻译的介绍比较支离破碎，特别是对重要作家、作品、流派、思潮其译介的演变过程不能得到完整的体现，难以给读者以比较全面的印象。

我们认为，一部注重翻译主体和文学关系的严格意义上的翻译文学史，除了阐述翻译家的贡献外，还应该让读者看到某一个具体国家或地区，某一具体的文学流派或思潮，某一具体作家或作品等在译入语国的译介与接受。因此，我们将《中国现代翻译文学史》在编排上分为"上编"和"下编"两大部分：第一部分叙述文学翻译的发展史，诸如不同时期重要的翻译活动、翻译事件，主要的文学社团、翻译家的翻译贡献和成就；第二部分则按语种分为俄苏文学，英美文学，法国及法语文学，德国及德语文学，东、南、北欧诸国文学，亚洲诸国文学。叙述这些国家、地区的民族、语种的文学和代表性作家的作品在中国的翻译情况。简洁地说，第一部分按历时性的角度突出翻译家和译介社团这个主体，第二部分就是叙述翻译文学史的另一个主体——外国作家在现代中国文学舞台上的形象。以这两个主体为核心结构介绍中国现代翻译文学史。

从我们现在的翻译文学史研究来看，20 世纪中国翻译文学史研究与20 世纪中国文学史研究相比，无论在数量和深度上，都显得薄弱，对翻译文学史上的翻译现象探讨的论著和论文还不多，翻译文学史研究还处在探索阶段。我们曾经提出，一部"理想的翻译文学史"，应该同时还是一部"文学交流史""文学影响史"和"文学接受史"。"理想的翻译文学史"应该不仅让读者看到文学翻译的历史事件，还应该能让读者看到"作品"（"译作"）和"作家"（原作者和译作者），这些都是我们在撰写这部《中国现代翻译文学史》时力图达到的目标和理想。然而暨乎篇成，半折心始。在即将把眼前这部书稿送出版社付印时，我们深感本书的实际成就与理想的翻译文学史还存在不小的距离，它只能作为我们对中国翻译文学史研究的一种初步探索和尝试,一份抛砖引玉式的心愿。我们期待有更多的翻译研究界同仁关注这一领域的研究,从而使中国翻译文学史研究更加丰富、厚实和深入。

谢天振　查明建

2001 年 9 月于上海

《译介学导论》（第一版）后记①

大约四年前，即 2003 年 9 月下旬的某一天，严绍璗教授带领着北大比较文学研究所的全体教师来沪出席北大—复旦两校比较文学对话会，当时正好碰上青岛出版社出版了我的一本小书《翻译研究新视野》，于是我便抓住这个机会，把那本小书分送给与会的两校专家学者，请他们不吝指正。当时绍璗教授看了拙著后就对我说，他正在酝酿推出一套新的导论性质的比较文学系列教材，他希望我能以这本"新视野"以及此前已经出版的《译介学》专著为基础，为他们这套系列教材写一本《译介学导论》。有机会参加绍璗教授主编的"21 世纪比较文学系列教材"，这于我是莫大的荣幸，所以我当即非常愉快地接受了绍璗教授的稿约。

《译介学导论》的写作一开始还是进行得比较顺利的。我对自己的译介学思想作了一番清理，觉得可以从三个大的方面来论述译介学的基本原理：首先是要交代译介学的历史渊源、当前国际和国内的学术背景以及译介学的理论基础，这些就是本书的"绪论"和第一、二、三章的基本内容。

"绪论"部分我主要论述了翻译研究与比较文学的关系，特别是著名

———

① 谢天振：《译介学导论》，北京大学出版社，2007 年。

英国比较文学家苏珊·巴斯奈特在其于 1993 出版的《比较文学批判导论》中提出,比较文学应该成为翻译学下面的一个子学科之后,更是引起了国内比较文学界对两者关系认识上的混乱。因此,在"绪论"部分着重分析了比较文学视野中的翻译研究与传统意义上的翻译研究之间的差别,以及比较文学视野给翻译研究带来的新视角和所揭示的新研究层面。与此同时,"绪论"也谈了翻译研究在拓展比较文学的研究领域、丰富比较文学的研究内容方面的贡献。

第一章主要阐述了译介学诞生的历史背景,尤其是当前的国际译学背景。译介学作为一个相对独立的研究领域近年来引起越来越广泛的注意和重视,然而译介学并不是平白无故地发生、发展起来,它有深厚的历史渊源——中外翻译研究史上绵延千年的"文艺学派"为它提供了非常丰富、扎实的文化积淀,而最近三四十年来国际译学界中翻译研究的文化转向更是为它提供了丰富的理论资源并直接促进了译介学在当今国内外译学界和学术界的蓬勃发展。

第二章把读者的目光引向国内翻译界和译学界,具体论述了国内翻译界在译学观念认识上的滞后问题,这也是在当前中国我们研究译介学的现实意义。但是有一个问题本来在这一章里是可以谈但我没有展开谈的,那就是与国内翻译界在译介学认识上的误区造成对照的是,无论是国内还是国外比较文学界,他们对于译介学研究中提出的一些问题,诸如误译的研究意义和价值问题、翻译文学的归属问题、当代文化理论与翻译研究的关系问题等,都觉得很容易理解和接受,没有任何疑问。而在中国的翻译界和译学界,却对翻译研究的文化转向充满疑虑、不解甚至反对,这就引出了一个非常重要的问题,那就是:谁承担中国翻译研究文化转向的重任? 因时间关系,我对这个问题只能在以后另外撰写专文予以展开和讨论了。

　　第三章讨论的是译介学研究中的一个核心命题,即创造性叛逆。我觉得只有承认了翻译总是一种创造性叛逆,那才有可能谈得上译介学中的其他问题,诸如"翻译文学不等于外国文学""翻译文学是中国文学的一个组成部分""译者的主体性""译作的相对独立价值",以及"误译的价值",等等。因此我花了整整一章的篇幅对这个命题进行了比较详细的分析。

　　第四至第九章是从两个方面展开论述的:前三章探讨的是译介学研究的实践层面,第四章谈的是文化意象的传递与误译问题,通过这两个比较具体的问题的讨论,我想让读者能够从文化层面上去发现和思考一些翻译中的具体问题。第五、六章分别谈了翻译文学的性质与归属和翻译文学史与文学翻译史的关系与区分问题,这是两个非常大的问题,里面有很大的研究空间可以发展,对此我在第十章里有所说明。后三章也即第七至九章展示了译介学研究的理论前景,我仅仅选取了解释学、解构主义和多元系统论三个当代西方文化理论,其实译介学的理论研究前景远不止这三个层面。但具体谈了这三个理论以后,读者就可以举一反三,自己去发掘新的理论研究层面了。

　　最后一章,也即第十章"无比广阔的研究前景——译介学研究举隅"是我专为本书设计安排的。没有这一章,我觉得我这本书仍然只是一本纯粹的研究专著,有了这一章后,本书就比较明显地兼具了教材的特色。其实,这一章的设置也是受了绍瓈教授在本套系列丛书"出版总序"里所说的话的启发,他说:"这套教材的根本宗旨,应该是在于使中国人明白到底什么是'比较文学',并且使对这一学科有兴趣的中国人懂得到底应该怎样做'比较文学研究'。"我很赞成严老师的这一观点。迄今为止,国内比较文学"概论""通论"性质的教材或专著出版了不下十数种,但比较全面地对比较文学学科的各个研究层面进行深入探讨、分析,并且能"展现学科各个内在领域的内奥与各自的特征，并力图使读者在理解学科的总体学术框架的同时，在比较文学的众多研究层面中体验学术的实践要领"，让读者能得其门而入，这样的教材和著作却还不多。本书第十章从曾经从我攻读译介学专业的硕士生、博士生的论文中挑选出五篇论文，以具体展示译介学研究的空间和前景。由于这些论文的作者本身都是青年学子，尽管其中有几位作者也已经是国内学界小有名气的青年学者了，与读者的距离相对比较接近，读者阅读他们的论文更易受到启发。

自 2001 年起，我应四川外语学院研究生部的邀请，我每年都抽出一个学期赴重庆为川外的比较文学专业、翻译专业和英美文学专业的硕士研究生集中开设十至十二讲译介学系列讲座，讲座结束后我要求学生撰写学期论文作为考核学生学习成绩用。令我大为欣慰甚至惊喜的是，每次交来的学期论文中总有超过三分之一的论文为非常优秀的论文。事实上，每年这些优秀论文中也确实有三至五篇被有关学报和学术杂志录用发表。因此，我最初在构想《译介学导论》写作的计划时，曾经有过一个想法，想在每一章的后面都附上一篇川外学生的相关论文，这样一些学生读者在阅读本书时会感觉更加亲切。但考虑到篇幅有限，最终只能遗憾地放弃这个想法了。

译介学作为一个专门术语或一个专门研究领域，是随着 20 世纪 70 年代末 80 年代初比较文学在中国的重新崛起而被国内学界注目的。经过了众多学者的共同努力，译介学不仅已经成为比较文学界的新兴研究领域，而且也已经成为国内外国文学研究界、翻译研究界的一个众所瞩目的新兴研究领域。2006 年国家社科项目课题指南把译介学列为当年外国文学研究的八大课题之一，而国家哲学、社会科学"十一五"计划更是又一次把译介学列为国家"十一五"期间的外国文学领域的一个重要研究课题，这些举措表明译介学正在成为国内学界的一个重要研究课题和研究领域。在此背景下,我们推出《译介学导论》一书,真诚地希望不仅为国内的比较文学研究、同时也为国内的外国文学研究、翻译研究,略尽绵薄之力。这里不无必要强调一下的是,译介学发展到今天,它已经不仅仅属于比较文学,同时也属于外国文学,属于翻译学,甚至属于所有与跨语言、跨文化有关的学科。

最后,我要借此机会向严绍璗教授表示衷心的感谢!没有严老师当年的稿约就不可能有现在的这本小书。同时我也向北京大学出版社的张冰主任表示感谢,感谢她的耐心与宽容。这本书两年前就应该交稿了,但因被杂事缠身,我一拖就是两年,非常惭愧。现在总算交稿,但心中仍惴惴不安,希望广大读者对书中的问题不吝赐教。

《译介学导论》（第二版）后记 ^①

　　十多年前的旧著有机会推出新版，这对任何一位作者来说都不啻是一件喜事、幸事。如所周知，一部几十万字的著述，第一版出版时或由于过于匆忙，或由于校对时的疏忽，或由于其他原因，有时候难免会留下这样那样的错讹，从而让作者和读者都感到遗憾不已。一些小错小讹在重新印刷时尚可得到纠正，但较大的、实质性的修正，那就非得等有机会推出新版本时才能实现了。为此，我非常庆幸有机会推出拙著《译介学导论》的第二版。

　　我首先为本书第二版新写了一篇序言，以方便读者在进入正文的阅读之前就立即能对译介学的基本理论思想、发展由来有一个基本的了解。其次，我还为新版提供了一份新的阅读书目，以便把《译介学导论》初版面世后最近这十几年来国内外新出版的与译介学研究相关的主要学术著述推荐给读者。与此同时，我对全书内容做了一番比较仔细的梳理，对于原先一些学术观点表达得不是很确切的地方进行了一定的补充和调整。但考虑到本书还兼具教材性质，所以我在修订时基本保持了第一版的篇幅，

---

① 谢天振：《译介学导论》（第二版），北京大学出版社，2018年。

在内容上没有作太大的增补。

说到具体的修订,我觉得我非常幸运,因为我得到了朋友们的大力支持和帮助。尽管在2016年11月底的南宁会议期间我毫不犹豫地答应张冰博士会尽快把《译介学导论》的第二版修订稿寄给出版社,但其实我很清楚,凭我一己之力要在短时间内完成对《译介学导论》的修订是很困难的,一则是我的时间精力有限,手头总是杂事不断,难以有大块时间集中做此事;另一则,更重要的是,我对自己的著作过于熟悉,容易产生"审美疲劳",这样反而不易发现需要修订的问题。于是我想到向我的朋友们求援,我首先想到的是宋炳辉教授。炳辉教授本人一直在从事译介学理论与实践的研究,并在上海外国语大学文学研究院为研究生授课,后又在上外高级翻译学院招收并指导译介学方向的博士生,开设"译介学理论与实践"课程多年,使用的主要教材之一就是拙著《译介学导论》。我甚至觉得,他对拙著的熟悉程度恐怕都要超过我自己了,这大概也就是所谓的"旁观者清"吧。炳辉接到我的请求后极其爽快地答应了,并带着他目前正在指导的译介学方向的博士生梁新军同学一起非常仔细地把《译介学导论》一书从头到尾梳理了一遍,把其中的印刷错误、译名不一致的错误,以及对某些问题的表述不清晰、不到位、可进一步斟酌的地方,都一一指出。

与此同时,我还向广西民族大学外语学院的刘雪芹教授发去了请求。我去年3月在广西民大发起组织了一个读书班,读书班读的第一批书即以我的《译介学》《译介学导论》等书为主要阅读对象。我还要求他们写读书报告,这样这个读书班的成员对我的这几本书读得非常仔细,而雪芹教授就是这个读书班的主要组织者和牵头人。她接到我的请求后,先是发动读书班的成员帮忙指出他们在阅读过程中发现的书中存在的问题,接着她带着我在广西民大招收的译介学方向的博士生夏维红一起对拙著

《译介学导论》也彻头彻尾地、仔仔细细地梳理了一遍，挑出了几十处需要修订的地方。

意外的帮助还来自广西医科大学的蓝岚副教授。蓝岚也是我们广西民大外院读书班的成员，她获悉我要推出《译介学导论》的修订版一事后，主动对拙著进行了极其仔细的"勘读"，她不仅指出了许多一般性的印刷、排版错误，还发现了不少我们通常极易疏忽的错误，诸如英语引文中的大小写问题、字距间隔问题，甚至一些排版格式上的问题。她还专门制作了两张非常具体的正误对照的"勘误表"，让我惊叹她似乎有一双职业编辑的眼睛。与此同时，她也帮助指出了不少观点表述上的一些问题。

我于是把三方面的意见进行汇总，发现属于需要修正的技术性问题竟然有一百五六十处之多。不过这也使我可以颇有把握地声称，初版中一些需要修订的技术性方面的问题基本"一网打尽"了。本来我还想利用这次推出新版的机会对这十几年来国内学术界围绕译介学的一些理论问题，包括如何正确理解"创造性叛逆"问题，包括译介学理论对文化外译的启迪意义等，展开一些讨论，但考虑到这样一来需要增加较多的篇幅，最后也就决定放弃了。好在这些问题在我的其他著述里已经作了阐释，有兴趣的读者可以找来参照阅读。炳辉教授曾建议我可否增加对文学翻译史的阐述，把译者的风格、翻译的策略等问题进行一些具体的分析。这当然是一个相当不错的建议，因为传统的文学翻译史往往也只是停留在对历史上的翻译事件的描述，甚少关注译者的风格、翻译策略等问题，而借助译介学的研究视角，这些问题就不再是译者的个人问题，而是与整个译入语语境密切相关的文学接受、影响与传播的问题了。我同时翻检了自《译介学》以来的几本拙著中的相关章节，发觉我之前的阐述重点的确都放在对翻译文学史性质的阐释上，这与当时国内学界、包括翻译界对翻译文学史的认识不足有关，所以有此需要。广西民大外院的雪芹教授他们也建议我可否增加对后殖民译论的介绍和阐述,并对书中涉及的重要概念都能给出一个个比较具体的描述性定义。说实话,这些建议对于一个有机会对自己十年前的旧著进行修订的作者来说是很有诱惑力的。然而我考虑到自己的时间和精力,最终也还是放弃了。我想就让这本书保持十年前的基本框架和模样吧,这些建议实际上正好揭示出了译介学研究领域中还有不少有待深入探讨的空间,这也正好可以让后来者们去进一步探索,而我就不要把所有的话都说尽了吧。在此我要向炳辉和他的博士生梁新军、向雪芹和夏维红、向蓝岚表示我深深的感谢,感谢他们为拙著的修订版所做出的贡献!

我还要利用这个机会对十年前热情约我撰写《译介学导论》的严绍璗教授和张冰博士(她是那套"21世纪比较文学系列教材"的实际操作者)再次表示我的衷心感谢。没有他们当年的热情邀约,就不会有这本《译介学导论》,也就更不可能有今天这本《译介学导论》的"第二版"了。最后,真诚希望有关专家学者和广大比较文学专业的师生能对本书中存在的问题不吝赐正。

谢天振

2017年9月5日写于上海外国语大学高翻学院

2017年9月19日修改于广西民族大学外语学院

《当代国外翻译理论导读》前言^①

　　自 20 世纪 80 年代以来,翻译教学和翻译研究在我国取得了前所未有的大发展。据不完全统计,全国各地报考外语院系研究生学位的考生,差不多有一半考生选择的志愿是"翻译",即使在入学以后,也差不多有一半以上的研究生希望攻读翻译专业。与此相应,国内出版社在近二三十年里出版的翻译教材、翻译研究著作,无论数量还是质量,也都堪称空前。尤其令人欣喜的是,自 20 世纪 90 年代以来,南北两家外语大学的出版社,分别引进了数十种当代国外最新的翻译理论英文原著,为国内从事翻译教学与研究的专家学者、教师和研究生提供了弥足珍贵的第一手外文资料。

　　不过问题也由此而来:面对数量众多、流派纷呈、内容丰富但又比较复杂的从国外引进的原版译学论著,不少读者尤其是初登译学殿堂的高年级本科生和翻译专业的研究生(遑论其中非英语专业的其他外语语种的研究生),确实有一种目迷五色、无所适从的感觉。由此我们萌发了编写一本中文版的《当代国外翻译理论导读》的入门性读物兼教材的想法,

---

① 谢天振主编:《当代国外翻译理论导读》,南开大学出版社,2008 年。

以帮助对当代国外译学理论流派及其代表性论著感兴趣的读者,尤其是广大攻读翻译专业的研究生,在短时间内即可较快地把握当代国外翻译理论的概貌,并且可以比较迅速地从中发现自己的专业兴趣和研究方向所在,从而再去寻找合适的相关译学专著进行深入的阅读。为此,我们在对当代国外翻译研究的现状进行了比较全面的调查和研究之后,确定从中择取八个主要的理论流派(语言学派、阐释学派、目的学派、文化学派、解构学派、女性主义、后殖民、苏东学派),然后在每一个流派里面找出几个最主要的代表性学者(共三十三名)及其代表性论文(总共三十三篇),把它们全部翻译成中文,并在每一章(即每一流派)、每一篇论文前都配上一篇简明扼要的导读性文字,以便读者能比较快地对该流派或该论文的学术背景、基本框架和内容有一个大致的了解。因此,本书既可以作为各外语院系翻译专业开设研究生(包括高年级本科生)翻译理论课的教材,也可作为相应课程的教学辅导参考书。对从事翻译教学与研究的专家学者和教师,以及广大对翻译理论感兴趣的读者来说,本书也是一本很有裨益的案头必备书。

国外的翻译研究,在西方有文献记载的可以远溯至古罗马时期的西塞罗、贺拉斯等人的相关著述。然而在这漫长的两千余年的时间里,直至 20 世纪 50 年代以前,除个别学者如德国的洪堡(Wilhelm von Humboldt)、本雅明(Walter Benjamin)外,翻译研究者的关注焦点始终没有跳出"怎么译"这三个字。可以说在这两千余年的时间里,西方的翻译研究者关注的一直就是"直译"还是"意译""可译"还是"不可译""以散文译诗"还是"以诗译诗"等这样一些与翻译行为直接有关的具体问题,他们的立论则多出自论者自身翻译实践的经验体会。

但是自 20 世纪 50 年代以来,西方出现了一批从语言学立场出发研究翻译的学者,这就是目前国内译界都已经比较熟悉的尤金・奈达

(Eugene Nida)、纽马克(Peter Newmark)、卡特福德(J. C. Catford)等人,他们的主要译学著作也已经于 20 世纪 80 年代起陆续译介到中国来了。这批学者被学界称作西方翻译研究中的语言学派,我则把他们的研究取向称之为当代西方翻译研究的语言学转向。意思是说,这批学者的研究已经跳出了经验层面,他们从语言学立场出发,运用语言学的相关理论视角切入翻译研究,从而揭开了翻译研究的一个新层面。

然而自 20 世纪 70 年代以来,西方译学界又出现了另一批目前我们国内翻译界还不很熟悉的学者,我把他们统称为西方翻译研究中的文化学派。这批学者接二连三地举行翻译研讨会,并推出多本会议论文集,以对翻译研究独特的视角和阐释揭开了当代西方翻译研究的另一个层面,即从文化层面切入进行翻译研究,其关注的重点也从此前的"怎么译"的问题转移到了"为什么这么译""为什么译这些国家、作家的作品而不译那些国家、作家的作品"等问题上,也就是说,这批学者的研究已经从翻译的两种语言文字转换的层面转移到了翻译行为所处的译入语语境以及相关的诸多制约翻译的因素上去了。这批学者的研究标志着当代西方翻译研究文化转向的开始,其中被公认为西方翻译研究文化学派的奠基之作的是美籍荷兰学者霍尔姆斯(James S. Holmes)的《翻译学的名与实》一文。

霍氏的这篇论文于 1972 年作为主题发言在哥本哈根第三届国际应用语言学会议上首次发表,这篇论文有两点特别值得注意:首先是它清晰的翻译学学科意识,该文明确提出用"translation studies"一词而不是"translatology"这样的陈词作为翻译学这门学科的正式名称。这个提议已经被西方学界所普遍接受,并广泛沿用。国内曾有个别学者望文生义,以为霍氏不用"translatology"一词就说明国外学者并不赞成"翻译学",真是大谬不然。其实在文中霍氏已经详细地说明了他为何不选用"translatology"以及其他如"the translation theory"或"the science of translation"等术语的原因了——为了更好地揭示和涵盖学科的内容。当然，对中国读者来说，有必要提醒的是，当我们看到"translation studies"一词时，应根据具体上下文确定其是指某一个研究领域呢还是某一个学科。其次是它对未来翻译学学科内容以图示的形式所作的详细的描述与展望。在文中霍氏首次把翻译学分为纯翻译研究（pure translation studies）和应用翻译研究（applied translation studies），在纯翻译研究下面他又进一步细分为描述翻译研究（descriptive translation studies）和翻译理论研究（theoretical translation studies）；在应用翻译研究下面则细分出译者培训（translator training）、翻译辅助手段（translation aids）和翻译批评（translation criticism）三大块研究领域。

继霍氏之后，以色列当代著名文学及翻译理论家埃文-佐哈尔（Itamar Even-Zohar）以他的多元系统论（polysystem theory）对翻译研究文化学派起到了理论奠基的作用。他接过霍氏有关描述研究的话语，指出存在两种不同性质的研究，一种是描述性研究（descriptive research），另一种是规范性研究（prescriptive research），而文化学派的翻译研究就属于前者。这样，他就把文化学派的翻译研究与传统意义上的翻译研究明确区分了开来。1976 年，他在《翻译文学在文学多元系统中的地位》一文中更是具体分析了翻译文学与本土创作文学的关系，并提出翻译文学在国别文学体系中处于中心或边缘地位的三种条件，在学界影响深远。

另一位学者、佐哈尔的同事图里（Gideon Toury），他把霍氏勾画的翻译学学科范畴图作了一番调整并重新进行划分，使得翻译学的学科范畴、研究分支更加清晰。图里还提出，任何翻译研究应该从翻译文本本身这一可观测到的事实出发，而翻译文本仅仅是译入语系统中的事实，与源语系统基本无涉。这里图里与佐哈尔一样，实际上是进一步强调了 DTS 的基本立场，从而与此前以过程为基础、以应用为导向的翻译研究形成了本质的区别。佐哈尔与图里也被人称为翻译研究的特拉维夫学派,因为他们两人都在以色列特拉维夫大学任教。

进入 20 世纪 80 年代以后,美籍比利时学者勒菲弗尔(André Lefevere)与英国著名比较文学家、翻译理论家苏珊·巴斯奈特(Susan Bassnett)或各自著书撰文,或携手合作,为翻译研究向文化转向做出了决定性的贡献。

勒菲弗尔同样以多元系统理论为基础,但他对以色列学者未曾充分阐释的意识形态因素进行了更为透彻的分析。他提出"折射"与"改写"理论,认为文学翻译与文学批评一样,是对原作的一种"折射"(reflection),翻译总是对原作的一种"改写"或"重写"(rewriting)。在《翻译,改写以及对文学名声的操纵》一书中,他更是强调了"意识形态"(ideology)、"赞助人"(patronage)、"诗学"或称"文学观念"(poetics)三因素对翻译行为的操纵(manipulation)。勒菲弗尔的改写理论以及他的三因素论成为文化转向后的西方翻译研究的主要理论支柱,以他为代表的文化学派也因此还被称为"操纵学派"或"操控学派"。

巴斯奈特是西方翻译研究向文化转向的坚定倡导者,她的专著《翻译研究》于 1980 年推出第一版后,又于 1991 年和 2002 年先后推出第二版和第三版,对西方翻译研究向文化转向起到了及时总结、积极引导的作用。她从宏观的角度,勾勒出了翻译学的四大研究领域:译学史、译语文化中的翻译研究、翻译与语言学研究以及翻译与诗学研究。她在于 90 年代写的一篇论文中更是明确阐述了翻译研究与文化研究相遇的必然性。她指出,两个领域的研究都质疑学科的边界,都开创了自己新的空间,关注的主要问题都是权力关系和文本生产,而且都认识到理解文本生产过程的操纵过程的重要性,因此两个学科的学者可以在很多领域进行更富有成果的合作。

巴斯奈特的话非常确切地点明了当代西方翻译研究的一个重要特征。事实上从20世纪80年代末90年代初起,西方翻译研究开始全面转向文化,广泛借用当代各种文化理论对翻译进行新的阐释成为当代西方翻译研究的一个主要趋势。

譬如借用了解构主义的理论,研究者认识到,翻译不可能复制原文的意义,对原文的每一次阅读和翻译都意味着对原文的重构,译作和原作是延续和创生的关系,通过撒播、印迹、错位、偏离,原作语言借助译文不断得到生机,原作的生命才得以不断再生。

再譬如对女性主义理论的应用,不仅张扬了女性译者的主体意识,它还直接影响到女性译者的翻译策略:她们借助补充(supplementing)、加注与前言(footnoting and prefacing)、劫持(highjacking)等策略,赋予译本以强烈的女性主义意识。

至于其他一些文化理论,如当代阐释学理论、后殖民理论、目的论等,也都为当代西方翻译理论提供了新的研究视角,从而赋予当代西方翻译研究以新的面貌。

最后,不无必要一提的是,翻译研究的文化转向其实并不仅仅局限于我们所说的文化学派。最近二三十年来一批从语言学立场出发研究翻译的学者,像哈蒂姆(Basil Hatim)、梅森(Ian Mason)、豪斯(Julian House)、斯奈尔-霍恩比(Snell-Hornby)、莫娜·贝克(Mona Baker)等,也正在尝试借鉴语言学的特定分支或特定的语言理论,如批评话语分析、系统功能语法、社会语言学、语用学、认知语言学等,将非语言因素纳入他们的研究视野,创建关于翻译的描写、评估或教学的模式,在探讨翻译语篇问题的同时也揭示世界观、意识形态或权力运作对翻译过程和行为的影响。他们的研究在一定程度上也同样透露出向文化转向的迹象和特征。他们不再像以往的语言学派学者那样把翻译仅仅看成是语言转换的过程,而同样意识到翻译是体现和推动社会的力量。在他们的理论框架和具体分析中，我们可以发现现代语言学以及翻译的语言学派对语言和社会关系的新认识。这些迹象表明，也许在当前西方的翻译研究界正在形成一支有别于以奈达等为代表的老一代语言学派的新一代语言学派，也许我们可以把他们称之为当代西方翻译研究中的"第二代语言学派"？当然，目前这还仅仅是我个人的一个很不成熟的假设，我很希望对此现象感兴趣的专家学者对之能做进一步的科学论证，这对我们国内译学界全面深入认识西方翻译中的语言学派无疑是非常有益的。

国外译学界发生的这两个"转向"，尤其是其中的"文化转向"，与我们已经习惯熟悉的立足于经验层面的翻译研究传统显然大异其趣，因此必然会对我们国内译学界产生很大的影响，在某种程度上甚至还会带来巨大的挑战。因此，如何全面把握当前国外翻译研究的最新理论走向，正确、理智应对当前国外翻译研究发生的一些最新变化，恐怕是我们每个从事翻译研究和教学的教师和科研人员，每个选修、研习当代国外翻译理论课的研究生和青年学者，应该予以认真、严肃思考的问题。这里我想提出三点个人的想法，供大家参考。

第一，我觉得我们在研究当代国外翻译理论时，首先要转变一下在我国翻译界一个比较根深蒂固的观念。如所周知，在我国翻译界有相当一部分翻译家，也包括一部分翻译研究者，他们总认为当代国外的一些翻译理论，包括借鉴自各种文化理论的翻译理论，诸如解构理论、性别理论、后殖民理论、多元系统理论等，都是西方学者提出来的，它们属于西方，它们不适合中国的国情，它们只能解决西方翻译中的问题，它们不能解决中国翻译中的问题。更有甚者，他不去对西方的翻译理论做一番认真深入的调查和研究，仅凭着自己的主观印象，就轻率断言，"西方译论只能解决低层次的科技翻译问题"，只有"中国译论才能解决高层次的文学翻译问题",等等。

这种把理论简单地划分为东方和西方的做法,让我想起了几年前在一次学术会议上听到的北京大学严绍璗教授所说的一番话。他说:"我们以前一直以为现代化是属于西方的,于是搞现代化就意味着搞西化。这种看法其实是不对的。现代化并不只属于西方,它是人类社会发展的必然阶段。"我觉得这话说得太对了。是啊,现代化的确并不只属于西方。人类发展到一定的阶段,就必然会进入现代化阶段,从茹毛饮血到熟食,从学会用火到学会用电、用天然气、用核电等,只不过是时间的先后而已,但人类迟早都要进入这个阶段。

如果说,自然科学给我们带来的是生活方式、工作方式、学习方式、物质条件等方面的改变的话,那么,社会科学、人文科学给我们带来的就是思维方式、认知角度、研究方法等方面的改变了。我在这里不需要举马克思主义的例子,因为我想没有人会以为马克思主义只属于西方,尽管这个理论是一位西方人提出来的。我就以操控学派的翻译理论为例,这个理论提出了翻译与政治、翻译与意识形态、翻译与特定民族的文学观念等因素之间的关系。翻译中的这些关系,难道仅仅是属于西方的吗?操控学派对这些关系的研究和分析,难道对我们没有借鉴意义吗?而国内译学界之所以有人对西方译论持拒斥态度,我觉得,这些人恐怕是把理论的发明权与某一理论所阐明的规律、所提供的认识事物的角度、研究方法等之间的关系混淆了。理论的发明权是有明确的归属的,但理论所提供的认识事物的角度、方法等,却并不局限于发明者本人所属的民族或地域。我想我们大家一定会同意这个结论:人类的先进文化并不只为某一方(西方或东方)所特有,它属于全人类。同样,先进的、科学的译学理论,它们是相通的,也并不为某一方所特有。翻译研究的一个重要任务就是要把理论、思想从某个特定民族的语言的"牢笼"下解放出来,让这些理论、思想归全人类所有。而我们某些从事翻译教学、翻译研究的同行们，反而要把这些已经"解放"出来的理论、思想，贴上"西方"的标签，然后坚决拒之门外，这不是很奇怪吗？

第二，我觉得我们还要改变一种思维方式。在我国翻译界有一种非此即彼、把不同译学理论对立起来的思维方式。在某些人看来，中国和西方的译学理论是对立的，语言学学派与文艺学学派是对立的，规范学派与描述学派是对立的，甚至认为从事翻译实践、从事翻译教学的人与从事翻译理论研究的人也是对立的。事实其实并非如此。不同国家、不同流派的理论，只是所要寻求解决的问题不一样，看问题的角度不一样，研究的层面和领域（范围）不一样，但他们研究的对象——翻译——是一样的，探讨的问题更是不乏相通之处。语言学派更多关注语言层面上的事，关注文本以内的问题，它回答不了文艺学派关注的问题，但同样，文艺学派也解决不了语言学派提出的问题；规范学派关心的是"怎么译"，而描述学派则要回答"为什么这么译"。这里不存在一个流派或学派颠覆另一个流派或学派的问题，它们是互为补充、相辅相成的。

当代国外（主要是西方）翻译理论的发展趋势是越来越多的学者从文化层面上去分析翻译现象，而并不关心如何翻译的问题。这与中国翻译界的现状相差很远，中国翻译界一直非常关心如何翻译、如何提高翻译的质量问题。于是，中国翻译界就有人以为西方的翻译理论没有用。其实，这是各人思考问题的层面、研究目标和要解决的问题不同，但它们彼此并不矛盾，也不对立。国内曾有学者担忧，引进当代西方的翻译理论后，我们是不是翻译时就不要讲"忠实"了，还有学者撰文称解构译论把我国译论中的"化境论""消解"掉了，等等。这些看法其实都是对当代西方译论的误解。

第三，我觉得我们要跟上当前国际译学研究的最新进展，就要努力关注国外学术界的前沿理论,同时积极、主动地调整我们自身的知识结构。从事翻译教学和研究的人员,大多是外语出身。按理说,多掌握一门外语,就等于多打开了一扇了解世界的窗户,多一份直接接触国外第一手材料的能力,我们的视野应该比其他学科的人更加开阔才是。但是,事实上,与中文系、哲学系、历史系的人相比,我们在知识面、在理论修养、在逻辑思维等方面,反而不如人家。这其中的原因,我觉得也许是跟我们的教学体制、教学的指导思想有关吧。我们的外语院系多把掌握外语作为最终目标,而不是把外语作为一种研究或从事某项工作的手段。这与国外、海外大学里的外语系不一样,与我们国家 1949 年以前大学(如北京的清华、上海的圣约翰等)的外语系也不一样。我们今天的外语系,就是学习外语,如果说有理论的话,那就是很少的一点语言学理论。知识面方面,也就是相当肤浅的一点有关语种的国家的文学史知识而已。

前不久曾听说有人在一次翻译研讨会上批评说,现在一些搞翻译理论的人的本事就是把简单的事情复杂化,把文章写得人家看不懂。此话一出,还博得一阵颇为热烈的掌声。其实,这话是似是而非、既对又不对的。说它对,是因为目前我们国内是有一些作者在写文章时,自己还没有弄懂相关理论的意思,便生搬硬套甚至故意卖弄一些外来的理论术语,这样的文章是有问题,读者是看不懂。但这话又有不对的一面,因为它只看到作者一方的问题,却没有看到读者一方的问题。因为通常理论文章都不可避免地会使用一些专门的甚至不无偏涩的理论术语,譬如我们前面提到解构理论时提到了"撒播、印迹、错位、偏离"等术语,如果读者不具备基本的理论修养,对这些术语不了解,他(她)如何可能读懂德里达(Jacques Derrida)的文章呢? 就如一位读者,他(她)如果都不知道"能指、所指"、只知道"手指",那他(她)能读懂索绪尔的语言学论文吗? 可见,看不懂理论文章的责任并不只是在作者一方,有时读者一方也是有责任的。

所以,我觉得我们一方面要反对那些故弄玄虚、生搬硬套外国理论的文章,但另一方面也要正视自身的不足,不要作茧自缚,自满自足,自以为是,而要保持一种开放的心态,努力关注前沿理论,积极、主动地调整自己的知识结构,防止已有知识的老化、僵化、教条化,这样才能跟上时代的发展,适应时代的需要。

《当代国外翻译理论导读》（第二版）后记[①]

本书第一版于 2008 年 5 月推出，推出后即受到国内外语界和学术界的欢迎，有读者反映说："这本书不光对从事翻译研究有帮助，其实对从事文学研究的师生，包括从事外国文学研究的、也包括从事中国文学研究的师生，都非常有用。"事实也确实如此，因为本书介绍的这些翻译理论都不是简单地讨论"怎么译"的问题，而是从更高的文化层面把翻译作为一个跨语言、跨文化交流的行为和活动予以审视和考察，这就大大拓展了人文学者的研究视野，给予我们的人文和社科研究以诸多新的启迪。也许就是因为这个缘故吧，所以本书于 2008 年首次印刷出版后，尽管多次印刷，仍不断售罄。

转瞬 10 年过去了，今年年初当初首先对我提出的这个选题表示大力支持的南开大学出版社的张彤女士又主动与我联系，她觉得当前正值国内翻译学科建设和翻译研究方兴未艾之际，此书首版尽管出版于 10 年前，但现在在国内学术界和高等教学界还是很受欢迎的，不少学校都把它用作翻译理论课的教材或主要参考书，更何况本书介绍的这些理论流派

① 谢天振主编：《当代国外翻译理论导读》（第二版），南开大学出版社，2018 年。

至今仍然有现实意义,价值仍在,并没有过时,所以张彤女士问我是否愿意推出本书的第二版。对此我欣然表示同意,但要求她给我一点时间,以便我和我的团队成员利用这次再版的机会,对全书重新进行一次校译,以便对初版本中存在的问题进行改正。对此要求张彤女士自然也没有异议。

事实上,就在《当代国外翻译理论导读》(以下简称"导读")第一版出版发行的这10年时间里,我就已经收到过好几位圈内同行朋友的电子邮件和微信,一方面他们对我们这本"导读"给予高度评价,认为我们这本"导读"无论是从对当前国外翻译理论流派的划分确定,还是从对这些流派代表学者及其代表论文的选择,以及为配合每一章、每一篇翻译论文所撰写的导读文字,都表现出对当代国外翻译理论流派的深刻认识和确切把握;另一方面,他们也非常坦率地把他们在阅读和使用本书过程中发现的问题(主要是本书译文中涉及的翻译问题,对原文尤其是核心理论术语的理解和译文的表达等)直言不讳地告诉我。这些邮件和微信我一直保留着,它们为我们这次再版前的重新校译修订提供了很大的帮助。

这里我要特别感谢北京外国语大学的马晓冬教授。她利用自己的寒假,对我们这本"导读"中的两篇文章进行了相当详细的、几乎是逐字逐句的校勘,对其中的15句句子的翻译进行了非常具体的分析,指出了其中的误译或不妥之处,同时还提供了她自己的译文供我们参考。她还建议我们对"导读"中转译自其他语言的论文,最好请懂原文的专家学者帮忙对照原文校译一遍,这样可以避免把英译文中的错误带到中译文中来。

马晓冬教授的这个建议显然很有道理,我们这次在校译的时候也确实接受了她的建议,特别是对"导读"中那篇转译自法国翻译理论家贝尔曼的《异的考验》一文。我知道复旦大学法语系的袁莉教授对此有过专门研究,于是我向袁莉教授发去电邮求助。袁莉教授慨然答应帮忙,把中译文和英译文对照着法文原文仔仔细细地校译了一遍，指出了好多处英译文与法文原文不一致的地方，譬如法文原文中论及的变形倾向是 13 种，但在英译文中却成了 12 种。后来经我们该文的译者与英译者美国著名翻译理论家韦努蒂直接联系，发现韦努蒂据以翻译成英文的那篇法文论文是发表在加拿大一份杂志上的，与袁莉教授所据的 1985 年版和 1999 年版的贝尔曼法文论文原文确实存在稍许不一致的地方。对此我们在该文的相关译注中也做了说明。袁莉教授也对我们的翻译、特别是一些关键性的术语表述提供了不少建设性的建议。在此，我们也要向袁莉教授表示衷心的感谢。

与此同时，我还要向我这本"导读"的翻译团队成员表示感谢。回想十余年前我组织她们翻译此书时，她们大多还属青春年少，精力旺盛，生活、工作的目标相对比较单一，对参与"导读"的翻译也兴致盎然。但如今十多年过去了，她们一个个人到中年，上有步入老境的父母公婆需要照顾，下有已经上学的孩子需要操心，本人在学校里又都是教学科研的骨干，工作担子正好是最重的时候。在这个时候，要她们抽出时间来把十几年前翻译的学术论文再重新仔细地核对原文校译一遍，委实不易。但她们都二话不说，如期完成了这次的校译任务，且都做得非常的认真和仔细，这让我非常感动。

为了把这次的校译工作做得尽可能仔细些，我还发动了目前正在广西民族大学从我读博的两位青年副教授张静和蓝岚，请她们也分别帮我把"导读"中的相关译文对照原文进行一次仔细的梳理和校勘。翻译无止境，校勘也无止境，所以尽管我们的几位译者都已经非常仔细地对自己的译文进行过校译了，但她们俩还是帮我发现了一些问题。在此我也向她们两位表示感谢。

如所周知，学术论著的翻译不同于文学翻译。如果说，文学翻译更注重译文的文学性、灵动性的话，那么学术翻译恐怕更关注对原作的思想、观点、论证过程以及论据（包括数据、案例）等信息传递的完整性和严谨性。因此，学术论著的翻译要强调逐字逐句地翻译，尽可能一个词都不要遗漏。然而，尽管我们意识到了这一点，但在具体进行学术论著的翻译时是否能真正做到这一点，却还是存在很多问题的。事实上，我们这次在对我们十余年前的旧译进行校译、校勘时，就发现了好多处漏译乃至误译、错译的地方。虽然经同行朋友的帮忙以及译者们自己的努力，我们对这些漏译、误译和错译进行了修正和弥补，但肯定还是会有不少问题的。我们期待圈内的专家学者和广大读者继续不吝批评指正。

谢天振

2018 年 9 月 16 日于广西民族大学相思湖畔

"翻译专业必读书系"总序[①]

    翻译和翻译研究在我国应该说有相当悠久的历史了，有人根据《册府元龟》里的一则记载，推测中国的翻译活动距今已经有 4300 年左右的历史[②]。还有人把三国时期支谦写的"法句经序"推作中国翻译研究第一篇，据此声称中国见诸文字的翻译研究至今已有超过 1700 年的历史了。这些事实，自然让我们感到自豪。然而与此同时我们也必须面对一个事实，那就是翻译学的学科建设在我们国家的发展一直比较缓慢。其中原因，我们以为恐怕与长期以来我们对翻译学作为一个独立学科的性质认识不足有关。尽管从 20 世纪 50 年代起，在越来越多的发达国家，甚至在一些第三世界国家的高等院校里，翻译和翻译研究已经发展成为一门学科(an academic discipline)、一门"毫无争议的独立学科"，然而在我们中国内地的高等院校里，翻译更多的是作为外语教学或学习的手段，所以它的位置也就更多地放在相应的外语学科之下。而翻译研究往往只是作为某一外

———————

① 本文为北京大学出版社出版的"翻译专业必读书系"的总序，"书系"由谢天振和柴明颎教授共同任总主编，总序在刊印时也由两人共同署名。

② 《册府元龟》里的《外臣部朝贡》有一条记载："夏后即位七年，于夷来宾。少康即位三年，方夷来宾。"参见马祖毅：《中国翻译简史——五四以前部分》，中国对外翻译出版公司，1984 年，第 1 页。

语学科下面的一个"方向",譬如在英语语言文学学科下有一个"翻译方向",这个"方向"的硕士生和博士生可以研究翻译,撰写关于翻译的学位论文,但他们得到的学位仍然是英语语言文学专业的学位。20世纪90年代初,曾有过短暂的一两年时间,在我国国家教委(现教育部)颁布的学科目录(见诸少数几所高校的研究生招生目录)中出现过"翻译理论与实践"的硕士学位点,但后来很快就消失了。再后来,翻译就作为应用语言学下面的三级学科了。这种变化的背后从一个方面反映出了当时我国学界对翻译学学科性质的认识和对它的定位。

值得庆幸的是,党的改革开放政策给我国的翻译研究和翻译学的学科建设注入了前所未有的活力。自20世纪80年代以来,我国翻译界的理论意识空前高涨,学科意识也日益觉醒,于80年代后期译学界已经明确提出了"建立翻译学"的口号,至90年代译学界的有识之士都已认识到,"翻译学之在国际上成为一门独立'学科'(discipline)已是不争的事实"。我们现在应该做的,就是要"加强与国际译坛的对话,借鉴引进国外最新的翻译理论,结合中国翻译的历史与现状,加强翻译学科的理论建设和学科建设,迎头赶上世界潮流,为国际翻译学科的发展做出我们的贡献"。终于,在进入21世纪以后,上海外国语大学和广东外语外贸大学相继建立了独立的翻译学硕、博士学位点。此事不仅是从学科体制上对翻译学学科地位的确认,它更为我国内地高校的外语院系提供了一个新的学科和学术生长点。紧接着,国务院学位委员会于2007年1月正式通过设立翻译专业硕士学位(Master of Translation and Interpreting,简称MTI),同年包括北大、上外、广外在内的15所院校获准开始招收MTI硕士生,从此拉开了我国翻译专业教学的帷幕。

翻译学硕、博士点和MTI学位点的建立,对翻译学学科理论的研究、对翻译专业教学的理念探讨,以及对翻译专业教材的编写等,却是一个巨大的挑战。长期以来,我们一直把翻译和翻译研究视作外语教学和研究的一个附庸,如今我们要把它作为一门独立的学科来建设,来发展,就必须从理论上深入阐释它与传统外语学科中的翻译教学与研究的实质性的区别。20世纪80年代以来,随着外语学科的大发展,各个语种、各个层次的翻译教材层出不穷,成百上千,那么我们今天编写的翻译教材又该怎样体现翻译学的学科特性呢? 为此,我们邀集了国内翻译学领域内的著名专家学者组成一个编委班子,策划推出一套"翻译专业必读书系",以期对国内刚刚起步的翻译学学科理论建设和教学教材建设尽我们的绵薄之力。

本"书系"由两个开放的系列组成。第一个系列是与MTI课程设置相配套,可作为MTI教学选用的教材系列。这套系列同时也能作为广大报考翻译专业(方向)研究生学位考生的考研参考书,或作为进入正式MTI教学训练学习的教学用书。目前正在编写的有:MTI专业笔译教材(一套四册),MTI专业口译教材(一套四册),《简明中国翻译思想史》《简明西方翻译思想史》和《西方文化概要》。第二个系列是与翻译学学科理论建设相关的译学理论专著,拟成熟一本推出一本。

无论是MTI的教材编写,还是翻译学作为独立学科的理论探讨,都是充满挑战的全新事业。我们深知自己才疏学浅,本"书系"肯定存在不少不足之处,我们殷切期望国内外专家学者以及广大师生读者不吝指正。

《中西翻译简史》前言^①

　　自20世纪80年代以来，大陆译学界在中西翻译史课程的设置以及相关著述的编撰方面，取得了比较引人注目的进展。在80年代和90年代初，马祖毅的《中国翻译简史（"五四"以前部分）》、陈玉刚主编的《中国翻译文学史稿》、谭载喜的《西方翻译简史》相继问世，从而开启了国内译学界编撰中西翻译史类著述的帷幕。此后，翻译史类的著述，尤其是中国翻译史和中国翻译文学史类的著述，前"出"后继，甚是热闹。

　　但是在这热闹的编撰出版过程中，有一个现象引起了我们的注意，那就是自从第一本中国翻译史和第一本西方翻译史问世以来，中西翻译史的编写、包括课程的开设，一直都是各行其道，互不搭界的。似乎中国翻译史和西方翻译史是性质迥异、无法相互沟通的两回事。

　　有没有可能把两者有机地融合在一起，把它们作为一个有机的整体予以审视、考察，甚至进行整体性的全面分析和思考呢？这一方面是因为目前有些专业，如国内近年刚刚推出的翻译硕士专业（MTI）的课程设置有这样的需要，对于目前正在试点的翻译系，乃至外语专业翻译方向的高

————————

① 谢天振等：《中西翻译简史》，外语教学与研究出版社，2009年。

年级本科生来说,同样也有这样的需要,因为这些专业都不可能有足够的时间为学生分别开设中国翻译史课和西方翻译史课。与此同时,让翻译专业或方向的学生对中西翻译史有一个总体的了解又很有必要。而另一方面,这也是一个更为积极、更有意义的努力和尝试,也就是把中西翻译发展史作为人类文明发展史上一个具有共性的文化交际行为,一个与译入语民族、国家的社会、政治、意识形态、诗学观念都有着密切关系的文化交往行为,整合在一起,以探索其共同的发展规律,同时又把它们作为两个各具特色、各自独立发展的操不同语言的民族间的文化交流活动,予以互相观照,互证互识。

事实上,当我们把中西翻译活动的发展轨迹及其译学观念的演变过程放在一起予以审视、考察的时候,我们很容易就发现两者之间不乏共同点。

首先,两者(指笔译)的滥觞及大规模的展开都与宗教文献的翻译具有密不可分的关系:西方是《圣经》的翻译,中国是佛经的翻译。这一共性正是中西翻译界"原文至上"翻译观、"忠实"翻译观的由来。不难想见,当中国和西方古代的译者们全身心地投入《圣经》和佛经文献的翻译中去时,他们绝对都是把原文放在一个至高无上的地位上的。他们逐字斟酌,逐句推敲,谨小慎微,殚精竭虑,唯恐在翻译时稍有不慎而影响忠实地传递原文的思想,从而亵渎了上帝的旨意、佛祖的教诲。回顾两千多年的中西翻译史,我们可以发现,这种翻译观实际上一直延续到后来对文学名著的翻译,对社科经典的翻译。直到20世纪50年代以后,由于职业翻译时代的来临,翻译的对象由原先的以宗教文献、文学名著、社科经典为主要翻译对象演进到了以经济、科技、媒体、商业、娱乐等非文学性质的实用文献为主要翻译对象以后,这种翻译观才遭到了挑战,并引发译学研究者们的反思。不过尽管如此,这种翻译观至今还是大有市场,而且从某种意义上而言，这种传统的翻译观目前仍然在我国大陆的翻译界、甚至译学界占据着主流地位。

其次，无论是在中国还是在西方，翻译在传播知识方面都发挥了巨大的作用。当我们把中西方翻译在传播知识方面的贡献放在一起进行考察时，这种作用也就得到了进一步的彰显。在西方，如所周知，继巴格达翻译中心之后的西班牙托莱多"翻译院"的翻译活动，他们通过把阿拉伯人翻译的古希腊、罗马的自然科学、哲学、神学等古典典籍以及阿拉伯人自己的学术著作翻译成拉丁文，为西方世界提供了学习的源泉。正是通过阿拉伯人翻译的希腊罗马古典典籍，西方人才开始接触到了大量的古典文化，从而推动了自己的文艺复兴，也推动了西方封建社会在 11 世纪进入了一个全盛时期。而对于中国来说，明清时期的科技翻译在传播西方的科技文献、促进中国的科技进步方面，同样也是居功至伟的。正是通过这一时期的翻译，西方的天文历法、数学、物理学、机械工程学，甚至兵器制造技术等方面的著作被大批引入中国，从而极大地推动了中国自然科学和工程技术的发展。

再次，翻译对各国民族语言的确立和发展所起的作用，在西方和中国也都不乏明显的共同点。西方翻译史上，马丁·路德的《圣经》翻译对德语语言的统一和发展、对确立现代德语起到了极其重要的作用，而《圣经》的英文翻译也同样对丰富英语的词汇、表现手段等，促进英语朝现代英语的发展，贡献卓著。至于中国，佛经翻译对丰富汉语词汇所起的作用、20世纪上半叶的文学翻译对我国现代白话文的确立和发展所起的作用等，也都是众所周知、毋庸赘言的。

最后，无论中西，翻译在传递外来的社会文化价值观方面也同样都扮演了至关重要的角色。在西方，譬如在文艺复兴时期之初以及在此时期之中，人文主义精神的发掘、传播和发扬，都在很大程度上得益于对古代希腊、罗马经典文献的翻译,得益于欧洲各国、各民族之间的文学作品、社科经典文献的翻译和出版。在中国,清末民初严复等人对《天演论》等西方社科名著的翻译,让国人认识了进化论等西方先进思想,而"五四"前后起我们对马克思主义著作的翻译,更是极大地刷新了国人的世界观,并最终导致国家社会制度的改变。其功用以"惊天动地"形容之,都不为过。

然而,中西方翻译的发展又有其各自独特的表现,并不完全相同。

首先,由于宗教在中西两地社会政治生活中扮演的角色不一样,在西方,宗教有着严密的组织,在相当长的时期里在国家政治生活中甚至占据着举足轻重的地位,因此在西方《圣经》翻译的影响与佛经翻译在中国的影响就不可同日而语。在中国,佛教尽管也曾经得到最高统治者的信奉和支持,但它从来也不曾成为一种全民的宗教行为,它永远也不可能凌驾于皇权之上。所以中国的佛经翻译,其影响更多存在于民间文化之中,其影响所发挥的作用也更多表现为一种潜移默化的形式,诸如世界观的改变、语言的渗透、文学作品中对佛经故事情节的借用等。

其次,由于中西两地的民族特性差异,中华民族比较务实,而西方民族崇尚思辨,这使得两地翻译理论的发展路径也有所不同。如果说在翻译的早期两者还有较多相似之处的话,那么越到后期,两者的翻译理论的发展趋向差异就越大:西方翻译理论较早就出现了施莱尔马赫的解释学思想,洪堡的语言哲学思想,以及本雅明的解构翻译思想,而中国的翻译理论则在很长一段时期内一直停留在实践经验感悟的层面,这也就是为什么发展到当代翻译研究后,两者在理论趋向上的分叉会越来越大的原因。

正是鉴于以上认识,所以我们就想做一个尝试,即把中西翻译发展的历史放在一起进行描述,编一本《中西翻译简史》,在这本书中既强调中西翻译发展中的共同点,也展示两者发展过程中的各自的独特性。在编写原则上,本书强调"三抓":一抓主线,即抓住中西翻译史上的主要事件;二抓主角,即抓住中西翻译史上的主要代表性人物;三抓主题,即中西翻译史上最有代表性的翻译思想和理论。与此同时,在叙述上力求做到要言不烦,突出三"主"(主要事件、主要人物、主题),从而为教师们在执教这门"中西翻译简史"课时留下足够的发挥空间。

但是要把中西翻译发展史作为一个整体进行描述,这对整本书的结构编排是一个很大的挑战。它当然也可以像传统的翻译史著作那样,从历时的角度,根据中西翻译史的两条发展线索进行编排,从而让读者可以很清晰地掌握中西翻译史的两条发展脉络。但是考虑到本教材的使用者主要是翻译硕士专业研究生,他们中的大多数人在本科阶段对中西翻译史的基本发展脉络已经有所了解,因此本教材把目标定在让学员们通过本书的阅读和学习,对中西翻译发展史有一个整体的把握,甚至确立一个中西翻译发展史的整体观。从这个立场出发,所以我们没有采用传统翻译史的历时编排和描述的方法,而是采用了以共时展现的平行叙述为主、同时辅以历时梳理的编写方法。也即主要通过几个大的共同的主题把中西翻译史的发展脉络有机地融合在一起,从而让读者真切地感受到中西翻译发展史是人类一个共同的文化交往、交际行为。与此同时,也设立几个章节,从宏观的角度,对中西翻译发展的脉络线索、翻译思想的演变轨迹,进行历时的梳理。

具体而言,本教材的第一、二章从宏观的角度对中西翻译史上的主要阶段进行划分。值得注意的是,我们在这两章里提出了中西翻译史发展阶段划分的新的依据,即依据中西翻译史上特定历史阶段的主流翻译对象进行划分,从而把中西翻译史划分为三个大的历史阶段,即宗教文献翻译阶段、文学翻译阶段和非文学(实用文献)翻译阶段。当然,不无必要指出的是,中西翻译史的三大发展阶段在时段上并不一致,对西方翻译史来说,它的第一阶段从古希腊、罗马时的《圣经》翻译算起,至文艺复兴开始第二阶段,而20世纪中的第二次世界大战的结束则意味着第三阶段的开始。但对中国翻译史来说,它的第一阶段延续的时间就要长得多,从最初的佛经翻译算起,一直要延续到19世纪末。这是因为中国翻译史上成规模、成气候的文学翻译直至19世纪末梁启超发表了"译印政治小说序"、林纾推出了《巴黎茶花女遗事》才正式拉开帷幕。至于中国翻译史上的第三阶段,也即以实用文献为主流翻译对象的阶段,也要迟至20世纪80年代末才正式开始,其时中国经济全面开放,孕育、催生了中国真正意义上的翻译市场,中国的翻译事业也正式步入了职业化时代。

在对中西翻译史发展阶段进行重新划分的基础上,我们提出了一个比较重要的新观点,即在我们看来,中西翻译史上的译学观念与各发展阶段的主流翻译对象有着密不可分的关系。从某种意义上而言,特定历史阶段的主流翻译对象是形成该历史阶段的主流译学观念的重要制约因素。譬如,正是中西翻译史上第一阶段的主流翻译对象——宗教文献——奠定了人类最基本的译学观念,诸如"原文至上"观、"忠实原文"观等。第二阶段的主流翻译对象——文学名著、社科经典——在继承、肯定第一阶段译学观念的基础上,又进一步丰富、深化了人类的译学观,并提出了许多关于翻译的新思考,诸如"翻译的风格"问题、"翻译的文体"问题、"形式与内容的矛盾"问题等。人类译学观念的实质性变化出现在第三阶段,这是因为这一阶段的主流翻译对象——实用文献——不像此前两个阶段的主流翻译对象那样具有"神圣性"和"经典性",实用文献的翻译更注重翻译的功效,这样"忠实"就不再是翻译活动唯一的和最高的准绳。因此,这一阶段的译学观念引入了许多新的思考维度。

综观中西翻译史,我们可以发现,不光是在译学观念的演变上具有许多共性,在具体的翻译活动展开、进行,以及翻译在中西两地所起的作用、所产生的影响方面，更是不乏共同之处。本教材以"翻译与宗教""翻译与知识传播""翻译与民族语""翻译与文化价值的传递"和"翻译与当代各国的文化交流"五个主题为切入点，全面检视了中国的佛经翻译和西方的《圣经》翻译、中西方古代的科技文献翻译、翻译对中国以及对欧洲各国民族语言发展所起的作用，以及翻译在向中国和西方各国传递先进的文化价值观、推动各国各民族之间的文化交流等领域所作的贡献。这五个主题也构成了本教材第三至十三章的主要内容。顺便可以一提的是，在平行叙述中国的佛经翻译和西方的《圣经》翻译时，我们特地增加了一章，专门叙述《圣经》在中国的翻译，这是许多中西翻译史类教材所没有的。但这个内容的增添，拉近了《圣经》翻译与中国读者的距离，同时也为我们更加全面深刻地认识宗教典籍的翻译，提供了新的视角。

第十四章"中西翻译思想和理论"是从宏观的角度对中西翻译思想、理论的演变轨迹进行梳理。我们把西塞罗和泰特勒定为西方传统译论的起点和终点人物，是因为前者是西方翻译史上最早比较系统地阐述翻译观点的人，而泰特勒则是西方翻译史上第一个明确提出翻译三原则的学者，影响较大。从时间上看，也许德国的施莱尔马赫和洪堡的活动时间要比泰特勒更长一些，前两者要活到19世纪30年代，而泰特勒于1813年就已经去世。但考虑到泰特勒的主要贡献是在翻译研究领域，而施莱尔马赫和洪堡的贡献不限于翻译研究领域，因此我们还是把泰特勒定为西方传统译论终结期的代表性人物。

对于中国传统译论的定位，把支谦定为中国传统译论第一人，应该不会引起太多争议。如所周知，他的《法句经序》是中国翻译史上第一篇见诸文字的讨论翻译的文章，他的"因循本旨，不加文饰"的翻译观点在中国翻译史上也影响深远，颇具代表性。然而把谁定为中国传统译论的终结者，却是颇费思量。目前比较通行的做法多是把严复视作中国传统译论的最后一人。但我们经过仔细思考后觉得，继严复之后，傅雷、钱锺书两人提出的翻译观，不仅影响深远，在精神实质上与严复乃至严复之前的中国传统译论是一脉相承的。中国译论进入当代多元时代是在 20 世纪 80 年代后期。因此之故，我们把第十四章第二节的标题定为"从支谦到钱锺书"。

不无必要说明一下的是，我们在这一章的第三节对当代西方翻译思想的最新进展进行了描述和介绍，却没有设立专门一节介绍当代中国翻译思想的最新进展。这是因为我们觉得，虽然最近二三十年来我们国家的翻译思想和理论空前活跃和丰富，但许多思想和观点还没有形成定论，作为教材该如何介绍这些思想和观点，我们还没有把握，所以这一内容只能暂付阙如了。

本教材的最后一章引述了较多的国内外材料，结合"二战"以后世界各国翻译的职业化趋势，对当今国内乃至国外的翻译现状进行了介绍，并从这一大背景出发，分析了翻译专业教学的特点以及翻译学科建立的历史必然性。本章还专门讨论了机器翻译和网络翻译这些极富当代时代特征的翻译活动和现象，这是其他翻译史类教材所没有的，但对学生和读者了解当代翻译的发展趋势、认清翻译学的学科本质，却不无裨益。

这里，我们还想对使用本书作为翻译硕士专业（MTI）研究生教材的教师提一点建议以供使用时参考。

本教材教学方法有两种方法可以采用：一是就按照本书的序列一章一章地教，十五章正好可用作十五周的教学。另一种方法是打乱次序，以第一、二章为纲，在讲授每一节的内容时，引导学生自己去阅读后面的相关章节。譬如，在教授第一章第二节"宗教典籍开启了中西翻译史的帷幕"时，可以与后面第三、四章的内容结合起来学习和讨论。又譬如，在教授第一章第四节时，就可以与第十五章的内容结合起来学习和讨论。第十四章"中西翻译思想和理论"同样可以作为进行教学时的一条主线，在教学时引导学生结合前面各章的相关内容进行思考。由于本书在编写理念上致力于建立一个中西翻译史的整体观，所以本书各章的内容并不是相互截然无关的，而是相互之间有颇多重叠和呼应，如果在教学过程中我们经常引导学生注意各章之间的相互关联，可能会有助于学生建立起这样的整体观。

把中西翻译史两条表面上看似互不相干的发展脉络组合在一起，作为一个整体予以分析和描述，对中西翻译史的发展阶段根据其特定时代的主流翻译对象进行新的阶段划分，这些都属于中西翻译史编写领域比较新的探索和尝试，肯定存在诸多不成熟、不周全甚至谬误之处，在此我们恳切希望相关专家学者和师生，以及广大读者批评指正！

《比较文学与翻译研究》（复旦版）代序^①

我走上比较文学的道路有点出于偶然。20世纪70年代末80年代初,我正在上海外国语学院(现上海外国语大学)师从廖鸿钧教授攻读俄苏文学硕士学位。一天在翻阅当时还属于"内部发行"的《外国文学动态》杂志时,一则学术报道引起了我的注意。该报道说有一位美国学者李达三(John Deeney)在北京作了一场学术讲座,此人的身份是"比较文学教授"。"比较文学? 什么是比较文学?"这则报道激起了我强烈的好奇心,我于是遍翻当时可以找到的工具书,但当时国内已经出版的工具书里都没有关于"比较文学"的介绍。与我同宿舍的英美文学专业的研究生见我对比较文学如此好奇,便对我说,他可以帮我去问问他们的外籍专家,此人是美国文学专家和文学理论家,也许知道。结果那位美国教授借了一本书给我说:这上面就有关于比较文学的内容。这本书就是后来在中国流传甚广的韦勒克(René Wellek)与沃伦(Austin Warren)合著的《文学理论》,里面第二章的标题赫然就是"民族文学、比较文学和总体文学"。

借得韦勒克与沃伦的《文学理论》后,我如获至宝,回来后就一遍又一

① 谢天振:《比较文学与翻译研究》,复旦大学出版社,2011年。

遍地用心研读。接着,结合自己的心得体会及收集到的有关材料,写了一篇《比较文学漫谈》,发表在 1980 年的《译林》杂志上。这也是当时国内报纸杂志上继周伟明、季羡林两位先生之后倡导比较文学研究的第三篇文章。此后不久,我研究生毕业留校工作,学校根据我的意愿,把我分配在刚刚建立不久的语言文学研究所。新成立的上外语言文学研究所首任所长是著名的乔叟研究专家、陶(渊明)诗英译专家方重教授,但主持研究所科研、教学等日常工作的是时任常务副所长的廖鸿钧教授。廖先生以其敏锐的学术眼光察觉到比较文学这门当时在中国才刚刚冒尖的新兴学科的无限发展前景,所以当机立断,把比较文学确立为上外新组建的语言文学研究所的主攻对象,并主持编辑出版了一本内刊《外国文学与比较文学》。我留校工作以后,他即任命我负责筹办一本可以公开出版的比较文学杂志——《中国比较文学》。

筹办国内第一本专门的比较文学杂志,对我这样一个刚刚走上学术道路的青年学人来说,是一个极富挑战性的任务,压力很大。好在当时一批学界前辈都对此事非常关心,并给予了极其热情的支持。季羡林先生欣然接受担任杂志主编,并在北京大学他的办公室里专门为组建杂志编委的事召开了一次工作会议。在会上,他点名请李赋宁、杨周翰两位教授出任杂志的编委,两位教授也欣然从命。接着,我又去拜见了中国社科院外国文学研究所的冯至、叶水夫教授,文学研究所的唐弢教授和北京外国语学院(现北京外国语大学)的王佐良教授,同样得到非常热情的支持,并决定由叶水夫、杨绛、唐弢、王佐良、周珏良教授出任《中国比较文学》杂志的编委。在南京,我分别拜访了范存忠先生和赵瑞蕻教授。赵先生也表示很高兴担任即将创刊的《中国比较文学》杂志的编委,还送我一本他刚刚出版的诗集。在上海,筹办杂志的事进行得也是非常顺利:施蛰存先生和方重先生应邀出任副主编,复旦大学的贾植芳先生和林秀清先生应邀出任编委。廖先生和华东师范大学的倪蕊琴教授不仅出任编委,还直接参与并指导杂志具体的编辑工作。

同时应邀出任《中国比较文学》杂志首届编委的还有天津南开大学的圣经文学专家朱维之教授。朱先生于 1983 年 6 月,联合天津师大、天津外国语学院,以及天津外国文学学会等多家单位,举办了具有开创性意义的第一次全国性的比较文学学术研讨会,为比较文学在中国大陆的重新崛起,同时也为新时期中国比较文学学术队伍的组建,作出了重要的贡献。对我个人而言,这次会议也同样意义重大,因为正是在这次会议上,我认识了孙景尧、卢康华、刘象愚、曹顺庆、杨恒达、刘介民、张隆溪等一批中青年学者,并与他们结下了深厚的友谊。在之后 20 多年的时间里,我在编辑《中国比较文学》杂志时就一直得到他们全力的支持。

1984 年 11 月,时任暨南大学中文系主任的饶芃子教授主办了第二次全国性的比较文学会议。这次会议是对刚刚崛起的中国比较文学的一次有力的促进和推动,同时也是我个人早期比较文学生涯中浓重的一笔:与中国比较文学界"南饶北乐"两位"老太太"结下了终身的"忘年之交",从而对我的比较文学之路也产生了深远的影响("老太太"之说是目前我们几个熟人小圈子内对饶芃子、乐黛云两位教授的戏称,其实那时,她俩还都是非常年轻的)。

其实,在这次会议之前,我对饶芃子教授并不怎么了解。她主要从事文艺学研究,而我对文艺学所知不多。在暨大开会期间的一个晚上,她专门邀请乐黛云、林秀清教授和我上她家喝咖啡,并征求我们对在暨大发展比较文学学科的看法。虽然只是短短的一个晚上的交谈,但饶先生富有文学情趣的谈吐、对学科建设清晰的发展思路(她那时已经提出了发展比较文艺学的设想),以及她在不经意间所流露出来的高雅脱俗的生活品位,令我非常欣赏,也非常敬佩。

　　与此同时，我在这次会上也拜识了心仪已久的乐黛云教授。在此之前，我已经不止一次地研读过她为中国大百科辞典撰写的"比较文学"词条，对她已经留有深刻的印象。而这次在会上亲耳聆听乐先生的发言，那印象就不只是深刻了。乐先生的发言所展示出来的开阔的学术视野、丰富的学术信息、深刻的学术观点，再加上她极富感染力的话语和笑容，立刻征服了所有在场听众的心。然而，走下讲台的乐先生却又是那么随和、亲切，富有亲和力，很容易就把周围人凝聚在了一起。当时乐先生还兼任着深圳大学中文系的系主任和比较文学研究所所长，所以在暨大会议结束后，她热情邀请我和林秀清教授，还有李希凡先生，一起到深圳大学去小住几天，顺便参观参观深圳这座新兴城市。这是我和乐先生近距离接触、直接交往的开始。自那时起至今，时间差不多将近四分之一世纪，与乐先生交往、谈话的次数可谓不计其数，谈过些什么话也已经记不具体，但有一点我却记得清清楚楚，那就是乐先生与我的每一次谈话，都离不开比较文学：或是谈比较文学的学科建设，或是谈比较文学学会的活动，或是谈如何与国际比较文学对话，等等。

　　当然，对我的比较文学研究生涯有更直接、更深远影响的是贾植芳先生。我在接受宋炳辉教授对我所作的一次学术访谈中曾经谈道："因为创办杂志的缘故，结识了贾植芳先生。这对我的学术生涯，是个关键的转折。1985 年，我陪贾先生参加香港中文大学举办的国际比较文学会议，从此与贾先生结下不解之缘。通过贾先生，我又认识了章培恒先生、吴中杰先生，以及陈思和教授等。贾先生的人格魅力和学术视野，使我受到深深的感染，也调动了我潜在的积极性。贾先生一直倡导现代知识分子不仅要读书、教书，而且要写书、译书和编书。这对我都有很大的触动，激发了我身上一些内在的东西。我对翻译有兴趣，"文革"后也翻译发表了一些短篇译作，之后又培养起自己的比较文学的学科意识。在中国比较文学学科刚刚兴起之时,我就注意在其中寻找自己的研究领域和研究方向。很自然,我就把翻译研究列为自己的主攻方向,于是我就开始从比较文学的角度思考翻译问题。"

1989 年,我发表了《为"弃儿"寻找归宿——论翻译在中国现代文学史上的地位》一文。从某种意义上而言,这篇论文标志着我的译介学研究的开始。之后我又连着发表了《论文学翻译的创造性叛逆》《翻译文学史:挑战与前景》等好几篇论文,都是这一研究方向的继续。只是文章发表以后,在赢得赞许的同时,也引来了不少质疑之声。于是我决定写一部专著,以便能更加全面、深入地阐述我的译介学观点。这也是我撰写《译介学》的缘起。

1991 年对我的译介学研究来说,具有特别的意义。这一年的 10 月,我得到加拿大政府的资助,作为高级访问学者赴加拿大阿尔贝塔大学(University of Alberta)比较文学系访问半年。本来,我赴加拿大访问的任务是比较简单的,仅仅是考察加拿大的比较文学研究,然后在回国后写一篇关于加拿大比较文学的考察报告(文章)就可以了。但是我在收集、研读加拿大比较文学研究论著的同时,却经常被阿尔贝塔大学图书馆内丰富的译学藏书所吸引。于是就在加拿大的半年访学期间,我读到了当代西方翻译研究文化学派的奠基人霍尔姆斯(James S. Holmes)的《文学翻译和翻译研究》论文集,读到了勒菲弗尔(André Lefevere)的《文学理论与翻译文学》,读到了当时刚刚发表的埃文-佐哈尔(Itamar Even-Zohar)的《多元系统论》和《翻译文学在文学多元系统中的位置》,也读到了图里(Gideon Toury)的论文集《翻译理论探索》、苏珊·巴斯奈特(Susan Bassnett)的专著《翻译研究》等。这些学者的著作,大大开拓了我的学术视野,我开始意识到,在国际比较文学界正在形成一支独特的"队伍",他们既是翻译研究家,同时又是比较文学家。但是对这些人,也就是西方译学界所谓的"操纵"学派、"翻译研究"学派，或者又称文化学派，国内的比较文学界，也包括翻译界，却知之甚少。而更令我感到兴奋和激动的是，我在这些学者的论著中明显感觉到他们的观点与我此前一直在思考、在探索的一些观点颇多契合之处。这让我想起了我赴加拿大之前曾出席过的一次国际跨文化研讨会，会上我宣读了一篇讨论"误译"的论文，起先我还担心与会代表不一定能理解和接受我的观点。不料，一位日本学者在听完了我的发言后，当即站起来对我说，"你并不孤立，我本人也在研究误译，而且还有其他一些学者也在研究误译"。在加拿大半年的访学使我开始确信，我此前孜孜求索的译介学研究是正确的，而且有着广阔的发展前景。所以，从加拿大回来后不久，我就推出了我的第一部个人论文集《比较文学与翻译研究》，接着，又出版了我的第一部学术专著《译介学》。

在《译介学》一书里，我主要做了三个方面的理论探索：一是接过法国文学社会学家埃斯卡皮的"创造性叛逆"的说法，把它作为译介学的专门命题从理论上进行了深入阐释和发挥，从而使"创造性叛逆"这个命题成了译介学的理论基石；二是对翻译文学的性质及其国别归属进行了深入探讨，明确了翻译文学是一个既不等同于源语文学（外国文学），又不等同于译入语文学（本国文学）的相对独立的文学实体，指出翻译文学是译入语文学中的一个组成部分；三是厘清了翻译文学史与文学翻译史的区别，对翻译文学史和文学翻译史这两个概念分别从理论上作出了明确的界定。

《译介学》出版以后，引起了一些比较积极的反响：第一版很快售完，出版社连续四次重新印刷，印数达到了两万，这对于一本学术专著来说，算是一个不小的数字了，而且每年还都有较高的被引用率。这就大大激励了我的译介学研究：2003 年，我推出了专著《翻译研究新视野》，2004 年推出由我和查明建主编的《中国现代翻译文学史（1898—1949）》，2007 年推出《译介学导论》以及与查明建合著的《中国 20 世纪外国文学翻译史》。与此同时,从 2001 年起,我每年都会编选一本"翻译文学卷"作为"21 世纪中国文学大系"编年文选丛书的一部分。我很重视这本"翻译文学卷"的编选工作,因为我觉得它以这种形式体现了国内文学界对我关于"翻译文学是中国文学的一个组成部分"观点的认同。同样,我也很重视上述两本"文学史"编写,因为它们体现了我关于如何编写翻译文学史和文学翻译史的理念。

出乎我意料的是,我的译介学研究同时还引起了国内翻译界的注意。自 2000 年起,我越来越多地被邀请参加国内,包括台港翻译界的学术研讨会,我的发言连同我发表的一系列文章,如《国内翻译界在翻译研究和翻译理论认识上的误区》《论译学观念现代化》等,也不断在国内翻译界激起热烈的反响。我把这归功于我的比较文学学科背景,因为正是比较文学这一高屋建瓴的学科立场赋予我比国内一些传统翻译研究者更为开阔、更为独特的研究视野和视角,从而能发现和提出他们没有发现、没有意识到的一些问题,诸如翻译的纯理论与翻译实践的关系问题、当代国外翻译理论的最新走向问题、翻译学的学科意识问题等。在我的直接参与和推动下,上外高级翻译学院还建立了中国大陆高校第一个翻译学硕、博士学位点。

进入 21 世纪,随着越来越多的比较文学教材把译介学作为专章列入教材的内容,同时也随着国外翻译研究文化学派的论著被越来越多地译介入国内,国内学界的译介学研究取得了明显的发展。译介学不仅已经成为比较文学界,而且也已经成为国内外国文学研究界、翻译研究界的一个众所瞩目的新兴研究领域。2006 年国家社科项目课题指南把译介学列为当年外国文学研究的八大课题之一,而国家哲学、社会科学"十一五"计划更是又一次把译介学列为国家"十一五"期间的外国文学领域的一个重要研究课题,这些举措表明译介学正在成为国内学术界的一个重要研究课题和研究领域。由此可见,译介学发展到今天,它已经不仅仅属于比较文学,同时也属于外国文学,属于翻译学,甚至属于所有与跨语言、跨文化有关的学科。

从 1980 年发表《比较文学漫谈》那篇短文算起,我在比较文学学术道路上已经走了将近 30 年了。回顾这 30 年的历程,我感到欣慰的是:比较文学理论帮助我发现了译介学研究这样一个独特的研究领域,与此同时,我以我的译介学研究又在中国的比较文学领域里为自己,也为对此研究感兴趣的同行开拓出了一块既充满乐趣又具有广阔发展前景的学术天地。

《比较文学与翻译研究》（复旦版）后记

　　1994年我在台北业强出版社曾出版过我的第一本个人论文集,书名就叫《比较文学与翻译研究》。那本论文集收入了我18篇文章,其中11篇是谈比较文学的基础学科理论,包括对苏联、东欧和台港比较文学研究历史与现状的描述,以及对主题学、文类学等研究范围、对象和方法论的阐释;另7篇则与译介学研究有关,我对翻译文学地位的归属,以及对如何编写文学翻译史和翻译文学史的思考,在这几篇文章里已经有所表露。这次复旦大学出版社推出"当代中国比较文学研究文库"拟收入我的一本论文集,在为这本论文集取书名时起先也曾考虑过另取一个书名,但最终还是决定用现在这个多年前已经用过的书名——"比较文学与翻译研究"。一则是那本台湾版论文集尽管在大陆也有不少人知道,但并没有在大陆正式出版过;再则是这个书名简洁明了地概括了我的全部学术研究活动内容和学术研究特征。我经常跟我的学生说,以前在20世纪五六十年代,我们国家搞阶级斗争,强调一个人的政治面目要清楚,如果某人的鉴定评语里有一句"此人政治面目不清",那将是非常严重的事,弄得不好,甚至会影响其一生的命运。我们今天从事学术研究,也要讲究"面目清楚",那就是学术面目要清,要让人家一看到你的名字就知道你是从事哪方面的学术研究的，这样你才算基本走上学术轨道了。有的人到处发文章，对什么问题都能洋洋洒洒地发出一通议论，但人家搞不清他的专业究竟是干什么的，对这样的"博士"，从学术研究的角度而言，我并不欣赏。

收入这本论文集里的文章，如果算上代序《我与比较文学》，正好是 30 篇，其中与业强版论文集有 4 篇重复，应该说比较清晰地勾勒出了我这 30 年来①在比较文学这条道路上蹒跚学步的轨迹。一如书名所示，整本论文集共分两大块，除去"代序"，一块（13 篇）偏重探讨比较文学学科理论，兼及比较文学教学与教材建设，另一块（16 篇）属译介学研究，包括对翻译文学、翻译文学史以及对当代中外译学理论的探讨。从这两大块所包含的文章数量以及文章发表的时间先后可以看出我本人的比较文学研究也同样经历了一个"翻译转向"。不过与有些学者有所不同的是，我的"转向"是出自我一贯的对翻译的兴趣和感悟，并不是因为国际学术界出现了翻译转向才跟风转向的。收入本论文集的《为"弃儿"寻找归宿——翻译在文学史中的地位》《翻译文学——争取承认的文学》等论文，尽管正式发表的时间分别是 1989 年和 1991 年，但实际上早在 20 世纪 80 年代中后期就已经在国内的两个学术会议（广东中山和上海）上正式宣读过，并引起热烈的反响。

20 世纪 70 年代末 80 年代初，正值"文革"结束不久，百废待举，我们国家开始奉行改革开放的国策，比较文学这门在中华人民共和国成立以后一直被视作"反动的"学科，在季羡林、贾植芳等老一辈著名学者的大力倡导下，终于重获生机，在中国大陆重新崛起，在中国学术界还一度成为"显学"，搞比较文学甚至成为一时风尚。但进入 20 世纪 90 年代以后，持续

---

① 尽管我的第一篇关于比较文学的文章《比较文学漫谈》发表于 1980 年《译林》杂志，但本论文集所收的发表时间最早的文章发表于 1987 年，所以确切地说，本论文集展示的是我自 1987 年以来的学术研究轨迹。

了十多年的比较文学"热"有所降温。对此,贾植芳先生在为拙著业强版论文集写的"序"中有一段妙论:"但是随着时间的推移,更主要的,也许是面对这几年经济大潮的猛烈冲击,不少人'落荒'而走,穿径而去,或'下海'经商,或出洋打工,热闹一时的比较文学'热'也渐趋冷却。"不过令人欣慰的是,从 20 世纪 90 年代末起,尤其是进入 21 世纪以来,国内的比较文学学科建设却进入了一个相对健康、快速发展的阶段。这不仅体现在每年发表、出版的数以百计的比较文学论著上,更体现在逐年增加的比较文学的硕博士学位点上。比较文学学位点的增设,有利于把比较文学的教学与研究引入严谨、规范的学术轨道,也保证了比较文学学科建设后继有人。

我很庆幸自己有幸经历了比较文学在中国重新崛起,尔后由"热"而"冷",再进入平稳健康发展的全过程,没有像贾先生所讥讽的那样"落荒而走,穿径而去",而是坚守到了现在。所以从某种意义上而言,这本论文集正好记录了我在这全过程中的学习心得和体会。"文革"十年剥夺了我最可宝贵的 10 年青春年华,但是改革开放的国策却给予了我 30 年丰富的进修、学习、出国交流的机会,给予了我前所未有的宽松、自由的学术研究的环境。如果说这 30 年来我在学术研究的道路上多少取得了一点成绩的话,那么我首先要感谢这个改革开放的时代。

其实,我的研究生专业是俄苏文学,走上比较文学的道路也是因缘凑巧。在此,我要特别感谢一个人,他就是我在"代序"里提到的美国友人李达三先生(John Deeney)。由于他的邀请,我在 1986 年作为香港中文大学英文系比较文学中心的访问学者在香港待了 10 个月,从而有机会全面接触中外比较文学论著,打下了比较坚实的比较文学理论基础。对于李先生,我觉得不光是我本人,恐怕我们整个中国比较文学界都应该对他表示感谢。因为正是他在 20 世纪 60 年代创办了台湾地区第一个比较文学博士点,也正是他于 20 世纪 70 年代在香港中文大学建立了比较文学研究中心。而在比较文学在中国大陆重新崛起以后，他又积极张罗、多方争取经费，邀请了一批又一批的大陆学者赴香港中文大学比较文学中心做访问学者，为中国大陆比较文学的学科队伍建设作出了奠基性的重要贡献。李先生如今已经年逾古稀，但他仍然在台湾东吴大学孜孜不倦地执教比较文学课，继续在为中国的比较文学事业作贡献。借此机会，我向李先生送去我深深的感激和崇高的敬意！

最后，我还要向复旦大学出版社的两位领导贺圣遂社长和孙晶副总编表示感谢。我与这两位领导的直接交往并不太多，但即使是有限的几次交往也足以让我感觉到他们那种把国家的文化建设事业、把高等教育的学科建设放在首位的出版家眼光和气度。本套丛书包括本论文集能够顺利纳入出版计划，与他们的热情支持是分不开的。

由于时间跨度大，收入在本论文集里的论文肯定存在着不少错谬之处，衷心期待广大专家读者的批评指正。

于上海外国语大学高级翻译学院

《海上译谭》前言①

　　由于长期在高校工作,而且还是在高校的科研部门工作,因工作需要,写惯了一本正经的学术论文,给报纸杂志写一两千字的短文反而不会写了。记得头一次给报纸写文章,对方要求只能写两千字,我足足花了一个多星期才把那篇文章压缩至两千字内,感觉比写一篇学术论文还吃力。

　　是因了贾植芳先生影响的缘故,我才开始慢慢地重视并喜欢给报纸杂志写点小文章或学术性的散文了。贾先生有两句话对我影响颇大,一句是:"我们在大学做老师的,要既会教书、编书,还要会写书、译书。"他这里所说的"编书",不光指编教材,其实更多指的是编期刊,还有就是编工具书(如资料汇编)、文集等。而他说的"写书",则不仅指写学术专著,还包括写小说、写诗等文艺创作。另一句话是:"不要看不起报屁股文章,它的影响有时比你那些正儿八经的学术文章还大哩。"我是头一次从贾先生那里听到"报屁股文章"这种说法,觉得很新鲜,也很形象,因为这类文章都刊登在报纸的副刊上,而副刊通常在报纸的最后面。

　　这样,从20世纪90年代后半期起,我在科研、教学工作之余也开始

———————————

① 谢天振:《海上译谭》,复旦大学出版社,2013年。

断断续续地为《文汇读书周报》《中华读书报》等报纸，以及《文景》《悦读》等文化类杂志写些学术随笔、学术散文性质的文章。由于我的学术兴趣主要在比较文学和翻译研究，所以这些文章大多还是跟比较文学尤其是跟翻译研究有关。我把其中跟翻译研究直接有关的文章提取出来，汇编成一集，取名"海上译谭"，有点突显我这个上海人谈翻译的地域色彩吧。为便于读者阅读，我把这些文章按其内容分成五个小辑，分别命名为"译苑撷趣""译海识小""译界谈往""译事漫议"和"译学沉思"。这些文章尽管内容各不相同，但有一个目标是相同的，即希望让学术研究从象牙塔里走出来，能与更广大的读者接触。假如有读者因为看了我的这些文章而对翻译和翻译研究发生兴趣，甚至因此走上了翻译或翻译研究的道路，那么我的目标也就达到了。事实上，这些文章当时在报刊上发表以后，也确如贾先生所言，产生了比我的某些学术文章更大的影响。譬如我对鲁迅文学奖评翻译文学奖的批评意见，就引起不少读者的共鸣，他们纷纷发来电邮表示支持。再如我由两部美国电影引发的谈翻译的文章，以及关于《人名翻译要谨慎》《通天塔的误用》等小文章，不少读者读了后也反映"很有趣，也很有意义"。至于那篇对《20 世纪中国翻译思想史》表示不同意见的《"西学派"还是"共性派"？》的小文章，居然还促成了我与南开大学出版社之间的合作姻缘：该书的作者和责编看了我的不同意见，不但不以为忤，反而主动找我，希望与我进行合作，这也是我主编的那本《当代国外翻译理论导读》一书的缘起。

在把这些报屁股文章和学术性散文汇编成书的时候，我首先要向《文汇读书周报》的朱自奋女士表示感谢，因为如果没有她的一次次的"催逼"，我的那些报屁股文章肯定被许多杂事"拖"掉了，是永远觉得没有时间写的。我还要感谢杨丽华女士，承她雅意，在她任《文景》主编时邀我在《文景》开设专栏，专栏的名称就叫"海上译谭"。然而每个月一篇的专栏我只坚持了一年多,终究难脱俗务,后来就难以为继了,不过 2009 年末我受命主编双月刊《东方翻译》,我基本上又把这一传统延续了下来。尽管没有标榜"海上译谭",而是以"特稿"面目出现,但写作的风格是一致的:针对国内、也包括国外、海外翻译界和翻译教学界的事件、现象和问题,直书自己的观点,直接与读者对话和交流自己的想法。

最后,我要向复旦大学出版社两位领导贺圣遂社长和孙晶常务副总编表示感谢。正是由于他们对学术文化的关注和支持,这本小书才有机会出版并与广大读者见面。

《隐身与现身》引言^①

在翻译中,译者究竟应该是隐身还是现身? 这个千百年来从来不是问题的问题,在进入 20 世纪后,尤其是在进入 20 世纪后半叶以后,却越来越成为中外译学界一个关注的热点问题。

对于传统的翻译家和翻译研究者来说,既然翻译就是传递原作的信息,那么在翻译中译者当然是应该隐身的,而不能、也没有权利现身。事实上,千百年来许多译者还都很自觉地躲在幕后,从不露面,在他们翻译的译作上,甚至都没有留下自己的名字,至多也就是留下一个假名。至于与口译员相关的历史资料,那更是如凤毛麟角,几乎无迹可寻。这当然跟历史上译者和研究者对翻译的定位有关,譬如 17 世纪法国著名翻译家和翻译思想家于埃(Pierre Daniel Huet)就明确提出翻译要忠实于原文和原作者,要求"翻译的语言要流畅,要能够再创造出原文作者的崇高,而且带给读者的感受要相当于原文带给原文读者的感受。"^②他特别强调说:"不要在翻译的时候施展自己的写作技巧,也不要掺入译者自己的东西去欺

① 谢天振:《隐身与现身——从传统译论到现代译论》,北京大学出版社,2014 年。
② Douglas Robinson, *Western Translation Theory*: *from Herodotus to Nietzsche*, Foreign Language Teaching and Research Press, 2006, p. 164.

骗读者,因为他要表现的不是他自己,而是原作者的风采。"①他还认为翻译的最好方式就是"在两种语言所具有的表达力允许的情况下,译者首先要不违背原作者的意思,其次要忠实于原文的遣词造句,最后尽可能地忠实展现原作者的风采和个性,一分不增,一分不减。"②

于埃的翻译观可以说代表了中西翻译史上的主流翻译观。从这个角度看,英国著名翻译理论家泰特勒(Alexander Fraser Tytler)在 1790 年发表《论翻译的原则》一书,并明确提出了在中西翻译史上影响深远的翻译"三原则",即"第一,译本应该完全转写出原文作品的思想;第二,译文写作风格和方式应该与原文的风格和方式属于同一性质;第三,译本应该具有原文所具有的所有流畅和自然"③,也就并不奇怪了,因为这正是对西方翻译史上历代主流翻译思想的一个水到渠成的总结。不言而喻,站在泰特勒的立场上看,译者在翻译时也是没有权利现身的,因为在泰特勒看来,译者要做的无非就是传达原文的思想,传递原文的写作风格和方式,再现原文的流畅和自然,仅此而已。

国内译学界曾有人把泰特勒的翻译"三原则"与严复的"信达雅"说联系起来,还猜想严复的"信达雅"说是否受到过泰特勒"三原则"的影响,因为严复有留学英国的经历。不过此事迄今为止还仅仅是猜想而已,并无确凿的事实证据。但由此我们也可发现中西翻译思想的相通,并可以看到在译者的隐身和现身一事上,中西翻译家和思想家的观点显然是异曲而同工的。

其实,即使在严复提出"信达雅"说以后的半个多世纪里,国内翻译界的主流翻译观也并无实质性变化。继严复的"信达雅"说之后,影响较大

---

① Douglas Robinson, *Western Translation Theory*:*from Herodotus to Nietzsche*,p. 164.
② Douglas Robinson, *Western Translation Theory*:*from Herodotus to Nietzsche*,p. 169.
③ Douglas Robinson, *Western Translation Theory*:*from Herodotus to Nietzsche*,p. 210.

的有傅雷的"神似"说,认为"以效果而论,翻译应当像临画一样,所求的不在形似而在神似。"于是在傅雷的心目中,"理想的译文仿佛是原作者的中文写作"。①

这个"理想的译文仿佛是原作者的中文写作"的观点在钱锺书的笔下又有了进一步具体的发挥和阐述。钱锺书著名的"化境"说,究其根本,其所秉持的观点显然是与严复、傅雷以来的观点一脉相承的,因此之故我在《中西翻译简史》一书里把钱锺书作为中国传统译论的最后一位代表人物。② 钱先生说:"文学翻译的最高标准是'化'。把作品从一国文字转变成另一国文字,既能不因语文习惯的差异而露出生硬的痕迹,又能完全保存原有的风味,那就算得入于'化境'。十七世纪有人赞美这种造诣的翻译,比为原作的'投胎转世'(the transmigration of souls),躯壳换了一个,而精神姿致依然故我。换句话说,译本对原作应该忠实得以至于读起来不像译本,因为作品在原文里决不会读起来像经过翻译似的。"这段话与傅雷的话何其相似。因此也不难得出结论,即在钱锺书看来,译者在翻译时自然也是应该"隐身"而无权"现身"的。

只是同样耐人玩味的是,就在提出"化境"说的这同一篇《林纾的翻译》一文里,钱锺书在指出林纾作为译者在翻译时不止一处地"现身"的实例后,诸如"捐助自己的'谐谑',为迭更司的幽默加油加酱","又或则引申几句议论,使含意更能显豁","凭空穿插进去,添个波折,使场面平衡","这里补充一下,那里润饰一下,因而语言更具体、情景更活泼,整个描述笔酣墨饱",却又不由自主地流露出了对林译的欣赏甚至推崇:他在找到"后出的——无疑也是比较'忠实'的——译本来读"的时候,"觉得宁可读

---

① 参见傅雷:《〈高老头〉重译本序》,载罗新璋、陈应年编:《翻译论集》(修订本),商务印书馆,2009年,第623—624页。
② 参见谢天振等:《中国翻译简史》,外语教学与研究出版社,2009年。

原文";但是在对照了林纾的译文和哈葛德的原文后,却"发现自己宁可读林纾的译文,不乐意读哈葛德的原文。理由很简单:林纾的中文文笔比哈葛德的英文文笔高明得多。"他把林译中的这种类似译者现身的现象称之为"讹",并认为"恰恰是这部分的'讹'起了一些抗腐作用,林译多少因此而免于全被淘汰"①。这里大学者钱锺书似乎不知不觉地也陷入了一个有点自相矛盾的境地,从他对翻译认识的基本立场出发,他显然是不能认同译者的现身的,在文中他一再声称:"作为翻译,这种增补是不足为训的","正确认识翻译的性质,严肃执行翻译的任务,能写作的翻译者就会有克己的工夫,抑止不适当的写作冲动"。② 但与此同时,他又"发现自己宁可读林纾的译文,不乐意读哈葛德的原文",并清醒地看到正是林译中的"讹"使得林译"免于全被淘汰"。

　　钱锺书面对译者的隐身与现身所不由自主流露出来的这种矛盾心态,从某种意义上而言,也正好折射出翻译史上在传统译论向现代译论视角转变时期的典型心态:一方面是两千余年来的"原文至上""翻译必须忠实原文"等传统译学观念已经深深地扎根于每个翻译家和翻译研究者的脑海之中;但另一方面,翻译的事实又提示当代翻译研究者传统译论在对翻译的理解和认识上显然存在着某些偏颇之处。当代英国翻译理论家蒙娜·贝克(Mona Baker)在其所著的《翻译与冲突——叙事性阐释》一书的中译本序言中写道:"传统的口笔译研究,对于同时代的政治和伦理道德问题,一向采取回避态度,因为这些问题必然会使该领域从事翻译实践和理论的研究人员注意到译者面临的道德困境和责任。之前,人们坚持一种天真的理念,以为翻译,尤其是口译,是完全中立而纯粹的语码转换,不

---

① 引文均见钱锺书:《林纾的翻译》,载罗新璋、陈应年编:《翻译论集》(修订本),第774—805页。
② 参见钱锺书:《林纾的翻译》,第782、783页。

存在译者个人思想的介入。相信译者对现实的叙述能够"完好无损"地传递语言及其他符号信息。学者们因此在"模糊了真相的"理论模式和个案研究中投入大量时间和精力,认为这样就能逐步化解口笔译过程中产生的各种麻烦,甚至能抚平其造成的心理创伤。直到近些年,这种认识才有所改变。"①我很欣赏这段话里贝克所说的"天真的理念""'模糊了真相的'理论模式和个案研究"这种表述,我以为这两个表述言简意赅,直指传统译学理念的要害,直击千百年来直至今天的许多翻译家、翻译研究者的一个认识误区:把社会对翻译的期望、译者的责任以及翻译家为自己设定的追求目标与翻译的客观事实尤其是与翻译的本质目标混为一谈,从而模糊了翻译的真相,也即翻译的本质。而翻译(包括翻译行为和译者)的隐身与现身,也就成为传统译论向现代译论视角转变的一个标志性切入点。正是在这个意义层面上,本书书名取名为"隐身与现身",以凸显本书内容的聚集点所在;而其副标题"从传统译论到现代译论"则寓意本书正是站在当代译论的学术立场上,运用译介学的研究视角,对传统译论和各种翻译问题及现象进行审视、分析和探讨。

---

① 贝克:《翻译与冲突——叙事性阐释》,赵文静译,北京大学出版社,2011年,第19页。

《隐身与现身》后记

本书的写作要归功于中国社科院外文所叶隽先生的提议。大约是一年多前的某一天吧,在一个很偶然的场合我与叶隽邂逅,闲谈中他说起他目前正在为北京大学出版社策划编一套带有普及性质的学术小丛书,每本书计划写十余万字左右,希望此举能有助于学术论著的普及,并表示希望我也能为之贡献一本这样的书。他还进一步具体提议说,我的译介学理论即可写成这样的一本书,这对普及、宣传我的译介学思想不无裨益。我当时听后觉得此事似乎并不很难做,拙著《译介学》于20世纪末出版,迄今已经十多年过去了,目前已经绝版,把它缩写成十余万字的小册子似乎也颇具可操作性,于是便欣然接受了他的提议。

回到上海后尽管我一直没有忘记此事,但一则是手头一直杂事不断,无暇分身;另一则是我在试写了一两个章节后,发觉就这样把十年前的旧著压缩改写,了无新意,自己写着都提不起劲,怎么能去给人家看?于是便搁下了。不料去年年底时突然收到叶隽的电邮,称其余几部书稿都已经收齐,独缺我的这本书稿了。这让我感到非常不好意思,于是赶紧整理出一份初稿(实为"粗稿"也)给北大出版社的责编王立刚先生发去。

出乎我的意料但让我非常感动的是,王立刚先生非常认真地审阅了我的初稿。尽管他也许并不是专门从事翻译研究的专家，但他显然非常了解当前国际译学研究的走向，而且还非常能够理解我的译介学立场。针对我的初稿他提出了不少建设性的意见，尤其是对拙著的书名他提出了一个非常宝贵的建议。此前我对这本小册子的书名曾有过好几个不同的考虑，诸如《译介学入门》《译介学基本原理》《译介学漫谈》等。但立刚根据拙著全书的基本立场建议用《隐身与现身》这个书名，他认为这个书名较切中当前翻译问题的要害。我收到这个书名的建议后很兴奋，立即表示赞同，同时还感到这个书名一下子触动了我的写作灵感，我当即决定把原先的初稿全部推倒重写，并决定以"隐身与现身"这个思想为全书的主线索，展开我对翻译和翻译问题的阐释。

这样，现在呈现在读者面前的这本小书《隐身与现身——从传统译论到现代译论》就不再是我十余年前出版的旧著《译介学》一书的简单压缩版了，而是紧紧围绕着"隐身与现身"这个传统译论向现代译论转折过渡的关键命题，结合现实生活中和学术界诸多与翻译有关的问题，诸如"莫言获得诺奖对中国文学作品外译的启示""电影 Lost in Translation 片名翻译的无奈""对翻译界两场争论的反思""当代西方翻译研究的三大突破和两大转向""国内翻译研究的认识误区与译学观念的更新"，以及翻译文学的归属问题、翻译文学史的编写问题等，展开我的阐述。这些问题除少数几个问题曾在拙著《译介学》中有所论及外，多数散见于《译介学》出版之后我才陆续发表的学术论文中。尽管如此，但其中的译介学研究视角和当代译学的基本学术立场是始终一致的。实际上，我在《译介学》出版后发表的大多数论文也正是我运用译介学视角对一个又一个具体的翻译现象和翻译问题所进行的思考和研究。譬如我对莫言获得诺奖的分析：一般人都会想到此事与翻译有着极大的关系，然而作品被翻译成外文的作家并不限于莫言一个，为什么恰恰是莫言获得了诺贝尔文学奖，而不是其他作家？我的分析提到了译者的问题，出版社的问题，作者对译者的态度问题，作品的可译性问题，以及作品的可接受性问题，等等。这些问题，非翻译界的人自然不会注意到，而即使是翻译界的人，如果他仍然局限于传统的翻译思维框架之内，那么他也是看不到的。而只有运用了译介学的研究视角，我们才会把研究视野拓展到制约翻译成功与否的许多文本以外的因素，从而发现莫言作品外译成功的奥秘。

说起来，译介学原本是比较文学下面的一个研究领域，国内学界原先对之了解并不多。本人自 20 世纪 80 年代中期起开始专门从事译介学研究，发表了数十篇论文，并于 1999 年出版专著《译介学》，之后又陆续推出论文集和专著《翻译研究新视野》(2003 年)、《译介学导论》(2007 年)、《比较文学与翻译研究》(2012 年)、《海上译谭》(2013 年)等。为帮助国内读者了解并掌握译介学的国际学术背景，本人还于 2008 年主编出版了《当代国外翻译理论导读》一书，比较全面系统地介绍了当代国际译学界的主要理论流派及其发展趋向。其中，《译介学》一书更是一版再版，从而引起国内学界对译介学研究的高度关注。

然而在译介学引起国内学界高度重视的同时我们也不断听到一个噪音：有一位老翻译家带着僵化的思维脑袋，祭着文学翻译中的"忠实标准"的旗号，用近乎疯子般的呓语，近十余年来不断地在网上、在其自费出版的书籍中、在一切他可以发出声音的场合，攻击译介学是"伪翻译学"，甚至谩骂译介学是"邪教"。此人仗着自己翻译过几本书，自我感觉良好，便以为只有他才有资格谈论翻译，其他人谈翻译便是"伪翻译学"了。实际上此人除了翻译过几首诗外，并不懂得何为翻译学，更不懂得何为译介学。他抓住了译介学研究中的片言只语，如"创造性叛逆"，也不去好好研究其真正的涵义，只是望文生义，便破口大骂"创造性叛逆"是在"教唆"译者"胡译""乱译"。这种行为除了惹人耻笑外，也只能是自毁其形象。本来对于这种人根本不值得搭理,因为他不是在学理层面上进行批评或讨论,但因为他这么多年来一直不遗余力地在那里攻击谩骂译介学,在不明真相的年轻人中混淆视听,误导青年学子,所以我才在这里稍稍作点回应。我相信广大对翻译和翻译研究感兴趣的读者,在读了本书或本人的其他相关著述以后,他们自会对译介学的价值、意义及其对翻译研究的独特贡献作出其正确的判断的。

最后,我要再次向叶隽先生和王立刚先生表示感谢。本书的交稿时间几乎延误了整整半年的时间,我感谢他们的宽容和耐心。

"中国当代翻译研究文库"总序^①

中国的翻译研究可谓源远流长,历史上长达千年的佛经翻译不仅造就了一批优秀的佛经翻译家,同时也催生了我国古代的翻译研究和相应的翻译思想。这些翻译思想,从三国时支谦的"因循本旨,不加文饰",到东晋道安的"五失本三不易",从六朝鸠摩罗什的"依实出华",到唐代玄奘的"五不翻",尽管多属只言片语,零篇残什,但其中蕴含着的丰富的翻译思想弥足珍贵,仍然可以为当今的译学建设提供宝贵的思想资源。像唐代贾公彦关于翻译的定义"译即易,谓换易言语使相解也",即使从今天的译学高度看,也堪称经典。

自从严复于 1898 年提出了"信达雅"三字以后,这三个字对我国的翻译研究产生了巨大的影响,在长达大半个世纪的时间里,我们的翻译研究,或是讨论怎样翻译才能做到"信达雅",或是以"信达雅"三字为标准去评判已有的翻译作品,或是探讨"信达雅"的内涵和外延等,几乎到了言必称"信达雅"的地步。至 20 世纪五六十年代,虽然傅雷提出了"神似"说,钱锺书提出了"化境"说,但其思想实质,严格而言,与"信达雅"说其实并

---

① 谢天振、王宁主编的"中国当代翻译研究文库",由复旦大学出版社出版,第一辑 6 种于 2014 年出版,第二辑 3 种分别于 2017 年、2018 年出版。总序发表时署名谢天振、王宁。

无二致，孜孜以求的也就是要解决一个"怎么译"的问题。然而与此同时，同样在 20 世纪的五六十年代，在西方译学界却发生了一场根本性的变化：以奈达、纽马克、卡特福德为代表的一群学者站在语言学立场上，运用语言学的相关理论视角切入翻译研究，提出了"功能对等""交际翻译""语义翻译"等概念，刷新了两千年来的西方翻译研究的面貌，实现了西方翻译研究的第一个根本性的突破。

与西方相比，中国当代翻译研究的根本性转变，也即从传统译论进入现代译论，具体而言，也即从仅仅关注"怎么译"的问题拓展到还要关注"何为译""译为何"等问题，时间上要晚一些，其起点可追溯到 20 世纪 70 年代末 80 年代初。其时中国实行改革开放政策，我国外语院系的师生和专家学者第一次有机会走出国门，赴美英等西方国家的高等院校、科研机构深入访问、进修学习，其中对翻译研究感兴趣的专家学者首先接触到了以奈达为代表的西方翻译研究语言学派的翻译理论，并在国内的学术期刊、大学学报上撰文评说，把他们了解到的信息传递给国内同行。这些文章部分结集成《外国翻译理论评介文集》[①]于 1983 年出版，并与翌年编译出版的《奈达论翻译》[②]一起，第一次比较多地介绍了外国、主要是西方以及苏联的当代翻译理论，从而为国内的翻译研究吹进了一股新风。之后，随着《外国翻译理论研究丛书》[③]《当代西方翻译理论探索》[④]《翻译与后现

---

① 中国对外翻译出版公司编：《外国翻译理论评介文集》，中国对外翻译出版公司，1983 年。

② 谭载喜：《奈达论翻译》，中国对外翻译出版公司，1984 年。

③ 许钧主编：《外国翻译理论研究丛书》，共收入四种，分别为《当代美国翻译理论》（郭建中编著）、《苏联翻译理论》（蔡毅、段京华编著）、《当代法国翻译理论》（许钧等编著）、《当代英国翻译理论》（廖七一等编著），湖北教育出版社，分别于 2000 年、2001 年出版。

④ 廖七一编著：《当代西方翻译理论探索》，译林出版社，2000 年。

代性》①《当代国外翻译理论导读》②等编译著述的出版，更进一步推动并扩大了当代西方翻译理论在中国的传播与接受。与此同时，从 21 世纪初开始，上海外语教育出版社和外语教学与研究出版社南北两家外语出版社先后分别引进出版了数十种当代国外翻译理论著作的英文原版本，让中国读者可以直接面对当代西方翻译理论的英文原著，其产生的影响同样不能小觑。

在这样的背景下，中国当代的翻译研究也开始发生变化，并朝着实现其根本性转变的方向而发展。这种变化首先体现在翻译学学科意识的觉醒上。在此之前，尽管中国的翻译活动也称得上丰富多样，译者和译作的数量更是堪称世界之最，中国的高等院校里也都开设了翻译课程，但相当多的人包括高校的一些教师和学生对于翻译是一门独立的学科却不甚了了。不少人依然错误地认为，翻译不过就是把别人的东西从一种语言转换成另一种语言的实践性技能，缺乏自身的原创性，不可能成为一门独立的学科。他们看不到原本在一个有限的语言环境中产生有限影响的"原创性"著述通过翻译在另一个语境里得到的更大的传播和接受，甚至产生的更巨大的影响。他们更看不到最近几十年来，翻译本身也发生了极大的变化，越来越得到来自文学理论和文化研究视角的关注和考察。翻译研究借助结构主义、后结构主义、后殖民主义、阐释学、女性主义以及文化研究等领域的新理论和新方法，已经突破了语言中心主义的狭隘模式，而成为广义的文化研究平台下的一个分支学科领域。翻译研究也正在吸引越来越多的哲学家、语言学家、文学理论家和文化研究学者，甚至包括社会学家和政治学家的关注目光。翻译作为一门独立的学科已经成为当今

---

① 陈永国主编：《翻译与后现代性》，中国人民大学出版社，2006 年。
② 谢天振主编：《当代国外翻译理论导读》，共收入八大译学流派 33 篇译学论文译文，均配以导读文章，南开大学出版社，2008 年。

国际学界的共识。与之相应,在中国经历了 20 世纪八九十年代关于翻译学的大讨论后,终于在 21 世纪之初翻译学作为一门独立学科已经得到了体制内的承认:目前已有 159 所高校建立了翻译硕士专业(MTI),另有一百余所高校建立了独立的本科层面的翻译系。此外,多所高校还都招收翻译学的博士生。

其次,体现在翻译研究理论意识的觉醒和跨文化研究视角的应用上。在中国,自清末民初以来的翻译研究多围绕文学翻译展开,而在文学翻译界一个根深蒂固的观念是:翻译是一门艺术,或者说是一种具有再创造性质的艺术,于是翻译理论也就被定位在建基于这样一种艺术实践中获取的经验之上,并反过来要求其能够指导翻译实践。由于这个原因,中国自近代以来的翻译研究,大多是围绕着翻译实践展开的一些经验体会,并无严格意义上的理论可言。但是随着翻译学这门学科在最近几十年来的日臻成熟,当今的翻译研究开始越来越多地跳出原先局限于语言文字转换框架内的"术"的层面,而越来越多地上升到关于翻译的思想和原则的"学"的层面。这样的翻译研究成果往往能够改变人们对某种既定的翻译行为、标准、方法等的看法,导致一种新的翻译实践模式的诞生。不难想见,在当今这个全球化时代,翻译必将继续占据人类知识领域的重要位置,并在未来的岁月里继续发挥愈来愈重要的作用。因此,传统的居于对比语言学之下的翻译的定义应当根据翻译的最新发展进行修正和完善,翻译的内涵应该进一步扩大,要把翻译从纯粹字面意义的转述定义为文化层面上翻译、阐释和交际。令人感到欣慰的是,中国学者的翻译研究成果,如谢天振的《译介学》[①]《隐身与现身——从传统译论到现代译论》[②],

---

① 谢天振:《译介学》,上海外语教育出版社,1999 年。2013 年译林出版社推出该书的增订本。
② 谢天振:《隐身与现身——从传统译论到现代译论》,北京大学出版社,2014 年。

王宁的《文化翻译与经典阐释》①《翻译研究的文化转向》②，许钧的《翻译论》③等著述所作的研究，正好契合了当今国际译学的最新发展趋向，并站在中国学者的独特立场，发出了中国学者的声音。

再次，体现在对翻译史研究和翻译批评研究的高度重视上。在此之前，中国几乎没有严格意义上的翻译史著作，对翻译史的研究同样少之又少。但从 20 世纪 80 年代开始，中国学者在翻译文学史、翻译史的编撰领域取得了丰硕的成果，迄今为止，翻译史类的著述已经超过 30 部。而更值得注意的是，对翻译史的研究也取得了长足的进展，王宏志的《重释"信达雅"——二十世纪中国翻译研究》④《翻译与文学之间》⑤，廖七一的《胡适诗歌翻译研究》⑥《中国近代翻译思想的嬗变》⑦等，是这方面的代表作。与此同时，作为翻译学学科三大支柱之一的翻译批评同样得到了高度重视，许钧的《文学翻译批评研究》⑧较早在这方面进行了积极的探索。

最后，中国学者也没有遗忘翻译研究中的语言学视角，他们同样在这一领域进行了积极有效的探索，并取得了不俗的成果，如黄国文的《翻译研究的语言学探索》⑨和王东风的《连贯与翻译》⑩等著述。

然而，尽管最近二三十年来我们在翻译研究领域取得了丰硕的成果，我们的一些学者还在国际翻译研究或文学和文化研究刊物上主持过介绍

---

① 王宁：《文化翻译与经典阐释》，中华书局，2006 年。
② 王宁：《翻译研究的文化转向》，清华大学出版社，2009 年。
③ 许钧：《翻译论》，湖北教育出版社，2003 年。
④ 王宏志：《重释"信达雅"——二十世纪中国翻译研究》，东方出版中心，1999 年。
⑤ 王宏志：《翻译与文学之间》，南京大学出版社，2011 年。
⑥ 廖七一：《胡适诗歌翻译研究》，清华大学出版社，2006 年。
⑦ 廖七一：《中国近代翻译思想的嬗变》，南开大学出版社，2010 年。
⑧ 许钧：《文学翻译批评研究》，译林出版社，1992 年。
⑨ 黄国文：《翻译研究的语言学探索》，上海外语教育出版社，2006 年。
⑩ 王东风：《连贯与翻译》，上海外语教育出版社，2009 年。

中国翻译研究的专号①，但是总的说来，由于语言文字的隔阂，国际学术界对中国学者的译学研究成果并不是很了解。而由于传播的局限，甚至国内读者对于哪些学者和哪些著述能够代表中国翻译研究的前沿也不是很清楚。为此，我们决定编选一套翻译研究丛书《中国当代翻译研究文库》，集中展示中国当代翻译研究学者的代表性论著。我们将先推出"文库"的中文版，然后推出它的英文版，在国外著名出版社出版。入选本"文库"的作者应该是能够代表当代中国翻译研究的前沿，其著述不仅在国内译学界处于领先地位，其中的一些论述也已经或者有可能引起国际学界关注，进而通过将来英文版在国际权威出版社的出版，使得中国的翻译研究进一步得到国际学界的了解和承认。在甄选"文库"的入选人选时，我们也有意考虑有不同学术背景、不同学科背景、不同外语语种的作者，尽量使入选的作者更具代表性。首批入选的 6 位作者既有比较文学学科背景，也有语言学背景，既有外国文学背景，也有中国文学背景。在外语语种方面，除英语外，还有俄语和法语背景的学者。入选的论文集原则上由作者本人从他已经公开发表的论文中精选出 15 篇至 20 篇左右的代表性论文，按内容编成三至四个部分，每本书的总字数控制在 30 万字左右。

《中国当代翻译研究文库》是一套开放性的丛书，第一辑入选的 6 位作者的论文集标题分别是：谢天振的《超越文本 超越翻译》、王宁的《比较文学、世界文学和翻译研究》、许钧的《从翻译出发：翻译和翻译研究》、王宏志的《翻译与近代中国》、廖七一的《翻译研究：从文本、语境到文化建

---

① 如王宁为 *Perspectives: Studies in Translatology*，*Neohelicon*，*Amerasia Journal*，*Comparative Literature Studies* 等十多家国际英文期刊主编了翻译研究与文学和文化研究方面的专辑，许钧与王克非也为 *META* 主持过"中国翻译实践与理论"的专号，等等。这些专辑不仅发表了数十位中国学者研究翻译的论文，同时也加快了中国人文学科国际化的步伐。

构》,王东风的《跨学科的翻译研究》。在条件成熟时,我们还将陆续推出
第二辑和第三辑。我们希望通过本"文库"的编选和出版(包括通过国外
权威出版社在国外出版),不仅能为当代中国的翻译研究作出贡献,同时
还能把能够代表中国译学研究前沿的专家学者及其代表性著述带入国际
翻译研究界,让世界更直接、更快捷地了解中国的学术,让中国翻译界的
学术研究切实有效地走出国门。

谢天振　王　宁

2014 年 2 月于上海

附《中国当代翻译研究文库》第二辑说明

如上所说,《中国当代翻译研究文库》是一套开放性的丛书,所以这次
我们又推出了第二辑。这一辑我们收入了三本论文集,分别是谭载喜的
《翻译学:作为独立学科的求索与发展》、赵稀方的《翻译与现代中国》和刘
和平的《翻译学:口译理论与口译教育》。三本论文集各具特色:近 30 年
来一直专注于国内翻译学学科建设的谭载喜教授把他在这方面的思考汇
编成一集,供读者全面了解他探讨翻译学学科建设的全过程;中国文学研
究出身、主攻台港澳文学与文化研究的赵稀方在他的论文集里,不仅考察
了 1949 年前后翻译与现代中国文化建构的关系,还上溯探源,对晚清"五
四"期间中国翻译的流脉进行了清理;而巴黎高翻口译博士出身的刘和
平,其研究目光自然是集中在口译的理论与教学领域。在翻译研究领域,
口译研究是最不易触碰的一块研究领域,而刘教授历年来发表出版的有
关口译研究的论著则给翻译界的同仁诸多启迪。我们希望这次集中推出

的三本论文集能对当前国内方兴未艾的翻译研究有所裨益，同时也希望这三本论文集能得到国内外翻译界和翻译教学界相关研究人员和广大师生的喜爱。

谢天振　王　宁

2017 年 8 月于上海

《超越文本 超越翻译》前言[①]

我很早就萌发了对翻译尤其是对文学翻译的兴趣,"文革"期间曾无偿无名地为上海译文出版社翻译了一百多万字的内部资料,不过都不是文学作品,极大部分是政治、经济方面的文献。其中有一篇关于经济学的论文发表在"文革"时期的一本内刊《摘译》上,另一篇回忆列宁的长篇文章则在"文革"结束后公开发表,收入由人民出版社出版的《回忆列宁》的文集。"文革"结束后,我通过考研究生重返上外学习,研究生毕业后留校工作。在此期间我又翻译了近百万字的文学作品,从俄文翻译了《普希金散文选》以及《南美洲方式》《硫磺泉》等苏联和俄罗斯的长、中、短篇小说,还与几个朋友合作从英文翻译了长篇传记《狄更斯传》。此外,我也翻译过学术专著《比较文学引论》以及一些学术论文等。但是把翻译作为自己的学术研究对象,却还是比较晚的事。20世纪80年代中期,陈思和与王晓明两位教授当时正在为《上海文论》主持一个"重写文学史"的专栏,在国内学术界产生了很大的影响。我与思和过从较密,他知道我对翻译在中国文学史上的地位问题有些自己的思考,同时他也认为中国文学史应

---

① 谢天振:《超越文本 超越翻译》,复旦大学出版社,2014年。

该关注翻译的问题,所以他热情邀请我为他们的专栏写一篇这方面的文章,这也是我发表《为"弃儿"寻找归宿——论翻译在中国现代文学史上的地位》一文的缘起。

这篇文章发表后引起了较大的反响,《报刊文摘》还摘介了文章的主要观点。但在引来一些赞赏声的同时,我关于翻译文学的地位及其国别归属的观点也招来不少质疑声。为此,我又接连发表了《翻译文学史:挑战与前景》《翻译文学当然是中国文学的组成部分》《论文学翻译的创造性叛逆》《翻译文学——争取承认的文学》等十余篇论文。然而尽管如此,仍有不少人心存疑惑:"翻译文学明明是外国文学,怎么一下子成为中国文学了呢?"还有人(特别是一些老翻译家)觉得,翻译就是要讲究忠实,怎么可以提"创造性叛逆"呢? 诸多质疑之声不一而足。针对这种情况,我决定写一本专著全面深入地论述翻译和翻译文学的问题,并把专著的书名取名为《译介学》,因为我要探讨的问题并不是局限在传统意义上的翻译学框架之内的一些表面的语言文字转换问题,而是把翻译的传播、接受、影响及其背后的制约因素等问题也一并纳入我的研究视野。其实,所谓译介学研究,质言之就是超越文本,超越翻译,站在跨文化交际的高度审视翻译,分析翻译,研究翻译。

《译介学》很快就列入了上海外语教育出版社的出版计划。然而正当我全力以赴投入《译介学》的写作之中时,我意外地获得了一个由加拿大政府资助的赴加拿大阿尔贝塔大学比较文学系做半年高级访问学者的机会。此行的项目任务是考察加拿大的比较文学研究并在回国后写成论文在国内重要刊物上发表,这个任务于我来说并不算困难,这样我在考察之余便赢得了较多的时间和精力收集和阅读其他相关的文献,包括与翻译研究有关的文献。正是在这段时间里我接触到了大量第一手当代西方翻译理论文献,尤其是反映当代西方翻译研究文化转向的理论文献,使我对当代西方翻译理论及其研究趋势有了比较全面而又深刻的认识,也为我日后的译学研究包括主编《当代国外翻译理论导读》等项目奠定了基础。

　　我相信我是国内学术界少数几个最早接触到并发现当代西方翻译研究文化转向动态的学者之一,这当然要归功于我的比较文学学科背景。众所周知,比较文学的研究特点是立足点高、高屋建瓴、视野开阔、跨学科、跨语言、跨民族、跨文化。这样,多年的比较文学研究不仅大大拓展了我的学术视野,更加深了我对某些特定领域的认识,其中就包括翻译研究。我很难形容我最初读到霍尔姆斯(James S. Holmes)的《文学翻译和翻译研究论文集》、读到勒菲弗尔(André Lefevere)的《文学理论与翻译文学》、读到当时刚刚发表的埃文-佐哈尔(Itamar Even-Zohar)的《多元系统论》和《翻译文学在文学多元系统中的位置》,以及读到图里(Gideon Toury)的论文集《翻译理论探索》、苏珊·巴斯奈特(Susan Bassnett)的专著《翻译研究》等著述时的激动兴奋之情,因为我在这些著述中清晰地感觉到了这些学者的观点与我此前一直在孜孜求索和积极阐述的一些观点不谋而合。所以也难怪后来我在台港译学界的有些朋友会戏称我是(中国)大陆翻译研究操控学派的代表人物。在加拿大半年的访学使我看到了此前我所进行的翻译研究的译学价值,并进一步确信,我的《译介学》写作及其学术理念与当代国际译学界的前沿学术研究和发展趋势正好一致、异曲而同工,而之前我只注意到我的研究中的比较文学价值,却并没有意识到其中的译学意义。所以可以这么说,加拿大之行坚定了我的译学研究的道路。

　　因此,从加拿大回来以后,在完成了专著《译介学》①的撰写以后,我有意比以前更多地参与到国内译学界的活动,并积极发表我个人的意见,尽

————————

① 谢天振:《译介学》,上海外语教育出版社,1999 年。

管我的观点会引起一些人的激烈反对。我认为，我们在译学理论认识上比西方"迟"了一二十年，并不要紧。更何况承认在翻译理论研究的认识上比西方"迟"，并不就意味着西方的认识全是正确的，我们都得照搬。我觉得，当前国内翻译界最重要的事情是要实现译学观念的现代化转向，正确处理翻译理论与实践的关系，尽快摆脱"匠人之见"——不要因为建造过几间茅草屋或小楼房，便自以为是建筑大师，自以为最有发言权，而对国内外的建筑理论不屑一顾，甚至嗤之以鼻，视为"空谈"。现在很有必要提醒我们国内翻译界的同行们，正视国际译学界的有关进展，调整心态，认真研究，切实建设发展我们自己的译学理论、译学事业，这才是我们的当务之急。

在这样的思想指导下，我发表了一系列观点鲜明的论文《国内翻译界在翻译研究和翻译理论认识上的误区》《论译学观念现代化》《翻译本体研究与翻译研究本体》等，推出了我的个人论文集和专著《比较文学与翻译研究》①《翻译研究新视野》②《译介学导论》③，主编或合作出版了《中国现代翻译文学史(1898—1949)》④《20 世纪中国外国文学翻译史》⑤等著作。与此同时，我还每年编选一本年度翻译文学作品选，作为"21 世纪中国文学大系"中的一卷。从 2001 年起，我总共编了 11 年，让翻译文学在中国文学中找到了它的位置。⑥ 通过这些论文和专著，我进一步全面阐述了我的译介学思想，论述了翻译文学的国别归属问题，分析了翻译文学史与文

---

① 谢天振：《比较文学与翻译研究》，(台北)业强出版社，1994 年。
② 谢天振：《翻译研究新视野》，青岛出版社，2003 年。
③ 谢天振：《译介学导论》，北京大学出版社，2007 年。
④ 谢天振：《中国现代翻译文学史(1898－1949)》，上海外语教育出版社，2004 年。
⑤ 查明建、谢天振：《20 世纪中国外国文学翻译史》，湖北教育出版社，2007 年。
⑥ 因为无法及时一一解决收入该年度翻译文学作品选集的作者版权问题，从 2012 年起我放弃了编选年度翻译文学作品选的工作。

学翻译史的区别,探讨了译介学研究的发展前景与广阔空间,从而在国内外学术界引起较为强烈的反响。让我感到特别欣慰的是,最近一二十年来,已经有越来越多的专家学者和硕、博士生运用译介学的理论视角展开他们的研究或撰写学位论文,并取得不俗的成绩。译介学研究也引起了我国国家层面相关社科领导部门的重视,譬如他们在制订国家课题指南时,把"译介学"与"马列文论与当代外国文论"等同时列为2006年外国文学课题指南中的八大课题之一,在制订"十一五国家哲社规划"时,又把"译介学"与"外国文学学科理论创新""西方当代文学思潮与外国文学若干前沿问题"等课题同时列为"规划"的内容。

进入21世纪以后,随着国内翻译学学科建设提上议事日程,我对翻译学学科理论和教材建设给予了更多关注,一方面主持编写了《中西翻译简史》①《简明中西翻译史》②等供国内高校翻译专业用的翻译史教材,另一方面,针对当前国内外翻译和翻译研究的现实及发展趋向,我发表了一系列有关翻译的职业化时代的理念与行为的论文,包括《中西翻译史整体观探索》《翻译即跨文化交际——2012年国际翻译日主题解读》《从翻译服务到语言服务》等,同时还推出了补充完善我的译介学思想的专著《译介学》(增订本)③、个人论文集《比较文学与翻译研究》(复旦版)④、一本普及性学术专著《隐身与现身——从传统译论到现代译论》⑤和一本关于翻译和翻译研究的学术散文随笔选集《海上译谭》⑥。

---

① 谢天振等:《中西翻译简史》,外语教学与研究出版社,2009年。
② 谢天振、何绍斌:《简明中西翻译史》,外语教学与研究出版社,2013年。
③ 谢天振:《译介学》(增订本),译林出版社,2013年。
④ 谢天振:《比较文学与翻译研究》,复旦大学出版社,2011年。该论文集尽管与此前业强版的一本论文集同名,但其中收录的29篇论文仅4篇与业强版重复。
⑤ 谢天振:《隐身与现身——从传统译论到现代译论》,北京大学出版社,2014年。
⑥ 谢天振:《海上译谭》,复旦大学出版社,2013年。

　　从以上对我的学术研究道路的简单回顾不难发现，我的译学研究首先是从比较文学的立场出发，从探讨翻译文学的性质及其国别归属问题起步，然后拓展到对翻译文学史和文学翻译史的研究，这也构成了我的第一阶段译学研究的主要内容。本书"上编"收入的 6 篇论文基本上就是反映我在这一阶段所做的探索，其主要观点可归纳为：一是在国内学术界首次明确提出翻译文学不等于外国文学，而是国别文学（对我们而言就是中国文学）的一个组成部分；二是厘清翻译文学史与文学翻译史的区别，提出翻译文学史具有一般文学史同样的特征，应由作家（对翻译文学史而言是原作家和翻译家）、作品（译作）和（翻译）事件三大要素构成。这也是国内翻译界一直比较混淆的问题，即把文学翻译史混同于翻译文学史。有必要指出的是，我对翻译的最根本性质——创造性叛逆——的阐述以及由此引出的一些相关观点颇引起学界尤其是翻译界个别老翻译家的不理解甚至误解，他们总也搞不明白为什么要说"翻译总是一种创造性叛逆"，"翻译文学怎么成了中国文学的一个组成部分"①等，为此我不得不在近年仍然写一些文章就这些观点进行进一步的阐释，这也是为什么 6 篇文章中有 3 篇文章②的发表时间并不在我的译学研究的第一阶段而就在最近

---

① 时至今日，仍有一些专家学者对翻译文学的性质及其国别归属问题感到迷惑不解。去年年末有专家在审读我为曹顺庆教授主持编写的《比较文学概论》中"比较文学与翻译研究"一节时就对我提出的"不能把翻译文学简单地等同于外国文学"的观点提出质疑，对于我把翻译文学说成是"外国文学的载体"，"正如我们家里的电话机，尽管它传递的是他人的信息，但它并不因此就归他人所有"的比喻，认为"从版权的角度出发，这种提法值得商榷"，用"电话机"来比喻文学翻译，"亦不贴切"。实际上，从版权的角度更要确认翻译文学是中国文学的一部分，因为译者享有对译作的版权这恰恰是我们许多人所忽视的。而把翻译文学（而不是这位专家所说的"文学翻译"）比喻为"电话机"，以突显其传递外来信息的功能，其实还是比较形象的。
② 指《非常时期的非常翻译》，发表于《中国比较文学》2009 年第 2 期；《创造性叛逆：争论、实质与意义》一文，发表于《中国比较文学》2012 年第 2 期；《翻译文学史：探索与实践》，发表于《东方翻译》2013 年第 4 期。

这几年。

从 20 世纪 90 年代中期起,由于我在加拿大访学时打下的基础,所以我对当代国际译学研究的最新走向更为关注。与此同时,我的学术活动圈子也不再局限于比较文学界,而是越来越多地参与到国内的翻译研究界,这样我的目光也更多地投向了当代国际译学界的最新发展趋向,即翻译研究的文化转向。由于当代国际译学研究的文化转向与我此前一直在进行的译介学研究正好不谋而合,所以也就更加激发了我对当代国外译学研究的兴趣和热情。而更主要的是,我认为翻译研究的文化转向深刻地揭示了翻译的跨文化交际本质,极大地拓展了翻译研究的空间,显示了当今译学研究发展的必然趋向,所以我撰写了多篇阐述翻译研究文化转向的理论文章,收入本书"中编"的 5 篇论文都属于这一性质。其中《当代西方翻译研究的三大突破与两大转向》通过对当代西方翻译发展史的梳理,揭示了当代西方翻译研究的重要特征和发展趋向,指出当代西方翻译研究的文化转向是其翻译研究历史发展的必然;《作者本意与本文本意——解释学与翻译研究》《译者的诞生与原作者的"死亡"》和《多元系统理论:翻译研究领域的拓展》等 3 篇文章则通过我个人的理解和接触到的翻译实例,分别具体阐释了解释学理论、解构理论以及多元系统论与翻译研究的关系,希望以此能为国内的翻译研究提供一些借鉴。鉴于国内译学界的某些学者围绕着国际翻译研究的文化转向一直存在着一些似是而非的理解与认识,以为"文化转向"偏离甚至背弃了翻译和翻译研究的本体,呼吁要"回归翻译本体"。为此我发表了《翻译本体研究与翻译研究本体》一文与相关专家学者进行商榷,我质疑"翻译研究本体是否仅仅是对所谓的翻译本体(即语言)进行的研究?只研究所谓的翻译本体也即只关注文本以内的语言问题,能够全面、深刻揭示'语言转换的规律'吗?"我还针对某些学者的观点进一步指出:"而既然我们已经认识到翻译不是在真空里进行的，那么翻译的运作也就不可能是一个简单的语言文字的自动转换，在语言文字转换过程之外，它必然还包括译者、接受者等翻译主体和翻译受体所处的历史、社会和文化语境，还包括对两种语言文字转换产生影响和制约作用的各种文本以外的诸多因素。翻译研究只有把所有这些问题都包括进去，才有可能成为完整的翻译研究本体，也才有可能使翻译学成为真正的"学"。从某种意义上而言，这段话似也可视作是本书书名"超越文本 超越翻译"的一个脚注。这篇文章也收录在本书的"中编"之中。

对我而言，主持编写教材《中西翻译简史》最大的收获是形成了我的中西翻译史整体观。在此之前，尽管我也曾为硕士生和博士生开设过多年的"西方翻译史"课，也主持编写过"中国翻译文学史"等项目，但都不免有失偏颇——不是在地域上偏向一方（西方），就是在内容上偏重某方面的内容（文学翻译）。而主持编写《中西翻译简史》促使我对两千余年的中西翻译史进行了一次全面深入的梳理，我发现，无论中西，"翻译与宗教""翻译与知识传播""翻译与民族语言的确立与发展""翻译与文化价值的传递""翻译与各国、各民族的文化交流"都有着极其密切的关系，从这几个视角切入便能够把两千余年来中西翻译的两条发展脉络融合成一个整体，从而对中西翻译史获得更加全面、更为深刻的认识。

这也就引出了我主持编写《中西翻译简史》得到的另一个重要收获，即发现了中西翻译界一些基本翻译理念发生、形成及其演变的规律。我在该教材的"前言"中指出："中西翻译史上的译学观念与各发展阶段的主流翻译对象有着密不可分的关系。从某种意义上而言，特定历史阶段的主流翻译对象是形成该历史阶段的主流译学观念的重要制约因素。譬如，正是中西翻译史上第一阶段的主流翻译对象——宗教文献——奠定了人类最基本的译学观念，诸如'原文至上'观、'忠实原文'观等。第二阶段的主流翻译对象——文学名著、社科经典——在继承、肯定第一阶段译学观念的基础上，又进一步丰富、深化了人类的译学观，并提出了许多关于翻译的新思考，诸如'翻译的风格'问题、'翻译的文体'问题、'形式与内容的矛盾'问题等。"①

上述"发现"也为我划分中西翻译史上的发展阶段提供了切实的依据，正是依据这一"发现"，我把中西翻译史划分为三大发展阶段，即宗教文献翻译阶段、文学翻译阶段和非文学（实用文献）翻译阶段。而最后一个阶段即"实用文献翻译阶段"的提出，又把人们（也包括我自己）的眼光引向了对翻译所处的当下阶段性质的思考，我把翻译所处的当下阶段命名为"翻译的职业化时代"，我以为这个命名也许能更好地揭示翻译所处的当下阶段的性质。

我的这些思考比较集中地反映在收入本书"下编"的《中西翻译史整体观探索》《论翻译的职业化时代》等文章中。令我感到兴奋的是，我的这些认识与思考并不孤立，它们与国际译联 2009 年和 2012 年两年先后推出的国际翻译日庆祝主题从某种意义上而言可谓异曲而同工，其倡导和阐释的都是同样的翻译理念。两则国际翻译日主题，前者倡导"合作翻译"（Working Together），"号召全世界翻译工作者以全新的视角审视合作翻译的原因和方式"；后者重申"翻译即跨文化交流"（Translation as Intercultural Communication），希望在 2012 年继续在不同的文化间"架设翻译桥梁，推动跨文化交流，进而促进文化繁荣和提升所有人的文化素养"，其中折射出的都是对当下翻译的职业化时代特点和性质的认定。

我发现，处在职业化时代的翻译随着世界各国文化贸易的迅猛崛起和快速发展，不仅是其理念与行为发生了根本的变化，其外延更是得到了

① 谢天振等：《中西翻译简史》，外语教学与研究出版社，2009 年，第Ⅷ页。

极大的拓展,原先内涵边界都很清晰的翻译服务如今已经发展成了几乎包罗万象的语言服务。当然,在语言服务中发挥主要作用的翻译其根本属性和特征还是不变的。针对翻译在职业化时代的这种新变化,我撰写了《切实重视文化贸易中的语言服务》和《从翻译服务到语言服务》两篇文章。

对当代中国而言,处在职业化时代的承担着语言服务的翻译研究者和翻译家还面临着一项重要的任务——如何帮助中国文学、文化切实有效地"走出去"。长期以来,国内翻译界和学术界对"中国文学、文化走出去"问题存在一个简单乃至错误的认识,以为只要把中国文学作品、文化典籍翻译成外文,中国文学、文化就自然而然地走出去了。事实当然不是如此简单。为此,我结合莫言作品成功外译并获得诺贝尔文学奖桂冠的实例,运用译介学的理论视角,撰写了《换个视角看翻译》《中国文学走出去:问题与实质》等论文,以纠正国内学界和翻译界在此问题上的认识误区。这两篇文章连同以上提到的 6 篇文章都一并收入在本书的"下编"之中。

最后,有必要特别说明一下的是,收入本书"上编"与"中编"的部分论文与前两年出版的拙著《比较文学与翻译研究》(复旦版)"下编"中的个别论文有重复。这是为了配合"中国当代翻译研究文库"的出版,也是为了能更完整反映本人的译学研究脉络和翻译思想的无奈之举,敬祈读者尤其是已经购买了拙著《比较文学与翻译研究》的读者给予理解和谅解。

《外国文学译介研究》绪论[①]

从某种意义上而言,中国的外国文学研究从一开始就是伴随着对外国文学的译介而来的,且表现出明显的比较文学意味,尽管研究者或评说者主观上当时并无此自觉。远的可追溯到林纾:林纾早期的译本大多都有他写的序言,在序言里林纾都会站在一个中国译者的立场上有意无意地把所译作品与中国文学中的作品进行比较,譬如把狄更斯的《老古玩店》(林译《孝女耐儿传》)与中国的《红楼梦》进行比较:"中国说部,登峰造极者无若《石头记》。叙人间富贵,感人情盛衰,用笔缜密,著色繁丽,制局精严,观止矣。其间点染以清客,间杂以村姬,牵缀以小人,收末以败子,亦可谓善于体物;终竟雅多俗寡人意不专属于是。若迭更斯者,则扫荡名士美人之局,专为下等社会写照;奸狯驵酷,至于人意所未尝置想之局,幻为空中楼阁,使观者或笑或怒,一时颠倒,至于不能自已,则文心之邃曲宁可及耶?"[②]他还把《水浒》与狄更斯的《大卫·科波菲尔》(林译《块肉余生

---

① 谢天振、许钧主编《外国文学译介研究》为申丹、王邦维总主编的《新中国60年外国文学研究》丛书之第五卷。该丛书系"十二五"国家重点图书出版规划项目、国家社科基金重大项目成果。"绪论"发表时由谢天振、许钧共同署名。

② 林纾:《〈孝女耐儿传〉序》,载《二十世纪中国小说理论资料》(第一卷),北京大学出版社,1989年,第272页。

述》）进行比较，认为："此书（指《块肉余生述》——引者按）伏脉至细，一语必寓微旨，一事必种远因。手写是间，而全局应有之人，逐处涌现，随地关合。虽偶尔一见，观者几复忘怀，而闲闲着笔间，已近拾即是，读之令人斗然记忆，循编逐节以索，又一一有是人之行踪，得是事之来源。……施耐庵著《水浒》，从史进入手，点染数十人，咸历落有致。至于后来，则如一丘之貉，不复分疏其人，意索才尽，亦精神不能持久而周遍之故。"①

近的可以当代翻译家戈宝权为例。作为翻译家兼外国文学研究家，戈宝权的外国文学研究基本上都是围绕着某一外国作家、作品在中国的译介和传播或是某一个外国作家与中国的渊源关系展开，这特别明显地体现在他于中华人民共和国成立以后所写的关于普希金、屠格涅夫、托尔斯泰、高尔基等俄苏作家与中国的关系的系列文章里。这些文章前几年分别以《中外文学姻缘》名结集出版，很受读者欢迎。不过这已经是后话，这里有必要指出的是，在 20 世纪五六十年代，因受苏联文艺界庸俗社会学批评的影响，我国的外国文学研究多热衷于探究作品的主题、作家生平与作品的关系等问题，对戈宝权这样的从译介角度研究外国文学的著述并不是很重视，所以在很长一段时间内从译介角度研究外国文学在我国外国文学研究界一直处于边缘位置，研究者不多，影响也不大。直到改革开放以后，随着比较文学在中国大陆的重新崛起并繁荣发展，对外国文学的译介研究才重新进入学术界的视野，并成为我国外国文学研究界越来越受人重视的研究领域，也即译介学研究领域。

"译介学"作为国内比较文学研究的一个专门术语，由卢康华、孙景尧两位教授率先在他们于 1984 年出版的《比较文学导论》一书里提出，孙景尧又在乐黛云教授主编的《中西比较文学教程》(1988)中设专节对其进行

---

① 林纾：《〈块肉余生述〉序》，商务印书馆，1981 年，第 1 页。

分析。之后，谢天振于 1994 年推出其个人论文集《比较文学与翻译研究》，又在陈惇、孙景尧和他共同主编的教材《比较文学》(1997)中，以两万字的篇幅，推出"译介学"专章，详细阐释了译介学的基本理念、研究对象和研究范畴。接着，他又先后于 1999 年和 2003 年推出两本专著《译介学》和《翻译研究新视野》，于 2007 年出版一本教材《译介学导论》。在这三本书以及先后发表的数十篇论文里，他对译介学理论作了更加深入的阐述，完成了对译介学理论的基本建构。与此同时，国内同类比较文学教材，如陈惇、刘象愚的《比较文学概论》(1988)、张铁夫的《新编比较文学教程》(1997)、杨乃乔的《比较文学概论》(2002)、曹顺庆的《比较文学论》(2002)和《比较文学教程》(2006)等，也都开始设立"译介学"专节或专章，从而进一步奠定了译介学研究在国内比较文学研究中的地位，极大地推动了译介学研究深入广泛的展开，并由此对国内的外国文学研究、翻译研究等领域产生影响，提供新的研究视角。具体对外国文学研究而言，人们开始意识到，译介学研究揭示出了我国外国文学研究较少关注、甚至长期被忽视的一面。

首先，译介学研究把我们的视角引向了翻译对中外文学影响关系的研究，并揭开了中外文学关系研究中新的层面。

长期以来，我们对中外文学关系存在一个定式化的认识，先假定中国现当代文学是在外国文学影响下发生、发展起来的，然后努力地从主题思想、人物形象、创作手法等方面去寻找其中的相似之处，以证明这种影响的存在。然而在大多数情况下，外国文学是不可能直接对中国现当代文学产生影响的，它只能通过翻译才有可能对中国现当代文学产生影响。然而由于我们历来的外国文学研究对翻译的作用大多缺乏足够的认识，于是外国文学影响中国现当代文学的具体途径、方式方法是什么？为何是这些国家的这些作家、作品，而不是那些国家的那些作家、作品对中国现当代文学产生影响？又为何在某一特定时期是某一个或几个外国的作家、作品对中国现当代文学的影响特别大，而到了另一个特定时期又变成了另外一个或几个外国作家、作品对中国现当代文学产生影响？对这些问题要么是视而不见、避而不谈，要么隔靴搔痒、言不及义。是译介学研究者们借鉴当代国外翻译理论中的多元系统论的理论视角，不仅较好地对上述问题作出了回答，还揭示出了制约、影响中外文学关系的诸多深层因素。

在多元系统论（polysystem theory）看来，每个社会都是由各种符号支配的人类交际形式如语言、文学、经济、政治、意识形态等组成的一个开放的多元系统。在这个多元系统里，各个系统"互相交叉，部分重叠，在同一时间内各有不同的项目可供选择，却又互相依存，并作为一个有组织的整体而运作"[①]。但是，在这个整体里各个系统的地位并不平等，它们有的处于中心，有的处于边缘。与此同时，它们的地位并不是一成不变的，它们之间存在着永无休止的斗争：处于中心的系统有可能被驱逐到边缘，而处于边缘的系统也有可能攻占中心位置。

具体到承担着向国人译介外国文学的翻译文学，它在三种条件下在译入语文学的多元系统里有可能占据中心位置：第一种情形是，一种多元系统尚未定型，也即该译入语文学的发展还处于"幼嫩"状态，还有待确立；第二种情形是，译入语文学（在一组相关的文学的大体系中）尚处于"边缘"位置，或处于"弱势"，或两者皆然；第三种情形是，译入语文学出现了转折点、危机或文学真空。多元系统论对翻译文学地位变化的这种阐述为我们研究翻译文学，实际也为我们研究中外文学关系提供了一个新的切入点，并对中外文学关系史上的一些现象作出了比较圆满的解释。

参照这三种情形去审视 20 世纪中外文学关系史我们的确可以发现

---

① 埃文-佐哈尔：《多元系统论》，张南峰译，《中国翻译》2002 年第 4 期，第 20 页。

不少契合之处。譬如中国清末民初时的文学翻译就与上述第一种情况极相仿佛:当时中国现代文学还处于"细嫩"状态,我国作家自己创作的现代意义上的小说还没有出现,白话诗有待探索,话剧则连影子都没有,于是翻译文学便成了满足当时新兴市民阶层的文化需求的最主要来源——翻译小说占当时出版发表的小说的五分之四。

至于借用多元系统论的视角去审视中华人民共和国成立以后 60 年的外国文学译介,那就更能说明问题了。中华人民共和国成立最初的 17 年,由于新生的共和国尚未发展起符合自己意识形态的新文学,文学生态呈现出一种近乎真空的状态,所以只能大量译介苏联的文学作品,包括一些二三流的苏联文学作品。据统计,1949 年 10 月至 1958 年 12 月,中国翻译出版的俄苏文学作品 3526 种,占这个时期翻译出版的外国文学作品总数的 65.8% 强,总印数 82,005,000 册,占整个外国文学译本总数的 74.4% 强。① 然而译介过来的苏联文学作品中良莠不齐、鱼龙混杂,一些掩盖社会矛盾、粉饰太平的虚假之作如巴巴耶夫斯基的长篇小说《金星英雄》和《光明普照大地》等,一些塑造所谓的高大的无产阶级英雄形象的作品如科斯莫杰米扬斯卡娅的传记小说《卓娅和舒拉的故事》、法捷耶夫的长篇小说《青年近卫军》、奥斯特洛夫斯基的长篇小说《钢铁是怎样炼成的》等也纷纷译介进来,对中国文学产生了极其重大的影响,这也从一个层面上解释了共和国成立最初的 17 年间文学中的"假大空""高大全"作品的产生根源。

再如"文革"十年期间,由于"文革"中极左思潮的泛滥,我们的文学几乎一片空白,仅有屈指可数的几本反映极左路线的所谓小说尚能公开出

---

① 参见卞之琳、叶水夫、袁可嘉、陈燊:《十年来的外国文学翻译和研究工作》,《文学评论》
　　1959 年第 5 期。

版并供读者借阅。这正如上述第二种情形,由于特定历史、政治条件制约,原本资源非常丰富且在历史上一直是周边国家(日本、朝鲜以及越南等东南亚国家)的文学资源的中国文学,此时却处于"弱势""边缘"地位。于是在"文革"后期,具体地说,是进入 20 世纪 70 年代以后,翻译文学又一次扮演了填补空白的角色:当时公开重版、重印了"文革"前就已经翻译出版过的苏联小说,如高尔基的《母亲》《在人间》、法捷耶夫的《青年近卫军》、奥斯特洛夫斯基的《钢铁是怎样炼成的》等。另外,还把越南、朝鲜、阿尔巴尼亚等社会主义国家的文学作品,连同日本无产阶级作家小林多喜二等人的作品,也一并重新公开出版发行。与此同时,当时还通过另一个所谓"内部发行"的渠道,翻译出版了一批具有较强文学性和较高艺术性的当代苏联以及当代西方的小说,如艾特马托玛夫的《白轮船》、三岛由纪夫的《丰饶之海》四部曲、赫尔曼·沃克的《战争风云》、约瑟夫·赫勒的《第二十二条军规》等。这些作品尽管是在"供批判用"的名义下出版的,但对于具有较高文学鉴赏力的读者来说,不啻是文化荒芜的"文革"年代里的一顿丰美的文化盛宴。及至"文革"结束,中国当代文学创作又一次出现了"真空"时,创作思想也发生重大转折,于是一边大批重印"文革"前已经翻译出版过的外国古典名著,诸如托尔斯泰、巴尔扎克、狄更斯等人的作品,印数动辄数十万甚至上百万册;另一边同时开始组织翻译出版中华人民共和国成立后一直被视作禁区的西方现代派作品,从而迎来了中国历史上的第四次翻译高潮。这第四次翻译高潮的出现正好印证了上述埃氏多元系统理论所说的第三种情形,即当一种文学处于转折点、危机或文学真空时,它会对其他国家文学中的形式有一种迫切的需求。"文革"结束后,我们大量译介西方的意识流小说,正是迎合了国内小说创作界欲摹仿、借鉴国外同行的意识流等现代创作手法的这一需求。

其次,译介学的研究视角让我们发现了外国文学经典化与翻译之间的关系。

一部文学作品之所以能成为经典尤其是成为世界文学的经典，一方面固然与作品本身的创作成就与特点有关，但另一方面，还与翻译有着极其密切的关系。一部作品若能被许多不同国家、不同民族的翻译家所翻译，历经不同的时代仍然不断地被翻译，那么它就很有可能成为世界文学中的经典。古希腊的悲剧和喜剧、荷马史诗，正是由于各个国家和民族的翻译家不断翻译，被世界各国一代又一代的读者所阅读，才逐渐成为世界文学的经典。然而世界各国的文学作品浩如烟海，即使是优秀的文学作品也是数量繁多，翻译家们是如何选择并找到他们需要翻译的作品的呢？译介学研究揭示出了其背后的深层原因。

一般而言，翻译活动通常受到三个因素的制约，即意识形态、诗学和赞助人。第一个因素即意识形态我们并不陌生，中华人民共和国成立后最初 17 年正是由于新生共和国的社会主义意识形态决定了我们的翻译选材向以苏联为首的社会主义阵营国家的文学一边倒。于是，在这 17 年间，我们不仅翻译了大量的苏联文学作品，还翻译了大量的东欧国家的文学作品。据统计，仅东德之外的东欧七国的古典（19 世纪前）文学作品的翻译就有 80 多种单行本，共涉及 100 多个作家的 300 多个篇目，同时还有多种以国别形式编译的现代中短篇小说集问世。尤其是 1950 年至 1959 年间，东欧文学作品源源不断地被译成了汉语，掀起了东欧文学翻译的一个高潮。原因无他，就是因为我们与这些国家具有政治意识形态上的相似性，同时在国际冷战格局中中国与他们同属以苏联为首的社会主义阵营。

这样的选择也就造就了一批东欧国家的文学作品成为 20 世纪五六十年代中国读者心目中的世界文学的经典。譬如匈牙利裴多菲诗人的《自由与爱情》等诗作，捷克作家与文艺评论家伏契克的《绞刑架下的报告》等,前者的"生命诚可贵/爱情价更高/若为自由故/两者皆可抛"的诗句为几代中国读者所传诵;后者的"我爱生活,为了它的美好,我投入了战斗","我为欢乐而生,我为欢乐而死",以及该书最后一句话"人们,我爱你们! 你们要警惕呵!"等语句,同样对几代中国读者产生深刻影响,两人也因此成为读者心目中的经典作家。

"三因素"中的第二个因素即"诗学"(poetics)不是指作诗法,而是指文学观念。或更确切地说,是指在某一特定时代占据主导地位的文学观念。譬如中华人民共和国成立后的最初 30 年,受苏联影响,我们在文学创作领域标榜社会主义现实主义的创作方法,这样的文学观念也就直接影响到我们译介外国文学作品的选择:凡是不采用现实主义创作手法的外国文学作品,就被贴上"腐朽的,没落的,反动的,颓废的"等标签,原则上不予译介;只有运用现实主义创作手法的外国文学作品才能进入我们的译介视野。这样,譬如我们在译介美国文学时,我们译介者的眼中就只有辛克莱,只有德莱赛,只有马克·吐温等这样一些所谓的批判现实主义作家的作品,至于像福克纳,尽管他 1949 年已经获得了诺贝尔文学奖,赢得了世界性的文学声誉,我们仍然不会予以译介。从两位著名的英美文学研究者当时发表的文章中我们也可以清楚地发现这种文学观念主导下的译介立场。朱虹在为纪念英国作家萨克雷逝世 100 周年撰文时说:"比起过去英国历史的任何时代,19 世纪对于我们来说恐怕最为熟悉,这在很大程度上要归功于当时一批杰出的现实主义作家,多亏他们对于当时的社会生活作了广泛的栩栩如生的形象描绘和深刻的揭露,我们得以对这一时期的英国资本主义社会有比较生动具体的认识。"[①]对现实主义的推崇跃然纸上。而袁可嘉在总结中华人民共和国成立 10 年来欧美文

---

① 参见朱虹:《论萨克雷的创作》,《文学评论》1963 年第 5 期。

学在中国的译介的文章中说得更为直白:"中国人民坦率地表示不喜欢统治美国的政治,但对于优秀的美国文学作品却有着同样坦率的爱好。马克·吐温轻松幽默的笔触和西奥多·德莱赛沉重的悲剧气氛同样吸引中国读者的兴趣:《王子与贫儿》《夏娃日记》《哈克贝里芬历险记》和《美国的悲剧》《天才》《嘉莉妹妹》并排地列在书架上。"①明乎此,我们也就不难明白,为什么对于 20 世纪五六十年代的中国读者来说,他们心目中的英美文学经典作家只能是德莱赛、马克·吐温、狄更斯、萨克雷,而不可能是西方现代派作家诗人福克纳、T. S. 艾略特、詹姆斯·乔伊斯等人。而笛福、斯威夫特、高尔斯华绥和莎士比亚等作家因为在苏联也被列入现实主义传统作家的缘故,他们的作品在中华人民共和国成立以后也就理所当然地得到大量的译介。

第三个因素"赞助人"(patronage)也是促成一部外国文学作品成为经典的重要因素。所谓的"赞助人"并不限于某个资助翻译出版的具体的个人,还包括赞助、支持翻译出版的党政领导部门、政府机构、社会团体、文艺组织等。中华人民共和国成立后,宣传部、团中央、各地的出版社等,都扮演了赞助人的角色,在外国文学作品的译介和经典化过程中起着极其重要的作用。其中,最著名的例子莫过于苏联作家奥斯特洛夫斯基的《钢铁是怎样炼成的》和爱尔兰作家伏尼契的《牛虻》了。奥氏的长篇小说尽管在 1949 年以前就已经有了多个译本,但当时的影响终究有限。在中华人民共和国成立以后,尤其是在团中央向全国青年学生发出向小说主人公保尔·柯察金学习的口号以后,小说才真正风靡全国,总印数突破百万,保尔成为中国亿万青年心目中的学习偶像和英雄,小说也俨然成为当代苏联文学的经典之作。更有意思的是,由于小说主人公保尔最喜欢的

---

① 参见袁可嘉:《欧美文学在中国》,《世界文学》1959 年第 9 期。

一部小说是《牛虻》，于是爱屋及乌，中国读者也连带喜欢上了《牛虻》，从而使伏尼契这位在英国本土默默无闻的女作家以及她的在英国本土同样名不见经传的小说《牛虻》成为中国读者心目中的经典。20 世纪五六十年代的中国青年读者，可以不知道卡夫卡，可以没听说过乔伊斯，甚至可以没读过莎士比亚，但他（她）一定知道伏尼契和她的《牛虻》，他（她）一定读过《钢铁是怎样炼成的》，说不定他（她）还能完整地背诵保尔关于人的一生应该怎样度过的名言呢。至于到了改革开放以后，我们的译介视野已经大大拓展，艺术成就得到学术界高度肯定的俄国"白银时代"的文学作品，如《彼得堡》《我们》《银鸽》《时代的喧嚣》等一本本都已翻译进来，笼罩着诺贝尔文学奖光环的帕斯捷尔纳克的长篇名著《日瓦戈医生》也已经翻译进来，它们的印数却平均都只有万余册而已，而借着"红色经典"之名重新推出的《钢铁是怎样炼成的》，尽管同时有十几个译本，每一本的印刷数却动辄都在两三万册以上。这背后的原因就不仅仅是靠"三因素"说就能解释的了，而需要运用译介学的理论对之进行更加全面、更加深入的探讨才能说得清。

最后，译介学研究让我们洞察到了外国文学译介与构建世界文学地图之间的内在关系。

众所周知，每一个民族都有一幅属于他们自己的世界文学地图。然而这幅世界文学地图是如何构建起来的？它是否存在一些缺失？又为何会存在这些缺失？等等。对这些问题，我们国内外国文学研究界显然并没有给予足够的关注。而译介学研究则把我们引向对这些问题的审视与考察。

一般而言，每个民族心目中的那幅世界文学地图通常源于两个方面，一个方面是这个民族或国家译介的外国文学作品，包括实际翻译出版的以及在报纸杂志和教科书等各种渠道介绍的外国作家作品，这些译作连同报纸杂志和教科书上的介绍构成了读者心目中一幅比较具体且形象的世界文学地图;另一个方面则是这个民族或国家的学者自己编撰的世界文学史以及他们翻译出版的国外学者编写的相应的世界文学史著述。实际翻译出版的以及在报纸杂志和教科书等各种渠道介绍的外国作家作品,正如以上所述,因受到译入语国意识形态等诸多因素的制约和操控,所构建的世界文学地图注定是不完整的,在某些特定历史时期,它还会呈现出残缺甚至极度扭曲的形态,如在我国的"文革"时期。那么由译入语国的学者们自己编撰的世界文学史类的著述情况是否会好一些呢?从理论上说,答案似乎应该是肯定的,然而由于中华人民共和国成立以来的 60 年时间里的一些特殊情况,尤其是在中华人民共和国成立初期,我们尚未形成一支比较成熟、齐整的外国文学研究队伍,我们在世界文学史和外国文学史的编撰方面,在相当长的一段时间里,还得依靠译介进来的世界文学史或外国文学史类的著述,这样呈现在我国读者面前的那幅世界文学地图就不可避免地打上外来影响的深深的烙印。译介学研究也从这个方面让我们看到了中华人民共和国成立以来为构建我们自己的世界文学史地图所经历的曲折过程及其背后影响这幅世界文学地图构建的诸多深层因素。

以中华人民共和国成立初期译介的俄苏文学史为例,自 1950 年至 1962 年期间中国直接翻译自苏联出版的俄苏文学史类的著述就达 11 部之多。由于苏联文学界强调文学的发展与社会政治、经济的发展密不可分,标榜优秀文学作品的特点就是反映了人民性和阶级性,不符合这种标准的文学作品就不足为训,所以他们编写的俄苏文学史著述也就通篇贯穿着这样的观点和立场。具体如文学史的分期,在缪灵珠翻译的《俄国文学史》(1956 年出版)中,原作者高尔基为该书各章节所拟的就是"叶卡捷琳娜时代的俄国文学""十二月党人与普希金""平民知识分子作家""农民运动与文学""农奴解放后的文学"等这样一些标题。不难发现,文学本身的发展规律与特征在这里是得不到体现的。由于忽视甚至无视作家作品的文学性及其文学价值,这些文学史著述在作家作品的选择上唯革命导师领袖关于文学的只言片语马首是瞻,以作品的人民性、阶级性和社会主义现实主义创作方法作为作家作品是否入选文学史的标准和依据,于是得到无产阶级革命导师高度肯定的作家如高尔基就占据了相当重要的地位,譬如在水夫翻译、季莫菲耶夫主编的《苏联文学史》(1957年出版)中,其上卷总共364页,而关于高尔基的章节就要占去全书的二分之一篇幅。与之形成鲜明对照的是,与高尔基同时代的、具有很高艺术成就的著名诗人叶赛宁篇幅上仅占可怜的三页姑且不论,还要被冠上"不能抵抗敌对思想的影响""背叛了自己,背叛了自己的才智,背叛了自己对祖国的爱"等诸多恶谥。至于活跃在19世纪末到十月革命前将近30年时间里的俄国象征派、阿克梅派、未来派等一大批文学流派及其创作——被誉为代表俄罗斯文学的另一高峰即"白银时代",在这些文学史著述里仅只有寥寥数语,基本被抹杀。由此可见,在中华人民共和国成立后的17年间,更不用说"文革"十年间,呈现在中国读者心目中的那幅俄苏文学地图是何等的残缺不全。

同样的情况其实也见诸当时国内英美文学史类著述的译介。中华人民共和国成立后直至"文革"结束,我们不光在俄苏文学地图的构建方面,在英美文学乃至其他国家民族文学地图的构建方面也同样受到翻译过来的苏联同类著述的深刻影响。一个典型的案例即1959年我们翻译出版的苏联学者阿尼克斯特撰写的《英国文学史纲》。自从该书出版之后,该书立即成了我国英美文学教学与研究界、外国文学翻译与出版领域的权威导向性著作,它不仅直接影响了我国同类文学史著作的编写方针,同时还直接影响了我们在翻译英美作家作品时的选择取向。

阿氏的"史纲"贯彻的完全是苏联文艺界那套以阶级斗争为纲、唯政治论、无视文学特点的做法,把在英国文学史上没什么地位的宪章派文学抬得很高,而把劳伦斯、乔伊斯、福斯特等 20 世纪英国文学重要小说家及其作品贬得一钱不值,还把他们贴上"颓废文学"代表、"反动文学领袖"这样的标签。受此影响,我国学者于 20 世纪 60 年代编写的《欧洲文学史》也跟着强调要"用阶级观点和历史主义观点分析历史上的欧洲文学现象"①,并把宪章派文学也搬进了该书。而因为阿氏的"史纲"高度评价拜伦及其诗作,于是拜伦的诗作在中国得到了前所未有的翻译出版:在 1949 年前拜伦的诗歌只有零星的几首得到译介,其代表作《唐璜》也仅有一个节译本,但在中华人民共和国成立后,拜伦诗作包括长诗和抒情诗几乎都得到了译介,拜伦的诗作毋庸置疑地成为读者心目中的英国文学经典。翻译与世界文学地图的构建关系由此体现得淋漓尽致。

从译介学视角考察和分析我国的外国文学翻译与研究所揭示的并不仅仅限于上述这几个方面,包括外国文学期刊在其中所起的作用,包括我国改革开放以来在外国文学界乃至国内文化界的一些热点问题,譬如关于名著重译的问题、围绕现代派文学的争议问题、翻译与市场的消费问题等,都让我们对中华人民共和国成立 60 年来的外国文学的翻译、教学与研究有一种新的理解和认识。

具体就本书的编写而言,众所周知,考察 60 年来外国文学的译介,是一个很有挑战性的课题,首先是涉及面广,涉及语种多。从广义上看,外国文学,至少包括小说、诗歌、传记、散文和戏剧作品。但在本书的具体研究中,我们没有局限于体裁的简单分类,面面俱到地予以考察,而是把主要目光投向了外国主要作家的重要作品在我国的译介,同时还有选择地

---

① 杨周翰、吴达元、赵萝蕤主编:《欧洲文学史》(上卷),人民文学出版社,1964 年,第 7 页。

对外国文学史、外国文论的译介情况进行了梳理和分析。从语种情况看，我们从中华人民共和国成立 60 年来外国文学译介的实际情况出发，重点对俄苏文学、英美文学、法语文学、德语文学、东、南、北欧文学、拉美文学与东亚及非洲文学的译介状况加以全面地考察，涉及了 10 余个语种。在对翻译历程的梳理与描述的基础上，我们尝试着对 60 年来外国文学在中国的翻译选择、翻译环境、翻译策略、翻译特点和翻译影响等方面进行研究和探索。

外国文学译介，不是一种简单的语言转换，也不是一种单向的、单纯的文学活动。在本质的意义上看，文学翻译是一项具有跨文化性质的交流活动，要受到诸如社会、文化、经济、政治与意识形态等因素的制约与影响。因此，我们在研究中，没有孤立地从文学的角度对译介的状况进行考察，而是把外国文学在 60 年来的译介活动置于一个社会、政治与文化的广阔空间中进行考量与分析。如通过对英美文学在我国译介状况的考察与分析，我们可以清楚地看到：60 年来我国的英美文学翻译与每个历史时期的社会语境、文化语境以及与国内外政治语境的变化等息息相关。英美文学的翻译，凸显了独特、鲜明的综合特征。

翻译尤其是文学翻译是一项相当复杂的活动，其过程涉及拟译作品的选择、翻译策略的制定、具体作品的译介、接受与传播、外国文学与中国文学的互动等一系列环节。在以往的外国文学译介研究中，一般都比较关注原作者及其作品，而很少关注翻译过程中的其他因素。在本研究中，我们根据外国文学在 60 年来译介的具体情况，特别关注到了翻译文学期刊在外国文学译介中所起到的独特作用。从文学翻译期刊的办刊方针、译介目的、作品选择标准与翻译传播的实际效果等重要方面展开研究，进一步凸显外国文学译介的特点。

中华人民共和国成立 60 年来的外国文学译介，具有强烈的时代特征。在我们的研究中,我们将 60 年明确地划分为三个阶段:中华人民共和国成立后 17 年为第一阶段;1966 年至 1978 年为第二阶段;改革开放至 2009 年为第三阶段。通过研究,可以看到外国文学译介在三个不同的阶段呈现出许多不同的特征,也可以看到影响译介的诸多因素在各个时期所起的不同作用,如在第一阶段俄苏文学译介中主流意识形态所起的作用;第二阶段近乎空白的译介所凸显的政治性的选择;改革开放之后作品选译标准呈现出多样化的特征,同时在市场经济环境下,外国文学译介特别是外国经典作品的复译、通俗文学的译介等明显受制于利益驱动等因素。

考察与分析 60 年来外国文学的译介,有三个方面是我们在研究中特别坚持与关注的。首先,整个研究着力于描述 60 年来外国文学在中国语境中译介的基本轨迹、发展脉络和特点,进而揭示出外国文学的译介活动与出发语和目的语国家的政治、历史、社会和文化语境之间的联系,及其受到政治、意识形态、文化和语言等要素影响的过程与表征。在充分掌握资料的基础上,有重点、有侧重地加以论述,避免重大翻译事件的疏漏,也力戒面面俱到,把梳理工作做成一个个孤立的翻译事件的简单罗列。

其次,在译介学的视野下,我们把外国文学的译介视作一个外国文学在目的语国家翻译、接受与再生的过程。在研究中,我们特别注重具体的个案,对外国文学在中国语境中的译介、变形、认同与接受的过程加以考察与分析。如在对越南《南方来信》这一作品的译介活动的具体分析中,揭示出该作品如何在特定的历史语境中被选择、被组合与变异的原因与诸种复杂的因素。又如在对非洲文学译介的考察中,通过对阿契贝和乌斯曼作品在"文革"前后中国的译介的分析,展现了两位作家在目的语国家的不同命运。

再次,通过对中华人民共和国成立 60 年来外国文学译介的考察与分析，我们也特别注意到存在一些值得反思的问题。在传统的翻译理论视野里，一般都认为文学译介活动是在作者、译者与读者的三者的互动与影响中展开的，但实际情况要复杂得多。60 年来，尤其是前两个阶段对外国文学的译介，过分受控于政治因素与主流意识形态，文学在一定的意义上成为工具，因此，在 60 年前两个阶段中，无论对外国文学作品的选择，还是对外国文学作品的理解与接受，出现了很浓的政治化倾向。改革开放之后，随着我国政治、经济与文化环境的不断改善，我国的外国文学译介进入了一个高潮时期。我们注意到，一方面，外国文学译介逐渐回归其文学的本位，译介的诗学标准在新的历史时期得到了应有的关注，作品选择的视野不断拓展，呈现出多样化的趋势。但另一方面，外国文学译介的质量不容乐观，特别是外国经典作品的译介，出现了无序的重复翻译，甚至出现了大量抄袭、抄译的现象，值得我们特别关注。

从 20 世纪 70 年代开始，国际译学界出现了翻译研究的文化转向，而与此同时国际人文学界则出现了文化研究的翻译转向，两大转向的交汇无论是对国际还是国内人文学科的研究，都产生了很大的冲击，同时也为国内外的人文学科研究、包括我国的外国文学研究展示出更为广阔的研究空间。本课题正是在这样的国际学术大背景下所做的一个探索与尝试，希望这样的探索与尝试能为国内的外国文学研究带来一点新意。然而正因为是一个探索与尝试，难免还存在许多不足之处，我们衷心期待专家学者与广大读者的批评指正。

《海上杂谈》自序[①]

　　差不多是一年多前的事了,好像是 2016 年的年底吧,那一天培凯兄偕夫人鄢秀教授与我一起在沪上一家饭店吃饭。席间培凯兄提到他应香港城市大学出版社邀请要主编一套面向大众读者的深入浅出地介绍中国文化的丛书,为此他已经邀请了沪上一批文史哲的名家共同参与其事,同时也想请我给这套丛书贡献一本书。我听了一方面当然很高兴,也很乐意,但同时又有点担心,我说我这么多年来一直从事的是比较文学与翻译研究,恐怕与这套关于中国文化的丛书沾不上边吧? 这时坐在一旁的鄢秀博士开口说了:"没关系的,谢老师,你搞的翻译文化不也是中国文化的一部分吗?"鄢秀教授本人就是翻译研究的专家,她这么一说我自然也无话可说了,此事也就这么定下来了。

　　2017 年 1 月,我在广西北海过冬。北海的冬天温暖如春,我住的地方濒临大海,海风吹来,空气特别清新。我们的小区又远离市区,除了偶尔有几位朋友造访外,基本没有外人打扰,所以显得分外清静。我于是利用这段时间,把我以前在报纸、杂志上发表过的一些学术散文、随笔类的文

① 谢天振:《海上杂谈》,香港城市大学出版社,2018 年。

章整理出来。由于前几年我在复旦大学出版社刚刚出版过一本同样性质的文集《海上译谭》①，所以这次编起来也就比较有经验，速度也比较快。

在《海上译谭》里我主要编入我有关翻译和翻译研究的学术散文和随笔，按内容我把它们分为五个小辑，分别是"译苑撷趣""译海识小""译界谈往""译事漫议"和"译学沉思"。这次《海上杂谈》文集收入的文章内容，一如书名所示，要比《海上译谭》更广、更杂，不限于谈翻译和翻译文化，还涉及中国大陆学术界、文化界的一些普遍性问题，翻译方面的文章则多是《海上译谭》出版后发表的文章。我也按文章的内容把三十几篇文章分成三个小辑，分别是第一编"译苑杂议"、第二编"学界杂俎"和第三编"师友杂忆"。

我在《海上译谭》的前言里曾坦承，是由于著名作家、翻译家贾植芳教授影响的缘故我才开始慢慢地重视并喜欢给报刊写点小文章和学术性散文的。贾先生称这些文章为"报屁股文章"，因为这些文章通常刊登在报纸的副刊上，而副刊通常位于一厚沓报纸的最后面。但贾先生告诫我说："不要看不起报屁股文章，它的影响有时比你那些正儿八经的学术文章还大哩。"事实也正是如此，由于报纸杂志的读者面广，传播面大，我觉得在这上面发文章其实也是一个知识分子践行他对社会的使命和职责的很好机会。我很景仰贾先生那一代知识分子秉笔直言的风范，所以我在为报纸杂志写这些文章时通常也是直抒己见、直言不讳的。譬如我在第一编《文学奖如何真正成为一种导向》一文中就对文学翻译空缺 2010 年第五届鲁迅文学奖一事提出尖锐的批评和质疑："在评选代表一个国家最高级别的优秀翻译文学奖时把眼光仅仅或主要集中在译作的翻译质量以及编辑质量上——具体而言也即其语言文字转换是否贴切、是否准确等，

___
① 谢天振：《海上译谭》，复旦大学出版社，2014 年。

是不是就够了呢?"我指出:"文学翻译之所以空缺本届鲁奖,与其说是因为我国目前文学翻译界缺乏优秀的翻译作品,不如说目前的鲁奖优秀翻译文学奖的评奖理念、机制、方法和标准等方面存在着一些问题。"所以我呼吁,要对"鲁奖优秀翻译文学奖的评奖理念、机制、方法和标准进行适当调整"。其实自从第三届鲁迅文学奖把优秀翻译文学纳入它的评奖范围以来,我对所谓"优秀翻译文学奖"的评奖理念、机制、方法和标准等一直持批评态度,曾不客气地指出,按这样的评奖方法和标准,即使鲁迅先生本人带着他的译作来申请评奖,也肯定得不到这个以他名字命名的"优秀翻译文学奖"。这不是莫大的讽刺么?

不过在本书中我更多的精力还是放在对新的翻译理念的阐释上。传统的翻译理念对我们每个人的影响实在太深了,甚至连钱锺书这样的大学者在讨论林纾的翻译时都会暴露出一定的矛盾心态,所以我在本书中通过对一些电影片名翻译、对一些有趣的翻译事件的阐释和剖析,让读者意识到,"今天,让我们重新认识翻译"。在我看来,唯有确立了符合翻译本质的翻译理念,我们才有可能做好翻译,包括译入,更包括译出(即文化外译)。

第二编"学界杂俎"中《纸质文本的深度阅读改变人生》等三篇文章是与读者分享我的读书、买书的经历和体会。我对当下年轻人越来越满足于网上阅读,而越来越少人能沉下心来捧读一本纸质的人文图书潜心阅读这个现象感到震惊和担忧,因为网上的速食式阅读大多只是解决一时之需的资讯资料,而不大可能代替通过纸质文本或类似纸质文本的电子文本的深度阅读。我的体会是:"纸质文本的深度阅读改变了我的人生,也铸造了我充实的人生。"

这一编中与诺贝尔文学奖有关的三篇文章阐述了我对诺奖的看法,有批评,也有肯定。其中《文学的回归》一文发表后不久,恰值文章专门提到的 2010 年诺奖得主略萨访问我任教的上海外国语大学。在与略萨见面的小型座谈会上我对略萨说，我为他的获奖感到高兴，但又不是为他。我说到这里故意停顿了一下，略萨也颇感惊讶地望着我。我于是继续说下去，我说我是为诺奖评委感到高兴，因为此举给诺贝尔文学奖注入了明确的文学因素，表明了一个文学奖项对文学的回归。略萨听罢我的话非常兴奋，高兴地拉着我的手与我合影，并在我的书上题词留念。

这一编中的《部长辞职与兔子写博士论文》一文与两件事有关：一件是发生在德国政界的一则真实丑闻，即一位年轻有为的国防部长因涉嫌多年前写的博士学位论文抄袭，在社会各方的压力下不得不黯然辞职；另一件则是在网上传播的一则当代寓言，说的是兔子仗着它强有力的博导狮子做后台，写的博士论文不管是什么题目都能通过。借用这一实一虚两件事，我对目前中国大陆的博士学位论文的写作、指导与答辩等问题进行了反思，并提出一些建议。

第三编"师友杂忆"中的六篇文章是我本书中用情最深的几篇文章。六篇文章中所回忆的人物，除傅雷外，其余几位都是我与他们曾有过直接交往的学界前辈和朋友。其中对我影响最深、最大的，毫无疑问是贾植芳先生。一方面，当然是因为我与贾先生交往的时间最长、最密切——有好几年的时间，我几乎每个星期都会在贾先生家里至少吃一两顿饭；但另一方面，是因为他的传奇经历给我的印象极其深刻——他一生在不同时代坐过四次牢，虽然他历经磨难却仍然保持着的坚毅乐观的性格，在人生最攸关的时刻仍坚持不出卖朋友，一生坚守要把"人"字写得端正一点。我感觉我沐浴在他的人格光辉之中，我的灵魂在潜移默化中也得到了升华。

与贾先生相比，方重先生可以说是另外一种类型的知识分子：贾先生热情好客，爱交朋友而且与各种职业的人都能找到共同语言，谈得来；方先生身上则有明显的英国文化的印记，衣着干净利落，举止温文尔雅，言语不多,似有几分矜持,颇有一点英国绅士的派头。方先生在中古英语的翻译(乔叟作品的汉译)、莎士比亚戏剧翻译和陶(渊明)诗英译上所取得的成就是令国际学界都为之瞩目的,但他的为人却相当低调,待人极其谦和,甚至显得有点文弱。然而,当"文化大革命"这样史无前例的风暴向他袭来时(他是上外第一个被贴大字报"炮轰"的"反动学术权威"),他却依然能表现得相当的超脱和淡定,这又让我看到了他与贾先生的相通之处——中国知识分子高贵、坚毅的独立人格。

在与老一辈知识分子的交往中,我越来越真切地感受到,他们的灵魂是相通的,这也是为什么尽管我与傅雷先生生前并无直接的交往,但去年在他"弃世"五十周年之际我会忍不住也写了一篇纪念他的文章"魂兮归来",因为我被傅雷先生身上那种知识分子的独立人格所感召,为他坚守翻译家对民族、对国家的崇高使命感所感召。

方平先生与迈克尔教授是两位非常纯粹的文学翻译家。两人都属于才华横溢型:方平先生既做翻译,又能做外国文学研究,还能写诗,著译甚丰;迈克尔教授精通十余种外语,同样译著丰硕,且收获了多项翻译奖项。两人都把他们的一生献给了他们热爱的文学翻译事业:方平先生晚年积极组织、并身体力行,为读者奉献出了一套高质量的诗体莎士比亚戏剧全集;迈克尔直到去世前几天口中还念念有词,在斟酌某个词应该怎么翻译。不无巧合的是,两人对物质生活都极其淡泊,衣着俭朴,日常生活中都舍不得花钱。但是,为了在上海建造一座莎士比亚的塑像,方平先生毫不犹豫地捐献出了自己数万元的私人积蓄。而迈克尔教授为了推动美国的文学翻译事业,给美国笔会中心捐献了七十三万多美金,资助了一百多位译者,出版了七十多部译作,却不许笔会中心公布他的名字。直到他去世后,笔会中心征得他夫人的同意才公开了这个"秘密"。

《海上杂谈》是我第二本学术散文、随笔文集。考虑到本书是在香港出版，读者群体与大陆有所不同，所以我也有意挑选了几篇曾收入《海上译谭》的文章放入本书，以便香港读者对我的《海上译谭》有所了解，并对翻译产生进一步的兴趣。

最后，我要借此机会向培凯兄、鄢秀教授表示感谢，没有他们的邀约，就不会有这本小书。培凯兄的书名题字，更是给这本小书增加了光彩。而正如鄢秀教授所言，我多年来一直在宣传一个理念，即翻译文学、翻译文化也是中国文学、中国文化的一个组成部分。我很希望借助这套"青青子衿"系列丛书把这个理念进一步地宣传出去，让广大读者都能来"重新认识翻译"。

2018 年 1 月 15 日于广西民族大学相思湖畔

十年一瞥

《21世纪中国文学大系
2001年中国最佳翻译文学》序^①

"21世纪中国文学大系"在传统的"小说卷""诗歌卷""散文卷"等分卷之外,专门推出一本"翻译文学卷",是一个经过深思熟虑的决定。众所周知,以前出版的中国文学大系类图书,一般都没有单独的"翻译文学卷"。如20世纪30年代出版的《中国新文学大系》,仅在"史料·索引卷"里收有"翻译编目"一节内容,没有独立的"翻译文学卷"。

20世纪90年代初,上海书店出版的《中国近代文学大系》首次收入了三大本《翻译文学集》,标志着国内学界翻译文学意识的觉醒,颇为难得。但是,这一举动,尽管表面看来与本文学大系推出"翻译文学卷"甚相仿佛,其实在指导思想上却有着质的不同。"翻译文学集"此举的指导思想,借用主编者的话来说,就是:"外国文学的输入与我国近代文学的发展有密切的关系。保存一点外国文学如何输入的纪录,也许更容易透视近代

① 谢天振主编:《21世纪中国文学大系 2001年中国最佳翻译文学》,春风文艺出版社,2002年。

文学的发展的轨迹。"①由此可见,该书编者之所以编辑"翻译文学集",意在展示外国文学如何输入的纪录,而并不把翻译文学视作中国近代文学的一个组成部分。而本文学大系推出"翻译文学卷",旨在强调翻译文学是中国文学的一个组成部分,重在突出文学翻译活动在中国当代文学创作生活中所占有的不容忽视的地位。与此相应,我们在选择译作时,也更注重译作与中国文学和中国文化语境的关系。

长期以来,人们对翻译文学有一种模糊的认识,即往往把翻译文学等同于外国文学。之所以会有这种认识,是因为人们经常把文学翻译看作只是语言层面的纯技术性的文字符号的转换,把复杂的文学翻译活动简单化,对翻译文学的性质及其在民族(国别)文学史上的意义和地位缺乏应有的认识,忽视甚至无视文学翻译家的再创造劳动,从而也抹杀了翻译家对民族(国别)文学所作出的独特贡献。

其实,如果我们把翻译与改编做一个比较的话,我们便不难发现,从某种意义上而言,翻译和改编一样,也是文学作品的一种存在形式。一部文学作品可以有多种多样的存在形式,除了最初的存在形式(或是小说,或是戏剧)外,它还可以经过改编而以电影、戏曲或电视连续剧等形式存在。而译作,实际上也是文学作品的一种存在形式。在某种程度上,翻译的意义还超过了改编,因为改编大多局限在与原作同一个民族文化语境内,而翻译,正如法国文学社会学家埃斯卡皮所说的,"把作品置于一个完全没有预料到的参照系里(指语言)","它赋予作品一个崭新的面貌,使之能与更广泛的读者进行一次崭新的文学交流"。② 在许多情况下,有些原

---

① 施蛰存:《导言》,载施蛰存主编:《中国近代文学大系》(第 11 集·第 26 卷·翻译文学集一),上海书店,1990 年,第 27 页。
② 参见罗贝尔·埃斯卡皮:《文学社会学》,王美华、于沛译,安徽文艺出版社,1987 年,第 137—138 页。

作主要还是依靠译作才获得了全球范围的传播，才产生了它的巨大影响、才发挥出了它的重要作用，如易卜生的戏剧、安徒生的童话等。

对大多数不能或未能直接接触外国文学原作的中国读者来说，外国文学实际上只是存在于翻译文学之中的一个虚幻的概念，而翻译文学才是他们实实在在接触到的文学实体。翻译文学为他们传递了外国文学的信息，让他们认识了外国文学。翻译文学是中国文学百花园中的一朵奇葩，为中国文学增添了一道洋溢着异国情调的风景线，使中国文学变得更加多姿多彩，充满魅力。

文学翻译是一种审美再创造活动。语言文字层面上的转换只是文学翻译的外在行为方式，其本质与文学创作一样，都是一种审美创造活动。相对于原作而言，文学翻译是依据原作的一种审美再创造。译者根据原作者所创造的作品结构、人物形象、艺术风格等，通过自己的解读、感悟，借助自己的语言文字修养和文学再创造能力，把原作所创造的一切，重新在译入语文化语境里表达出来。

虽然从理论上说，好的译作应"不因语文习惯的差异而露出生硬牵强的痕迹，又能完全保存原有的风味"，达到"化境"，但其实"彻底和全部的'化'"①只是一种不可能实现的理想追求。在文学翻译中，译本对原作的忠实永远只是相对的。即使是公认的杰出译作，也只是以本民族文学审美标准在审美效果上作出的价值评判而已。译作只能最大限度地接近原作，而不可能真正成为原作的替代品。

文学翻译不同于非文学翻译。非文学范畴的哲学、经济学、社会学、宗教等著作的翻译，译者如能将原作中的理论、观点、学说、思想等用明

---

① 参见钱锺书：《林纾的翻译》，载罗新璋、陈应年编：《翻译论集》（修订本），商务印书馆，2009年，第774页。

白、晓畅、规范的译入语准确、忠实地传达出来，也就达到了目的。但文学翻译则不然。文学翻译不仅要传达原作内容的基本信息，而且还要传达原作的审美意蕴。"诗无达诂"，越是优秀的文学作品，它的审美信息和文化意蕴也越丰富，译者对它的理解和传达也就越难以穷尽。这也就是为什么同一部优秀作品，会有几种甚至几十种不同的译本。优秀文学作品中的审美信息和文化意蕴就像一座开采不尽的宝藏（在诗歌中这一点尤其突出），需要译者们从各自的立场出发、调动各自的翻译技能对它们进行"开采"。说起来，翻译家对文学作品中审美信息的"传达"与我们的作家、诗人对他们的生活中信息的"传达"颇不乏异曲同工之处。譬如，一个普通人可以用以下的语言说，"昨天晚上雨很大、风很大，把室外的海棠花吹打掉不少，但叶子倒长大了"，以此完成对生活中一个信息的传达。但诗人就不然，他（她）要用另一种语言来传达信息："昨晚雨疏风骤。……却道'海棠依旧'。知否知否？应是绿肥红瘦"，从而使他（她）的传达不仅包含有一般的信息，而且还有一种审美信息，给人以艺术的享受。文学翻译也是这样的情况。如果它仅仅停留在对原作的一般信息的传递，而不调动译者的艺术再创造的话，这样的文学翻译作品就不可能有艺术魅力，自然也不可能给人以艺术的享受。

从某种意义上而言，文学翻译还是一种在本土文学语境中的文化改写或文化协商行为。两种不同文化的遇合际会，必然经历碰撞、协商、消化、妥协、接受等过程。译者作为两种文化的中介，经过他的解读、价值评判、改造、变通等文化协商而产生的结果——译作，已不复是原来意义上的外国文学作品。除外在形态异化为译入语语言外，译作还会为适应译入语文化生态环境而出现变形、增删、扭曲等变化，从而打上了译入语文化的烙印，负载着译入语时代文化的意蕴，所以法国文学社会学家埃斯卡皮指出，"翻译总是一种创造性的叛逆"。

　　文学翻译中的创造性表明了译者以自己的艺术创造才能去接近和再现原作的一种主观努力，而文学翻译中的叛逆性则反映出译者为了达到某一主观愿望而造成的译作对原作的客观背离。译者的民族文化身份使他的翻译活动以本民族文化文学为价值取向，对原作忠实与否很大程度上都决定于译者的文化意图。

　　接受美学创始人沃夫冈·伊塞尔认为，每一个作家的创作都有其隐含的读者。英国文艺理论家特雷·伊格尔顿解释说，"接受是作品自身的构成部分，每部文学作品的构成都出于对其潜在可能的读者的意识，都包含着它所写给的人的形象……，作品的每一种姿态里都含蓄地暗示着它所期待的那种接受者"①。作为另一种意义上的文学创作者，译者也有他隐含的读者，译者为了充分实现其翻译的价值，译作在本土文化语境中得到认同，他在翻译的选择和翻译的过程中就必须关注隐含读者的文化渴求和期待视野。任何译者对外国文学的择取都受两个方面因素的作用：他所处的文学文化语境和个人的审美倾向。对任何一位译者，这两个因素常常交互发生作用。其个人的审美倾向不可能脱离其文学意识赖以生成的文学土壤——文学传统和时代文学风尚。一旦译者个人的审美倾向与时代的主流意识形态和群体期待视野发生冲突，译者往往会舍弃个人的美学追求而以主流文化的需求为价值取向。有时译者为了更加接近预期读者道德的、文化的、文学的等期待视野，还会有意无意地"误译"，以赢得读者对译作的认同。这在中国翻译文学史上不乏其例，如清末蟠溪子、包天笑翻译哈葛德的《迦茵小传》略去了女主人公未婚先孕的情节；吴趼人为法国鲍福的《毒蛇圈》增添女儿思父的描写以强化父慈子孝的中国文化色彩；傅东华译《飘》，把人名地名悉数中国化，并删去原作中的情景和

---

① 罗贝尔·埃斯卡皮：《文学社会学》，第139页。

心理描写文字不译;等等。实际上,任何文学翻译都在不同程度、不同层面上存在着有意无意的创造性叛逆现象。

文学翻译中的创造性叛逆充分说明,文学翻译不是简单的语言层面上的转换。文学翻译也不是单纯的个人审美行为,而是在特定民族文化时空中的文化创造行为。文学翻译从翻译选择到翻译方式,从对作品的阐释到译作文学影响效果实现的大小都受到本民族意识形态和文学观念的影响和制约。西方现代派语言学作品,早在 20 世纪三四十年代即已介绍到中国来了,但是在 50 至 70 年代,国内对它却几乎无片言只语的译介,直至 80 年代以后,中国才迎来了全面译介西方现代派文学作品的高潮。因此,对西方现代派文学作品的译介,与其说是传达了国外现代派文学的创作状况,不如说是从一个特定的侧面反映了国内文学创作界的气候与现状。从这个意义上,我们说文学翻译家实际上是以另一种形式参与了国内文学创作的活动并对它的发展作出了自己的贡献,恐怕并不为过。

无论是语言差异而导致译作不可能等同于原作,还是由于文学翻译过程中种种主观和客观因素的影响而出现的创造性叛逆现象,译作都不可能是原来意义上的外国文学作品。从译作与原作的关系来说,译作是原作的"第二次生命"形态,是它的新的存在形式[①];从译作与译入语的文学关系来说,译作是译入语文学系统中的一部新的文学作品,具有自己独立的审美特性和文化内涵。

文学翻译的创造性叛逆的性质决定了翻译文学不是外国文学。而人们常常说的对 20 世纪中国文学产生了巨大影响的"外国文学",在大多数情况下实际上指的就是翻译文学。翻译文学以其独特的文学面貌融入民

---

① 参见罗贝尔·埃斯卡皮:《文学社会学》,第 138 页。

族(国别)文学的发展进程中,并与创作文学一起共同构建了民族(国别)文学的时空。正是在这个意义上,我们把翻译文学作为 21 世纪中国文学大系的一个组成部分,并推出了"翻译文学卷"。

"翻译文学卷"的编选原则如下:

一、选材以 2001 年 1 月至 2001 年 10 月正式发表在国内各公开出版发行的刊物上的外国文学译作为主,兼及在此期间有较大影响的单行本译作;

二、体裁以中短篇小说、诗歌、散文、剧作为主,不收理论译作,因篇幅所限,也不收长篇小说;

三、挑选译作的标准,首先考虑它对中国文学的借鉴意义,如在主题、创作手法、流派、风格等方面与中国本土创作文学相比有一定的独特性,或是与中国文学或文化有较为密切的关系。其次考虑它在译介外国文学方面的意义,如有助于中国读者了解外国文学的最新发展动向等。与此同时,我们也对作品的可读性予以一定的关注,以便使这本"翻译文学卷"能成为读者案头常备的受人喜爱的读物。

下面,对入选本卷的作品做一个简单的介绍:

小说部分,中篇小说《马尔科的使命》是国际著名比较文学家佛克马以小说的形式沟通中西文化的一个尝试。作者通过对一桩貌似扑朔迷离的谋杀案的步步侦破,展示的却是一个西方科学家对中国文化的探寻和向往,同时也反映了不同文化之间的碰撞、吸收和交融。海外华人用所在国当地语言文字创作的作品近年来一直是国内读者关注的热点之一。本卷收入的华裔美国作家梁志英的中篇小说《海珊》是作者根据 20 世纪 90 年代晚期美国一则揭露洛杉矶妓院的可怕情形的新闻报道写成的。主人公在七八十年代的台湾受尽苦难,不料到了美国仍未摆脱厄运,"才出狼穴,又入虎口",海珊在两地妓院的悲惨遭遇令人心颤。获得 1999 年芥川奖的当今日本文坛引人瞩目的新锐作家藤野千夜的《夏季之约》尽管是一部以当今西方发达国家社会中的"另类人"——同性恋者为主角的作品，但正如有的批评家所说的，却是一部关心社会所遗忘的人群的严肃之作，"所寻求的是生存于超越'男女'这个性框架之外的年轻人的日常和梦想"。

本书收入的 11 篇短篇小说，可分为三组，第一组 5 篇分别展示了美、俄、法三国几位短篇小说家的最新作品：获得欧·亨利奖和美国最佳短篇小说奖的《释病者》以细腻的笔调描写了男女主人公的内心世界，更以一个出人意料的结尾带给读者更多的震撼和思考。《当代套中人》和《失踪的复仇者》分别叙述了当代俄罗斯社会中的众生相，前者正如标题所示，讲述了一个当代套中人的故事，但并不是契诃夫笔下那个套中人简单的翻版，"毕竟生活不是一成不变的"；后者以极其简练的笔墨，活脱脱描绘出了一个忘恩负义、不择手段往上爬的小人形象，但作品最后的喜剧性结尾，让这个阴谋得逞一时的小人受到了应有的报复，也让读者的心理得到意外的满足。两位法国女作家的作品《班加罗尔的兰花》和《美》，与其说是短篇小说，不如说是两篇精致的小品，作者以简约隽永的文字，讲述了两个关于人情、人性的故事，表面平淡的情节，却能令人沉思，回味无穷。

第二组 4 篇是有一定代表性的当代国外后现代主义和后殖民主义小说。俄罗斯当代著名女作家塔·托尔斯泰雅的《诗人与诗神缪斯》写的是女主人公尼娜追求爱情和幸福的几个人生片断，"漫长而乏味"、充满无序和复杂的片断，展示了女性的生存空间和生命欲求，表达的是女性的欢欣和悲哀。被称为日本后现代主义文学旗手的岛田雅彦的《燃烧的尤里西斯》是一篇构思和叙述都很巧妙的作品，写了一个纵火犯坐了 29 年牢遇大赦出狱又沦为流浪汉的故事。小说表面的调侃、挖苦和讽刺，却隐藏着对当前日本社会的深刻透视。澳大利亚"新小说派"中最富创造力、最有才华的作家之一彼得·凯利的短篇小说《蟹》，以汽车影院的现实背景开始，以一个微不足道的青年变成一辆性能完好的汽车结尾，用黑色幽默和魔幻现实主义的手法，辛辣地讽刺了现代社会的异化。印度裔加拿大作家罗·米斯垂以殖民者的文化帝国主义和殖民地人民的畸形心态为其创作素材的主要来源，他的小说《游泳课》表现的正是那种不同文化在交融过程中的痛楚和心灵深处的震颤。

第三组是2篇当代中国作家翻译的小说。作家在创作的同时从事文学翻译，这本是中国现代文学史上的一个由来已久的传统，鲁迅、郭沫若、茅盾等都有许多优秀的译作传世。作家翻译，因其"名人效应"，有利于外国文学的传播，同时也有利于作家直接与外国文学的交流，从而对作家本人的创作产生影响。在这个意义上，《外国文艺》推出"作家译坛"专栏并邀请王安忆、王周生参与文学翻译，显然是一个值得注意的现象。眼下当然还远远谈不上翻译与创作的互动关系问题，但作家通过翻译而得到的对原作的独特体验和感悟，却在她们写在译文之前的"小引"中表现得淋漓尽致。

散文部分我们选录了2篇作品，一篇是19世纪、20世纪之交俄罗斯重要作家梅日科夫斯基的《思想断片》。尽管不是一篇完整的散文形式，而且写作的时间距离今天也已比较遥远，但读者仍不难从每一个断片中感受到作者闪烁出来的智慧的光芒。另一篇是当代法国诗人、画家米修的作品，这是作者访问中国后的观感，从中我们可以看到一个西方人对中国文化的基本看法。

诗歌部分我们选了2位当代诗人的作品。被公认为当代最优秀的苏格兰诗人之一的诺曼·麦凯格的诗，虽然写的都是常见的风物人情，却别有一番诗意和奇思，引人遐想。当代俄罗斯最著名的诗人叶甫图申科的名字对中国读者并不陌生,只是政治和意识形态的哈哈镜一度曾使诗人的形象发生变异。但从本卷收入的 6 首诗中,中国读者当能领略并欣赏到叶氏诗歌的美妙,奇巧的构思、深沉而炽热的情感,使人不由得联想起俄罗斯诗歌中普希金和伊萨科夫斯基的传统。

《21世纪中国文学大系 2002年翻译文学》序[①]

从去年起，陈思和教授每年主编一套十本"21世纪中国文学大系"，他要我负责编选"翻译文学卷"。思和教授之所以会要我编这本"翻译文学卷"，我知道是因为他了解并支持我的"翻译文学是中国文学的一个组成部分"的观点。事实上，我也正是站在这个立场上编选这本"翻译文学卷"的。

但是，从理论上提出翻译文学的归属的观点到具体操作中国翻译文学的编选，再到读者（还有出版者）的接受，却有一个并不那么简单的过程。去年我编选的第一本"翻译文学卷"出版后，就一下子接到好几个熟悉的友人（都是翻译家）打来的电话，询问（也许确切地说该是质问）为什么由我主编的这本号称"2001年中国最佳翻译文学"的译文选集却没有收某某人、某某人（包括他们本人）的译作，因为在他们看来，这些译作就翻译质量而言，是完全有理由收入"最佳"之列的。对此，我只好一遍遍地解释，并表示歉意。而造成这样的情况的原因，只有两个字——"书名"。

---

① 谢天振主编：《21世纪中国文学大系 2002年翻译文学》，春风文艺出版社，2003年。

因为出版社把我编选的"翻译文学卷"改了一个名字,叫《2001 年中国最佳翻译文学》。

毫无疑问,站在出版者的立场,《2001 年中国最佳翻译文学》是一个相当不错的书名,对读者有吸引力,也容易赢得图书市场。但是从选编者的立场看,由于书名中增加了"最佳"两个字,这本翻译文学作品选便带上了价值判断的意味,给人的感觉似乎是对 2001 年间发表出版的翻译文学作品质量的一个评判和遴选,从而偏离了选编这本"翻译文学卷"的初衷,这也就难怪我的一些翻译家朋友会打电话来对某些"翻译得相当不错的"翻译作品的"落选"表示不解了。

这些朋友(也许还有出版社?)显然误解了我编选这本"翻译文学卷"的用意,也没能理解作为整套"21 世纪中国文学大系"主编的陈思和教授在"大系"里特意收入一本"翻译文学卷"的良苦用心。其实,在那本《2001 年中国最佳翻译文学》的序里,我们已经强调指出,"本文学大系推出'翻译文学',旨在强调翻译文学是中国文学的一个组成部分,重在突出文学翻译活动在中国当代文学创作生活中所占有的不容忽视的地位。与此相应,我们在选择译作时,也更注重译作与中国文学与文化语境的关系。"所以,我们是在编一本与中国文学、中国文化息息相关的而且在某种意义上而言已经成为中国文学一个组成部分的翻译文学作品选,而不是评选某一年出版发表的文学翻译作品翻译质量的高低。我无意也无能力独自一人对通过不同语种翻译进来的作品的翻译质量作出价值判断,这样的工作需要一个由主要外语语种专门人才组成的专家委员会才能胜任。

而编选作为"21 世纪中国文学大系"之一的"翻译文学卷"就是另一回事了。我们是站在比较文学的立场,用译介学的眼光,对即将过去的一年里所正式发表、出版的翻译文学作品,进行翻阅、比较、思考。胡适在其所著的《白话文学史》中早就说过,翻译文学"给中国文学史上开了无穷新意境，创了不少新文体，添了无数新材料。"①对此，我深有体会。事实上，在编选这本"翻译文学卷"的过程中，我就一直处于一种兴奋的状态，因为我无比深切而又具体地感到，翻译文学确实为我们本土的创作文学提供了许多新鲜的甚至是我们本土文学所没有的题材、文类、体裁、流派、手法、样式……满足了我们读者在精神生活和文化生活上的多方面的需求。

　　以本卷所选作品为例，描写不同族裔之间文化冲突的作品在我国目前的文学作品中就不多见，但在翻译文学中，文化冲突却是一个经常见到的题材。本卷收入的华裔美国作家吉什·任(中文名任碧莲)的短篇小说《谁是爱尔兰人?》(郭英剑译，《外国文学》2002,4)与日本女作家远藤纯子的小说《冬之音，克丽娅》(白晓光译，《外国文艺》2002,2)，关注的就是不同族裔之间的文化冲突问题。前者通过一个移居美国的操洋泾浜英语的中国老妇与她的完全美国化了的女儿和那位失业的爱尔兰女婿之间在家庭、婚姻、老人、孩子等诸多问题上的文化隔阂的描写，唤起读者对种族、国籍、异质文化等问题的思考。后者触及的是一个日裔南美人的问题：这些日裔南美人大多是20世纪初移民南美各国的日本人的第三、四代后人，他们基本上已经同化于所居住国，不仅失去了日本国籍，而且连日语也不会讲。随着战后日本经济的繁荣，这些日裔怀着摆脱贫困的梦想，纷纷返回日本打工挣钱。但是，由于文化、语言、宗教等方面的巨大差异，他们不仅无法融入日本的主流社会，而且还成了备受本土日本人歧视和榨取的边缘人群。小说描写的一个由日本婆婆和南美儿媳组成的家庭与一群日裔男女之间发生的纠纷和悲剧，揭示了当今日本社会所漠视的一个社会问题。

　　另一位日本女作家加藤幸子的作品《梦之壁》(邱雅芬译，《世界文学》

---

① 胡适：《白话文学史》，新月书店，1928年，第159页。

2002，4）即使在我们的这本"翻译文学卷"里也是一个"独特的存在"，作者借用一个中国男孩子的视角和感觉，对中国人民在那场战争中所遭受的苦难作了很特别的描绘。与此同时，她还生动形象地展示了中国人对敌国的仇恨和对敌国孩子的宽容。听一位日本女作家讲我们中国人再熟悉不过的故事，由于作者的独特身份、立场、视角、叙述方式和语调，这一切使得一个熟悉的故事变得新鲜、陌生，从而也使得一个熟悉的故事对读者具有了吸引力。在俄国形式主义批评家看来，这也就是文学之所以能产生魅力的原因所在。

后现代和后殖民小说似乎仍然是 2002 年我国不少翻译文学期刊译介的一个重点，本卷收入了 4 篇这方面的作品。

当代意大利后现代派作家路易吉·马莱巴的小说《新罗马的海豚》（沈萼梅译，《外国文学》2002，4）讲述了一位在公司任职的中年男子安德烈的荒唐古怪的遭遇。他身体健康，事业有成，家庭、婚姻也不成问题，但因为不愿继续成为那个"头脑空空如也和声名狼藉的庞大社会群体"里的一员，所以总想寻找"自己生活的哲学"，赋予自我存在一种意义，这样他变得整宵难以入眠，好不容易睡着了，却又做噩梦。为了摆脱困境，他把出路寄寓在无穷无尽的"想象"之中，因为在他看来，想象是现实的影子，世上发生的任何事都是想象的复制和重现。小说的最后，安德烈跳进了魔术师做道具用的箱子里消失了——提出"现实是复制想象"这种理论的人自己也消失在虚无之中，这一结尾给读者留下了无限想象的空间。

美国后现代作家厄秀拉·勒·魁恩的小说《她消除了它们的名字》（谷红丽译，《外国文学》2002，5）以不到两千字的篇幅，通过对传统的亚当与夏娃故事的戏仿，对传统意识中视为"天经地义的、合法的"规约进行了质问、嘲弄和消解。故事中的夏娃首先说服其他动物放弃它们的名字，接受一种无名的状态——她发现处于这种状态之中她与它们的关系更亲密了。接着，她自己也把她的名字归还给了亚当，由此夏娃成了一个挑战和颠覆亚当的统治权威和他建构起来的等级秩序的女性主义英雄。

以色列作家奥利·卡斯托尔·布卢姆的小说《聚会》(田德蓓译，《外国文学》2002.6)叙述的也是一个极其荒诞的故事：有人要在楼顶上举行聚会，这座楼的住户之一"他"在20年前曾与妻子相约一起自杀，妻子死了，他没有死，还落下了跛脚的残疾。但在别人看来，他没有死成倒是他的罪过。此后，他就一直默默无闻、孤独地生活着。楼上有聚会，他并不想参加(也无份参加)，只想在自己的房间里一睹千万富翁的尊容。当千万富翁骑着大象上楼后，他忧心忡忡，担心大象上去后会下不来。但他担心的事倒没有发生，他没有想到的事却发生了：他被坍塌的楼房砸死了，而且他是整座楼房几百人中唯一的遇难者。就这样，作者展现了一个荒唐的世界：人在其中无法把握自己的命运，想去死死不成，不想死时却稀里糊涂地死了。

与上述后现代作家的作品相比，肯尼亚后殖民作家尼古基·瓦·西昂戈小说的主题显然要深沉、深刻得多。小说《非洲再见》(任一鸣译，《外国文学》2002.6)的男主人公"他"是一个在肯尼亚任职的殖民官员，他自以为比当地黑人文明、开化，带着妻子来教化当地人。但到后来，却被肯尼亚政府辞退，并让一个黑人接替他的位置。他不得不离开非洲。更有甚者，他的妻子在与当地居民接触的过程中，与丈夫的思想距离越来越远，与当地居民倒产生了很深的感情，她还爱上了丈夫的黑人侍卫，成了他的情人。于是，在离开非洲的前夕，"他"把那本记录着他的殖民者使命的笔记本烧了。"看着笔记本在火中燃烧"，虽然觉得那"燃烧着的是他的躯体，但他毫无痛感，什么感觉都没有。那个年轻侍卫的幽灵将永远追随着他。"

日本作家目取真俊的代表作、超现实主义小说《水滴》(林涛译，《外国文学》2002.5)与前面几篇后现代小说表面上颇相仿佛，似乎都是同样叙述了一个极为荒诞的故事,但实质大异其趣。男主人公冲绳农民德正突然得了一种怪病,他的腿肿得像冬瓜,他的大拇指会滴下含有石灰质的水,而他的脚趾流下的水竟具有回春壮阳的特效,于是全村人都来争相购买他的"奇迹之水"。但是,后来"奇迹之水"失效了,人们围追出售"奇迹之水"的清裕(德正的堂兄弟),造成交通阻塞,引起一场混乱。然而,德正的怪病倒好了。评论家们指出,这个寓言式的故事,其目的并不在编造一个荒诞的故事,而是通过这种貌似荒诞的叙述,挖掘战争留给人们的创伤,表达作者对战争遗留问题的思索。

我们的读者之所以喜爱翻译文学作品,也不光是为了享受异国情调,阅读本国文学中所没有的故事情节、叙述方式、新奇流派等。令他们兴奋激动甚至潸然泪下的,还因为在翻译文学作品中,他们读到了和自己一样的情感、一样的故事、一样的忧伤、一样的感动,尽管这些故事的主人公不是他们的同胞、同族。

美国作家劳莱恩·M. 格雷戈伊的小说《违背诺言》(闻春国译,《译林》2002,5)和俄罗斯作家鲍里斯·里宾的小说《谁之过》(张敏梁译,《译林》2002,5)也许就是这样的作品。前者讲述了一对相濡以沫的老夫妇的感人故事:退休的丈夫好多年来一直梦寐以求、希望能拥有一艘独木舟,这样他就可以驾着它放舟垂钓,过上惬意的退休生活。一天,他们路过一家停业大减价的体育用品商店。脾气暴躁的丈夫不许妻子进去,因为里面"都是些价高质次的东西"。但妻子却很想进去看看,她答应丈夫"不买任何东西","只是在商店里四处逛逛"。然而,进去后妻子却突然发现一只与"丈夫图画上完全一样的、银光闪闪的独木舟",标价 750 美元。正当她欣喜若狂,准备不惜把自己做白内障手术用的钱也贴上为老伴买下他梦寐以求的这只独木舟时,却发现原来标价写错了,应是 4750 美元,老妇禁不住伤心地哭了。经过一番曲折,她终于"违背"了自己对丈夫许下的诺言,买走了这只独木舟。

《谁之过》叙述的却是一对年轻夫妇的故事:英俊的男子,美貌的姑娘,相爱、结婚、生女,但后来相互间越来越感到隔阂:他是爱她的,但找不到与她的共同语言,她也并没有背叛他,但她宁愿与她的女同事们待在一起。他们无法再共同生活下去,只好离异。最终,姑娘生癌而亡,而男子却在思索,造成这个结果究竟是谁之过。小说表现的是当代俄罗斯青年人生活中的困惑,但是未必不能在我们的青年读者中引起共鸣。

印度作家加金德拉·库马尔·米特拉的小说《献词》(郁葱译,《译林》2002,2)也是一篇同样性质的作品:度过了艰难岁月的作家阿伦的第一部作品就要出版了,他拿着校样,思考着该把这部作品题献给谁。最后,他决定题献给此前已经离他而去的妻子尼丽玛,因为他深信当初尼丽玛离他而去不是因为不爱他,而是不想成为他的负担。出版商莫希特巴拿着刚出版的阿伦的新书去见他的情人尼丽玛,原来此书正是尼丽玛的促使才让莫希特巴同意出版的。当然,莫希特巴并不知道他的情人尼丽玛就是阿伦以前的妻子,仅以为是两人名字的巧合。这时,尼丽玛拿着题献给她的书走到了阳台上,望着漆黑的夜空,"默默地向只有她知道的人致意"。这种似淡实浓的人类真情的流露,当然不止是令印度读者感动。

作家在创作的同时还从事文学翻译,这是中国现代文学史上的优良传统,鲁迅、郭沫若、茅盾等文学大师都有许多优秀的译作传世。近年来,我们欣喜地看到,这一传统正在得到继承和发扬,且有越来越多的当代中国作家也开始尝试文学翻译。本卷我们选了著名作家王蒙译自美国作家爱德维琪·丹妮凯特的小说《七年》(《外国文艺》2002,2),作品"描写了海地人卑微和无奈的生活,也写了他们美好的内心与对故国的怀念"。

近年来,还有一个令人注目的现象,这就是有越来越多的台港翻译家开始在中国大陆刊物上发表他们的译作。我们这里转载了台湾翻译家范文美教授的译作、著名加拿大女作家爱丽丝·蒙罗的小说《丐女》(《当代外国文学》2002,4)和香港中文大学翻译教授金圣华翻译的、加拿大作家布迈格的散文《夜曲》(《译林》2002,1)。读者是否能从中辨别出两岸三地翻译家译笔的异同呢? 作为中华文化共同的传人,台港翻译家的翻译文学作品理所当然地也和祖国大陆的翻译文学作品一样,是中国文学的一个组成部分。今后,我们在编选"翻译文学卷"时,还将特别关注这方面的作品,不仅是发表在内地刊物上的,还有在台湾香港两地出版发表的。

当代俄罗斯最重要的作家之一拉斯普金的散文《幻象》(刘文飞译,《散文》2002,10),正如译者在按语里所指出的,它"让我们又一次感受到了俄罗斯作家对自然和故乡那种血肉相连的深情厚爱,与此同时,我们又体味到了俄罗斯文学强大的道德精神和批判传统在新的现实条件下的复归和弘扬"。

法国作家托·杜威的《卑贱的行当(十一首)》(孙小宁译,《世界文学》2002,1)与其说是小说(《世界文学》杂志就是把它们作为小说处理的),不如说是小品文,或随笔式的散文。它们虚构了好几个子虚乌有的职业行当,诸如"擦屁股的""剥(孩子)皮的""抚摩的"等,简直匪夷所思。但读者从作者那枝冷峻得近乎冷酷的笔中,却分明能感受到作者对人类社会的某些黑暗面无比辛辣的讽刺和尖锐的批判。

在翻译界,无论中外,一直流传着著名美国诗人弗罗斯特的一句名言:"什么是诗? 诗就是在翻译中失去的东西。"这句话极其形象地道出了译诗的艰难。然而,尽管如此,我们的翻译家们仍然孜孜不倦地致力于诗歌的翻译。本集"翻译文学卷"收入了美、德、英、俄、韩五国诗人作品的译作。这些诗,有的关注黑人尤其是黑人女性的生存境况,注重表现和构建黑人的历史(美国露西尔·克利夫顿的诗,松风译,《当代外国文学》2002,3);有的通过奇特的比喻,审视自然与文明之间的人的困境,表现出对现代文明的高度警觉(韩国崔胜镐的诗《便器》,兰明译,《世界文学》2002,1);有的反映了当代西方都市青年的思想情绪,其风格突现了后现代文化的破碎性、游戏性和不确定性(英国阿米蒂奇的《急遽增长!》等诗,屠岸等译,《世界文学》2002,6);有的把观念主义艺术关于"重视表现过程和状态、展示未经加工的材料、让观众自己从中领悟观念"等主张体现到了诗歌创作中(俄罗斯德·亚·普里戈夫的诗《幸福论》,郑体武译,《外国文艺》2002,4);等等。这些译诗不仅让读者充分领略到了外国诗歌丰富多彩的主题、题材、形象,还让读者具体欣赏到了国外诗人迥然有异的风格、波谲云幻的意象和新奇独特的手法。

奥地利剧作家彼·汉德克的剧本《骂观众》(马文韬译,《世界文学》2002,1)是一部十分特别的作品。正如该剧本的译者所介绍的,被原作者称为"语言剧"的《骂观众》,"对世界的表现不是以塑造人物形象和安排情节场景的方式,而是通过语言的形式"。"该剧四个演员不过是发言者,他们告诉观众,他们不做任何表演,他们不是演员;舞台的前沿不是边界,舞台和观众席的灯光一样亮,处在同一个时空里。他们不演戏,只是讲话。这里没有演员、没有布景,这里没有任何什么杜撰、模仿和想象,这里没有戏。"汉德克的《骂观众》"将现代戏剧的反幻觉倾向推向极致",但这部"反戏剧"并非否定戏剧,它只是"反对试图通过幻觉、荒诞、比喻、教育去左右观众的戏剧",它对观众的"骂"也不是针对观众,而是要"通过骂引导观众去注意那些人们业已习以为常的语言",因为归根到底,"是语言使个体丧失个性,将社会化,被占统治地位的体制所吞噬"。

《21世纪中国文学大系
2003年翻译文学》序^①

　　这是"21世纪中国文学大系"推出的第三本"翻译文学卷"。每次，当我提笔为刚编好的"翻译文学卷"写序时，总会感到一阵兴奋和激动。我于1989年发表论文《为"弃儿"寻找归宿——论翻译在中国现代文学史上的地位》，于1993年发表论文《翻译文学——争取承认的文学》，十余年来，我为此发表了二三十篇论文，出版了四本专著和论文集，目的就是"寻找"翻译文学在中国文学中的应有的地位，就是为翻译文学"争取"学界应有的"承认"。因此不难想见，当我看到国内学术界有越来越多的学者开始认同、支持并与我一起呼吁承认翻译文学在中国文学中的地位，同时还邀请我，让我亲自编选能体现我的翻译文学观点的"翻译文学卷"时，我心中确实会涌现一种非同寻常的感受。而我编选这本翻译文学卷时，心中也始终有一个明确的意识，或者说有一个明确的指导思想，即我是在编一本作为中国文学的组成部分的翻译文学卷，而不是一般意义上的外国文学译文选。

---

① 谢天振主编：《21世纪中国文学大系 2003年翻译文学》，春风文艺出版社，2004年。

在这样的思想指导下,我在浏览各有关杂志时,就特别关注那些能透露中国人(不光是译者,还有杂志的编者、出版机构等)在译介、接受外国文学时的独特心态的译作,那些与中国文学、文化有着或隐或显的联系的作品,或者,能为中国文学提供新的题材、新的文类、体裁和新的写作风格、手法的作品。在我看来,翻译文学恐怕首先也正是在这几个方面为中国文学的繁荣和发展做出了它独特的贡献。

2002年10月10日,瑞典皇家科学院将2002年诺贝尔文学奖授予匈牙利作家凯尔泰斯·伊姆雷的消息刚一宣布,国内媒体立即给予迅速的报道。紧接着,2003年的有关杂志均以不同篇幅刊出伊姆雷作品的译文,其中尤以《世界文学》推出的"匈牙利作家凯尔泰斯·伊姆雷作品辑"最为引人注目。自20世纪80年代中期以来,诺贝尔文学奖得主及其作品一直是国内媒体及有关杂志乃至出版社关注的焦点。一方面,这固然是国内的读者和出版市场需求使然,但另一方面,它还透露出中国人渴望早日能有一个中国大陆作家也能得到诺贝尔文学奖的心理情结。前些年,因诺贝尔文学奖某个评委的一句话,而把中国人得不到诺贝尔文学奖的原因都归咎于翻译,一时间,翻译成为中国人得不到诺贝尔文学奖的"罪人"。近年来,随着对诺贝尔文学奖得奖作品的广泛译介,人们开始认识到,翻译固然是一个原因(其实,意识形态、评选程序等也都是其中的原因),但显然并不是问题的全部,作品本身才是最主要的原因。本书此次收入的伊姆雷的中篇小说《侦探小说》也许可以作为这方面的一个具体的例子并为我们提供进一步思考这个问题的依据。小说通过连锁店老板费德里戈·萨里纳斯及其儿子昂里克·萨里纳斯的档案材料,以独特的笔法,探讨了人的命运问题。小说中萨里纳斯父子被怀疑参与了秘密网络组织而被捕,调查局对他们进行了审讯,却拿不出确凿的证据。然而,尽管如此,无辜的父子俩还是被处决了。侦探马腾斯参与了对这一案件的审理，掌握了很多与此案件有关的内幕材料，但马腾斯最后自己也被投进了监狱。译者为这篇小说所加的按语虽然简短，却是意味深长、发人深省的："小说中，作者虽然没有明确告诉读者故事发生的地点，但读者可以根据作者的提示猜测到故事的发生地点。也许，这对作者并不很重要。重要的是，这样的故事在任何地方都可能发生。"顺便说一下，这部作品并不是作者最主要的作品，限于篇幅，我们选编了这一篇篇幅适中、情节也比较有趣的中篇小说供有兴趣的读者阅读。

《一个中国人的俄国南柯梦》《旺季结束》和《旅程》三篇小说让我们可以具体感受到中国文化在国外流传和影响。这种影响，有的非常明显，如当代俄罗斯作家维·佩列文的短篇小说，明显地借用了中国成语故事"南柯一梦"的套路。但佩列文作品的对象却是俄罗斯读者，他创作了这个已经俄罗斯化的南柯梦，用意是告诫他的那些一心想向上爬的同胞"引以为鉴"。小说主人公"张七"这个名字也已经在某种意义上透露了这个故事的俄罗斯性：众所周知，中国人起名字时通常不会起"七"，更多起的是"三"，如"张三"，但在俄语中数字"七"出现的频率显然要比"三"高得多。当代德语作家多·杜莉的短篇小说《旺季结束》讲述的是一德国姑娘莉莉极其短暂的爱情故事。令中国读者感兴趣的是，在这个德国姑娘情窦初开、爱波乍起之时，在她的思想和行为背后起作用的竟然是一本中国的算命书中关于人的属相的预测。新加坡作家凯瑟琳·林姆的短篇小说《旅程》主要讲述的是一个名叫理查德的事业发达的中年人——一家大公司的总经理的故事。主人公在突然查出患有不治之症后，决定抛弃繁华的都市生活，回归乡下母亲、外婆家，以此作为他人生的最后"旅程"。故事本身与中国文化无关，但我们从主人公家中那张显目的中式古董餐桌，以及主人公的妈妈、外婆、姨妈对中草药的迷信等，不难发现其中中国文化的影子。

　　当然,与中国文学与文化有着更为直接关系的当推两篇美国华裔作家的作品:雷祖威的《生日》讲述了在美国的一对离异夫妻对孩子难以割舍的亲情,张岚的《水边的名字》则描绘了一幅令我们倍感亲切的画面:几个小姐妹正入神地听她们的外婆讲中国的民间传说,而外婆之所以如此乐此不疲地给她们讲故事,用她的话来说,就是"防止你们荒废了汉语"。

　　在俄罗斯女作家伊·拉克莎的《飘逝的激情岁月……》和法国作家阿·凯韦的《咱家地窖里有这个》两篇小说里,我们虽然看不到中国文化和文学的直接的延伸或影响,但是我们读来却不会感到陌生。前者描绘了两个初恋情人在莫斯科地铁车站偶然相遇从而勾起了他们对青春时代的回忆。男主人公萨莫欣和女主人公莉丽娅曾是大学同学,他们彼此相爱,对未来充满了美好的憧憬。毕业后,萨莫欣留在了莫斯科的聚合物研究所,但他放弃了自己的专业,转而经商,并取得相当的成功:他拥有自己的公司、汽车、存款、豪宅和昂贵的宠物,还时常出国度假。然而这一切并没有带给他真正的幸福,反而老是陷于苦恼之中。莉丽娅毕业后去了北方一个偏僻的小城,生活和工作条件都比较艰苦,但她始终没有放弃对理想的追求,终于事业有成,她发明创造的仪器不仅要在全俄展览会上展出,还要到国际展览会上去展出。望着老同学兼当年的情人远去的身影,萨莫欣感到一阵空虚和惆怅。阿·凯韦的小说《咱家地窖里有这个》展示的是一个法国家庭里的情景,然而对我们中国读者来说却是异常的熟悉:"我们家从不扔东西。有剩菜剩饭时,晚上或第二天中午,妈妈总是给我们热热吃,如果还有剩余的,第二天晚饭依然是它。我们的衣服,兄弟几个轮流穿,直到衣服磨出亮光,露出织纹,变成破布片为止。……"不过作者如此惟妙惟肖的刻画,当然不是为了表扬一个节俭持家的法国家庭,在他那些极其幽默风趣的文字背后,其实蕴藏着一个出人意料也令人发噱的爱情故事。

生态文学(eco-literature)是一个新的文学术语,在当前美国文坛它甚至越来越热,即将成为一门显学,但它的内容其实并不新鲜,从它把梭罗、爱默生、缪尔、奥斯汀、艾比、沃克、施奈德、威廉姆斯推崇为生态文学的重镇可以看出,生态文学的写作并不是自今日方才开始。但是,在全球人类生存环境日益恶化的今天,打出生态文学这样一个旗号,显然包含着对读者关注自然、关注生态的提醒,甚至包含着对保护人类生存环境的呼吁。本书选入的美国当代作家肯·尼尔逊的《不合常规的飞翔》,正如译者在为这篇小说所加的按语中指出的:"这个故事的吸引力不只是简洁明快的叙述风格,甚至也不只是从标题到内容本身的巧妙隐喻,而更在于它把对生态问题关注和对女性乃至人性的自由生存融合在一起。结尾有一个非常动人的意象:克莱尔'解开衬衫的扣子,提起衣角,如展翅一般'。她展示了一只真正需要寻找和关怀的鸟儿,也展示了这个故事所体现的生态主义精神。"

西方的后现代主义文学创作最近几年来一直备受我国的外国文学杂志尤其是学院派杂志《外国文学》的关注。连续几年,《外国文学》几乎每期都推出一个后现代主义文学的专辑。其中,美国后现代派小说家唐·德里罗(另译德里洛)因其在主题思想、情节结构、艺术手法以及语言手法的独特运用,以其对历史、政治、社会和人类命运的关注,受到诸多媒体的青睐,2003年的《外国文学》《外国文艺》竟不约而同地分别选译了他的作品《象牙杂技人》和《巴德·梅恩霍夫》。确实,通过对德里罗作品的阅读,读者可以清晰地感受到后现代主义作家作品的特征,诸如化合物形象的不确定性、叙述的模糊性和间断性、叙事话语中充满着的暗示、句子的残缺不全、短语的"重复"、语境稳定性的颠覆等。

当代著名俄罗斯女作家柳德米拉·彼特鲁舍夫卡娅的《海里泔脚的故事》是一组别开生面的短篇小说,它们的主人公都是海里的泔脚,诸如纸袋、空罐头、空瓶子、碎报纸、烟蒂、烧焦的火柴、用过的阴茎套、橡胶鞋底,以及海里的一些小生物。作者借用寓言的形式和近乎荒诞的故事内容,却毫不掩饰地反映了当代俄罗斯的现实生活——有人因此把彼特鲁舍夫卡娅的作品称作"残酷的现实主义"。这组小说的语言也极富前卫特色:大量的新词、俚语、外来词和计算机语言,使作品平添了许多新意,读来让人耳目一新。

意大利小说家迪诺·布扎蒂的《坠落中的少女》和美国小说家乔治·哈拉尔的《列车5点22分进站》属于当代西方文学中为数不多的一类作品,写得很精致。前者以一种超现实主义的手法,描写少女玛塔从摩天大楼上往下坠落过程中的所见和所思。这座摩天大楼外面居然还有很多像她一样的少女在往下坠落,她们在刚开始往下坠落时都还非常年轻,但当她们接近底层时却已经变老了。这种貌似荒诞的描写,实质却非常生动而且形象地刻画了爱慕虚荣的女人们的内心心理和她们的人生遭遇。后者描述的是一个关于中年男子对一个陌生女子似有似无的情感:他每天搭乘5点22分进站的短途列车回家时,总会看见一个围着一方别致彩巾的女子。天天相见,并不觉得有什么不平常,但突然接连几天再不看见那个女子,他心中却不知怎的竟会涌动起一种说不清道不明的情感。但接下来真的又相见了,却也不过简单地打了个招呼。故事极其简单,叙述也非常平淡,唯一的悬念是男主人公一直以为那位陌生女子之所以围着一方彩巾,是为了遮盖她那缺损的耳朵,不过在故事结束时男主人公发现女子的耳朵完好无损,令他大感意外。然而读罢这篇精致、典雅、语淡意浓的小说,人们肯定会感到有无穷的意味,令人回味。

接下来的两篇小说又是一种类型。尼加拉瓜作家拉米雷斯的小说《时运如风》描写的是一出社会悲剧:本来相亲相爱的两姐妹,一天上街心血来潮,两人凑钱合买了张彩票,意外地中了大奖。不料这意外的好运却使两姐妹就此反目，为争这份大奖闹得死去活来，两姐妹先后服毒差点送命，最后母亲把奖券付诸一炬，让"好运"随风而去。智利作家斯卡尔梅达的《嘴上叼着康乃馨的男人》则让我们见识到拉美国家的另一种风情。而且，尽管只有短短的两千来字，作家的叙述却跌宕起伏，人物的关系扑朔迷离，然而人物的性格却栩栩如生，跃然纸上。

每次编"翻译文学卷"，我们照例会收入一二篇作家翻译的译文。这次也不例外，我们收入了著名文学批评家郜元宝翻译的英国作家邓摩尔的《犬兔戏逐》和著名散文家龚静翻译的美国后现代主义作家唐·德里罗的《巴德·梅恩霍夫》。作家和文学批评家参与文学翻译，这是一桩值得大力提倡和鼓励的事，这对于密切翻译文学与本国的原创文学之间的关系，促进翻译文学在译入语文学中发挥更大、更直接的影响无疑大有裨益。

"散文"部分我们选编了三篇风格迥异、内容更是各有千秋的散文。著名华裔法国诗人、去年刚当选为法兰西科学院院士的程抱一在法兰西科学院的就位演说，同时也是一篇绝妙的文学散文，它向人们敞开了这位被誉为"中西文化交流中不知疲倦的摆渡人"的心扉。《托尔斯泰的山》让我们领略到了著名英国小说家戈尔丁的另外一面——高超的散文造诣。他谈论的是托尔斯泰的巨著《战争与和平》，把它比喻为一座"山"，一座"享有国际声誉和全球魅力"的"遥远的天山"。但这篇文章却并不是一篇简单的读后感，它浓缩着作者无比丰富的关于人生、关于世界、关于文学和艺术、甚至还包括文学翻译的思考。当然，这一切思考又都紧紧环绕着托尔斯泰的这本巨著《战争与和平》展开。19 世纪著名法国小说家左拉的散文《恨赋》通篇充满了"恨"，其实作者却是正题反说，读到最后，读者深切感受到的是作者"美好的青春之爱"。

有一句戏说，说是现在写诗的人比看诗的人多。这当然是一种夸张，但是读诗的人没有以前多了，恐怕也是不争的事实。这实在是一件令人非常遗憾的事。我总觉得，爱好诗歌的人的多少，从某个层面也反映出我们民族的文化素质。诗不仅能陶冶人的性情，它更能净化人的灵魂。我很希望能有更多的人能抽出时间来阅读诗，来吟诵诗。也许正因为此，所以每当我看到翻译家们翻译过来的优秀外国诗歌时，总禁不住想要多收几篇进来。作为一名能够直接阅读外文原诗的编选者，我当然知道，诗经过翻译是会失落许多原诗的诗味。但是，假如我们无法得到一满杯水的话，如果有大半杯水摆在我们面前，我们为什么不把它拿来解渴呢？更何况，在阅读译诗时，有时还能感受到原诗所没有的情怀和意境呢。本卷收入的五篇译诗属三种类型：《乌克兰短诗四首》《北海道雪景》和《欲望·姐妹》更富抒情意味，读后令人心动、神往；《华美诗歌三首》是华美诗人用诗的形式反映在国外的华人对祖国、对亲人的深沉情感；《俄罗斯未来派女诗人古罗诗十首》则是一位先锋派女诗人的诗歌实验，它的主题、形式、语言、意象都与我们传统的诗歌大不一样，带给读者一种完全不同的感受。

在本卷"翻译文学卷"里我们还收入了两篇我国当代文学中较少见到的"新品种"——"成人童话"。成人童话往往借用童话作品常见的人物形象，诸如王子和公主，套用童话作品惯用的平实浅显的叙事语言，但其寓意却远为深刻，只有历经世事的成人才能领悟。本书收入的波兰作家莱·柯瓦柯夫斯基《罗锅儿》和美国南希·克莱思的《石头一般苍白的语词》希望能引起读者的兴趣。

"大系"主编曾要求各分卷主编为各分卷所涉领域编一个当年的大事记，去年一卷我们没有编，因为在翻译文学领域内能称作"大事"的似乎不多。有些大事，严格而言，属于外国文学，而不是翻译文学。但是今年，2003 年，倒是有两件大事值得一提。一件是《世界文学》创刊五十周年。《世界文学》继承当年鲁迅创办《译文》杂志的传统，几十年来积极译介优秀的外国文学作品,培养了几代杰出的翻译家,不仅为中国翻译文学的繁荣和发展做出了极其巨大的贡献,实际上,也为中国当代作家的成长和中国当代文学的繁荣和发展做出了贡献。

另一件大事是皇皇十一卷的《杨武能译文集》(另有三卷待出)的出版。"译文集"此前也已经出了不少,如《傅雷译文集》《茅盾译文集》等,但多为知名作家或已故翻译大家,健在的翻译家出版个人译文集的,除年高德劭的杨绛等人,实在屈指可数。在这种情况下,《杨武能译文集》的出版颇受注目,也就在情理之中了。不过如果仅仅把此事看作是对"杨先生的同辈翻译家、更是对年轻的后进者们的巨大激励",以为在有朝一日,翻译家们也可以像作家们一样有机会出版自己的译文集了,这就未免看轻了此事的意义了。我以为,从某种意义而言,《杨武能译文集》的出版,标志着国内出版界,也包括国内的文学界和学术界,自《傅雷译文集》出版以来的翻译文学意识的进一步觉醒,对翻译家地位的进一步承认。当代著名作家莫言的话很有代表性,他说:"没有翻译家的劳动,托尔斯泰的书就只能是俄国人的书;没有翻译家的劳动,巴尔扎克也就是法国的巴尔扎克;同样,如果没有翻译家的劳动,福克纳也就是英语国家的福克纳,加西亚·马尔克斯也就是西班牙语国家的加西亚·马尔克斯。同样,如果没有翻译家的劳动,中国的文学作品也不可能被西方读者阅读。"(参见《世界文学》2002 年第 3 期)其实,在目前国际译学界已经形成了关于翻译的社会学观点:首先,它承认译者是积极的有思想的社会个体,而非一部语言解码机器或拥有一部好字典的苦力。其次,它已经把翻译规范的整个系统纳入了一个更大的社会和意识形态结构框架中。在这种情况下,翻译就成为一个更有意义的研究对象。鉴于文化通常是参照他者(the other)即其他文化来树立自己的形象的,这样翻译便为我们观察一种文化与其他文化的碰撞以及特定文化吸收转化其他文化的方式、范畴和过程,提供了一个文化身份及其自我定义的窗口。翻译的意义正在得到越来越多的高度评价和重视。

但是,与此同时我们也清醒地看到,翻译文学这个"弃儿"要寻找到它的归宿、破除由来已久的关于它的偏见和成见并争取到对它的承认,还有大量的工作要做。

眼下就有一个例子:前不久有人在报上发表了一篇文章,题为《翻译家的无限风光》》①,对翻译家在译作上署名(更不要说出个人译文集了)颇为不屑,认为如果把原作者比喻为"下蛋的母鸡",那么"译者只是转运、贩卖鸡蛋的小贩"罢了,在这位作者看来,销售者怎能"把自己的标记贴在鸡蛋上"呢?

关于翻译家历来有不少精彩的比喻:比如鲁迅把翻译家比喻为"为奴隶偷盗军火的人",钱锺书把优秀的翻译家比喻为撮合不同语言民族的"居间者",国外则借用圣经故事把翻译家比喻为通天塔的建设者,或是比喻为消除各民族文化隔阂的"填平鸿沟者"。翻译家本人则自谦为"一仆二主"——既要为原作者服务,又要为译文读者服务。这些比喻都使人们对翻译家肃然起敬。但是这个把翻译家说成"转运、贩卖鸡蛋的小贩"的比喻实在太失偏颇,这不仅是对翻译工作尤其是对文学翻译工作性质认识的无知,更是对广大文学翻译家和翻译工作者的亵渎。

我们当然知道,比喻大多只是抓住事物的某一个特征加以发挥而已,不能对之求全责备。但上述作者的这个比喻不仅没有抓住哪怕是翻译工作的一个特征,而且与翻译尤其是文学翻译的实际相去甚远,还严重歪曲了翻译工作的性质。众所周知,"转运、贩卖鸡蛋的小贩"只要把产地的鸡下的蛋"运"来,并不需要对"鸡蛋"进行任何加工就可以直接向消费者兜

---

① 施康强:《翻译家的无限风光》,《文汇读书周报》2003 年 8 月 22 日。

售的。但我们的译者的工作难道是这样的吗？套用这个作者的比喻，假如译者真的仅仅只是一个"转运、贩卖鸡蛋的小贩"的话，那么他（译者）就只需把那个鸡（原作者）下的蛋（原作）直接"贩卖"出去就行了。我怀疑"风光"作者平时大概只逛外文书店，看到的也只是原版图书，因为只有原版图书才是那只"鸡"（原作者）下的"蛋"（原作），而我们的译者奉献给读者的可不是如此轻松"转运"来的原版图书，而是经过他们（译者）辛勤劳动（我们称之为"再创造"）才得来的译作。如果我们的译者真的如"风光"作者所说的那样只是"转运、贩卖鸡蛋的小贩"的话，那么今天我们全国各地的大小书店就都要变成外文书店了，因为在里面有三分之一以上的柜台陈列的将都不再是中文图书，而是外文原版图书了！

译者究竟有没有资格在译作的封面上署上自己的名字？这个问题的背后折射出的是我们对文学翻译性质的了解和认识。在这位作者看来，译者只是一个"贩卖鸡蛋的小贩"，他当然无权"把自己的标记贴在鸡蛋上"，译者"与作家还是不能等量齐观的"。但是，凡是对文学翻译有所了解、有所认识，尤其是自己本人也从事过文学翻译的人，他对文学翻译就不会作如是观了。茅盾说：文学翻译"自然不是单纯技术性的语言外形的变易，而是要求译者通过原作的语言外形，深刻地体会了原作者的艺术创造的过程，把握住原作的精神，在自己的思想、感情、生活体验中找到最适合的印证，然后运用适合于原作风格的文学语言，把原作的内容与形式正确无遗地再现出来。这样的翻译的过程，是把译者和原作者合而为一，好像原作者用另外一国文字写自己的作品"。郭沫若说得更为直截了当："翻译是一种创作性的工作，好的翻译等于创作，甚至还可能超过创作。"在译作上署上译者的名字，这既是翻译家的权利的体现，但更是对翻译家的责任的一种要求甚至监督。正如德国文艺学家库勒拉所指出的："译者是属于译文语言的民族文学的，译者是作家、艺术家。译者同作家一样要为每一个词和每一句话和印着他名字的每一本书负责。"

客观冷静地审视一下我国(其他国家也是如此)文学发展的实际,我们完全有权这样说:如果说作家是用他直接取诸生活的创作奠定了我国的文学事业的话,那么文学翻译家就是通过对外国文学家和作品的选择和翻译,用他的译笔丰富了我国的文学事业的。与作家不同的是,作家多是通过自身对生活的观察、体验、提炼,创造人物形象,创作一部部的作品,而文学翻译家则是首先要遨游外国文学的海洋,在浩如烟海的外国文学世界中寻找他认为值得介绍给中国读者的作家作品,然后潜心研读原作,体味原作的意境,把握原作人物的神韵,然后用恰如其分的译文语言,传达原作的情节内容、作品结构、人物形象,乃至原作中深藏不露的主题和韵味。作家们用他们优秀的创作奠定了我国文学和文化的主体,而文学翻译家则用他们出色的译作丰富了我国的文学和文化事业。作家们的名字是与他们的杰作紧紧相连,翻译家的名字则与他们译介的外国文学大师紧紧相随。就像我们提到《阿Q正传》我们就会想到鲁迅,提到《子夜》就会想起茅盾一样,我们提到巴尔扎克就会想到傅雷,提到莎士比亚就会想起朱生豪、方平,而提到托尔斯泰、契诃夫,我们就会想到草婴、汝龙,等等。优秀的文学翻译家,就是这样通过他们精彩的译作,通过他们介绍的一个个外国文学大师,在我国的文学、文化园地里留下他们的足迹。我们也正是从这个意义上,高度评价《杨武能译文集》的出版,把它视作我国翻译文学史上的一件大事。

"翻译文学卷"已经出到第三本了,我们希望能继续出下去,出第四本、第五本,直到无数本。通过这种形式,让读者、让出版界、文学界、学术界能具体认识到翻译文学的作用、意义、价值和贡献,并最终为翻译文学寻找并争取到它应有的地位。

《21 世纪中国文学大系
2004 年翻译文学》序^①

  又逢年终岁末,又到了该为"21 世纪中国文学大系"编选一年一度的
"翻译文学卷"的时刻。自 2001 年起,我每年都要为"21 世纪中国文学大
系"编选一本"翻译文学卷",今年这是第四本了。我乐意做这件事,因为
每年一度地集中检视发表在全国各地有关杂志上林林总总、浩如烟海的
翻译文学作品时,不啻是在享受一道道无比丰富、无比精美且充满异国风
情的文化大餐。而想到因我的劳动而能让更多的读者分享到我的快乐,
我更感到一种欢欣和鼓舞。当然,在做这一切的时候,我还有一个夙愿,
那就是在 20 世纪末就给自己提出的一个目标,即通过这一年一度的翻译
文学作品年选,让越来越多的读者更加真切、更加强烈地体会到翻译家劳
动的价值:他们在为我们的中国文化和文学注入新的元素,他们的再创造
劳动是我们中国文学和文化的一个不可或缺的组成部分。

  2004 年发表的翻译文学作品中首先吸引我的注意且令我读罢仍久
久不能释卷的是赵德明教授翻译的拉美文学名家巴尔加斯·略萨的长篇

---

① 谢天振主编:《21 世纪中国文学大系 2004 年翻译文学》,春风文艺出版社,2005 年。

小说《天堂在另外那个街角》(《世界文学》4)①。小说的主人公是一位历史上的真实人物——法国著名画家保罗·高更。对于高更我们多数读者不会感到陌生,众所周知,他是 19 世纪末法国后期印象主义流派的绘画大师,不过对我们多数人来说印象更为深刻的也许还是他的那些画风独特、形象殊异的印象主义杰作,这是为世界上许多博物馆所珍藏的价值连城的镇馆之宝。但是,对高更在生活中具体如何特立独行、如何不满当时的主流艺术中对时尚的追求而另辟蹊径、寻求土著文化和东方色彩,我们大多数人则不甚了了。略萨的小说极其生动地为我们塑造出了一个坚持独立思考和追求精神自由的艺术家形象,再现了高更毅然出走巴黎、远渡遥远的马泰亚等地,脱掉文明外衣,全身心地融入当地土著人的生活和风俗习惯,并从中获得艺术灵感的经历和情境。小说中的高更也真的脱掉了他的所有衣服,全身赤裸地与当地土著人一起围着篝火狂舞,甚至就在广场边与土著女人做爱。高更追求异国情调,向往原始人的神话和传说,与土著女人真心相爱。小说详细描述了高更与一个又一个的土著女人的相识、相爱、同居并从事艺术创作的过程,这是交织着情欲沸腾与创作冲动的过程,也是高更一幅幅杰作产生的具体背景。值得一提的还有略萨的写作手法:通篇用第二人称写成,在关键段落作者会与作品的主人公直接对话,从而带给读者一个新的阅读体验——似乎读者与作者一起亲眼看见主人公的言行举止、思想、创作。② 与此同时,这种写作手法还让读者感觉到,这部小说与其说是在展示作品主人公高更的所行所为,不如说是在曲折地传达作者略萨本人的所思所想。

---

① 括号内期刊名后的数字指该刊期刊。本文提及的所有期刊均为 2004 年出版,故年份就不一一标出。
② 略萨的原作有 485 页 22 章,其中单数各章讲述高更的外祖母弗洛拉·特里斯坦,双数各章讲述高更的故事,其结构很有特色。本文所述仅就所选与高更有关章节而言。

与略萨的小说相比,当代美国后现代作家威廉·加斯的"元小说"《在中部地区的深处》(方凡译,《外国文学》3)和瑞士作家乌尔斯·维特默尔的短篇小说《消失在新年的中国人》(李明明译,《外国文学》4)带给读者的阅读体验就更加新鲜并富于挑战性了。

所谓的"元小说",指的是 20 世纪 60 年代开始在美国兴起并给美国文坛带来极大冲击的自我反映式小说。评论界对"元小说"的态度历来是毁誉参半:褒之者称之为"通过严肃的自我探索,利用当代哲学、语言学和文学理论的词语来重新塑造这个世界";贬之者则针对其"顺序颠倒、杂乱无章、支离破碎和东拉西扯"的特征,称它是"患了一种介乎妄想症和神经分裂症之间的疾病,似乎在联合与分裂之间犹豫不决"。① 加斯的小说《在中部地区的深处》写一个告别了爱人的中年诗人来到印第安纳州的 B镇——一座衰败的小镇,有着污秽而冷漠的环境和孤独而绝望的居民。小说中共有 36 个独立的小节,每节都有一个标题,如"一个地方""天气""我的房子""一个人""电线""教堂""政治"等,但这只是些孤零零的由文字组成的画面而已,它们相互之间没有时空上的联系,没有部分与整体上的关系,也没有形象和事件。这是一篇颇为典型的后现代主义的实验小说。

瑞士作家维特默尔的短篇小说《消失在新年的中国人》与上述威廉·加斯的小说可谓异曲同工,同样带给我们一种非常奇特的感觉。小说的主人公在虚构上与幻象异者,也即他想象中的中国或中国人交往,经历了从幻想到书写直至消亡的过程。

近年来,一年一度的诺贝尔文学奖的颁布引起了国内文化界越来越

---

① 参见方凡:《幻影 戏仿 游戏——评威廉·加斯〈在中部地区的深处〉》,《外国文学》2004年第 3 期。

密切的关注。媒体在颁奖的当天或次日就迅速予以报道，出版界则立即通过有关渠道洽谈版权，恨不得立即翻译出版该获奖作家的作品，各文学杂志也都忙不迭地预留篇幅，以翻译刊登当年的诺贝尔文学奖得主的作品。面对国内文化界对诺贝尔文学奖评奖所表现出来的异乎寻常的热情，我多少有点感到困惑。媒体的追踪和出版界的关注无可非议，前者追求新闻效应，后者期待着市场回报，但是我们的文学杂志一窝蜂地争相翻译刊登获奖作家的作品，是否太心急了些？且不说短时间内翻译出来的作品，其翻译质量难以得到保证，短时间内仓促选择的作品也很难保证就是该作家的精品佳作或代表作品。更主要的问题还在于，这种做法的背后其实折射出我们的一些杂志编辑对自己选择翻译外国作家作品的能力缺乏自信，而对诺贝尔评奖委员会过于相信。其实最近几年诺贝尔文学奖得主冷门迭爆，而好几个众望所归的优秀文学家却接二连三地与诺奖擦肩而过，从一个方面反映了诺奖的评选显然存在着一定的问题，所以我们中国人应该摆脱心中的诺贝尔文学奖"情结"，而取一个较为理智的立场对待诺奖。

当然，作为以传递国外文学最新信息和动态为己任的翻译文学来说，对于诺贝尔文学奖这样一个国际文学界引人注目的事件，它自然不能闭眼不顾，而负有责任予以反映。所以，本"翻译文学卷"也收入了一篇2004年诺贝尔文学奖得主、奥地利女作家耶利内克的短篇小说《保拉》（里波译，《上海文学》11）。不过这并不反映出我们对这篇小说的评价，而仅仅反映了我们对这一事实的承认。事实上，耶利内克本来就是一位颇惹争议的作家，其作品多以"男人和女人之间以及家庭中的战争以及和平、性、暴力以及死亡"为主要题材，对女性在私生活中所受到男人的压迫、所遭受的侮辱和伤害极为关注，并给予猛烈的抨击。《保拉》篇幅不长，以第一人称叙述了一个思想混乱、智商不高的青年女工保拉的生活，基本反映了这位女作家的创作特色。

如果不为作家的名气所惑的话,那么澳大利亚作家威廉·霍尔顿的小说《七年之痒》(陈荣生译,《译林》4)和日本作家夏树静子的小说《苍白的告发》(王俊译,《译林》5)一定会赢得读者的喜欢。前者是一篇不到三千字的短篇小说,构思相当精巧:女主人公莉迪亚的丈夫杰克七年前突然离家出走,杳无音讯。因杰克经常虐待、打骂莉迪亚,警察起先怀疑是莉迪亚不堪忍受杰克的虐待而杀了杰克,莉迪亚为此背上恶名,生活非常艰辛。其实杰克是故意制造这一失踪死亡的假象的,目的是骗取保险公司一份价值五十万元的人寿保险。如今,在莉迪亚正式办妥法院确认杰克死亡的手续并可拿到那笔保险金之际,杰克出现了,并威胁莉迪亚把钱给他。不过,这一次恶人的企图没有得逞,事件出现了意想不到的转机……后者的篇幅要长一些,围绕着一桩谋杀案展开,案中有案,巧妙地融合了侦探小说和推理小说两种小说的特点,情节一波三折,悬念迭现,然而曲折而不离奇,出乎意外,却又合乎情理,极富娱乐性。

接下来的两位作家的作品,则是比较突出地体现了世纪之交时期小说的题材特点,反映了当今这个信息时代的新的文化现象和社会现象。法国女作家卡斯泰涅德的三篇小说(徐家顺译,《世界文学》3)《浪漫曲》和《聋子的对话》写的是电脑写作软件(主人公借助电脑写作软件每月可完成两部长篇小说)和色情网站的故事,《电影招待会》反映了地下摄影棚利用墨西哥贫穷姑娘向往美国自由、急切越过边境的心理,雇用杀人犯,诱骗这些姑娘作为牺牲品摄制的真实的暴力、色情谋杀影片,借以赚取高昂利润的故事。俄罗斯作家叶罗费耶夫的小说正如其篇名(《二十一世纪的娜塔莎·罗斯托娃》,徐振亚译,《外国文艺》5)所示,写了两个21世纪的娜塔莎·罗斯托娃的形象。娜塔莎·罗斯托娃本是列夫·托尔斯泰长篇小说《战争与和平》中的女主人公,被视作俄罗斯女性美的象征,但是21

世纪的娜塔莎却已经是另一副模样,她们举止粗鲁,满口脏话,性生活随便,以情人众多、同性恋、吸毒、善于利用男人为荣,为达目的甚至不惜违法乱纪、制造假证件、进行假结婚,等等。21世纪的娜塔莎既没有最基本的地理知识,对自己国家的历史更是毫无兴趣,她们的人生目标就是金钱和及时享乐。

同样是反映当代青年形象的作品,爱尔兰女作家安妮·恩莱特的短篇小说《枕头》(何平译,《外国文艺》2)展示的又是另一番情景。在某所美国大学里,来自中国的十九岁女大学生李与两个美国女生和一个爱尔兰女生爱里森同居一个宿舍。东西方文化的巨大差异,使她们彼此间在许多方面都难以理解:尽管李的英语比爱里森还好,但初来乍到的她对同性恋甚至比基尼一无所知。爱里森则对李做的菜、从中国带去的药丸,甚至她做的眼保健操充满了好奇。而有一天晚上,当李抱着枕头出现在爱里森的面前时,后者还以为李是想与她相拥而眠……然而,事情的发展表明,她们——不光是李与爱里森,还有爱里森与她的美国室友之间,相互之间并不完全理解,她们中间还存在着一条远未填平的文化鸿沟。

如果说不同民族的文化间存在着一条鸿沟的话,那么不同民族间的感情却是相通的。同是爱尔兰女作家的克莱尔·基根,她的小说《深草丛中的爱》(程爽译,《当代外国文学》3)以女主人公考蒂丽亚当天的行踪为主线,交织着她与医生的恋爱经过。作品通过回忆与现实的交错,编织了一则凄美、缠绵、令人心碎的故事。作者以相当细致、精美的描写,勾勒出一幅宁静、清冷的素描画,然而在其温婉、冷峻的笔触后面,隐匿着的却是女性的忧伤与孤苦,痴情的等待和面对薄情的无奈。

韩国作家权智艺的小说《鳗鱼炖菜》(张玄平译,《译林》5)与《深草丛中的爱》可谓异曲同工,甚至在写作手法上都颇为相仿。前者同样运用了时空交错的手法,通过对女主人公坎坷身世的细腻刻画,叙述了一个缠绵悱恻、催人泪下的故事。

拉美作家——墨西哥的胡安·何塞·阿雷奥拉和巴西的保罗·科埃略——毫无疑问是两位当代寓言的写作高手。阿雷奥拉的《奇幻的微粒》(尹承东译,《外国文艺》1)讲述的是一则发生在蚂蚁世界的故事:一只卑微的蚂蚁一天驮回来一颗奇幻的微粒,但却受到一级级昏庸无能的官员们的层层责难,后来还被判处了死刑,关进了牢房。一日,女狱卒发现牢房里充满了奇异的光芒,那颗微粒犹如钻石般地在自己的光芒中燃烧,而那只英雄的蚂蚁就躺在微粒的旁边,精力耗尽,全身透明。有关蚂蚁的去世和那颗微粒的神奇功能的消息一下传遍了蚂蚁世界,蚂蚁们争先恐后前来瞻仰和朝拜。精明的老蚂蚁们把奇幻的微粒所唤起的虔诚崇拜之情演变成严格的官方宗教信仰,它们为微粒建造了一所圣殿,为那只遭到杀害的蚂蚁修建了一座陵墓,把当初非难那只死去的蚂蚁的官员们统统撤职,在圣殿的周围兴建了一座座的高楼大厦,官员们按各自的等级入住。而普通蚂蚁们则再也没有心思去驮粮食了,它们纷纷去寻找奇幻的微粒,但实际驮回的都是些虚假的奇幻微粒,储存虚假微粒的仓库最后竟占据了整个蚁窝的三分之二……故事的结尾是不难想见的,没有了粮食的蚂蚁们最后都饿死了。不过,发人深省的是,那颗奇幻的微粒又被另一窝蚂蚁接过去了,新蚁窝的统治者们在自己的世界里播下了新的具有感染性的偶像崇拜的种子……

科埃略的《故事九则》(孙成敖译,《外国文学》2)比阿雷奥拉的故事更为简洁,但在寓意的深刻方面却并不逊色。如其中的一则《疯子的王国》讲一个巫师想摧毁一个王国,把一瓶神奇的药水投进了该国居民的井里。第二天早上,所有的居民喝了井里的水全都变成了疯子,唯有国王例外,因为他有自己的专用水井,巫师未能投药。为了管理发了疯的居民,国王制定了一系列的治安和公共卫生措施,但无法执行,因为警察和监察人员也都喝了有毒的井水而变成了疯子,他们认为国王的法令是荒谬的,决定不予执行。而居民们得知国王的法令后,全都认为国王疯了,才制定出如此毫无意义的东西,他们呐喊着要求国王退位。感到绝望的国王准备放弃王位,但王后建议说:"我们也去喝他们一样的水。"果然,在喝了使人发疯的井水后,国王也开始讲那些毫无意义的话,而此时他的臣民觉得他们的国王很有智慧,应该继续执政。从此,这个国家就太平无事了,而国王至死都在治理这个国家。

以诗歌享誉世界文坛的智利女诗人、拉丁美洲第一位诺贝尔文学奖得主加夫列拉·米斯特拉尔的《中国的装饰师》(段若川译,《译林》3)让读者领略到了作者高超的散文造诣。作者仅用了寥寥数笔,就让一个中国装饰师(确切地说是一位中国画的工艺画师)的形象跃然纸上。与此同时,在流畅的笔尖下还流露出了作者对中国文化的无比欣赏。

著名俄罗斯作家维克多·阿斯塔菲耶夫的散文《不见了松鸦》(王敬涛译,《译林》5)反映了作者对当前正在日益恶化的自然生态环境的深深忧虑。在文章结尾,作者写道:"人们啊,俄罗斯人啊,松鸦消失了! 我们的身边又少了一种生灵! 人们啊,你为何不大声疾呼? 你为何不使警钟长鸣? 孩子们,你们为何不为那神话般奇妙的鸟儿悲泣? 你们多数未听过云雀的欢啼,也没听见过田野里鹌鹑的大叫。他们长眠了! 夜晚里从乡村的田野到湖泊河流的岸边,再没有长脚秧鸡向你报告夏日的到来,近处翻耕过的田地里,也不会再有凤头鸡问你:'父母是谁?'事实上,你们谁家的孩子都不是……你们是孤儿。生长在孤儿般的乡村与城镇里、骇人地释放烟雾与化学病毒的工厂周围,生长在孤儿般的田野、草地和刈草场里。而把你们置于孤儿境地的,不是别人,恰恰是你们的父母双亲。"这样的诘问,这样的忧思,显然不仅仅属于俄罗斯。

读日本作家五木宽之的散文(《五木宽之散文选》,汪平译,《当代外国文学》3），你就像是在聆听一位阅尽人间滋味的智慧长者与你共同探讨人生的哲理。人生都会经历"心灵忽然萎靡的日子"，都会有痛苦甚至绝望，在这样的时刻，我们该如何应对？作者并没有摆出一副长辈说教的面孔，而是敞开自己的心灵，把读者当作自己的知心朋友，坦诚地诉说自己的种种感受。像这样的对人生的探讨，其意义显然并不局限于日本读者，世界各民族的读者应该都能从中得到对人生的感悟和启迪。

在同一本翻译文学卷里收入同一作家的两篇作品，这在此前的三本翻译文学卷里是没有先例的，但这次我却要为略萨破一下这个先例。略萨的散文《文学与人生》（赵德明译，《世界文学》5）触及了当前社会一个非常尖锐的问题：在科技越来越发达、商品经济的大潮汹涌而来几乎占据了现代社会的每一个角落的今天，人们尤其是年青人越来越多地依赖和沉迷于视听媒体，文学（它的载体就是书籍）会不会消失？未来的人类真的会像比尔·盖茨所说的那样将只从屏幕上阅读了吗？这个问题与我们国家也有极其密切的关系。2004 年 12 月 3 日中国出版科学研究所公布了第三次全国国民阅读与购买倾向抽样调查结果。调查结果显示，我国国民的阅读率呈下降趋势，在调查的识字的城乡居民中，每月读一本书的人仅为 51.7%，我国国民中有读书习惯的人仅占 5%。① 而这些被调查者对于不读书的理由，与略萨在《文学与人生》一文所指出的如出一辙：没有时间。略萨的文章极富说服力地分析了（书面）文学的种种不可替代的功能——培养公民的批评精神、独立思考精神、永远斗志昂扬的精神以及丰富的想象力等，也分析了一个没有文学的世界将是怎样一个没有教养的世界、野蛮的世界、缺乏感情的世界、无知愚昧的世界、没有激情和爱情的世界，指出视听媒体无法代替文学的种种功能。

---

① 参见陆正明：《读书的人越来越少》，《文汇报》2004 年 12 月 4 日。

如果说视听媒体无法代替文学的种种功能，那么我觉得，这里说的文学首先应该指的是诗。阅读优秀诗人的诗作所带来的快感、愉悦、种种情感的跌宕起伏、同情和共鸣，这些都只有读者在独自一人阅读、品味、吟诵诗时才能体会到，不要说是视听媒体，即使是优秀演员的相当精彩的朗诵，都无法完全代替。本卷翻译文学收入了澳门诗人姚风翻译的葡萄牙诗人安德拉德的《阴影的重量》(《诗刊》6)、孚夫翻译的波兰诗人扎加耶夫斯基的《明信片》《一列火车》等诗作(《扎加耶夫斯基诗选》,《世界文学》1)，以及薛庆国翻译的叙利亚诗人阿杜尼斯的诗选(《阿杜尼斯诗选》,《译林》4)。愿读者在阅读这些当今世界最优秀的诗人的作品时，能感受到视听媒体所无法给予的快乐和享受。

《21世纪中国文学大系 2005年翻译文学》序^①

　　检阅 2005 年发表在全国各地杂志上的翻译文学作品时,我首先要介绍著名德国作家海因里希·伯尔 1985 年 4 月 24 日在斯特拉伦市召开的欧洲译者中心开幕式上的讲话。伯尔的讲话中有许多话与我们这里关于翻译、翻译文学的认识竟是如此相似,简直如出一辙。譬如,我们经常说,如果没有外国文学(其实指的就是翻译文学),我们今天的中国文学就可能会是另一个样子了;而伯尔也说:"我认为,没有翻译家的工作,就不会有我们今天的西方文化。"再譬如,我们经常说,当我们在阅读某一部翻译作品时,我们往往会脱口而出说我们是在读某某外国作家的作品,但实际上应该是在读某某翻译家翻译过来的某某外国作家的作品;伯尔也说:"我想向所有在场的人包括我自己提个问题,当我们正在阅读某个翻译作品的时候,是否经常想过,这是谁翻译的呀。就算是侦探小说吧,那侦探小说也得翻译过来才能看啊。""有很多人在翻译这个领域里正默默无闻地在耕耘着,这是一项很重要和实际的工作,而这项工作经常,不,几乎是

① 谢天振主编:《21世纪中国文学大系 2005 年翻译文学》,春风文艺出版社,2006 年。

一直没有得到人们的重视。"他还指出:"我们中有很多作为译文的读者根本就没有认识到翻译工作这个领域既是那么的重要,又是非常的崇高和伟大。"

由伯尔的讲话,我又想起了2005年在我国翻译界发生的一件大事:这一年的6月26日第三届鲁迅文学奖在深圳颁发,有两位译者翻译的译作荣获优秀文学翻译奖,即田德望据意大利文翻译的《神曲》(但丁著)和黄燎宇据德文翻译的《雷曼先生》(斯文·雷根纳著)。虽然此前两届鲁迅文学奖评奖也已经颁发过文学翻译奖,不过那两届文学翻译奖被称作"全国优秀文学翻译彩虹奖",多了"彩虹"两字,多少有点属于"另类"之意。事实上,此奖也确实是因为当时的鲁迅文学奖没有设立文学翻译奖的奖项,才由著名作家韩素音资助,设立了"彩虹奖"。这样,其奖金数额当然也不可能与正式的鲁迅文学奖在同一档次。但这一次却是正式纳入鲁迅文学奖的评奖,所以意义大不相同。我十几年前就曾写过一篇文章,标题为"翻译文学——争取承认的文学",呼吁承认翻译文学的价值及其在国别文学中的地位。其后,我也一直有类似的文章和著述发表和出版。正因为此,我本人对这一届鲁迅文学奖把翻译家的翻译作品与我国其他作家的创作作品(中短篇小说、诗歌、报告文学、散文、杂文、文学理论和文学评论等)一起正式纳入评奖范围,让文学翻译家与文学创作者享有同等的待遇,感到分外欣喜。

然而,在庆贺和欣喜的同时,我对这一届的评奖结果又感到不满足,甚至感到一些遗憾。

首先,我对这一届获奖的译作数量之少感到不满足。

从颁布的获奖名单上可以看出,其他门类的获奖者数目都在四五个之间,短篇小说最少,但也有三个。而文学翻译奖严格而言其实只有一个,因为田德望的《神曲》得的是"荣誉奖"。据说,优秀文学翻译奖奖项原设有五个名额,但在参评的三十部文学译作中,超过三分之二得票的只有田德望翻译的《神曲》和黄燎宇翻译的《雷曼先生》两部,评委会最终只能放弃其他三个(其实是四个)名额。

本来,获奖数目的多寡自有评委专家们掌握标准和尺度,毋庸旁人置喙。但是因为有了横向的比较,这样的获奖数目就难免给人一种印象,似乎与我国其他门类的文学创作相比,当今我国的文学翻译情况特别差。你看,明明最多可以有五个得奖的名额,但是经过文学翻译奖的评委们反复评议,最终却只有一部译作才有资格得奖。也就是说,这么多年来,我们的文学翻译家翻译了那么多的外国文学作品,我们的出版社出版了那么多的文学翻译作品,但是都不行,都没有资格获奖。事实上,评奖结束后部分评委的感叹也说明了这一问题,他们极为忧虑地说:"外国文学翻译水平不佳,翻译人才日渐匮乏。"

评委们的高标准、严要求自然无可厚非,不仅如此,他们的这种认真严肃的作风还应该赢得人们的肃然起敬。然而评奖尤其是作为我们国家的最高级别的文学翻译奖项——鲁迅文学奖优秀文学翻译奖的评奖,其实不光是一项简单的评奖活动,它实际上还兼具着另外两项功能:其一是对最近几年来我们国家在文学翻译领域所取得的成果和成绩的一种检阅、一种展示和一种肯定,其二则是对国内文学翻译界的一种导向和指引——希望翻译家们朝着得奖作品的方向努力。

我个人觉得,目前的这个评奖结果恐怕正好迎合了国内学术界某些人对当前国内翻译界现状的一个并不十分正确的估价。在这些人看来,新时期以来,我国的文学翻译尽管开展得轰轰烈烈,但总体水平下降了,翻译质量不如从前高了,倒退了。这样,在这些人看来,这次的鲁迅文学奖优秀文学翻译奖只评出一部得奖作品,也就是理所当然的了。

然而情况果真如此吗?我觉得不是。进入新时期以来,我国的文学翻译事业可以说是我国翻译史上最为繁荣、最为发达的时期。以美国文学的翻译为例：20 世纪五六十年代的美国小说翻译主要集中在杰克·伦敦、德莱赛等几个所谓的"批判现实主义"作家和少数几个"美国共产党员"作家、黑人诗人如法斯特、杜波依斯等人的身上。翻译选题相当狭窄，中国读者对当代以及此前的美国文学的代表作家、流派几乎毫无所知。而进入新时期以后，美国文学翻译的选题范围大为拓宽。新时期二十余年来，美国文学史上重要的作品几乎全部都有了中译本。从美国文学开创时期的欧文、库柏、霍桑，到世纪之交的马克·吐温、亨利·詹姆斯、华顿；从海明威、福克纳等现代作家，到当代作家诺曼·梅勒、契弗，从犹太作家索尔·贝娄、辛格、马拉默德、罗斯，到艾里森、鲍德温、莫瑞森、盖恩斯等黑人作家，从南方作家韦尔蒂、奥康纳、麦克勒斯等，到女作家奥茨、艾里丝·沃克、卡波蒂等，直到后现代作家纳博科夫、冯尼格、海勒、约翰·巴思、巴塞尔姆等，都有了广泛的译介，构成了相当完整的文学史系列，相当充分地展示了美国文学发展的全貌。不但古典作家的作品不断重版、新译，并成丛书化、系列化翻译出版态势，而且当代美国文学中凡有影响的主要作品基本上也都翻译成了中文，一些著名作家作品还出现了多种不同的译本。

　　有必要指出的是，不光是在翻译的美国作家、作品和题材方面有了明显的拓展，与此同时还形成了一支阵容强大的美国文学翻译家队伍。除了众所周知的老翻译家张友松、海观、侍桁、冯亦代等人外，新时期我国翻译界还涌现出了新一代的美国文学翻译家。而且，值得一提的是，他们中很多人既是美国文学作品的译者，又是美国文学的研究学者，如福克纳研究专家和翻译家李文俊，美国黑色幽默和通俗小说翻译家施咸荣，索尔·贝娄的主要译者宋兆霖，菲茨杰拉德的译者巫宁坤，以及鹿金、汤永宽、傅惟慈、林疑今、董乐山、梅绍武、陈良廷、裘柱常等。

再如英国文学的翻译。爱尔兰著名诗人、后期象征主义代表诗人、1923 年诺贝尔文学奖得主叶芝的诗作在 20 世纪三四十年代我国即有译介,但中华人民共和国成立后却长期湮没无闻。新时期开始后,《外国文艺》等外国文学刊物和一些外国诗歌选本率先推出了袁可嘉、裘小龙等翻译的叶芝诗作,叶芝的诗歌很快受到许多中国读者的喜爱。于是,叶芝诗歌的翻译在 20 世纪八九十年代蔚为我国文学翻译出版界一道亮丽的风景线:1986 年,四川文艺出版社出版裘小龙翻译的《抒情诗人叶芝诗选》(1992 年再版);翌年,漓江出版社又出版了裘小龙翻译的叶芝诗歌选集《丽达与天鹅》;1994 年,中国工人出版社出版了傅浩翻译的《叶芝抒情诗全集》;1995 年,工人出版社出版了《中国翻译名家自选集·袁可嘉卷》,其中收入袁可嘉翻译的《驶向拜占庭》;1996 年,北京东方出版社又出版了王家新编选的《叶芝文集》。此外,还有叶芝的散文翻译作品,如《幻象:生命的阐释》(西蒙译,国际文化出版公司,1990 年)、《生命之树:叶芝散文集》(赵春梅、汪世彬译,上海三联书店,1997 年)等,不一而足。

与此相仿的是 20 世纪英国另一位大诗人、英美现代主义文学代表人物、1948 年诺贝尔文学奖得主 T. S. 艾略特。及至 20 世纪 80 年代之前,艾略特的名字在中国的读者中同样鲜为人知。进入新时期以后,艾略特的诗歌才开始成规模地翻译出版:有裘小龙翻译的《荒原》《四个四重奏》、查良铮等翻译的《T. S. 艾略特诗选》,汤永宽翻译的《情歌·荒原·四重奏》、赵萝蕤重译的艾略特的著名长诗、现代主义经典之作《荒原》和《艾略特诗选》、紫芹选编的《T. S. 艾略特诗选》、李赋宁译注的《艾略特文学论文集》,等等。

以上两位英国诗人的译作在国内读书界均有较大反响,其翻译质量也颇受推崇。

这里我还要特别提一下拉美文学的翻译。在 20 世纪 80 年代以前,我们国家对拉美文学的翻译多局限在古巴、智利等国少数几个左派进步作家的作品，整个拉美文学的翻译在当时明显处于我国外国文学翻译的边缘。但进入新时期以后，我们对拉美文学的翻译和介绍发展得非常充分、非常全面，从古典作家到当代先锋派作家几乎都有译介。尤其是对当代拉美文学作品的翻译，几乎囊括了当代拉美小说家创造的所有新的创作流派，如魔幻现实主义、神奇现实主义、结构现实主义、心理现实主义等，当代拉美的一批先锋派小说家，从阿斯图里亚斯、卡彭铁尔、博尔赫斯、萨瓦托、奥内蒂、鲁尔福到新小说家科塔萨尔、富恩特斯、加西亚·马尔克斯、巴尔加斯·略萨、多诺索，从现代诗人巴列霍、聂鲁达、米斯特拉达到当代诗人帕斯等，不仅成为广大中国读者耳熟能详的名字，为他们展示了一片神奇新鲜的文学景观，更为新时期中国作家的创作提供了无比丰富、无比新鲜的艺术借鉴资源，对新时期中国文学的创作产生了非常大的影响。而在拉美文学的翻译中，一批优秀的西葡语翻译家为之做出了杰出的贡献，如王央乐、刘习良、朱景冬、赵德明、尹承东等。

新时期以来，我们的文学翻译对我国当代文学的发展做出了有目共睹的贡献，然而现在在评选鲁迅文学奖时，竟然如此难以见到文学翻译家以及他们译作的踪影，这样的结果能反映我们当前文学翻译的实际情况吗？

这里又引出了另一个问题，那就是我们的评委以及他们所代表的一批翻译界或文化界的人士，在讨论鲁迅文学奖优秀文学翻译奖的评选问题时，他们依据的是什么样的标准？他们更加注重的是译作哪方面的因素？据我猜想，他们恐怕更多考虑的是所谓的文学翻译作品的翻译质量问题，而忽视了另一个在我看来却是更为重要的因素：文学翻译家和他（她）们的翻译作品在中外文学、文化交流中所起的作用、所做出的贡献。具体而言，即文学翻译家和他（她）们的翻译作品对中国读者全面深入了解外国主要作家、作品、流派所起的作用，文学翻译家和他（她）们的翻译作品对中国文学的创新和发展所起的作用，文学翻译家和他（她）们的翻译作品对中国文学和中国文化走向世界所起的作用。而现在我们的评委在审视、评选优秀文学翻译作品时，打一个不十分确切的比喻，他们有点像是把译作放在翻译课的课堂里进行，老是盯着某某译作的某个翻译错误——这当然也无可非议，却很少甚至根本没有考虑该译作在中外文学、文化交流中是否发挥了作用或发挥了怎样的作用。在我看来，这是文学翻译更为实质性的、更为重要的方面，是评判文学翻译得失成败的核心所在。（余秋雨的散文尽管有人指出其中的许多错误，不是也没有影响其获得鲁迅文学奖么？）老实说，如果按照我们今天这样的评奖方法和标准，那么即使鲁迅先生本人带着他的译作来申请评奖，恐怕也不可能评上鲁迅文学奖的优秀文学翻译奖——我们的评委可以轻而易举地从鲁迅先生的译作中"捉"出许多翻译错误，从而以绝对多数甚至全票否决鲁迅译作的评奖资格，而根本不理会鲁迅先生的翻译为推进中国现代文学、为中国白话小说的发展、为中国语言的革新所做出的巨大贡献。至于严复和林纾，尽管我们今天已经一致公认他们在中外文学、文化交流上所做出的巨大贡献，但是他们的译作能获得鲁迅文学奖优秀文学翻译奖评委们的青睐吗？我看也未必，因为前者的译作中有不少删节，在翻译《天演论》时还把原作中的第一人称擅自改为第三人称，而后者连外文都不识，更有何资格来参加文学翻译奖的评奖？这样的假设当然显得有点走向极端，但我是故意把问题推向极端，以突显问题的实质。

所以，要改变目前文学翻译作品评奖中存在的问题（如果我们承认这是个问题的话），那么我认为评委们要从翻译课的课堂里走出来，要进入中外文学、中外文化交流的大平台，要从中外文学、文化的交流、交往、传播、接受、影响的层面上去审视文学翻译家的作品，这样我们才不至于错失为我们国家的文学、文化交流做出突出贡献的优秀翻译家和他们的译作。我这样说并不是说我们不要考虑译作的翻译质量了，我的意思是不要仅仅只考虑译作的翻译质量而忘记了文学翻译的本旨，忘记了文学翻译的首要意义应该在引进、译介、传播外国文学作家、作品、流派等方面发挥作用，同时通过文学翻译为中国文学和中国文化的建设和发展做出贡献，就像鲁迅当年所做的那样，为中国文学和中国文化走向世界做出贡献。至于文学翻译的质量问题，应该是我们评选优秀文学翻译奖的参考因素之一，而不是全部。

以上是我借伯尔的讲话引出我本人对 2005 年我国鲁迅文学奖评选优秀文学翻译奖发表的一些看法，虽然表面上看似乎与本书的编选工作有点偏离，实际上却有内在的联系，因为本书正是通过一年一度对发表在全国各地报纸杂志上的翻译文学作品的编选，从而彰显我国翻译家们为丰富和发展我国文学、文化事业所做出的贡献。

下面我要简要地向读者说明我在编选 2005 年度"翻译文学卷"时的一些思考：

今年入选"翻译文学卷"的作品分别有小说、散文和诗歌三大类。

在小说类里，我选了十一篇作品，它们大致可分成四组：第一组三篇都是以感情描写的细腻见长，有当代俄罗斯作家彼得·阿廖什京的三篇爱情小说，爱尔兰作家奥布赖恩的小说《苍天》，还有越南作家武氏好的小说《笑林幸存者》。俄罗斯老人的淡雅细腻、却又浓郁深沉的爱情，也许会令当代不少年轻人感到陌生甚至不可理解，但却是一种久违了的、令人神往的爱情境界。与此相比，爱尔兰小说《苍天》反映的是一对试图填补旧隙的父女之间极其微妙的感情变化，而越南作家的小说尽管也展现了忠贞不渝的爱情，但带给读者的却是惨烈的心灵震撼。

第二组两篇小说《蟒狗》和《生日》，分别是澳大利亚和华裔美国作家的作品,都描写了移民的生活与情感。移民从人数上看,占全球人口的比例不高,但他们在异国他乡的境遇、他们的情感波折、他们与当地人之间的距离与融合等,却是当今世界文学中越来越令人注目的一个题材。

第三组小说中美国作家费诺的《动物故事》表面看似乎是讲了四个动物(一条金鱼、一只小猫、一只蟾蜍和一只蟑螂)的故事,然而折射出的却是各个故事中人物的内心世界、现实处境和人物性格。看到的是动物,感受到的却是人,其独特的表现手法令人耳目一新。而法国作家雷米的《为什么会是我》更是令人惊叹:仅用了二至三页的篇幅,却叙述了一个充满悬念、一波三折、最后结局完全出乎意料的故事。

第四组中的四篇小说无论题材还是表现手法都更具有当下的时代感。我特别推荐日本女作家金原瞳的《裂舌》。小说描写新生代少女用戴舌环、刺青——将麒麟和龙的图案纹在身体上等非常手段"改造身体",并赋予其象征意义。作品非常生动地表现了新一代青年的孤独和拼命寻找生命的感觉,他们的生存已经不在衣食意义上,他们的性爱不再是为了爱情,他们的劳动也不再是为了创造价值,他们甚至在杀人中享受快乐。整篇作品构思严谨,细节设置奇巧,揭示了一代精神恍惚的"新人"期望通过痛苦寻找生存感觉的主题。第二篇《痴愚说客》是当代俄罗斯后现代主义小说家托尔斯塔雅的作品。正如小说译者张建华教授在解读这篇小说时所指出的,在这篇小说中"读者看不到具有完整叙事特征的可以理解的现实世界,推动叙事发展的也不是情节的有序进展,而是一个虚拟人物——'痴愚说客'费林'说痴'性的叙说,是他幻想出的一个又一个的'童话'"。而这些童话正是对处于后现代社会中的过于乏味、过于平庸、过于循规蹈矩的世界秩序所开的一个玩笑,同时还深藏着对俄罗斯经典文化的蓄意嘲弄。小说还揭示了后现代社会的爱情本质:功利与非浪漫。第三篇著名加拿大女作家阿特伍德的《露茜之死》也是一篇后现代小说。小说一开头通过与加拿大著名的七人画派的绘画作品建立互文联系，再现了加拿大殖民地文学"要塞精神"的特征和生存的主题，进而探讨了加拿大的民族艺术和文化。作品通过对时空独特的运用和女主人公洛伊斯不完整的思维片断，展示了洛伊斯使自己非中心化的过程，同时体现了作者对分裂性、多样性和不连贯性等后现代叙事手法的偏爱。第四篇韩国作家金英夏的小说《夹在电梯里的那个男人怎么样了》讲述了一个非常独特甚至荒诞的故事：一个城市上班族早晨刮胡子时剃须刀突然碎了；乘公寓楼的电梯，电梯却出了故障，只好爬楼梯从十五楼往下猛冲，跑到五六楼之间突然发现电梯里夹着一条人腿；想拨 119，却发现忘带了钱包，又没人愿意借手机给他；公交车来了，为了上班不迟到，好不容易说服司机同意他上车，中途却遭遇事故；换乘另一辆车，却被人污蔑摸女人屁股，只好下车从市中心一路跑到公司；赶到公司，又被困电梯中；从电梯里出来，却因迟到挨上司一顿臭骂；下班后匆忙赶回公寓打听那个夹在电梯里的男人，所有的人却都对他冷眼相看……小说通过对普通人的普通一天遭遇的描述，写出了现代社会中人与人之间彻底的不信任。作家在不动声色间制造出一串连锁性的冲击，让读者在忍俊不禁之余陷入沉思。

散文类里除前面提到的德国战后第一位诺贝尔文学奖的得主伯尔的讲话外，我还选了法国作家图尼埃和两位美国作家奥利弗和詹瑟伯的作品。图尼埃的作品精致而典雅，于平淡无奇中显示作家的才思和睿智。奥利弗的作品采取了与自然融为一体的立场，深切细腻地体验着自然界的喜怒哀乐，因而透发出活勃勃的生命感觉。译者评论说："在奥利弗的世界里，狐狸、狗、蚯蚓、池塘、海滩、草叶、树枝，甚至尘土，都是生命。从这个意义上说，她的作品透散着几许佛的光辉。"与上述两位作家的作品相比，詹瑟伯的《求爱万象》就显得有些另类，他关注的是动物界的求爱话题，以极其生动风趣的笔触描绘了一幅动物世界的两性大战图，从孔雀、苍蝇、园丁鸟、招潮蟹，一直到蜘蛛、蝴蝶，读来别有情趣。

诗歌类里的几位诗人的作品都值得细细品味。中国读者都熟悉俄罗斯裔美国作家纳博科夫的《洛丽塔》等小说，殊不知纳氏在诗歌创作上也同样卓有成就。葡萄牙诗人的作品在中国的流传圈子似乎不是很大，但事实上这个国家不乏优秀的诗人。澳门诗人姚风近年来在译介葡国诗人的作品方面成绩斐然，这里我们选录他翻译的被誉为"葡萄牙诗歌女皇"的葡国女诗人安德雷森的一组诗，供读者欣赏。最后，我还选了一组日本诗歌的译作。相信简洁、隽永、充满东方韵味的日本诗歌，中国读者阅读时会有一种亲切感。

《21世纪中国文学大系
2006年翻译文学》序[①]

　　和前几年一样,2006年的中国译坛照例把眼光瞄准了去年的诺贝尔文学奖的得主。新年伊始,几本最主要的外国文学期刊,如《外国文艺》《世界文学》,就率先推出了2005年诺贝尔文学奖得主、英国荒诞派戏剧家哈罗德·品特的作品专辑。我以前对此现象曾略有微词,认为它反映了我国的外国文学期刊只会跟在人家后面跑,缺乏自己的文学鉴别能力,是对自己缺乏自信的一种表现。不过这次却是例外,因为在品特获奖之前,我们的翻译家们就已经注意到品特,且早就开始了对品特的译介,而并非自他的获奖才开始翻译他的作品的。更何况品特确实是一位值得大力译介的作家,他的戏剧作品自不待言,在当代国际剧坛一直享有盛誉,并得到许多观众的追捧,而他的小说、散文也一样有很高的造诣,前者同样显现出荒诞派的创作特点,后者则以思想深刻、语锋犀利见长。因此,借品特获奖之际,隆重推介一下品特及其作品,不光对2006年中国的翻译界,即使对中国的文化界也是很有意义的事。有鉴于此,本"翻译文学

　　① 谢天振主编:《21世纪中国文学大系 2006年翻译文学》,春风文艺出版社,2007年。

卷"也不仅收入了品特的剧作《收藏》(节选),另外还收入了他的一篇小说《相安无事》和一篇散文《自由之蚀》,以便读者对品特有一个比较全面的认识。

翻译文学对译入语国家文学的一大贡献是,让译入语国家的作家在创作手法上得到启迪:"原来小说还可以这样写!"这是一位著名中国作家在读了福克纳的小说之后的感叹。其实,何止是小说,诗、戏剧、散文,也都是如此。譬如辞典,历来都只知道是一种工具书,哪里会想到辞典也可写成文学作品。本"翻译文学卷"收入的塞尔维亚作家鲍拉·乔西奇的作品《特奥多尔神甫辞典》就是这样一部文学作品。在这部作品里,你也许没有看到传统小说作品中那样的情节、故事、人物形象,但你却能从充满思想和智慧的语词中得到文学的享受。譬如该"辞典"中在"作家"的条目下写道:"作家是把不可说或者不能说的形诸笔墨的人。"在"生命"的条目下则是:"乃是一个完整体,就如内藏珍宝的匣子,只有死亡能将其粉碎,可有的匣子里却空空如也。"

接下来的四篇小说,尽管分属英国、加拿大和俄罗斯,但都带有浓重的后现代主义色彩,与我们国家现实主义传统的小说创作显然大异其趣。英国作家伊丽莎白·鲍恩的《魔鬼情人》取材于在英国流传甚广的同名民间叙事歌谣,小说保留了歌谣中"立誓—离别—别嫁—归来—劫持"的基本情节,但又对它进行了女性哥特主义改写,突出了男性迫害者对女性主体所构成的威胁,将男性暴力转化为对战争的隐喻,从而传递出作者对女性身份危机、男性中心主义以及对战争这一异化形式的多重思考。加拿大女作家希拉·沃森的小说《安提戈涅》表面看去似对希腊神话的重述,其实是作者借用希腊神话中的人物重构一个世界,以探讨当代人的身份危机问题。另一位加拿大女作家阿特伍德的小说《强奸幻想》与《魔鬼情人》有异曲同工之处,同样着眼在女性如何成为社会文化的受害者,又如何获得反抗的力量与策略。这篇小说是阿特伍德最知名的小说之一，已经进入中学和大学课堂，不仅是语言学课的精读小说，也是妇女研究课程中讨论强奸问题的重要文本。当代俄罗斯后现代主义代表作家马姆列耶夫的小说《妖魔》篇幅不长，但寓意深刻。他以荒诞的手法，勾勒出了一个荒诞的世界：一个已经闹了五年饥荒的村子，村子里的人们居然一天到晚在"唱啊、跳啊，手风琴声一直到深夜都响个不停"。明明在挨饿，却并不承认，因为他们"这儿的农村人都是在睡梦里吃饭"。他们的长老把一切知识传授给他们，让所有的人一起躺下睡觉，在梦中得到一切。在这里，"是村社，连睡梦都是共享的。"故事是荒诞不经的，但其锋芒所向却是明白无误的。

爱尔兰约翰·麦克盖恩的小说《我的爱，我的伞》的主题其实与张扬女性的主体意识和权利也同样有着密切的联系，但它的写作手法却是现实主义的。小说对故事中的一对初恋男女如何坠入情网、如何青春激情高涨、如何对性既胆怯又向往的过程，刻画得栩栩如生。但故事的最后却是以女方断然决然地拒绝了男方的追求为结局，却是出乎读者的意料的。

翻译文学不仅为译入语国家的文学创作提供了新的可资借鉴的创作手法，它在创作题材上的开拓同样令国内同行耳目一新。如果说美国作家弗洛伊登伯格的《幸运的女孩》所反映的移民题材此前我们已经有所接触并也有所了解的话，那么这次我们收入的新一代美国作家尤金尼德斯的两篇小说《玄秘的女阴》和《朦胧的欲望》所描述的题材恐怕就是国内读者第一次接触了，因为这两篇小说描写的对象都有异于大多数平常人，是一个我们在一般的文学作品里极少见到的人物——两性人。两篇小说的主人公诞生之初都是一个女性，但后来随着年岁的增长，其性别特征渐渐发生变化，不仅开始有了男性的特征，更有了男性的欲念。小说以极其细腻的笔法，描写了这批独特人群独有的心理状态和变化，同时揭示了由此引起的文化、伦理与性的冲突。

翻译文学最直接的功能在于及时为我们介绍国外文学的最新进展。《爱情与小偷》《化妆》和《晚安》三篇小说就分别为我们展示了德国、韩国和日本文学中的变化。贝林斯的《爱情与小偷》的写法已经与作者的前辈作家大相径庭,少了几分传统德国文学的沉重,而多了几分新一代德国作家的轻松、幽默和情节的曲折。韩国小说《化妆》描写某著名化妆品公司的高层领导,在目送妻子远走的同时,还要疲于应付公司的事务。一边是妻子的葬礼,另一边是绚烂的化妆品世界。生命的无奈和生活的矛盾,被作者刻画得淋漓尽致。而作者冷峻的文风、寓意深刻的反讽,则让人读出了法国作家加缪的影子。《晚安》叙述的是西野与长他三岁的上司榎本的恋爱故事。敏感、自立的榎爱上了魅力十足的"彦",但不过三年她又干净利落地离开了仍然爱恋着的"彦"。而"彦"也对自己感到困惑,觉得似乎自己的"一部分脑袋或者其他某一个器官是接下来安装的",怀疑自己是"组装"而成的人。小说触及的是当代日本社会里的公司职员在巨大压力之下所经受的精神和感情层面上的"物化"主题。

按理说,泰国作家谭亚的《脸谱》与白俄罗斯作家沙米亚金的《在宫殿的荫庇下》从风格到题材都是两篇风马牛不相及的小说。谭亚的《脸谱》叙述了一个知识分子为了适应社会生活而更换自己的假面具——脸谱的经过。作者展示的是一个奇特、扭曲的社会,在这个社会里,每个人都戴着一个脸谱,并且根据社会潮流的变化而不断更换自己的脸谱,否则就会"变得落伍和不讨人喜欢"。小说里描写了各种各样的脸谱,有能变换上千种不同表情的政治家的脸谱,能变换八百多种表情的知识分子的脸谱,还有运用新科技的电子脸谱。然而,那些朴实、自然的脸谱却再也不能生产了,已经生产的也被禁止出售,如果购买的话,还要算是犯法。小说主人公最后不得已购买了一张小孩子的脸谱,然而他发现,即使是小孩子的脸谱也已经失去了纯真的笑容,而充满了装腔作势的造作……沙米亚金的《在宫殿的荫庇下》叙说的则是一个非常现实的故事:苏联解体以后,一位领退休金的前部长被他的旧属下副部长雇为看守员。这位副部长从前对他的顶头上司毕恭毕敬、阿谀奉承,但现在他通过不法手段掠得大批钱财,成了有钱人,而他的旧上司却沦落为穷人,于是他对他的旧上司颐指气使,完全是另一副嘴脸。显然,这位苏联的副部长同样拥有泰国作家所说的那张脸谱。

以《跑吧,兔子》系列小说闻名于世的当代美国小说家厄普代克的散文《父亲的眼泪》和马提尼克作家夏穆瓦索的散文《童年往日》语言平白而散淡,然而平淡之中却蕴含着浓郁的深情,阅读这样的散文,令人回味无穷。而阅读诞生于差不多两百年前的西班牙作家马·何·德·拉腊的讽刺散文,则会令人产生极大的震撼和惊讶,因为他在文中所抨击的老是推托"明天来吧"的拖拉作风、动辄借口"在国内"(也即不要拿国外的标准来要求国内)等现象,简直让人怀疑这位西班牙作家是否在我们国家投胎转世了,因为对这些现象我们每个人都不会觉得陌生。

在诗歌部分,本书收入了三位诗人的作品,分别是哈罗德·品特、美国诗人雷克斯罗思和日本女诗人茨木由子的诗。我要特别向青年读者推荐雷克斯罗思的《摩利支子的情诗》,如果你们能静下心来细细品读这几首诗的话,那么经典文学的优雅和流行文学的低俗,你们立刻就能有直接的体会了。

最后,似乎有必要提一下 2006 年发生在中国译坛的三件大事。一件是某网络写手在"译写"的名义下推出了美国女作家谭恩美的小说《沉没之鱼》,引起众多读者的质疑。这些网络写手自诩要做当代的"林纾",然而一百多年前,当中国的文学翻译尚处在初始阶段,中国的读者对外来的文学作品尚不具备阅读经验,所以林纾式的翻译在当时会受到广大读者的欢迎，并在引进和介绍外国文学方面也发挥了巨大的作用。现在时过境迁，已经进入 21 世纪的中国读者还会欢迎这样的"译写"么？在翻译上这无疑是一种倒退，而在知识产权上，这是对原作者的侵权。

另一件事是北方某出版社一下子推出一大套二十六集的"诺贝尔文学奖文集"，但它的译者署名却都是一个所谓的"李斯等译"。南京大学的陈远焕先生已经发现这套书中有几本是明显抄袭了人民文学出版社此前出版的傅惟慈翻译的《布登勃洛克一家》、上海译文出版社此前出版的周煦良翻译的《福尔赛世家》等作品。

第三件事是百名翻译家、出版家、译学专家在 11 月下旬在广东佛山举行的翻译研讨会上，联名发出倡议书，呼吁译者、出版社加强自律，学术界加强翻译批评，让劣质译品无处藏身。然而，倡议其实只是发出一点声音而已，对横行翻译市场的劣质译品并无直接的制约作用。所以我认为，现在已经到了尽快建立国内翻译市场的准入制的时候了。只有把准入制建立起来，譬如规定出版译作的出版社、从事翻译的译者，都必须具有一定的资格证书才能出版或从事翻译等，这样才能从源头上制止（或至少是抑止）劣质译品肆无忌惮地横行国内翻译市场。这样的事当然不是一蹴而就的，而需要多年的艰苦努力。但我们不能因为需要多年的时间，而把应该做的事情放在一边不做。只要各个主管部门同心协力，从现在开始抓起，那么我们总能把国内的翻译市场逐步引上规范化的正道。

《21 世纪中国文学大系
2007 年翻译文学》序^①

　　检阅 2007 年各家期刊杂志发表的外国文学翻译作品时，有两位女作家的作品首先吸引了我的注意：西班牙女作家玛约拉尔的短篇小说《亲爱的朋友》和《尊敬的女士》以及美国女作家欧茨的短篇小说《表姐妹》。引起我注意的首先是它们的体裁——书信体，然后，当然还有它们的内容。因为对于当代读者来说，书信体小说实在可以说是一种比较古老的文学体裁了，追根溯源甚至可远溯到古罗马奥维德的"诗体书简"，不过在西方文学史上产生深远影响的也许还得推 18 世纪英国感伤主义作家理查逊的长篇小说《帕美拉》、法国作家卢梭的《新爱洛绮丝》以及德国大文豪歌德的名作《少年维特之烦恼》等作品。20 世纪五六十年代也曾经有过两篇翻译过来的书信体短篇小说，一篇是出自苏联作家之手的《几封没有寄出的信》，另一篇是译自阿尔巴尼亚作家的《五封信》，前者是讲一个被男演员无情欺骗、抛弃的女子，后者叙述了一位新婚妻子对不得不背井离乡外出打工的丈夫的思念之情。这两篇作品当时在国内读者中间也流传甚

---

① 谢天振主编：《21 世纪中国文学大系 2007 年翻译文学》，春风文艺出版社，2008 年。

广,女大学生读者为它们洒下了不少同情之泪。故印象中,书信体小说多以表现男女之间的爱情为主,书信的"书写者"也多为作品中的女主人公,所以书信体小说往往写得情感细腻,情节缠绵悱恻,很能打动读者。然而这次我读到的这两位女作家笔下的作品却一反书信体小说的传统,并不以男女间的一往情深为主题。

西班牙女作家玛约拉尔的小说实际上是由五篇相对独立的"书信"组成的短篇小说,发表时原标题为"西班牙女作家玛·玛约拉尔小说五篇"。其中《亲爱的朋友》假托一位女读者的来信,讲述了她如何被迫离开心爱的恋人而另嫁了一名警官的故事。在这位女读者的笔下,那个警官非常有心计,设下圈套,所以最后她才不得不嫁给了他。而与之呼应的是五篇小说中的最后一篇《尊敬的女士》,它的"写信人"就是《亲爱的朋友》中女主人公不得不嫁给他的那个"警官"。这位警官丈夫从男性的角度提供了同一个故事却是完全不同的版本:那个令写信的女读者魂牵梦依的初恋恋人原来是个不肯负责任的纨绔子弟,而他自己才是个既有责任心又有爱心的许多姑娘心目中的"白马王子"。于是善恶颠倒,悲喜转换,一个在女性视野中呈现出来的凄美的爱情故事,在男性叙事中被彻底颠覆并消解了。孰是孰非,那就由读者自己去评判了。

如果说玛约拉尔的书信体小说多少还是与男女爱情沾上点关系的话,那么被誉为当代心理现实主义力作的美国著名女作家欧茨的《表姐妹》则给书信体小说赋予了与男女爱情完全没有关系的一个沉重的政治题材:纳粹德国对欧洲犹太人实施的种族灭绝行动的"大屠杀"。小说故事的起因是芝加哥大学生物人类学教授芙瑞达·摩根斯顿出版了一部回忆录《死里逃生:少女时代》,这本书被一名自称"丽贝卡·施瓦特"的美国犹太中产阶级妇女偶然读到。从摩根斯顿教授关于犹太种族大屠杀的亲身经历叙述中,丽贝卡推断对方正是自己朝思暮想的失散于二战期间的表姐，于是不断写信给对方追忆往事，并且执着地要求认亲，故事也就在"认亲"是否能最后成功这样的悬念中展开。然而，关于"认亲"的故事实际上当然只是小说的表面呈现，它的深层目标则是要反映发生于半个多世纪前的那场"大屠杀"对两个人乃至两个家庭造成的心理创伤，以及这种创伤经历在犹太民族个体的心理上所投下的巨大阴影。

读罢这两位女作家的书信体小说，我感触颇深：原来尽管是一个"古老"的文学体裁，但它仍然可以为我们当代的文学创作所用啊。由此，我们中国的作家们也许可以从中得到某些启发。

就作品题材而言，我们的读者在阅读法国作家索莱尔斯的小说《恋之星》时也许会感到些许亲切感，因为尽管作品的人物、事件、地点等都是陌生的，但透过这些表面的故事情节，我们却能从中隐隐窥见在中国家喻户晓的牛郎织女故事的影子。研究者甚至说："小说的创作明显受到中国牛郎织女神州传说的启发，表现了他本人厌弃世俗，企图逃避人生的一种观念。"不过实际上小说着力表现的还是当代人对现代社会的一种反思、逃离乃至反叛：一对恋人远离尘世，来到一个孤岛开始他们纯净的新生活。他们仰望星空，面对"天堂"，感觉那里已经不再是一个抽象的冥冥空间，而是可以通过人类居住的星球等各种方式通达的地方。在孤岛上，他们通过五大感官，无时无刻不在体验着另一种别类人生。他们可以重新设定认识世界的方式，彻底批评社会现实，尽情开拓诗意的境界。"酣睡后醒来，乐声更为激昂，颜色更为浓郁，香气更为宜人。触感在延伸，交织着香气和味觉。宇宙万物在颤动中贴得更近。骨骼拥有了血脉无从感知的力量。"这就是索莱尔斯远离尘世后的新鲜感悟。研究者指出："该小说文体夹叙夹议，现实和遐想交织，音乐、色彩、气味、味道和感觉通过优美的文字和简洁的语言表现得惟妙惟肖。"

然而，同是逃离的主题，如果说法国作家笔下的故事更多幻想色彩的话,那么在加拿大作家艾丽斯·门罗的笔下的小说《逃离》中则具有了更多的现实成分:一位年轻的主妇总感到丈夫对自己不好,在邻居的怂恿下准备弃夫出走。然而,在已经搭乘上离家出走的汽车以后,她从半路上还是跳下了车,最终回到了丈夫身边。表现平淡无奇的情节,底下却深藏着当代社会一个相当深刻的主题:人们往往总是对自己所处的现实环境不满,而渴望外面的精彩世界,幻想到了那里以后可摆脱自己目前平庸的、甚至痛苦的日常生活,然而事实往往事与愿违。在这篇小说里,门罗正是以极其平常的笔触,通过极其平常,然而又是非常真实的细节刻画,再现了这些人物及其生活场景。

说到对现代社会生活,也许更确切地说,是对后现代社会生活的展示,英国作家阿莉·史密斯写的《快了》更发人深省和回味。小说采用了意识流的手法和多少有点荒诞的情节:一个下班急着搭乘火车回家的女子在途中遇见了死神——一位面带"忧郁而文雅的微笑""利落而腼腆"地与她一起同行的男子。死神的降临意味着火车在中途出了死亡事故,可是这位女子在上车前刚与家里等着她回家的男子没讲上几句话,手机的电就没有了,只好在途中利用站台上的电话再与对方通了个电话,告诉对方她已经乘上了火车,很快就能到家了。不料不多一会儿火车就出了事故,想通知家里焦急地等待她回家的男子吧,她的手机已经没有电了。她想向她的邻座借用手机,一位邻座称她没有手机,而另一位邻座则称她自己的手机剩下的电也不多了,所以也不肯借给她。小说由两个部分组成,各有一个叙述者以第一人称叙述,从其中一个人的叙述中可以想见另一人的活动,两者互为补充,从而为读者勾勒出一个完整的情节:一对恋人或伴侣,其中一个乘车从伦敦回家,意外耽搁,另一个在家等待,内心焦急异常却佯装平静。作者运用了自由联想、内心独白等手法,深入主人公的意识,并通过视觉、听觉、嗅觉等多层次感官印象来刻画外在的世界,以一次意外事故为背景,展示了一幅幅人生百态的图画。研究者说:这篇小说,尽管"全篇不见一个'爱'字,却有如一首低沉的恋歌,某些地方令人产生无言的感动"。确实如此,小说展示的人物和生活场景都极其平凡,然而却能激起读者情感上的强烈共鸣。

同样是描写当代社会中现代人的生存境遇,但韩国新锐女作家韩江的中篇小说《蒙古斑》显然更关注现代人在心理、精神上的焦虑和迷失,面对性欲和情欲的诱惑而表现出来的迷惘和疯狂。作家通过一个颇具争议的伦理题材,探讨了现代人的自救之路。小说主人公"他"是个已届不惑之年的中年男人,有个贤惠的妻子和一个四岁的孩子,也有一份不错的工作。然而,在工作了十年之后,他却突然"开始厌倦生活,难以忍受生活中的一切"。在听妻子说小姨子至今还在臀部留着一块蒙古斑,他先是沉溺在关于小姨子的性幻想之中,然后又以制作影像作品为名,在小姨子赤裸的胴体上画下鲜花,企图通过这样的画画和摄影满足他对性欲的幻想。最后,他更是粗暴地让自己和小姨子融为了一体。

这篇获得韩国第二十九届李箱文学奖的小说的写作手法相当西化,小说的结构,对某些细节的处理等,尤其是对人物心理活动展示,都让读者有一种似乎在阅读西方现代派作品的感觉。主人公"他"没有名字,是一个陷入心灵危机的现代人的符号。而小姨子在面对"他"冲动的欲望表演之时,却"静静地承受着一切",让他"感觉她不像人,也不像野兽,像是介于动物和植物以及人类之间的陌生的造物",从而反衬出"他"因疯狂追求性欲和情欲的满足而变得是人而非人。小说中的蒙古斑是原始和无为的象征,而小姨子则是竖立在现代人面前的一面镜子,她本性淳朴,简于思索,内心安宁,映照出现代人复杂、多思、内心焦灼的现实。

另一位韩国作家李万教的小说《表情管理公司》则是一篇辛辣讽刺的现代寓言:主人公西五官端正,长相出众,本来是个人见人爱的美男子,但是他太善良、太纯洁、太老实,更不会说谎,任何人通过他的表情就能看到他的内心,所以从学生时代起,他就被小伙伴们孤立,因为他们不愿意带一个不会掩饰自己表情的人一起玩,除非是为了要弄他、欺负他。长大后,也因为这个原因,他还失去了女友。于是,他开始反省,并开始自我矫正,并进了一家有一定规模、设备也比较好的专门训练人如何操控自己表情的训练学院。终于他在管理自己的表情方面取得了成功,连他妹妹也猜不透他心里到底是想什么了。与此同时,他和周围人之间也形成了非常宽松和谐的人际关系。现在,即使遇见了他心中暗恋多时的女友,他也只是若无其事地耸耸肩,而决不会暴露出自己内心的真实感情。随着他操控自己表情技术的提高,他成了一名表情模特儿,在镜头前,让他做高兴的表情,他就做高兴的表情,让他做严肃的表情,他就做严肃的表情。他的照片开始刊登在各种广告专刊、报纸杂志上,他成了名人。不仅如此,他还创建了颇具独创性的表情管理理论,提出表情与感情不仅可以分离,而且可以通过表情驾驭和抑制感情,甚至心理。他还进一步提出,感情和表情分离得有多么严格、周密,乃至它的成熟及自由程度,标志着一个社会的文化发展水平。小说最后,西俨然成了一名成功的表情理论家,报纸上、杂志上,都是吹捧他的文字。只是这时,即使是他的妻子也不知道他到底是什么心思。

从某种意义上而言,日本作家辻原登获得 2005 年度川端康成文学奖的《棒球王》也是一篇带有寓言性质的短篇小说。不过这篇小说不以故事情节取胜,而是以其新颖别致的叙述技巧吸引读者。小说采用的是一种多重叙述方式:一种方式是叙述者讲述的故事是自己阅读的小说人物讲述的故事,即"我"讲述 O 小姐的故事是由《O 小姐》的叙述者(纳博科夫)讲述的;另一种方式是"我"讲述的是别人讲述给我听的故事,即转述他人的叙述;再一种方式是叙述者直接叙述的自己的观察和体验。小说叙述的时间也并非按照线性的物理时间进行，而是通过叙述者的记忆与回想把现在与过去错综复杂地交织在一起，形成一种时空交替、变幻莫测的感觉。再加上小说一开篇就用了很长的篇幅引用纳博科夫的小说，叙述"我"与纳博科夫作品主人公O小姐邂逅的过程，但紧接着又转向了OTIS电梯的事，再接下来又去引用欧·亨利的小说了，把这篇纯文学作品写得如同推理小说，激起读者强烈的阅读欲望。而实际上，小说的情节非常简单，只是主人公回忆他一个绰号叫"棒球王"的同学，"我"因为恐惧"棒球王"的暴力，于是设法逃避，但最后"棒球王"却被火车夺去了生命。这篇小说写作技巧很高，细心的读者可以从中读出暴力的隐喻，人生的隐喻，以及时代的隐喻。而小说的主题甚至显得有些过于沉重：到底是谁实施了暴力？人类为什么离不开暴力？

　　如果说《棒球王》带给读者一种新奇的阅读体验的话，那么阿根廷作家萨里那斯的小说《幽灵在等待》带给读者的就是轻快的阅读享受了，只是故事的结局多少还是有点沉重：著名言情女作家阿莱杭德拉来到了度假小镇本托斯角，这是十年前她与已故丈夫奥古斯托定情的地方。与此同时，也正是在这里，奥古斯托为了保护她免受劫匪的枪击而倒下，失去了生命。此后她一直没有结婚，却写出了一本又一本充满激情和浪漫的爱情小说。五年前，她被查出患了绝症，最近她身体的情况更趋恶化，她感到自己大限已近，但她没有告诉任何人，包括与她同行的秘书莫妮卡，她想一人来这里静静地缅怀和凭吊已经逝去的值得回忆的岁月。出乎意料的是，她在小镇上邂逅了一位长相酷似奥古斯托的年轻人隆巴蒂，攀谈之下她才知道隆巴蒂正是奥古斯托在认识她之前生的儿子。从隆巴蒂的口中她进一步了解到奥古斯托生前对她炽热的爱。在当晚小镇狂欢节举行的假面舞会上，阿莱杭德拉穿了一套古代贵妇的服装，戴着一顶巨大的白色假发，与隆巴蒂尽情地舞蹈，似乎恢复了她的青春，以至莫妮卡根本不相信她也在舞会上,因为她看到隆巴蒂整个晚上只是与一个年轻的女子在跳舞。第二天早上,阿莱杭德拉一反常态没有早起,莫妮卡走进她房间,发现再也不会醒来的女作家尚余温热的手边有一张字条:"我知道你会很悲伤、很孤单。我之所以知道这些,是因为你是我最好的朋友。然而我不希望你这样,因为尽管这和我写过的所有小说都截然相反,但对我来说这是一个幸福的结局。最后,莫妮卡,死亡是生命的一部分。"阿莱杭德拉的死固然令人扼腕,但我们也相信,她离开人世之前是带着幸福的感觉而走的。

散文翻译作品方面,我觉得有三篇作品特别值得一提:英国作家刘易斯的《论平等》以其犀利的词锋、深邃的思想给人以强烈的震撼,而日本作家西村寿行的《光的鳞片》则以其舒缓的笔调、淡淡的哀愁,让读者与他一起沉浸到对往昔生活的回忆中去。

然而散文作品也并不仅仅只是对思想的阐述、对事件的描述,它也同样可以塑造人物形象,美国作家施瓦茨的《翻乐谱的女子》便是这样一篇散文作品。通常在音乐会上,翻乐谱的女子是处在聚光灯外的、不被人注目的人物,掌声、荣耀,那都是属于演奏家的,与翻乐谱的女子是无关的。但施瓦茨却把目光投向了她,并把她描写得同样光彩夺目:"虽然翻乐谱女子可以尽力表现得谦恭,用只有她自己知道的方式减弱自身的光芒,她却无法使自己完全不引人注目。她的突然登台与两位音乐家的登台一样令人兴奋,甚至令人惊喜。她肩披波浪般的金发,金发的光芒像火花四射,与舞台的灯光交相辉映。比起两位演奏家,她是那么年轻,颀长的身姿在台上亭亭玉立。……恰如童话中的公主。"作家关于翻乐谱女子的猜想也是饶有趣味:"她当然不是公主,也不是为舞台增色的职业美女,她很可能是音乐学院的优秀学生,为钢琴家翻乐谱是对她的奖励。她或是被请来演示如何端坐并在最恰当的时刻翻过每一页乐谱,她或是自愿为了任何实际的需要而来：为挣钱付学费，为赢得经验。她可能并不称职，因为她有着太吸引人、与音乐争夺听众的外貌，但根据公平竞争、机会均等的原则，美丽外表的主人并不意味着比相貌平平者在专业技术上逊色。不论她有着怎样的台下人生，在她登台的这一刻，她的真实自我即被远远抛开，一如她那瀑布般的金发从高高的额头向中后梳去，像一件披风遮盖了她的后背。"然而作家描写这位美丽的翻乐谱女子当然并不只是为了欣赏她的美丽外表，他显然另有深意在："任务的极端平凡恰恰赋予翻乐谱女子一种尊严，使她本已丰富的个人色彩更加丰富，因为真理从中得到体现：辉煌的音乐离不开平凡——任何辉煌都离不开平凡，正如钢琴家要将指甲很好地修剪，正如大提琴手要将松香涂于琴弦，虽然这样的平凡小事不登大雅之堂，但却成就了辉煌。"

在 2007 年翻译发表的诗歌中，两位南美诗人——哥伦比亚的卡兰萨和巴西诗人金塔纳的诗，一如他们的国家、他们的民族，热情奔放，却又深情绵绵。如卡兰萨的《你的蓝色》：

思念你，是蓝色的，就如中午
沿着一片金色的树林漫步：
花园在我的言语中诞生，我和我的云在你梦中行走。
一阵柔和的风，一段忧伤的距离，
把我们连接，把我们分开；
我举起我的诗歌的双臂，
痛苦和期待，你的蓝色。
思念你，有着蓝色性情的你，
有如一条小提琴似的地平线，
或者素方花的温和的苦酸。

　　我觉得世界变得透明晶莹，

　　我望着你，在三位一体的灯下，

　　在我思念的蓝色的星期天。

　　相比之下，美国诗人威廉·默温的诗，也许因为受他早年翻译过的超现实主义诗人的诗的影响，似乎也有那么一点超现实主义的味道，如他的《目击》：

　　夜带来了老鼠

　　让它出去到地板上，

　　墙壁上，窗帘上，

　　时钟上。你戴着手套站在门口。

　　谁叫你来观看？

　　蝙蝠开花似的簇拥在缝隙中，

　　你和你的兄弟／举起刀来观看。

　　没有你月亮肯定能找着／去水井的路。溪流

　　也会找着祭台。

　　至于我们，闭着眼睛

　　进入了你的国度。

　　本年度戏剧作品的翻译有两篇译作很值得一读，一篇是德国作家海纳·米勒的《哈姆雷特机器》，另一篇是俄罗斯作家鲍·阿库宁的《海鸥》。两篇作品都与经典戏剧作品有关，前者一望而知是挪用了莎士比亚的著名悲剧《哈姆雷特》的主人公，而后者则直接就把契诃夫的同名戏剧作为自己戏剧作品的名字，其剧中人物也都取自契诃夫戏剧。不过两者都不是通常以为的那种对经典剧作的改编或翻版,无论是主题、人物性格、剧情,它们都与原作无关。前者正如译者焦洱在其"译者注"里所指出的,"哈姆雷特机器"的两个组成词"Hamlet"与"Machine"的字头 H 和 M 刚好与作者本人的姓名"Heiner Mueller"中的两个字头一样,显然有其深刻寓意。也就是说,本剧中的"哈姆雷特"传递的是重写者米勒的思想。事实上,米勒也确实曾公开声称:"三十年来,我在思想上确实一直对哈姆雷特着迷,所以我想通过写一个短剧——《哈姆雷特机器》——来摧毁他。"本剧译者在一篇评论文章中更进一步明确指出:"他要通过他的改写本摧毁的,是贯穿在那个血腥故事背后'承受命运打击——痛苦地延宕——勇于承担历史使命'这样一种启蒙人物的发展脉络,是隐藏在《哈姆雷特》背后的那种'正义与邪恶(革命与反革命)斗争'的历史叙事,他要从根本上颠覆哈姆雷特散发着理性主义光辉的人物形象,继而通过自己的哈姆雷特来讨论人类二十世纪以来风云变幻的历史。"在《哈姆雷特机器》里,米勒强化了哈姆雷特在莎翁原剧中的心理特征,并把它放大,从而把一个逐渐丰富起来的艺术形象变成了一种状态,变成了一个符号,让哈姆雷特的精神疾患大爆发,始终停留在痛苦继而癫狂的阶段里,成为弗洛伊德心理分析的一个病例,成为一个恋母、窥视、癫狂、女性化、易异装癖的"病人"。(参见焦洱:《〈哈姆雷特机器〉的一种读法》,载《世界文学》2007年第 2 期)

　　无独有偶,俄罗斯当代作家阿库宁发表于 2000 年的《海鸥》竟然与写作于 1977 年的《哈姆雷特机器》在某种意义上有点不谋而合。取材于契诃夫同名戏剧的剧本《海鸥》同样带有强烈的后现代特征,它借人们对契诃夫原作的熟悉而带给读者一种全新的阅读感受。契诃夫原剧的终点(主人公特列普廖夫的自杀)成了阿库宁笔下的新作《海鸥》的起点,不同的是重写者把原剧主人公的自杀变成了他杀,并对此人物的死亡作了种种想象,设计了八种可能性。这样,契诃夫原剧中的心理现实主义特征和不确定性消失了,代之以更加简单的人物性格标志和单向性的行动指向,在每个人物的行动中只有各自的屈辱、复仇和算计。

显然,从这两篇戏剧作品的中文译作中,我们读到的不光是两篇剧作令人耳目一新的内容,更富启迪意义的恐怕还有外国作家同行从当代文化语境出发对经典名著所作的重新解读,以及他们赋予经典名著及相关人物形象的崭新内涵:一切都被分解、撕破、打碎,然后再重新拼装。

《21 世纪中国文学大系
2008 年翻译文学》序^①

  2008 年正好是我国改革开放三十年，在这样一个具有特别的历史纪念意义的时间，编选 2008 年的翻译文学卷，一种特别的感触在我心中油然而生。我情不自禁地回想起这三十年来我国外国文学译介所经历的曲折，所跨越的坎坷，所取得的辉煌。

  我清楚地记得，1978 年年底，国内第一本专门介绍国外通俗文学的杂志《译林》创刊，乘当时全国各地的电影院正在热映电影《尼罗河上的惨案》之际，《译林》创刊号不失时机地推出了同名长篇小说的译本，引起读者热烈反响，几十万册的《译林》一销而空。为满足广大读者的需求，后来不得不一版再版。我当时也是第一次读到当代西方的通俗小说，那种新鲜感和刺激感，至今记忆犹新。翌年，浙江人民出版社把已经绝迹了几十年的 1949 年前傅东华翻译的美国通俗文学名著《飘》重新印刷出版，从而再次引发读者对西方通俗小说的阅读热潮。"文革"期间，我的一位朋友曾把一本已经翻烂了的《飘》的上半本偷偷借给我看，但要我第二天就得

---

① 谢天振主编：《21 世纪中国文学大系 2008 年翻译文学》，春风文艺出版社，2009 年。

归还,因为后面还有很多人等着要看。我于是花了整整一个晚上,通宵未睡,终于把这本书看完了。但因为只看了上半本,女主人公郝思嘉后来的命运究竟如何了,一直让我牵肠挂肚,心痒难熬。为此我在"文革"中开始自学英语,希望以后有机会阅读《飘》的原文,以一解心头之渴——当时根本不敢指望今后还有可能读到《飘》的全译本。因此当我排着长队,终于购得完整一套三本的《飘》的中译本时,我的兴奋之情简直难以言表。

然而,如果说《尼罗河上的惨案》和《飘》的出版,还仅仅是突破了"外国通俗文学不能翻译"这个禁区的话,那么 20 世纪 80 年代初陆续推出的袁可嘉等人主编的四卷八册《外国现代派作品选》和著名英国作家 D. H. 劳伦斯的长篇小说《查特莱夫人的情人》,突破的就是另两个更为敏感也更为森严的禁区了。前者译介的是长期以来一直被视作颓废、腐朽、没落的西方资产阶级文学的典型代表——西方现代派文学作品,后者涉及的则是长期以来讳莫如深、不敢越雷池一步的一个文学题材——"情色与性"。80 年代初,尽管改革开放的春风已经初度神州大地,但春寒料峭,乍暖还寒,中国文艺界几十年极左思潮的影响积重难返。所以,《尼罗河上的惨案》和《飘》出版后不久即有国内一位外国文学界的"大人物"上书中央有关领导,斥之为"我国出版界的堕落";萨特的存在主义名剧《肮脏的手》尽管克服了重重阻力在上海的《外国文艺》上得到翻译发表,但它在舞台上却仍然难逃厄运——公演没多久就被禁演;而《查特莱夫人的情人》一书全译本的出版带来的后果则更为惊人和严重:它让南方一家出版社因此而遭受到了"灭顶之灾"——被吊销出版资格!

不过以上所述,仅仅是 80 年代初我国外国文学译介所经历的一些曲折而已。随着改革开放越来越深入,一个又一个的禁区相继被打破,我国的外国文学译介也取得了越来越辉煌的成就。这只要看一下我们这本自 2001 年起每年编选出版的"翻译文学卷"后面所附的当年出版、发表的数以千万计的翻译文学书目和篇目，即不难窥见今天我们国家的外国文学译介事业是何等的兴旺和繁荣。可以说世界上主要国家的重要优秀作家作品，无论是古典的还是当代的，几乎都得到了全面、及时的译介，有时候我们甚至走在了时代的前面。以今年的诺贝尔文学奖得主法国作家勒克莱齐奥为例：早在十年以前，上海译文出版社就已经翻译出版了他的代表作《诉讼笔录》，而我本人也同样早在十年前就把他的长篇小说《流浪的星星》收入我主编的"当代名家小说译丛"，交花城出版社出版。同时收入这套"译丛"的还有去年的诺贝尔文学奖得主莱辛的中短篇小说集《一个男人与两个女人的故事》。

具体说到2008年翻译出版、发表的外国文学作品，同样是数量众多、内容丰富、形式各异。但首先引起我兴趣的还是那些带有中国文化因素的作品，如著名德国剧作家布莱希特的日历小说《奥格斯堡灰阑记》和美国作家尤金迪斯的短篇小说《逼真的记忆》。

布莱希特一向对中国文化很感兴趣，他的创作也多富有中国文化的因素，如他的戏剧作品《四川好人》和《高加索灰阑记》。但中国读者多知道他的《高加索灰阑记》改编自中国的元杂剧《包待制智赚灰阑记》，却较少知道布莱希特还写过这样一篇相同题材的小说。小说《奥格斯堡灰阑记》与剧作《高加索灰阑记》的情节可谓如出一辙，都是描写一个富家妇人在暴乱时为了财产弃下自己亲生儿子不顾，幸亏善良的女仆不顾自己安危，历尽艰辛，才把孩子保护下来。后来由于生父去世，孩子享有财产继承权，于是为了这一笔财产，那位当初弃子的生母又要来争夺孩子，而女仆出于对孩子的深厚感情也不愿放弃孩子。于是法官着人在地上用粉笔画了一个大圈（即灰阑），并要求两个女人各拉住孩子的一只手一起站在圈内，在听到他命令"拉！"后，就各自开始用力把孩子向圈外拉。看中孩子的财产继承权的生母自然是把孩子死命地往外拉，而对孩子深含感情的女仆为了孩子免受痛苦,只好放手。法官由此判定,孩子应该归女仆。饶有趣味的是,与据以改编的元杂剧相比,在《包待制智赚灰阑记》中,争子之战发生在一家大户人家的正室妻子与生母小妾之间,获胜者是生母,彰显的是生母对孩子的亲子之情;而在布氏的小说以及戏剧中,获胜者全都是非生母。人物身份的颠倒显然进一步强化了布氏作品对"为了钱财连亲生孩子都不要了"的富家女人的鞭挞力量,从而也赋予了作品别样的力量和意义。

美国作家尤金迪斯的短篇小说《逼真的记忆》中的中国文化因素也很明显:男主人公出生在波兰边界的一个小镇,后移居德国柏林,却是在中国的北京得到了一个"上海屁墩"这样一个绰号,并且在中国他也确实待过一段时间——在北京一所艺术院校进修。不过,与上述布氏作品不同的是,对于这篇后现代小说来说,作品中的这些中国文化因素只是给小说增添一点东方色彩、异国情调而已,对作品的主旨来说并无实质性意义。小说通过"我"的叙述逐步展示了"上海屁墩"这个颇富个性的摄影艺术家跌宕起伏的命运。但与此同时,"我"的回忆给读者一种似真似幻的感觉,既真实清晰,又虚幻模糊。小说的标题其实就隐含着某种反讽的意味:记忆是人类独具的能力,然而现实生活中的记忆是否有可能做到真实逼真呢?这也正是这篇后现代小说的主旨所在:当今社会中人类生存状态的一种不可捉摸性。

同样致力于揭示当代社会中人类生存状态荒诞性的还有当代英国作家拜厄特的小说《流浪女》:一个不善与人沟通、与人交际的公司高级职员的夫人达芙妮参加了一个出国旅行团,就在回国前几小时导游把旅行团带到一个大型超市"好运大卖场"购物。然而进入大卖场后不久的达芙妮尽管一直在照着标示"出口"的方向走,却发觉总也找不到出口。"电梯的指示灯显示的明明是'下',结果却是'上'。楼梯井没有窗户,底层无论如何都找不到。"她想给旅馆打个电话,发现钱包和信用卡都神秘地失踪了,再后来,连护照也不见了。"她开始在大卖场里奔跑,结果袜子扯开了一个大洞,从脚面一直裂到了小腿,皱巴巴的,像脱落的皮肤。"肮脏、邋遢、衣冠不整的形象终于引来了警察的干预:"像你这样的人是不允许进来的。"那个警察甚至拿警棍戳她,命令她:"请离开这里!"——一个公司白领的太太,片刻之间居然就沦落成了一个流浪女!这篇小说篇幅不长,仅两千余字,但结构紧凑,情节流畅,成功地将传统与现代熔为一炉。

《逼真的记忆》和《流浪女》让我们联想到西方现代派和后现代文学作品的一些共同特点,诸如对当代社会中人所面临的无奈、荒诞、残酷、虚幻等的展示,以及(尤其是在小说中)在叙事手法上打破传统方式、淡化故事情节、故意给人以一种无序的印象等。然而从近年来国际文学发展的最新走向中我感觉到,经过了一个多世纪的探索和发展,现代派和后现代文学创作似乎已经开始出现疲态,曾经热衷于现代派或后现代创作实验的作家现在正在向传统的叙事手法回归,转而致力于构造一个精致耐读的生活故事。西班牙当代作家胡安·何塞·米利亚斯及其小说《劳拉与胡里奥》也许可视作这方面的一个代表。正如该小说译者周钦所说的,作为"68年一代"的代表人物,米利亚斯的变色龙似的创作手法,他的生活流写作、无主题写作、元小说写作等,曾经引起读者的普遍关注。然而,"时隔近二十年,我们在其新作《劳拉与胡里奥》里看到了米利亚斯明显从理论走向了故事,从追求理论探讨(或演绎)的实验到对故事情节的重视。"在这部小说里,我们看到了当今小说难得一见的丰富、曲折而又动人的情节。小说悬念不断,高潮迭起,同时又极富时代特征:小说中男女主人公的婚姻和婚外恋都与因特网有着极其密切的关系,而当今网络时代的电子邮件在这幕极具讽刺意味和戏剧效果的悲喜剧里也扮演着一个推动情节发展的不可或缺的角色。

    米利亚斯的同胞西班牙女作家罗莎·蒙特罗在评价米利亚斯创作风格的上述转变时说了一句话:"回到情节,回到小说本身,回到讲故事的乐趣。"这句话也可以用来解释为什么时隔那么多年,而我们今天的译者和编者,仍然那么饶有兴致地翻译、发表大半个世纪前美国女作家艾迪斯·沃尔顿创作的短篇小说《罗马热》,因为读者喜欢精致耐读的作品,而这篇小说的魅力正在于它高超的讲故事技巧。小说的故事其实非常简单:两个女人纠缠一个男人,一个男人周旋于两个女人之间。阿丽达与斯莱德订婚时怀疑女友格丽丝和自己的未婚夫有染,为了惩罚她,阿丽达冒充斯莱德给格丽丝写了封信,约她晚上在古罗马斗兽场见面。格丽丝回了信,信落到了斯莱德手里,两个人当晚见了面。阿丽达以为自己捉弄了格丽丝,令她在寒风中苦等了一夜并为此发了烧,虽没死掉,但精神已垮,最后匆匆嫁人,为此得意了二十多年。二十五年后,阿丽达得知了真相,原来正是自己的那封信促成了自己的丈夫和另一个女人的恋情,并使其开花结果。这篇小说的情节并不复杂,但作者超乎寻常的叙述方式却让这个并不新鲜的三角恋故事读起来仍然能引人入胜,令读者难以释怀。作者让两个女人在二十五年后重逢于罗马,而那个她们爱了二十五年的男人却从没有出场,二十五年前的那一幕是在两个人的对话中逐渐拉开的。如果说整个故事是一张大网的话,那么小说中两个女人的对话就是纺织这张大网的经纬,故事则在纺锤的来回穿梭中向前发展,让读者一会儿走进去,一会儿又回到现在。

    当然,情节也好,技巧也罢,文学作品真正能打动人的却并不是情节或是讲故事的技巧,而是通过情节、技巧传递出来的人的情感。因此,凡是包含感情的文学作品总是能让读者爱不释手。日本作家川本三郎的《航班停飞之后》和越南作家阮氏秋惠的《天堂的眼泪》就是这样的小说。前者描写一对老夫妻外出旅游,恰遇航班停飞,要第二天才能成行。刚从报社退休下来的隆夫与他的老伴纪子商量了一下，反正他们一早出来还没来得及吃早饭，就不要急着回家，索性先去一家有名的荞麦面馆共进早餐。以前纪子老是听隆夫说这家面馆如何如何好，但隆夫忙于上班，一直没有时间带纪子去品尝这家面馆的面条，现在正好可以如愿。离开荞麦面馆后，隆夫想起这附近有一家小店居酒屋很有名，里面的菜又好吃又便宜，于是提议去那里喝花啤酒。这个提议正中纪子下怀，因为纪子受其父亲影响倒是比较喜欢喝酒的，但平时隆夫忙着上班，所以总是只有她一个人在家喝闷酒。品尝了居酒屋的美酒佳肴，隆夫又提议带纪子去看"荒川全景图"。荒川虽然不是什么有名的旅游景点，但也别有一番景象：两岸芦苇丛生，天空飘着淡淡的几片云彩，一阵小雨过后，河对岸烟雨迷蒙，而河这边却阳光明媚。老夫妻俩沐浴着阳光，欣赏着河上的绮丽风光，心中不禁暗想："吃立食荞麦面条，喝花啤，游荒川，到了这把年纪却一下子同时体验到三件从未体验过的事情，这都该归功于飞机停航呀！"小说并没有跌宕起伏的情节，文字平白如话，但就在这娓娓而道的叙述中，老夫妻俩朴实深厚的感情却跃然纸上，感人至深。相比较而言，后一篇越南作家的小说给人的则是一种非常沉重的感觉：一位母亲不愿意她的女儿重复她不成功的人生——因轻信男人而遭到欺骗，但十六岁的女儿却执迷不悟。母亲因骑自行车追寻女儿而遭遇车祸死亡，但仍心系女儿。她化作了风，化作了雨，拼命地吹，把雨滴洒在女儿脸上，但女儿仍然陶醉在那个骗子男人的亲吻之中，不顾寒风在身边呼呼地刮着，更不知道那飘洒在她脸上的雨滴是来自她母亲"天堂的眼泪"。

　　同样让人感觉沉重甚至沉重到令人喘不过气来的是日本作家中村文则的小说《泥土中的孩子》。这篇获日本 2005 年第一百三十三届芥川奖的作品是基于作者在东京的打工生活体验。小说主人公"我"从小被父母遗弃，由亲戚领养，在长大过程中饱受虐待，甚至被活埋在土中。成年后，他当了出租车司机,与一个有着同样境遇的女人同居,由于少年时代的阴影,他始终有一种寂寥和恐怖的逼迫感,内心对过去的经历穷追不舍,常常渴望由自己去引发暴力的侵袭,生活于对死的追求之中。最近几十年来,日本文学中以性和暴力为主题的作品可谓比比皆是,但中村文则的小说在展示暴力的同时,能够凸显社会的伦理问题,这就显得难能可贵了。

俄罗斯当代作家尤里·马姆列耶夫《飞行》等四篇短篇小说和美国作家雷蒙特·卡佛的短篇小说《软座包厢》让我们认识了另一类现实主义文学作品:前者被称为"玄学现实主义",后者被称为"肮脏现实主义"(但更多被称为"极简主义")。这两种现实主义文学作品自然与我们熟识的现实主义文学大相径庭。马姆列耶夫笔下的人物,正如译者指出的,都是一些言行怪异的人,似乎都生活在奇怪和可怕的世界里。这些人物同时又是思想家,他们的探索不为别人所理解,以至于在旁人看来,他们无异于疯子、傻子和白痴,总之是不正常的人。但读者如果细细品味这些身处困境的人的思想探索,可能会发出某种赞同甚至共鸣。这些独来独往的、孤独的主人公大多似乎不与周围的现实中人发生多大瓜葛,然而在思想上却与很多现实中并不存在的虚幻体存在交往、争论甚至交锋,如死神、幻象和魔鬼之类的虚幻体,好像他们只有在与自己幻想出来的幻象打交道时才能证明自己的存在价值。马姆列耶夫的作品往往吸收俄罗斯民间文学和经典文学某些因素,借用或改编这些故事或情节,借古讽今,在看似简单的叙述和怪诞的情节中传达出深刻的寓意和永恒的哲理。譬如在小说《飞行》中,任何鸡毛蒜皮的小事都会引起主人公对生活感到厌倦:因为找不到袜子,他就想上吊自杀,因为在餐厅里久等服务员不来,他就拔出手枪朝自己开枪,结束了自己的生命。

尽管属于另一种风格,但在某种程度上,美国作家卡佛的《软座包厢》与这位俄罗斯作家的作品似也存在某种异曲同工之妙:迈尔斯八年前与自己的妻子分手,并与儿子闹翻——他怀疑是儿子不怀好意的干涉才使他们夫妻关系恶化乃至分手的。但几个月前他收到了儿子的来信,称他去年一直住在法国,在斯特拉斯堡的一所大学上学。经过一番深思熟虑,他给儿子回了封信,谈到他想去欧洲作一次小小的旅行,问儿子想不想在斯特拉斯堡的车站见他一面。收到儿子的回信后,他便坐上了头等火车的软座包厢,横穿法国,去斯特拉斯堡看望儿子去了。途中,他先去了罗马、威尼斯,还去了米兰。然后他便坐在软座包厢里,一心期待着此次旅行的高潮——在斯特拉斯堡车站与儿子的见面。期间他离开包厢去了一次厕所,回到包厢后发觉他放在大衣内准备送给儿子的一块昂贵的日本手表不见了。问了同一包厢的男人,却毫无结果。他突然觉得,自己并不想见儿子。火车在一个站台停下了,迈尔斯没有发现儿子,他觉得可能是自己睡过了头,也可能是儿子像他一样临时改变了主意。他登上了一节二等车厢,越过一排塞满了人的车厢,想挤回他自己的包厢。当他走进包厢时,突然发现这不是他原先的包厢,原来他的那节车厢在他被挤在二等车厢时已经被卸掉了。他坐在包厢里,觉得窗外的风景正飞逝着远离自己。"他知道,自己正赶向什么地方,但至于方向是否正确,那要等上一会儿才能知道了。"美国的评论家们给予卡佛的创作以很高的评价,认为他的极简主义"终于带着美国的叙事文学走出了六七十年代以约翰·霍克斯、托马斯·品钦及约翰·巴斯为代表的后现代主义超小说的文字迷宫,而找到了一个新的方向。"

法国著名科幻小说作家皮·博尔达日的《剁掉我的左手》是一篇紧张、刺激、充满悬念的科幻小说,但又是与我们中国读者印象中的科幻小说完全不一样的科幻小说。作者把故事发生的时间挪到了未来,但演绎的社会问题却仍然是现代的。一个穷困潦倒的无业人员"我"受其同居女友的怂恿,同时当然也是受高额金钱的诱惑,报名参加了一个名为"追逐真人的游戏"：他得在一个名为"挨宰镇"的一个街区待一个晚上，从子夜到凌晨五点，届时有四个人，各人手持一支有两发子弹的步枪追逐他。如果他能平安脱险，那他就能得到两万欧元的丰厚回报。游戏开始以后，他马上发觉事情并不像他想象的那么简单，因为无论他躲到何处，逃到哪里，那四个枪手总能找到他。危急之中，他终于醒悟，原来是他的同居女友出卖了他出生时就植入他的左手的生物芯片接收密码，这个芯片里有他的身份、健康卡、银行交易、购物、传输码、连接码、航空及太空旅游、驾驶执照、上网连接等各种信息。认识到这一点，他当即做了一个大胆的决定：剁掉自己的左手，以抹去他在世上的踪迹。他潜入一家住户，在一个护士小姐的帮助下，毅然决然地剁掉了自己的左手，护士小姐则帮助他把剁下的左手扔进远处的河中，让那四个枪手误以为他已经溺水而亡，从而放弃追杀。故事的最后，护士小姐对主人公说，要带他去火星，因为"在那儿所有的梦想都是允许的"。

在2008年翻译发表的外国作家的散文中，英国作家莱辛的《小小的个人声音》和美国作家爱·劳·多克托罗的《经典》两文给我留下了深刻的印象。作为一名具有高度责任心的小说家，莱辛特别重视文学应负的使命，用她的话来说就是"艺术家要有担当"。她认为，"读小说为的是寻求启迪，为的是拓展对人生的感悟"，为的是"了解时世"。她觉得，"小说就应该这样读"。在文中，莱辛大力推崇托尔斯泰、司汤达、陀思妥耶夫斯基、巴尔扎克、屠格涅夫、契诃夫等现实主义作家的作品，认为他们的小说是"十九世纪文学的最高峰"。她认为，"现实主义小说，现实主义故事，是散文作品的最高形式，远高于表现主义、印象主义、象征主义、自然主义或其他任何主义，也远非它们所能比拟。"莱辛经常重读《战争与和平》或《红与黑》，但她在文中也坦然承认，她重读这些书"不是在寻找重温旧书的快乐"，也"不是在寻求对传统价值观念的再度肯定"，因为其中有很多她"也不能接受"。她要找的，是"那种温暖、同情、人道和对人民的热爱"，"正是这些品质，照亮了十九世纪文学，使那些小说表现出了对人类自身的信心"。

多克托罗的《经典》是一篇不多见的谈论经典歌曲的散文。文章触及一些与歌曲有关的问题，诸如"歌曲里是什么使之有别于言说，甚至是诗性的言说？是什么使话音成了歌声？说话的音调如何变为音符的，本来是说出来的词怎么就唱了出来？"等等。作者指出："我对歌曲想得越多，它们就越变得不可思议。它们作为某些时期的精神史留存在我们心里；凭着歌词和一行行旋律，它们有能力再现战争及其他灾难、精神历程、经验的收获，还有，如同祈祷一般，超越损失的抚慰。它们缔造了各个民族。不论是企图守住政权的保皇党还是要造反的革命党都要想从歌曲里寻求力量。"作者说："当一首歌成为经典时，它可以从自己的一个组成部分出发进行自我复制。就算你仅仅在背诵歌词，你也会听到旋律。而如果你哼唱旋律的话，那歌词也会油然心生。……我们生活中每个时期的经典之作都像索引一样保留在大脑里，等待着被全部或部分地从记忆中召回，或者实际上有时是不请自来的。再没有什么东西能如此突然和强烈地将我们过去的面貌、感觉和气味唤出来。我们在内心的隐秘之处将经典歌曲作为我们行为与关系的所指。"

另一位美国作家巴巴拉·埃伦赖克的散文《崇尚忙碌》尽管篇幅不长，倒是把当代社会中产阶级人士那种忙碌相刻画得惟妙惟肖、淋漓尽致："对于男性和女性人士来说，忙碌已经成为中产阶级上层地位的重要标记。现今，没人会承认自己还有什么业余爱好，尽管同时拥有两个或更多的职业——比如说，神经外科学和艺术品经销商——倒并不少见。……那些戴着耳机正在慢跑的小伙子并不是在听摇滚乐，而是在听国际金融原理或速效管理讲座的录音。我还从报刊上获悉，连吃饭都已经改称为

'啃食'了——有人在意识清醒的情况下,囫囵吞枣地咽下自己也不清楚是什么食物的同时,正在起草一份法律文件,还在用电话哄骗一个客户,而在野心膨胀的情况下,甚至还在书桌底下按摩自己的小腿。"但作者描述这些忙碌相的目的倒不是为讽刺这些中产阶级人士,而是出于一番好心。作者提请他们向那些真正成功的人士学习,那些具有开拓精神的科学家、创作畅销小说的作家以及主要新软件的设计师,总的说来,"他们都不是那种不停地看手表、不停地在小纸条上写'要做的事项'的人"。作者更精辟地指出:"真正成功的秘诀在于:他们在年轻的时候已经学会怎样使自己不忙。"

2008 年翻译发表的诗歌作品中,我首先看中的是由中国诗人北塔翻译、美国非裔黑人诗人阿法·迈克尔·威佛(中文名蔚雅风)的"诗七首"。作为美国当代最重要的诗人之一,威佛的诗表现出超越种族差异以及意识形态层面的意图和能力。他会讲中文,到过中国,对中国文化尤其是道家思想情有独钟。"诗七首"中的一首诗"小路"就是描述他在河南一所寺庙中漫步的美妙体验:"……石头要花更多的时间来弄明白/自己身上互不相连的凹槽和斜面/从不同的角度斜入光中,一面斜向月/一面斜向云。"有论者指出:"在这首诗中不仅能够体会到淡泊而静谧的中国色彩,而且也能体会到威佛因陌生感和自身深度而带来的全新感受,例如此处他对石头的刻画与理解,不仅精确细微,而且将读者引向更高的审美维度,尤其对中国读者来说,威佛发现的情境不仅是结实的,而且也是新鲜的。"

接着,我又发现了罗马尼亚当代诗人尼基塔·斯特内斯库的"诗十一首"。斯特内斯库的诗歌创作正好可以与我前面评论西班牙当代作家米利亚斯的最新创作的话呼应。如果说米利亚斯的小说《劳拉与胡里奥》表明了小说家对情节和讲故事的乐趣的回归,那么斯特内斯库的诗不无巧合地透露出诗人们开始从注重诗歌的实验性而回归到关注诗歌的本质。正如评论者所指出的,这位享有世界声誉的罗马尼亚诗人诗中"没有那种无休止的形式上和语言上的实验,……他保持和发扬了传统抒情诗歌的明朗与简净,而更多的是从生活本身来提炼诗意,来表达人生的意蕴"。读斯特内斯库的诗,可以让我们想起普希金,想起密茨凯维奇。

　　发现弗·迪伦马特的《深秋的傍晚时分》,于我来说是一个意外的惊喜。大约在二十多年前我就已经读过迪伦马特的小说《法官与刽子手》,那种缜密周全的结构布局,紧张揪心的情节故事,出乎意料却又能让人回味无穷的结局,让我一下子就记住了这位瑞士著名的剧作家的名字。而眼前的这篇广播剧依然保持着迪伦马特一贯的创作特色:独树一帜的悖谬思维方式,怪诞奇特的表现手法,既充满奇思妙想,又包含着深刻的人生哲理。读这样的作品,真的是一种享受。

《21世纪中国文学大系 2009年翻译文学》序[①]

每年年终岁末,照例有不少人在翘首以待,等着一年一度世界文坛上最后一件大事——诺贝尔文学奖得主名单的揭晓。记得去年(2008年)这个时候,在获悉当年的诺贝尔文学奖得主是法国作家勒克莱齐奥时,我在为我主编的每年一本的"21世纪中国文学大系"的"翻译文学卷"所写的"序言"里还小小地自鸣得意了一番。因为早在十年前我在为广东花城出版社主编"当代名家小说译丛"时,就已经收入了克氏的小说《流浪的星星》。不仅如此,我还同时收入了另一位诺贝尔文学奖得主英国作家莱辛。其实收入克氏的小说并非因为我有眼光,那是得益于南京大学的法国文学专家许钧教授的推荐。许钧教授与克氏有直接往来,对克氏作品也有研究,且早就把克氏的名著《诉讼笔录》译成中文,还给过我一本。但收入莱辛的作品却完全出于我的本意。我20世纪末在香港做访问学者,偶然从台北的《联合文学》杂志上读到台湾翻译家范文美女士翻译的莱辛的小说《十九号房》,立刻被它深深地吸引。之后又读了莱辛的其他作品,

① 谢天振主编:《21世纪中国文学大系 2009年翻译文学》,春风文艺出版社,2010年。

感觉到此人很有可能问鼎诺贝尔文学奖。与此同时，我对能委婉细腻、恰如其分地传递出原作风格的译文也极为欣赏和佩服，所以在开始主编"当代名家小说译丛"时，我立即找到文美女士，恳请她一定为我主编的这套丛书翻译一本莱辛的小说，这就是后来收入丛书的莱辛的中短篇小说选《一个男人和两个女人的故事》。书名取得太俗了些，但那不是我和译者的意思。

然而 2009 年揭晓的诺贝尔文学奖得主却不仅出乎大多数人的意料，令我国的外国文学研究专家们大跌眼镜，同时也让我从此前的自鸣得意中清醒过来。得奖者赫塔·密勒的名字，别说是我国大多数外国文学研究者，即使是国内的德国文学专家，似乎也对她鲜有所知——国内对她的作品此前只翻译过两篇篇幅不长的短篇小说，至于国内专家编著的德国文学史，即使是最新出版的，也难觅她的影踪。

新揭晓的诺贝尔文学奖得主出乎人们的意料，这本不足为怪，在诺贝尔文学奖颁奖史上类似的例子可谓不胜枚举。奇怪的是有些人居然就据此断言或批评国内的翻译家和外国文学研究家"没有事业心"，只会"人云亦云"。（兴安：《赫塔·米勒获诺贝尔文学奖说明了什么?》，《文汇读书周报》2009 年 10 月 16 日）对此我实在难以苟同。不仅如此，我还想说，那些在诺奖名单公布后就立即忙不迭地跟着乱说并吹捧得主"走进了世界文学的中心，占据了人类写作的制高点"的人，那才是真正的"人云亦云"呢。

密勒凭什么得奖? 从有关背景介绍中我们可以知道的是，凭的是她"对政治的关注"、"对集权统治时期的罗马尼亚给予的深刻批判"。至于她的文学成就，除了在她得奖后有位出版家说的"她的文字强有力且充满着理性的光芒"这样的客套话外，我们所听到、所知道的实在不多。我无意贬低密勒的文学成就，我相信她在这方面一定是有些成就的，这是基于对诺奖评委的信任。但与此同时，我更相信德国的文学研究专家，更相信我们国内的德国文学研究专家。后者尽管不在德国国内,但改革开放后中国的外国文学界的研究者到相应国家进行访问、进行实地研究、与相关国家的文学研究专家进行面对面交流的机会之多,应该说已经到了几乎没有隔阂的地步。假如密勒真的如某些人所说,在德国已经进入了德国文学(且不说世界文学)的"中心",已经占据了德语写作(且不说人类写作)的"制高点",那么她首先一定会引起德国国内的文学研究专家的关注,然后也立刻会引起我国德语文学研究专家,甚至我国的外国文学研究专家们的关注,并进入他们的研究、译介视野。因此,我们国内外国文学界对密勒创作关注和研究的缺失,只能说明密勒创作的影响力此前还不足以引起他们(是否还包括德国本土的研究者?)的高度关注。当然,密勒及其创作在这次获得诺贝尔文学奖之后,那是肯定会引起德国本土的、中国的以及世界各国的德语文学研究界甚至广大文学界的关注的。这也正是诺奖评委们的目的:他们在一次又一次地制造得奖"意外"的同时,不正是在借此推行他们的某种理念么?这种理念,有文学的,有诗学的,但显然也不乏政治的和意识形态的。赫塔·密勒获诺贝尔文学奖说明了什么?我想,就说明了这个。

当然,既然文学就是人学,那么文学对专制体制的揭露和批判也就毫无疑问是文学的一个永恒主题。只是我以为对专制的揭露和批判不应仅仅局限在齐奥塞斯库的罗马尼亚,而还应该包括人类各个历史时期的、各种政体下的专制体制。2009 年《世界文学》第 5 期发表的阿尔巴尼亚作家伊·卡达莱的长篇小说《梦幻宫殿》正是这样一篇揭露和批判人类社会中专制体制的作品,尽管小说的故事情节极其荒诞离奇,离现实社会和现实生活也非常之远。小说的故事发生在奥斯曼帝国,帝国统治者执政苏丹亲手创办了一个专门主管睡眠和梦幻的机构,即所谓的"梦幻宫殿"。这个梦幻宫殿专门负责征集帝国民众的梦,并对征集到的梦进行归类、筛选、解析、审查并处理。一旦发现任何对君主统治构成威胁的迹象,君主立即采取一切措施和手段,对梦主进行坚决的打击和镇压。小说主人公是来自帝国一个权势显赫的库普里家族的青年马克-阿莱姆。由于家族势力的干预,马克-阿莱姆获得了在梦幻宫殿工作的机会。他先是被直接分配到筛选部工作,接着很快又被调到解析部——在常人看来这不啻是一步登天。在解析部马克-阿莱姆每天都要处理大量的案卷,涉及各种各样的梦。他两次读到这样一个梦:桥边,一块荒地上,有件古怪的乐器在自动演奏着,一头公牛仿佛被乐器逼疯了,站在桥边,吼叫着……他觉得这个梦没什么意义,但也没有把它丢弃和淘汰。然而他万万没有想到,后来正是这个梦成为君主打击库普里家族的由头,他最喜爱的小舅甚至因此而失去了生命。

这部作品情节似乎离奇而荒诞,但细细品读之下却不难发现它的锋芒所向。正如译者高兴在为该小说所写的按语中所指出的,"同卡达莱的其他小说一样,《梦幻宫殿》格局不大,篇幅不长,主要人物几乎只有一个,那就是马克-阿莱姆,所有故事基本上都围绕着他进行,线索单纯,时间和空间也很紧凑。可它涉及的主题却广阔、深厚,有着丰富的内涵和外延"。译者还介绍说,作者卡达莱于1981年在他自己的祖国阿尔巴尼亚发表这部小说的时候,"作为文本策略和政治策略,他将背景隐隐约约地设置在奥斯曼帝国,似乎在讲述过去,发掘历史,但任何细心的读者都不难察觉到字里行间弥散出的讽喻的气息。因此,人们也就很容易把它同卡夫卡的《城堡》、奥威尔的《动物农场》等寓言体小说连接在一起,将它当作对专制的揭露和讨伐。难怪出版后不久,《梦幻宫殿》便被当局列为禁书,打入了冷宫。"

另一篇越南作家武氏春霞的短篇小说《风仍吹过田野》(白洁译,《译林》第5期)同样也很容易引起中国读者的共鸣:由于在战争时期去世的母亲被怀疑是叛徒，女主人公小念尽管长得聪明、美丽而又勤劳，却一直被人另眼看待，得不到好的工作、学习的机会，只能从事捕虾这样的粗活。她心中暗暗深恋着青年阿才，阿才也深深地爱着她。可是阿才的母亲嫌小念"出身不好"，怕影响儿子的前途，把在外游学的阿才托她转交给小念的一大堆信都压下没有转交。后来，小念母亲的问题终于得到了解决，小念也成为烈士子女。这时阿才带着建筑师的文凭学成回到家乡，他满怀希望地想与小念结成眷属，却收到了小念结婚的请柬。他飞快地追上了小念迎亲的队伍。看见他，小念不知所措地说："我……很久没有你的消息了……你给我写过信吧……也许它们是被风吹没的……"阿才直直地站在田野中间，任由风呼呼地吹过田野。他明白，他失去了他一生最宝贵的东西。至于小说中风的隐喻意义，对读者而言也是不难明白的。

日本作家辻井乔的小说《狐狸出嫁》（于荣胜译，《世界文学》第 3 期）中母狐狸化身为美丽的女子与她心爱的男子结婚的故事，也许会让中国读者感到似曾相识。毫无疑问，聊斋故事在日本有着广泛深远的影响，日本作家的创作受此影响也属情理之中。然而小说《狐狸出嫁》决非中国聊斋故事的机械照搬或简单模仿。小说通过母狐狸之口叙述了一个哀婉动人的爱情故事：在一次围猎中，母狐狸葛叶险些被追杀，幸得男主人公德高望重的郡司保名先生搭救，才得以死里逃生。之后母狐狸化身为一美丽女子与保名先生同居并生下一子晴明，两人相亲相爱一起度过了六年美好的时光。但有一天，女主人公因闻着混杂着麻叶或罂粟籽的落叶燃烧的香味，欣赏着自然界美丽盛开的野菊花，一时忘情而露出了狐狸的原形，正好让儿子看到。她感到羞惭不已，于是强压下心中对丈夫、对儿子的一往情深，飞奔离去。小说的情节不算太复杂，但通篇充溢着浓郁的日本风情。另外特别值得一提的是，小说结尾处，母狐狸成为几个公狐狸追逐的对象，这时喜鹊在树上叽叽喳喳地叫着："狐狸出嫁，狐狸出嫁了！"从而让原本不无沉重感的哀伤转化成一种淡淡的忧愁。

同样是从女性视角出发叙述的故事,不过韩国女作家金芝娟的小说《播种》(李玉花译,《译林》第 2 期)显然更具有现实意义。泌尿科的姜大夫暗暗爱恋着内科医生闵宇哲,但姜大夫听说闵医生与妇产科实习医生任香芝关系亲密。姜大夫自感自己各方面的条件都比不上任香芝,但同时又割舍不了对闵医生的暗恋之情,于是借口要为闵医生保存精子,提取了闵医生的精子。然后请一位护士帮忙,把闵医生的精子植入自己的体内。然而,就在她确认自己已经怀孕成功之时,闵医生来看她并明显流露出对她的好感。而与此同时,她又听说,闵医生已经与任香芝分手……小说比较细腻地传达出了当下韩国女性的心理状态和她们的生存状态。

日本作家我孙子武丸的《猎奇小说家》和德国作家海因茨·里塞的《一桩偷窃案》是两篇篇幅都不很长、但故事情节跌宕起伏、极能吸引读者眼球的短篇小说。

《猎奇小说家》(《译林》第 6 期)属那种变态犯罪推理小说:一个具有变态犯罪心理的男子读了作家矢作润一在杂志上连载的犯罪小说后受到刺激,冒充警察进入了作家的家里。他根据作家写的小说里的犯罪情节对作家进行审问,并锁定作家就是他自己小说中的那个罪犯。然而出乎他意料的是,矢作润一原来是他面前这个女子保美的笔名,这让他的推断无法成立,也让读者大感困惑。小说的最后,那个男子模仿作家小说中的犯罪情节,要杀害保美。正在万分危急时机,事情却又出现了转机……如同这篇小说的译者帅松生所指出的:"作品中的血腥场面和变态情节或许会为读者所诟病,然而那些令人作呕、残忍血腥的性犯罪描写以及心理描述等,却往往合情合理、真实深刻地暴露了日本当今社会的畸形一面。"值得一提的是,该小说中交互出现的以第一人称的自白方式展开故事情节的写作手法,让故事更加显得曲折多变,读起来颇让人耳目一新。

《一桩偷窃案》(齐快鸽译,《译林》第 3 期)讲一位男子三十多年前从他朋友尼森家中的办公室里偷窃了一千克朗后,一直深受良心谴责。如今他已经事业有成,从一个穷困潦倒的外国人变成了一位尊贵的绅士,他决心当面来向尼森坦白三十多年前他做的那件卑鄙行为。在尼森办公室里等候的时候,他看到那张书桌的抽屉依然像三十多年前一样,尽管上了锁,但钥匙还是插在锁孔里。他打开抽屉,从口袋里掏出三千克朗放了进去。尼森看到老朋友来了,很高兴,把客人请到客厅。闲谈中,尼森告诉老朋友说,因为怀疑儿子从他抽屉里偷钱,所以他今天正在对他的儿子进行考验:他事先已经清点了抽屉里的钱,想看看在儿子进去过后钱是否会短少。他们听见客厅楼上的办公室的门被打开又关上的声音,尼森知道儿子已经进去过了。他于是上楼去清点抽屉里的钱,却惊讶地发现,抽屉里多出了两千克朗。此时客人陷入了一个极其尴尬的处境,因为没有一个人会相信一个曾在三十多年前做出卑鄙行为并一直隐瞒至今的人现在对一个年轻人的指控呀……

意大利作家路易吉·马莱巴的《尾巴》和美国作家唐纳德·巴塞尔姆的《我与曼蒂博小姐》则是两篇后现代小说。

正如评论家所指出的,马莱巴的小说"把超现实世界中的人移植到现实生活中"。小说《尾巴》(沈萼梅译,《外国文艺》第 5 期)的故事也体现了这个特点:一天,主人公巴尔贝里斯决定不再藏藏匿匿,而是把他身上那条漂亮的大尾巴就公开地露在衣服外面。然而如此一来,他就立即遭遇到一系列的不公正对待:行人斜着眼看他,交警要把他带到交警指挥部去,公司要把他辞退,未婚妻不再理睬他,邻居不再跟他打招呼,甚至他给女门房小费都被遭到拒绝,最后他还被房东逐出家门。万般无奈之下,他只好到医院去做手术割尾巴。躺在手术台上,他无意中发现,无论是外科医生还是女护士,他们实际上也都长着一条尾巴,只是都藏在衣服的下面而已。惆怅惶惑之际，"他的思绪消逝在一团白色的迷雾之中，手术室里的白色消融在一片巨大的虚无空白之中"。这里，"白色的迷雾"、"巨大的虚无空白"，显然是作者为读者的进一步思索留下的一个巨大空间。

跟《尾巴》相比，巴塞尔姆的《我与曼蒂博小姐》(郭亚娟译，《外国文学》第 5 期)的后现代小说特征要更为明显些。小说开篇第一段话"曼蒂博小姐想与我做爱可她还在犹豫着，因为我只是个孩子，……这里头准是有什么误会，我至今也没能弄明白。实际上我三十五岁了……倘若曼蒂博小姐果真打定主意，我是完全清楚该怎么做那档子事的"，立刻会让读者联想起卡夫卡的《变形记》中的话："一天早晨，格里高尔·萨姆沙从不安的睡梦中醒来，发现自己躺在床上变成了一只巨大的甲虫。"这就让这篇小说从一开头就打上了鲜明的后现代小说的印记：三十五岁的大男人约瑟夫本是一家保险公司的理赔评定员，但因他忠实地履行公司的信条"随时为您排忧解难"而极大地损害了公司的利益，因此被莫名其妙地安排在小学六年级接受再教育。小说以日记的形式记录了约瑟夫在小学里近三个月的生活和感悟，其中还穿插着他对过去生活的回忆和思考。小说以一系列荒诞的细节，折射出现实世界的荒诞性。譬如，学校的课桌都是依据六年级小学生的身材量身定做的，约不允许有例外，这样，身高六尺一寸的约瑟夫就只能窝在狭小的空间里。然而，也正是这个荒诞的安排，让约瑟夫有了一个重新认识自己、认识社会，并找出社会的荒诞之源的机会。在小学这个"未来公民的孕育地"，约瑟夫渐渐找到了让他在成人时感到困惑的一切根源，并发现学校的教育体制是一切荒谬的源头之一。

《阿格娜丝》(陈巍译，《外国文艺》第 3 期)是瑞士当代著名德语作家彼得·施塔姆于 1998 年出版的他的第一部长篇小说，被德国《时代》周报称赞为"一位年轻瑞士人近期写的最美的故事之一"，并于 20 世纪末获得奠定其在德语文学界地位的奥地利萨尔茨堡劳利泽文学奖。

小说讲述了男主人公"我"——一位旅居美国的瑞士作家在芝加哥公共图书馆阅览大厅与一位攻读物理学博士学位的美国女孩阿格娜丝所发生的爱情故事。两人一见如故,情投意合,很快就住在了一起。一天,阿格娜丝要求"我"为她专门写作一篇作品。在甜蜜爱情的激发下,"我"的创作热情立即被调动起来,"我"把阿格娜丝身上发生的故事键入电脑。不过随着写作的进展,现实与虚构的界限开始变得越来越模糊了。后来阿格娜丝不慎怀孕,"我"却因为自私以及早年所谓的痛苦经历,不愿意做未来孩子的父亲。阿格娜丝因此出走,后虽几经曲折重新回到"我"的身边,但还是流产了。之后,"我"与女友路易丝偷欢,为此再一次失去了阿格娜丝。这部小说语言洗练,构思独特,小说中"我"写的作品叙述与小说本身的叙述交替变换,从而让男主人公自私的灵魂不断接受严酷现实的拷问。

作为一篇在2008年诺贝尔文学奖颁奖仪式上的演说辞,勒克莱齐奥的《在悖论的森林中》(余中先译,《世界文学》第2期)一文也许略显冗长,但作为一篇散文,它绝对是一篇充溢着丰富情感和深邃思想的佳作。在这篇演说辞中,勒克莱齐奥回顾了自己的写作历程,畅谈了他对文学的看法,同时也直陈了他对当今世界的观点。勒克莱齐奥对"为什么写作?"这个问题的回答颇有意思。他说:"对这简单的问题,各人有各人的回答。有先天的赋性、环境、条件。还有无能。一个人写作,意味着他不行动。他面对现实感到困难,他选择了另一种反应方法,另一种交往方式,一段距离,一段思考时间。"他认为,当今作家遇到的一个新的悖论是:"他(作家)只想为饥饿的人们而写作,却发现,只有那些有足够吃的人才有余暇注意到他的存在。"他指出:"行动,是作家最想做的事。行动,而不是见证。写作,想象,梦想,好让他的词语、他的虚构和他的梦干涉现实,改变人的精神和心灵,打开一个更美好的世界。然而,就在同一时刻,另一个声音提醒他说,那将是不可能的,词语就是词语,会被社会的风卷走,而梦只是一些奇幻的意象。"不过这并不意味着勒克莱齐奥对文学取一种消极的态度,相反,他明确指出,文学"在今天比在拜伦或维克多·雨果的时代还更有必要"。勒克莱齐奥满怀激情地说:"作家、诗人、小说家,都是一些创造者。这并不是说他们创造了言语,而是说,他们使用言语创造出了美、思想、形象。因此,人们不能没有他们。言语是人类最最无与伦比的创造,它前引一切,分享一切。没有了言语,就没有科学,没有技术,没有法律,没有艺术,没有爱。"最后,他针对当今世界的现实,表达了一个真诚愿望:"但愿在这刚刚开始的第三千年纪里,在我们共同的大地上,没有一个孩子,无论是男是女,说什么语言,信什么宗教,都不被遗忘给饥饿与无知,丢弃在盛宴侧旁。这个孩子的身上承担着我们人类的未来。就像很久很久以前希腊人赫拉克里特所说的,王权在他。"

英国作家威廉·戈尔丁的散文就像他的小说一样,充满机智、讽刺和幽默。因此,《思考的嗜好》(陈正宇译,《外国文艺》第 4 期)尽管是一篇发表于将近半世纪以前的旧文,但今天读来却是历久弥新,读罢让人回味无穷,并让人体味到了他的前辈斯威夫特文风的遗韵。譬如,文章描述了一个小学生在校长办公室所看到的维纳斯塑像和思考者塑像:"当时他(校长)书房里有一些小雕像,就摆在他办公桌后面那高高的壁橱上。其中一座雕像,是一个没穿衣服,只在下半身裹了一条浴巾的女人。她似乎时刻都处在恐慌之中,害怕着她的浴巾会再往下掉。更糟的是,她还没有胳膊,这就使得她几乎没有把浴巾拉上去的可能。在她旁边蹲着一头豹子的雕像……豹子的旁边,则是一个肌肉强健的裸体男人的雕像。此人摆的是坐姿,低着头,用拳头托着下巴,手肘则支在膝盖上。他的表情像是极为痛苦。"读了让人忍俊不禁。当然,此文给人以深刻印象的是作者提出的"思考分级"的观点。戈尔丁把"思考"分为三级,他对所谓的"三级思考"给予毫不留情的抨击和讽刺:这些所谓的"思考","其实是充满了偏见、无知和虚伪的。""他们'思考'的结果,就是嘴上高谈阔论什么清心寡欲,洁身自好,同时脖子却又义无反顾地转向路过的石榴裙。这样的'思考',水平可比肩大部分商人的高尔夫球水平,真诚可媲美大部分政客的政治意图,或者拿我自己的行当来打比方,它的一致性就如五花八门的各色书籍一般。""二级思考"要好一些,它会去"发现矛盾","不容易随波逐流","可它也容易让人陷入另一个错误,导致停滞不前。'二级思考'是一种冷眼旁观的不作为。"真正得到作者肯定的是"一级思考"。戈尔丁认为,真正的"一级思考者"不仅仅停留在质疑矛盾,而更应该勇于探索,勇于追求真理,这样才能达到思考者的最高境界。

古巴作家雷纳尔多·阿雷纳斯的《别了,曼哈顿》(朱景冬译,《外国文艺》第 2 期)仅是一篇不足两千字的短文,但它描述的情景却不单单属于纽约。"如今,有两种灾难正在把这座依然被称为'世界之都'的城市变成一个不可居住的地方:财富的极大丰富和贫困脏乱形成鲜明对照。无数百万富翁涌入曼哈顿,抢购着那里的一切,从而把那些因价格昂贵而买不起一平方米土地的人们排挤出了曼哈顿。""西赛德街的破旧楼房很快被摧毁,取而代之的是一幢幢高楼大厦,这对没条件掏出几十万美元的人来说是冷酷无情的。小商店、小咖啡馆和可以供人坐下来喘口气的角落也一一消失,让位于一片片楼群,那里的环境令人厌倦,楼房的价格却高不可攀。"

在检视 2009 年翻译文学中的诗歌译作时,叙利亚当代诗人阿多尼斯的诗作《阿多尼斯诗选》(薛庆国译,译林出版社,2009 年)的出版引起我恐怕还不止是我的特别的关注,因为该书出版后首印五千册很快售罄,后加印了三千,似乎仍一书难求。这在当今诗坛"写诗的人比看诗的人多"的情况下，也可算是一个小小的奇迹了。阿多尼斯尽管是一位阿拉伯诗人，但在他的诗歌里我们却能感受到欧洲浪漫主义诗人拜伦、雪莱、普希金等人的遗响。打开《阿多尼斯诗选》，映入眼帘的第一首诗"你的眼睛和我之间"，就立刻让我爱不释手：

> 当我把眼睛沉入你的眼睛
>
> 我瞥见幽深的黎明
>
> 我看到古老的昨天
>
> 看到我不能领悟的一切
>
> 我感到宇宙正在流动
>
> 在你的眼睛和我之间

而他的"短章集锦"中的那些诗行，尽管都只有短短的两三行或四五行，但文笔隽永，诗意盎然，读来让人回味无穷。诸如："夜晚拥抱起忧愁/然后解开它的发辫。""关上门/不是为了幽禁欢乐/而是为了解放悲伤。""往昔是湖泊/其中只有一位泳者：记忆。"而有的诗行则暗藏讥讽，如："跟小草作战/却向荆棘投降——/这是最时髦的英雄。""舌头由于说话太多而生锈/眼睛由于梦想太少而生锈。"自然，更为深邃的思想和对时俗的尖锐批判则见诸"Z 城"这样的诗篇："如果你想生活在 Z 城，你只能从事摧毁思想的工作，或进行摧毁工作的思想。"

2009 年的戏剧翻译作品中，特别值得一提的是华裔美籍作家黄哲伦的代表作《蝴蝶君》(《外国文艺》第 3 期)。该剧系根据一宗著名的法国间谍审判案改编而成：20 世纪 60 年代，法国驻北京的外交官伽利玛爱上了舞台上扮演蝴蝶夫人的中国京剧男旦演员宋丽伶。然而他万没有想到，宋其实是一名为获取美国在越南行动计划而与他接触的间谍。在这之后的二十年中,两人时分时合,但一直深爱着对方,而且还有了他们的"孩子"。二十年后,当他们在法国再次相见时,伽利玛因被控犯有泄露情报罪而被捕。在法庭上,他才发现自己深爱着的"蝴蝶夫人"竟然是一个男扮女装的间谍。在明白自己爱上的只是一个美丽的谎言后,伽利玛痛苦地以蝴蝶夫人的方式自杀而亡。《蝴蝶君》虽然是根据真实事件改编而成,但其内容和主题已经远远超出了生活中的事件。正如译者汤卫根所指出的:"在《蝴蝶君》这部剧作中,黄哲伦着意塑造了这样一个用西方传统思维和观念看待东方的主人公,通过瓦解西方男子对东方女子的刻板印象,倒置歌剧中的殉情角色,以及颠覆原有的东西方关系中潜在运作的文化霸权与权力关系,黄哲伦成功地实现了对普契尼的歌剧《蝴蝶夫人》的解构。"

《21世纪中国文学大系
2010年翻译文学》序[①]

回眸 2010 年中国翻译文学,我觉得有两件大事必须一提:一件是三年一度的鲁迅文学奖评奖优秀翻译文学奖空缺,另一件是一年一度的诺贝尔文学奖的颁奖。对前者我一直持较多保留意见,对后者我是有贬有褒,譬如对去年的诺奖颁奖结果我就颇有些微词,但对今年的结果却是赞赏有加。

第五届鲁迅文学奖是于 2010 年 11 月 9 日正式颁奖的,但之前在先行颁布本届的评奖结果时,文学翻译的空缺就已经引发了学界和译界的热议和质疑。对此有关评委的解释是,尽管"中国的外国文学翻译在近一二十年间的发展,其成就超过了以往任何时代。然而在表面的热闹之下,能感动读者、令人信服的文学佳译却似乎不多,粗制滥译的反倒并不少见,很多译本经不住显微镜观察,甚至硬伤累累。在这样的背景下,第五届鲁迅文学奖文学翻译奖空缺,实际上是这一种必然。"

我对这种解释颇不以为然。我当然也赞成在评选鲁奖优秀翻译文学

① 谢天振主编:《21世纪中国文学大系 2010年翻译文学》,春风文艺出版社,2011年。

奖时要考虑译作的翻译质量,对那些翻译质量"硬伤累累"的译作不能入选鲁奖,我也认为是完全应该的。然而现在的问题是,除了译作的翻译质量,鲁奖的评委们是否还考虑过其他因素?本届鲁奖曾有五部译作取得了备选资格,但最终还是无一获奖,有关负责人解释说其原因是这"五部备选作品都没有达到获奖标准"。鲁奖优秀翻译文学奖的获奖标准具体包括哪些内容,我们不得而知,但从有关评委屡屡提及的关于备选作品"翻译疏漏层出不穷""翻译表达不贴切、不准确"等意见来看,我们不难想见,评委们关注的主要也就是译作的翻译质量,最多还有编辑质量罢了。

然而,在评选代表一个国家最高级别的优秀翻译文学奖时把眼光仅仅或主要集中在译作的翻译质量以及编辑质量上——具体而言也即其语言文字转换是否贴切、是否准确等,是不是就够了呢?假设有一部译作,它的翻译质量达到了评委们的要求,表达贴切、准确,也没有累累"硬伤",这样的译作是否就可以获得鲁奖优秀翻译文学奖了呢?若是,那么这样的评奖无疑是把一项崇高的国家级别的优秀翻译文学评奖降格成了一桩普通的文学翻译竞赛的评奖了——文学翻译竞赛的评奖才是把翻译的质量放在首位而不顾及其他因素的。

而鲁奖评选的是优秀翻译文学。何谓优秀翻译文学?众所周知,文学翻译承担的一个重要任务就是向译入语国家的读者译介在古今世界文学史上占有重要地位的、优秀的外国文学作家及其作品。因此,评判一部译作是否称得上是优秀的翻译文学作品,首先我们应该看它所译介的原作是否属于优秀的文学作品之列。否则,如果原作是一部在世界上属于二三流的作品,甚至是文学垃圾,那么这部译作的质量再高,它也没有资格入选像鲁迅文学奖这样的国家级别的奖项。

其次,评判一部译作是否属于优秀的翻译文学作品之列,还应该看它是否对译入语国家的文学、文化作出了贡献。譬如 20 世纪 80 年代以来译介入我国的拉美魔幻现实主义、结构现实主义等作品,对刷新我国读者对世界文学的认识、对启迪我国作家的创作理念等,就作出了重要的贡献。我们的作家在读了马尔克斯的《百年孤独》等作品后发出感叹:"原来小说还可以这样写!"我以为像这样的译作就应该称作优秀的翻译文学作品。而假如一部译作尽管翻译质量也还不错,出版后也广受读者欢迎,发行量还很大,那至多也就是一部畅销书而已,而绝对不够优秀翻译文学的资格。

最后,优秀的翻译文学作品当然还应有较高的翻译质量。但这里的质量不应该只是指译文在对原作的语言文字转换层面上毫无瑕疵,而还应该指译作能不能给译文读者以原作读者同样的美的享受,同样的心灵感动,同样的思想启迪,或如草婴先生所言,让读者在读译作时能"如闻其声,如见其人,如历其境"。换言之,作为一部文学作品,译作应该像原作一样,营造起一个优美、生动、丰富、充满魅力的文学世界,这样的译作才称得上是优秀的翻译文学。

优秀的翻译文学作品当然不应该有"累累硬伤",但我也反对把译作放在"显微镜"下观察。这种做法不是在评优秀翻译文学奖,而是外语教师在批改学生的翻译作业。对于偌大一部译作来说,正如钱锺书先生所言,"译文总有失真和走样的地方,在意义或口吻上违背或不尽贴合原文"。因此,译作中存在的一些翻译瑕疵不应成为其能否获奖的主要考虑因素。

本届鲁奖优秀文学翻译奖的空缺还造成了一个假象,似乎目前我们国家已经没有了优秀的翻译文学家,已经没有了优秀的翻译文学作品。这对目前仍然健在的优秀翻译文学家来说显然是不公正的,同时也不符合目前我们国家文学翻译的现状。我当然承认目前市场上粗制滥译的翻译作品是不少,它们败坏了我们国家文学翻译的声誉,但是它们不是我国目前文学翻译的代表,代表我国目前文学翻译水平和成就的,应该是草婴、杨绛、李文俊、杨武能、赵德明等一批真正优秀的翻译文学家。

我们的评委一方面对着翻译质量"硬伤累累"的备选译作慨叹"目前能感动读者、令人信服的文学佳译却似乎不多",但在另一方面却对众所公认的翻译大家及其优秀译作视而不见;一方面强调"文学翻译应是一门精致的艺术",应"给予足够翻译时间,慢工出细活儿"(本届评委主任蓝仁哲教授语),但另一方面却又急功近利地把目光囿于最近三年出版的翻译作品。正是由于这种过于功利的评奖标准和方法,凝聚着著名翻译家草婴先生毕生精力和心血的皇皇十二卷的《托尔斯泰小说集》、李文俊先生自 20 世纪 80 年代以来精心翻译的福克纳作品等,也就无缘鲁奖优秀翻译文学奖了。这对鲁迅文学奖实在是一个讽刺,同时也是鲁奖优秀翻译文学奖迄今在广大读者心目中缺乏权威性的原因所在。

作为我们国家最高级别的优秀翻译文学奖——鲁迅文学奖,本来它理应担当起一个正确的导向作用,也即通过评奖展示我国现阶段真正优秀的翻译文学作品,通过评奖引导我国广大翻译工作者向草婴先生等这样一批终生不渝、献身崇高的文学翻译事业的杰出翻译家学习。但是由于目前这种过于功利的评奖标准和方法,一批优秀的翻译文学家及其译作被排斥在评奖的范围之外。

由此可见,文学翻译之所以空缺本届鲁奖,与其说是因为我国目前文学翻译界缺乏优秀的翻译作品,不如说目前的鲁奖优秀翻译文学奖的评奖理念、机制、方法和标准等方面存在着一些问题。

2010 年诺贝尔文学奖的评奖结果显然出乎许多人的意料。之前媒体和公众都普遍预测今年该轮到诗人来领奖了,譬如赢得许多中国读者喜爱的叙利亚诗人阿多尼斯就是众望所归的人选之一,然而最终评委揭晓的得主却是秘鲁小说家巴尔加斯·略萨。

　　尽管结果出乎预料，但在第一时间获悉略萨得奖的消息后我却由衷地为之感到欣喜，不是为略萨，而是为诺奖评委所作出的明智选择。因为把诺奖颁发给略萨这样一个在我看来是真正的、纯粹的文学家，给诺奖注入了明确的文学因素，多少表明了一个文学奖项对文学的回归。如果说去年把诺奖颁发给德籍罗马尼亚裔作家赫尔塔·米勒带有明显的政治印记的话，那么选择略萨作为今年的诺奖得主其政治因素显然大大淡化了。

　　我对略萨毫无研究，对略萨的作品读过的也不多，但他的一部长篇《天堂在另外那个街角》和一篇散文《文学与人生》（均为赵德明译）却足以让我认识略萨卓越的文学才华和他对文学的真知灼见和深刻情怀。

　　我至今都难以忘怀初读略萨的长篇小说《天堂在另外那个街角》时所感受到的强烈震撼。还在六年前，当我照例在翻检浏览当年发表出版的翻译文学作品以编辑《21世纪中国文学大系2004年翻译文学》时，我读到了略萨的《天堂在另外那个街角》，立即为之震撼，当即决定把这部长篇小说（片断）作为这一年度的翻译文学卷的镇卷之作。但紧接着我又读到了略萨的散文《文学与人生》，同样立即被它征服。这让我起先稍稍有点犹豫，因为在同一本翻译文学卷里收入同一作家的两篇作品，在此前编选的三本翻译文学卷里还从未有过。事实上，在此之后我编选出版的五本年度翻译文学里也没有再出现过。不过我当时很快就决定要为略萨破例，因为这篇散文激起了我太多强烈的共鸣，与此同时我也太迫切地想让更多的读者与我一起分享略萨散文中无比丰富而又深刻的思想了。

　　略萨的《文学与人生》是一篇雄辩滔滔的论说文，它触及了当前社会的一个非常尖锐的问题：在科技越来越发达、商品经济的大潮汹涌而来几乎占据了现代社会的每一个角落的今天，人们尤其是年青人越来越多地依赖和沉迷于视听媒体，文学（它的载体就是书籍）会不会消失？未来的人类真的会像比尔·盖茨所预言的那样将只从屏幕上阅读了吗？略萨的文章极富说服力地分析了（书面）文学的种种不可替代的功能——培养公民的批评精神、独立思考精神、永远斗志昂扬的精神，以及丰富的想象力等。他更进一步分析了一个没有文学的世界将是怎样一个没有教养的世界、野蛮的世界、缺乏感情的世界、无知愚昧的世界、没有激情和爱情的世界，最后明确指出视听媒体无法代替文学的种种功能。

在纯文学作品正越来越被边缘化的今天，在整个社会尤其是我们的年青人正变得越来越浮躁、越来越焦灼的今天，让我们静下心来听一听略萨以上的这些声音当不无裨益。而假如略萨的获奖能把我们的目光再次投向真正的、纯粹的文学，能让我们的文学真正担当起它那种种不可替代的功能，能让我们的作家和诗人为我们的读者奉献出更多充满美好爱情、崇高激情的文学世界，那么 2010 年诺奖评委所做出的选择将功莫大焉！

浏览检阅 2010 年国内发表出版的翻译文学作品，不出所料，去年的诺奖得主赫塔·米勒立即成为今年文学翻译的热点，南北两家主要的翻译文学期刊《外国文艺》和《世界文学》不约而同地都推出了米勒的专辑。《外国文艺》选译了十四篇米勒的短篇作品。另外，除配发了一篇全面介绍米勒的文学成长经历的刊头文章《低地到高峰——赫塔·米勒的文学之路》外，还特地翻译了两篇国外发表的关于米勒的文字——俄罗斯作家别洛鲁谢茨的《我关于自己的回忆》和罗马尼亚广播电台《文化世界》栏目播报的《与赫塔·米勒共同度过的一个夜晚》。《世界文学》的"米勒作品小辑"则推出了米勒的一篇中篇小说《人是世间一只大野鸡》、三篇散文和一篇她在诺贝尔颁奖典礼上的受奖词——《每个词都知道某种魔圈》。

说实话，米勒的小说并不能吸引我，但她在诺奖颁奖典礼上的受奖词却很能打动我。我觉得这篇受奖词很好地体现了米勒作品一贯鲜明的政治倾向性和强烈的自传性，同时还让读者感受到了文学作品特有的温馨。

作者少年时代母亲每天早晨在她出门之前简简单单的一句提醒问话"带手绢了吗?"引发出她对当年在罗马尼亚专制时代所遭受的迫害的回忆,引发出她的朋友、罗裔德国诗人帕斯提奥在苏联劳动营的痛苦经历,引发出她祖父母一个狂热的纳粹儿子丧失理智、阵亡前线的令人震撼的故事。而米勒把这一切又与她的写作联系了起来:"我只能在头脑中,在写作时的词语魔圈中,默默地写下发生的事情。……我在词语的魔圈中追逐所体验的事物,一直到我找到我以前不曾认识的东西。"

这样,在浏览今年发表的翻译小说时,我把目光首先投向了另一位诺奖得主——2006 年的诺奖得主土耳其作家帕慕克的《远亲》(《外国文艺》第一期)①和著名加拿大女作家门罗的《熊从山那边来》(《世界文学》第一期)。

《远亲》其实是帕慕克的第一部用母语创作的长篇小说《纯真博物馆》的节选。然而,尽管只是十余页的节译,却也足以让读者领略到帕慕克小说中所生动呈现的伊斯坦布尔的异域风情,让读者感受到帕慕克笔下细腻描绘的对逝去爱情的惆怅和深切怀念。

艾丽丝·门罗是我一直非常看好的一位当代加拿大女作家,她的短篇小说尤为出色,甚至被誉为"我们时代的契诃夫"。近作《熊从山那边来》秉承其一贯的写作特点和风格,文笔细腻生动,貌似波澜不惊、平淡无奇的故事,却自有一股摄人灵魂的震撼力。小说叙述的是一对老年人的故事:女主人公菲奥娜患有老年痴呆症,男主人公格兰特只得把她送入老人院。格兰特不能忘怀多年来对菲奥娜的一往情深,每星期都是好几次地前往老人院看望菲奥娜,带去鲜花和食品。但菲奥娜已经不认识格兰特了,她与老人院里的新朋友们一起打桥牌,显得很开心,还与他们很亲

---

① 本文提及的所有期刊均为 2010 年出版,故年份不一一标出。

密。此情此景,自然让格兰特倍感苦涩和伤心,但他仍对菲奥娜不离不弃,不时地回忆往昔与菲奥娜一起度过的美好日子,还抵制住了来自其他异性的诱惑。小说结尾时菲奥娜似乎有点"醒"了,她回到了自己的房间,拉拉格兰特的耳垂,对他说:"我见到你真高兴。"接着又说:"你是可以开车跑掉的,开车一走了之,在这个世界无牵无挂,将我抛弃。抛弃掉我。把我给抛弃了。"这时格兰特"把脸埋在她的白发里,紧挨着她粉红色的头皮,她那模样小巧可爱的头颅。他说,绝不会有这样的可能的"。据说这篇感人至深的小说已经被改编成电影,还入围了奥斯卡奖。英文片名为*Away From Her*,台港电影界把它译为《柳暗花明》,但我觉得似未能曲传其妙。

李翊云的短篇《独自一人》(《外国文艺》第一期)和李立扬的诗(《译林》第三期)让我们注意到活跃在异国他乡文坛的一群海外华裔作家和诗人,如严歌苓、哈金、虹影、林湄等。作为一名"70后"美籍华裔作家,李翊云的"创作关注人生的残缺,以个人生活描述为主,多为非常态的人生轨迹","很能打动读者"。这篇《独自一人》同样"体现了作者高超的短篇小说技巧,在历时性叙述的框架内,通过内心独白、插叙、意识流等手法,将主人公苏晨的创伤记忆、回忆、当下处境与现实场景,巧妙、有机地糅合在一起,增强了小说的悬念,促使读者探寻主人公创伤的原因,从而引发对人性的思考。"(查明建《多元文化语境中的离散写作》)小说中丈夫安排女主人公苏晨移民美国,希望她能"在一个新的国家开始一种新的生活——婚姻、友谊、孩子",让她彻底忘掉少年时的那场悲剧——与六个女同学一起溺水,唯独她幸存下来,从而一直忍受着巨大的心理压力。但是尽管事件已经过去了二十九年,苏晨还是无法摆脱内心的阴影,而且还越来越沉重,最终她还是选择了离婚,并准备结束自己的生命。

与李翊云的小说不同,李立扬的诗,无论是它们的节奏还是意象,甚至内容,都会让国内读者感到一种突兀、奇特的现代元素,感到一种来自大洋彼岸的文化间距。尽管如此,但当我们读着"我不能永久。记忆甜美/甚至当它是痛苦的,记忆仍然甜美"等诗句时,它们还是能引起我们的共鸣。

和大多数读者一样,在读小说时,我总希望能读到人物形象生动、故事情节跌宕起伏、字里行间充溢着人间真情的作品。为此,我针对国内外文坛过于热衷各种"主义"的实验,还写过一篇短文"回归故事,回归情节",呼吁作家为读者提供更"好看"的作品。2010年国内发表的翻译文学中我发现有两篇这样的作品:美国作家理查德·耶茨的《恋爱中的骗子》(《外国文艺》第三期)和韩国作家李红的《时装密码》(《世界文学》第五期)。

耶茨的小说《恋爱中的骗子》其标题似乎对读者会有一种误导,因为标题中"恋爱"两个字让我误以为男女主人公是一对情侣,在谈恋爱,其实不是那么一回事。小说讲述的是一对青年夫妇在结婚两年多后,婚姻关系中出现了一点问题:依靠富布赖特奖学金的资助,男主人公马修斯带着他的妻子卡罗尔和两岁大的女儿凯西从美国一起来到伦敦暂住,从事某个项目的研究。但卡罗尔来英国后没多久就发现自己讨厌伦敦,觉得"这里又大又乏味,而且没有人情味"。两人的关系不融洽已经有一段日子了,本来他们可能都曾希望能通过搬到伦敦来改变一下环境也许能把事情理顺,但是到伦敦后情况未能如愿。两人并没有吵架,对他们来说"吵架属于他们结婚后更早的一个阶段",现在他们就是觉得"不喜欢跟对方在一起"。他们住在所租的收拾得井井有条的小小地下室房间里,但老是觉得几乎好像干什么都会影响到对方。"哦,对不起。"每次他们笨拙地撞到一起或者挤到一块时,都会咕哝着向对方这样说"对不起……"终于有一天,卡罗尔对马修斯表示要带女儿回美国去,马修斯很爽快地同意了,并没有加以挽留。

可是在卡罗尔离去后,马修斯感觉到了孤独和寂寞。他到酒吧试图结识新朋友,但显然并不容易。他到了红灯区,认识了一个名叫克丽斯汀的妓女。他与克丽斯汀、她的女伴、她的邻居等人交往了一段日子,却并没有得到生理和精神上的满足,他开始怀念与卡罗尔在一起的日子了。与此同时,回到美国后的卡罗尔几乎每星期都会给他寄来一封语气温和的信。信上说她爱他,很想念他,想让他回家。在信中卡罗尔也在反省自己:"……回想起以前我们在一起的时候,我知道问题更多出在我身上,而不是在你身上。我经常错误地把你的温柔当成软弱——那肯定是我所犯过的最糟糕的错误,想起这就让我感觉痛苦之极,可是还有很多别的……"小说的结尾,马修斯收拾好行李回国了。原来这个小说标题中的"骗子"不是别的,而是这对年轻人婚后因彼此间缺乏经常的沟通和交流而产生的误解、迷惘、失落和虚诳。

读罢《时装密码》,让人不能不对李红这位韩国"70后"女作家的高超叙事技巧击节赞叹。小说的主角是一对母女,母亲因爱情缺失,于是通过疯狂购买高档时装来填补自己生活的空虚,掩盖某种不幸的以往。女儿似乎也继承了母亲的秉性,对奢侈品牌时装的追逐比起她母亲来甚至有过之而无不及。而实际上,在母女俩那一套套华丽时装的背后,却隐藏着令人震惊的秘密。小说的故事情节显得扑朔迷离,犹如一组难解的密码。然而如果细细辨析,就能发现貌似一团乱麻的情节,无论其如何曲折变化,其实作者都已事先埋下了伏笔。值得一提的是,作者用细腻的笔触,深刻揭示了当代韩国青年一代在享受富裕的物质生活时,却难掩其精神的空虚。小说还极其巧妙地运用当代世界著名时装的品牌名,诸如"香奈尔两件套""真实信仰牛仔裤""华伦天奴晚礼服",作为小说中的一个个小标题,既与作品的内容相互呼应,有机融合,同时又贯穿起了整篇故事的情节，从而带给读者一种相当新奇的阅读感受。

如果说，韩国作家的作品带给读者的是一种新奇的阅读感受的话，那么发表在今年《世界文学》上的两组当代俄罗斯作家的作品带给读者的就是颠覆性的震撼了。传统俄罗斯文学中崇高的人物形象，美好的理想追求，深刻的道德反省等，在这里已经荡然无存。当代俄罗斯文学的一些作品开始逐步远离严肃的社会主题，表现出"淡化情节，躲避崇高，寻求自我"的特点。作为俄罗斯"新自白小说"代表的德·巴基恩的《树之子》（《世界文学》第三期）便是一例。小说以一个残疾儿一家的生活经历为主线，展示的生活是委琐、平庸的，描写的人物或是身体有缺陷的，或是心灵受过创伤的，人物的行为是不合逻辑的。这里没有生动的故事，曲折的情节，但是通过作者大量使用的隐喻、象征等手法，读者可以体味到作者对人性的深入探究。

另一位当代俄罗斯作家维·叶罗菲耶夫的小说《和白痴一起生活》（《世界文学》第四期）与之相仿，恰似该作家主编的代表俄罗斯新文学的文集《俄罗斯的恶之花》，标榜"对俄罗斯经典文学的反叛"，宣扬"恶的诗学、暴力的诗学、病态的诗学"，"彻底消解了人道主义和人性的传统观念，以对人性丑恶残酷、变态肮脏的极端展示消解了人们对于真善美的阅读期待"。

小说的故事极其荒诞：男主人公是个文学家，不知为什么，必须接受惩罚，惩罚的方式是他必须到白痴收容院里去领一个白痴回家与自己一起住。起先白痴沃瓦显得很谦恭，经常作一副沉思状，男主人公还认为他以前一定是位教授。但后来有一天，男主人公回家发现沃瓦坐在厨房地板上的一大摊牛奶里，周围堆满了从冰箱里拿出的食物。再后来，"他在房子中央拉了一大泡屎，把粪便抹在墙纸上，往冰箱里小便，用刀子割地板和家具"。再后来，沃瓦砸坏了电话，他们与外界的联系中断了，男主人公与他的妻子被封锁在第二套间里,妻子开始没完没了地埋怨,夫妻俩的关系变得敌对起来。夜里,沃瓦猛烈地敲打他们的房门并大声嚷叫。男主人公拉开房门想去教训教训他,不料被沃瓦一把拖出了卧室,沃瓦进入了卧室并反锁上了房门。随即男主人公听见房间里传来两个人声嘶力竭的嚷叫声,沃瓦和他妻子的嚷叫声。从此,"生活似乎走上了正常的轨道","沃瓦变得爱干净多了,基本不在地板上大小便了",而男主人公则开始在沃瓦的沙发床上睡觉。看见妻子一副幸福的样子,男主人公提醒她"和白痴一起生活充满了意外",但妻子反而骂他:"你才是白痴!是你!你的嘲讽,你的狐朋狗友,你的冷酷和傲慢,这都是白痴的表现。他要比你纯洁得多,高尚得多!我和他在一起才感觉到自己是个女人,是个母亲。我想给他生个孩子!我爱他。我要生下这个孩子。"

故事的结尾更是荒诞:男主人公的妻子在怀孕后做了人流,沃瓦与她反目成仇,并与男主人公一起住进了相邻的房间,相亲相爱。最后,他还把这个妻子杀了,扛着她的尸体永远地消失了。

对日益严重的环境污染问题的焦虑,对人与环境如何和谐相处问题的探索等,是当前被称为"日本环境文学"的作品关注的焦点。日本作家阿部昭的小说《自行车》(《世界文学》第二期)可以说几乎没有什么故事和情节:男主人公住家的附近有一块空地成了"大件垃圾"的堆放站,许多自行车被扔在那里,"从接近报废的到几乎全新的,从成人使用的到儿童专用的,各种款式和型号的应有尽有"。不光是自行车,普通家庭日常使用的各种家具器皿,"从锅碗瓢盆到冰箱、煤气灶,从厨盆、浴缸洗脸盆、洗衣机,还有餐桌椅、成套的客厅沙发,甚至挂钟、电视、梳妆台、旅行箱,各类物品一应俱全"。看着这些所谓的垃圾越堆越高,看着有些甚至大老远地开着小型卡车把立体声音响、大衣柜等物件扔到这里,男主人公心里"有点不舒服",因为这些"大件垃圾"比起他家"那些小心使用的可怜的家具用品来,大多都要好很多倍"。他经常到这里来散步,实际上是想在这里给他的第三个孩子找一辆成色比较新的儿童用自行车。这天白天他发现了一辆这样的自行车,但碍于面子没有下手,打算待晚上天色变暗后与家人一起去取。然而晚上的大件垃圾堆放站却是热闹非凡,有好多人打着手电在那里寻找各自感兴趣的东西。不用说,那辆自行车早已被人家捷手先得了,不过男主人公也没有空手而归,"一家五口之中竟有三人捡来了大大小小、奇奇怪怪的垃圾"。"至于儿童自行车嘛,只要再等上两三天,说不定同样的东西又会出现了。"男主人公在心里这样盘算着。

英国作家伊恩·麦克尤恩的《立体几何》(《外国文学》第一期)和以色列作家阿摩司·奥兹的《等待》(《外国文学》第二期)是两篇需要细细品味的短篇小说。《立体几何》故事结构非常巧妙,是在一个杀人的故事中套入了另一个杀人的故事。然而尽管小说讲述了两桩谋杀案,但在作品里读者却丝毫觉察不到半点谋杀的血腥气。这与小说的叙事方式有关:男主人公"我"不温不火地自述其如何全身心地醉心于整理其曾祖父留下的整整四十五卷日记,而对其妻子则感到不胜其烦,打算与她离婚。在整理日记过程中他发现曾祖父在日记中经常提到一个密友 M,但后来 M 却离奇地消失了。他细读相关材料,发现日记中提到一个"无表面的平面"理论,根据这个理论,任何物体通过一系列的特殊折叠便可以使它消失。显然,曾祖父就是运用这个理论使他的密友 M 消失的。于是"我"拿来一张纸,严格按照日记上所写的步骤,一步一步地进行折叠,手中的纸不可思议地消失了。接着,"我"假意与妻子示好,却在与妻子做爱时把她"折叠"起来,而后她也不见了,"深蓝色的床单上只剩下她追问的回声"。

小说《等待》的故事很简单:本尼·阿维尼是一个小镇的区议会主席。表面看本尼是一个事业有成、家庭幸福的男人——本尼本人是区议会的领导人,妻子是小学教师,一对双胞胎女儿也都已长大成人。但有一天他在办公室里收到妻子托人捎来的一张便条，上面写着"别担心我"四个字。起先他确实也并不感到担心，但在他回家后发现妻子不在，接着在找遍了所有妻子有可能去的地方妻子都不在时，他开始担心了。与此同时，他开始回忆和反思他和妻子关系中的问题：在两人相敬如宾的表象下，他们没有真正的对话和沟通，他总是以自己为中心，却从未考虑过妻子的感受、妻子的理想与追求。妻子热爱雕塑，希望开一个雕塑作品展，他不支持；妻子与女儿们在一起谈话，他"从来不知道他们谈论的是什么，也不想去知道"；甚至在妻子愤怒地指责他"你既不关心我们，也不关心孩子"时，他也只是一笑置之，并不把它当回事。现在妻子的出走，终于揭开了在他们表面幸福、风平浪静的婚姻生活中早就潜在的感情危机。他坐在妻子"两三个小时前曾坐过的纪念公园那条长椅上，坐在那里等待妻子"。

《等待》乍一看似乎只是讲述了日常生活中的一个凡人琐事，其实蕴含着非常深刻的主题，它生动地揭示出"生活的悲剧都在于对话的缺失"这个主题。在作者看来，"夫妻不合、父子冲突、民族争斗、国家分裂都是缺乏交流的结果"。

在"散文"部分，除前面提到的米勒在诺奖授奖典礼上的受奖词外，我还发现了另一位诺奖得主、法国作家加缪的受奖词——《写作的光荣》（《外国文艺》第五期）。这篇最初发表于1957年的受奖词是法国文化界为配合2010年法国的"加缪年"而第一次予以全文发表的。正如译者袁莉所言，"这虽然是一篇被延迟了半个世纪才发表的文章，今天读来，依然闪耀着不灭的时代精神，透示着强大的文字力量。"

当代法国作家端木松的《法国没落了吗？》（《译林》第六期）虽然篇幅很短，却意味深长，虽然谈的是法国的事，却对中国读者同样富于启迪意义。作者举出当前法国学校里学生错字连篇的作文，大声疾呼："法语一直是我们存在的家园，难道今天可怜的法语要毁在我们自己的手中吗？"

作者进一步强调指出："成为今天的法国人，首先要为法国而自豪。要为法国自豪，最好是要了解她。如果孩子们在学校里不再学习法国历史、她的伟大和她的语言，那么法国人真的就不会有什么希望。"

葡萄牙著名诗人佩索阿的《受教的斯多葛信徒》(《译林》第四期)是作者的札记、散文片断的汇编，虽不成篇，却文笔隽永，处处有智慧的闪光，发人深思，引人共鸣。

在"诗歌"部分，除前面已经介绍过的李立扬的诗外，我还特别推荐1995年的诺奖得主、爱尔兰诗人谢默斯·希尼的诗(《诗十首》,《外国文学》第四期)和斯洛文尼亚诗人托马斯·萨拉蒙的诗(《诗十三首》,《外国文学》第五期)。两位诗人的诗作都表现出深厚的文化底蕴、广阔的国际视野、丰富的想象力和娴熟的写作技巧。而对生命的循环、历史的循环和艺术的循环的沉思，正好突显出两位诗人的共性，也一定能赢得中国读者的赞赏。

《2011 中国年度翻译文学》序[①]

好像还是昨天的事,然而却已经是整整 10 年前的事了:2001 年将近年底的时候,复旦大学陈思和教授对我说,他正在策划编一套"21 世纪中国文学大系"丛书,计划每年推出一套,共 10 本,包括小说、诗歌、散文、戏剧、理论,还有台湾文学、香港文学以及翻译文学等。他希望我能负责编选"翻译文学卷"。我当时一口答应,不过怎么也没想到,居然一编就编了10 年。望着眼前从 2002 年起开始每年出版一本的这 10 本"翻译文学卷",我不禁感慨系之。

在高校或科研机构工作的教师和科研人员都知道,像这类的"作品编选本"在高校和科研机构是不被承认为"科研成果"的,然而编选这样一本翻译文学的"作品选"却又需要付出艰辛的劳动,它要求编选者必须把当年翻译、发表甚至出版的外国文学作品全部都要浏览一遍,然后凭借其独特的眼光从中挑选出值得入选的作品汇编成书。我当然不可能把所有以单行本形式出版的翻译文学作品全都看一遍,我让我的研究生收集、整理出一份当年出版的翻译文学作品书目,这样我对当年的翻译文学作品出

[①] 谢天振主编:《2011 中国年度翻译文学》,漓江出版社,2012 年。

版全貌就有一个整体的了解。至于刊登翻译文学作品的主要几本期刊，从北京的《世界文学》《外国文学》，到上海的《外国文艺》、南京的《译林》，那我一定是从头到尾全部都看的。这样的编选工作确实很辛苦，但我对之却乐此不疲。一方面，这项工作正好是从实践层面确认了我此前提出的关于"翻译文学是中国文学的一个组成部分"的观点；另一方面，这项工作"逼"着我必须大量阅读每年被译介到中国来的外国文学翻译作品，由此我对当代中国的外国文学译介情况就有了非常扎实的第一手的把握，这于我的学术研究工作也是非常有好处的。

此外，这项工作也是对自己学术鉴赏能力的一个考验。思和教授 2001 年在为刚推出的"21 世纪中国文学大系"写的"总序"中提出了一个编选原则，"那就是充分注重编选者的个人审美态度，不随大流，更不随媒体的宣传，凭独特的眼光来考验文坛也考验编选者自己的声誉。每年一辑十卷，雁过留声，方方面面地保留下 21 世纪文学的信息，为当今文学创作保留一份坚实的行走脚印"。回顾这 10 年的编选过程，我感到欣慰的是，我的审美态度和编选眼光至少在对某些作家作品的选择上还算能经得起时间的考验吧。譬如在编选"2004 年翻译文学卷"时，我当时毅然决然地破例在一本作品选集中收入了同一个作家的两篇作品，那就是 2010 年诺贝尔文学奖得主略萨的长篇小说《天堂在另外那个街角》的片断和他的散文《文学与人生》，并在该卷序言里明确表示："在同一本翻译文学卷里收入同一个作家的两篇作品，这在此前的三本翻译文学卷里是没有先例的，但这次我却要为略萨破一下这个先例。"所以去年（2011 年）6 月 14 日略萨在上海外国语大学做他的首场访华报告之前，我向他出示这本"翻译文学卷"并告诉他，我是最早向中国读者推荐他的作品的文选编选者，他听了非常高兴并欣然在这本"翻译文学卷"上签名留念。

检阅、浏览 2011 年发表的翻译文学作品，我首先想提的是两篇小说，一篇是美国作家埃·劳·多克托罗的《霍默与兰利》(世界文学 1)①,另一篇是韩国作家金爱烂的短篇小说《爸爸,快跑!》(世界文学 2)。这两篇小说的一个共同特点是叙事角度的独特:前者通过一个盲人(主人公霍默)的视角展开其对整个故事的叙述,后者则是从主人公还是个胎儿,在子宫里"比种子还小的时候"就开始其叙述,让人不得不佩服作家想象力的丰富和驾驭故事水平的高超。

长篇小说《霍默与兰利》的主人公是一对亲兄弟,出身于名门望族,但父母早亡。弟弟霍默是个艺术家,喜欢音乐和文字,而哥哥兰利是个理论家,相信历史基于不断被替换的物质。霍默从 20 岁起开始失明,因此整个故事基本由他对 20 岁前的回忆和 20 岁后的听觉印象构成。这部小说虽然也有性和爱情,但只是淡淡地带过,并非情节的主线,而且故事的发生地基本上还局限在两兄弟的家里,小说里也没有什么跌宕起伏,曲折离奇的情节。然而由于作者娴熟的叙事技巧,及其饱含感情的笔触,作品仍然能牢牢地抓住读者,吸引读者一口气读完全书。小说栩栩如生地展示了 20 世纪初至 70 年代末普通美国人的生存状况,展示了他们生活的艰辛与生命的崇高。与此同时,透过两兄弟的生活经历,作家还深刻地揭示了困扰美国人的诸多重大问题,诸如仇外、惧外、种族主义、犯罪、帝国主义,以及宗教信仰等。而其背后涉及的历史事件,诸如第一次世界大战后美国的禁酒令、30 年代的"红色恐怖"、纽约兴起的有组织的犯罪、珍珠港事件后美国拘留日裔美国人、冷战与麦卡锡主义、美国人登月和 60 年代的暗杀事件等,让作品宛如一部现代美国生活的变迁史。难怪小说出版后会得到美国媒体的高度评价,"认为其以简要的方式,为读者呈现了一个关于美国拜金主义的高雅比喻,把失明与洞见,感官世界与智力世界有

---

① 括号内为发表该作品的刊名及期序,即《世界文学》第 1 期,下同。

机地结合起来,对 20 世纪的美国生活进行了比较理想化的回顾"。

韩国短篇小说《爸爸,快跑!》说的是:爸爸在女儿降生前一天竟然弃妈妈而去,妈妈一人靠做出租车司机把女儿含辛茹苦地养大。女儿只是从妈妈的只言片语中想象爸爸的形象,爸爸和妈妈是如何结合,然后又是如何分手的。一天,妈妈脸色阴沉地拿着一封英文信回家,原来这是一封爸爸去美国后重新结婚后生的一个孩子寄来的信。信中说爸爸因与前妻的新任丈夫发生争执,误伤了这个新任丈夫,慌乱中骑着锄草机奔上公路,遇车祸身亡。看到妈妈可怜的眼神,女儿对妈妈谎称信中提到爸爸说过"对不起您",还说过"妈妈当时真的很漂亮"。不懂英语的妈妈要女儿指给她看这句话在信上哪里,然后她"久久地凝望着这句话,温柔地抚摸着"。一个原本不无几分凄楚的故事,但作者却是通过女儿不无轻松的口吻娓娓道来,从而更加增强了作品的震撼力。

在当代俄罗斯小说《最后一根血管》(外国文艺 4)中我们似乎仍然能影影绰绰地感觉到俄苏经典文学的影子,譬如这里有"革命者",有"示威游行",还有抓捕"革命者"的"反恐局特别科"的人,等等。只是所有这些都不复是作品浓墨重彩表现的对象,而仅仅是作品中一些若隐若现的虚幻背景而已。站在我们面前的是一个参加过游行的普通的俄罗斯人,他与妻子吵了一架,走出了家门。在与妻子通电话时获悉有几个"穿便服的""穿制服的"人上门找他,他于是一时不敢回家,便搭上了电车,在市里漫无目标地晃悠。透过车窗,看着熟悉的街道、风景、行人,他思绪纷繁:想起了和"她手挽手并肩走过"的情景,想起了"抚摸着儿子的小手和听着女儿的呼吸是什么心情"……然而现在来找他的那些人想从他这里夺走温暖、自由,要扯断他的"最后一根血管"。小说里没有故事,没有情节,但有对生活深深的眷恋。

当代瑞士作家彼德·施塔姆的小说《净土》(外国文艺 5)的叙事风格

与之颇相仿佛,同样没有故事,没有情节:男主人公从瑞士来到纽约,从他租住的房间经常可以看到对面房子里的一个女人,"动作舒缓,像在跳舞"。有时候他会感觉到"她"也在注视着他。一天晚上,一个同样住在对面楼房里的年轻女子冲他喊话,告诉他,"她"很想认识他,并告诉了他"她"的电话号码。于是他给"她"打电话,约"她"一起出去喝啤酒。原来"她"来自哥斯达黎加,来美国两个月了,一个人住在姐姐和姐夫家,很寂寞,很怀念哥斯达黎加美丽的海滩。他告诉"她",他来自瑞士,但"她"并不知道瑞士在哪里。"她"的英语不好,所以他们俩也就是无声地坐着,互相凝视,相对微笑。回家后他问他的亚裔房东太太:"你相信有净土吗?"后者的回答是:"生活会变得轻松,如果相信有净土这回事。"

与《净土》适成对照的是,当代德国的新生代作家卡琳·杜维的小说《一无所知》(世界文学 5)表现的就不是那么"干净"的对象了,这里有的是受到强暴的女性、滥用毒品的女性、卖淫的女性,以及在社会中一无是处的失败女性。尽管作者的写作相当的简练、克制和冷静,但读者"仍能深切地被小说主人公的命运所打动,因而时时感受到一种冲动,希冀能把这些女性人物从低迷的状态、绝望的心境中解脱出来"。

荷兰作家恩奎斯特的《咏叹调变奏》(世界文学 4)是另一种类型的小说,译者介绍说"她的作品往往从心理角度描写音乐"。不过读完这篇《咏叹调变奏》,我觉得与其说作者是从心理角度描写音乐,不如说她更是从音乐角度描写人物的心理:女主人公坐在桌子边,读着《哥德堡变奏曲》的乐谱,浮想联翩。她想起了自己在不同年龄段学习弹奏这首乐曲的情景,想起了印第安部落的时间观念——他们"往前看见过去,在背后感到未来"(其实我们中国人的时间观念也是如此),还想起了巴赫在创作《哥德堡变奏曲》时的动机和具体背景:巴赫是为他心爱的第一个孩子弗里德曼写的,然而在弗里德曼十岁左右时母亲就去世了,巴赫续娶了第二个妻子,她在猜测"对这事弗里德曼是怎么想的?"她又觉得,"巴赫和他的第二位夫人之间必然有过无法沟通的分歧"。她又进一步想象,巴赫很可能"满怀无法与人分担、只能在已经写出的乐曲里暗示的痛苦。他明白瞬息万变的生活,也懂得那损失是进化论什么东西和无论什么人都无法弥补的。"她想象着巴赫是怎样强迫自己思考《哥德堡变奏曲》的:"在那不祥的寂静里巴赫把它重新构筑了一次,又在心里用正确的节奏演奏了一回。他把它们一个个地串联起来;歌声在他脑子里扩散,把绝望与恐惧推开。"这里想象的是巴赫的经历,但折射的未尝不是女主人公自己的生活。

奥地利作家艾兴格尔的小说《被缚之人》(外国文艺2)和日本作家结城昌治的小说《化装》(世界文学6)尽管具体内容迥然有异,但读后却让人感到其中不乏内在的相通之处。前者似颇得其同胞卡夫卡的几分真传,讲述了一个相当荒诞的故事:一个男子一天醒来发觉自己全身被缚,而且怎么也解不开,仅双腿略有一点活动余地,两条胳膊因被单独绑着,也还有一点活动的空间。然而在这全身被缚的状态下,他的动作却表现出一种特别的优雅,从而被正好路过的马戏团老板相中,成为一档大受欢迎的节目。他也就随着马戏团一路表演。渐渐地,他越来越适应绳子带给他的束缚,也很享受观众的喝彩,而老板则严防任何人帮助他解开束缚。但后来因一次偶然的事故,他被逼进入笼子与狼搏斗。借助马戏团老板妻子偷偷塞给他的一把刀片,他挣脱了绳子。然而,挣脱了束缚的被缚之人立即被观众无情地追打并抛弃了。

《化装》的情节倒并不荒诞:男主人公被他的一位戴了假发、粘贴了胡须的熟人戏弄后,突发奇想,也想这样化装一下去与自己的老婆开个玩笑。化好装的男人到家门口故意不进去,而是按门铃,却发现老婆不在家。隔壁邻居家的长舌妇显然没有认出他来,滔滔不绝地告诉他,这家人家的老婆每星期六都是打扮得漂漂亮亮地出去的,"听说有好几个男朋友,经常在保龄球馆玩呢"。还分析说,大概是因为这家人家的男人"精神萎靡",所以老婆才会对他不满吧。男主人公心情沮丧地走进他上班地点的一家酒吧,本想借酒解闷,不料他公司的部长和同事也走了进来,且就坐在他的旁边。他们也没有认出他。他们是为他的一位林姓同事荣升科长来此庆祝的,言谈中也提到了他:"他一辈子只能当个组长了。退休之前,能混到一个无关紧要的科的科长就算不错了。"化了装的他,一言不发地走出了酒吧,从此消失了。

当代英国著名作家拜厄特的小说结构永远是那么的精致,在小说的结尾处也永远会有出人意料的结局。眼前这篇《身体艺术》(外国文学 2)同样如此。只是这一篇作品在表面光怪陆离的描写后现代主义艺术形式,即作品中描述的以现成品和人造品为材料重新建构经典神话中的女性身体形象的背后,在扑朔迷离、一波三折的人物关系和故事情节的背后,要表达的却是作家对日常生活中性暴力和身体政治的深刻的反思和尖锐的揭露。

至于诺贝尔文学奖得主南非作家库切的《现实主义》(外国文学 3),乍一看标题读者很可能误以为这是一篇文学研究论文或一部文学理论专著,其实这是一篇小说。然而说它是小说又不尽然,因为作品中充满了思辨的色彩,其内容也确实与一系列的文学理论问题,诸如"作家的写作立场""文学的意义与功能",包括如标题所示的"现实主义"有密切的关系。事实上这篇作品是库切以《伊丽莎白·科斯特洛:八堂课》书名出版的、由八篇小故事组成的一本书中的一篇。该书以虚构的女作家伊丽莎白·科斯特洛在各种学术场合所发表或聆听演讲为主要内容,而其中六篇就是库切本人所做演讲的讲稿。这样的作品很难简单地归入某一种传统的文学体裁或文类中去,研究者称之为"作为演讲的虚构小说"。小说塑造了一个六十多岁的澳大利亚知名女作家伊丽莎白·科斯特洛,此人的成名作是多年前出版的一部小说《埃克尔斯街的房子》,此后又有九部小说、两部诗集,以及一本关于鸟类生活的书,她也因此名满天下,到处接受各种文学奖项并发表演说。库切借她的口广泛探讨了各种文学问题,诸如"现实主义""理性主义""非洲小说",甚至一些非专门的文学问题,如"哲学家与动物""南非的人文主义"等。作为一部小说,它恐怕没有什么引人入胜的故事情节,但正如国外有评论者指出的:"当你读完放在一边之后,它还会久久地在你脑海中回响。"

与上述库切略显乏味的小说相比,越南作家阮辉涉的《退休将军》(译林 5)和西班牙作家谢拉的《第五世界》(译林 4)读起来自然要有趣得多。几乎在枪林弹雨中度过了一生的阮椿少将在七十岁时退休回到了家乡。然而他的家乡与越南整个国家一样,随着经济的大发展,人们的生活理念、生活方式、价值观等都发生了极大的变化,老将军回到家乡发现许多事情、许多现象他都看不懂了。最后,他还是借一个机会选择重返部队,结果在执行一项任务时牺牲。《第五世界》则给我们叙述了一个充满疑团和悬念的科幻惊悚故事:从事太阳风暴活动规律及其预测的几位科学家接二连三地被神秘暗杀,且暗杀的方式和武器都非常离奇,是被一把古代玛雅人或阿兹特克人所使用的祭祀刀挖去了心脏致死的。然而在作品的末尾,小说女主人公却又见到了此前被暗杀的那个物理学家,当然不是在我们生活的现实世界,而是在作品中渲染的"第五世界"。

本卷此次收入的四篇散文翻译作品特别值得一读。巴尔加斯·略萨在接受诺贝尔文学奖时的演说《读书和虚构作品的赞歌》(外国文艺 1)一如其以往的《文学与人生》(曾收入《21 世纪中国文学大系 2004 年翻译文学》)等作品一样,是一曲发自肺腑的对阅读和文学的讴歌。他说:"读书把梦想变成了生活,把生活变成了梦。""多亏了文学、文学形成的意识,多亏了文学唤醒的欲望和希望,多亏了我们从美好的幻想之旅回来后对现实的不满,今天的文明才不那么凶残:那时讲述故事的人们刚开始用自己的神话、传说使生活有了人情味。如果没有我们看过的好书,今天我们可能会更坏,更因循守旧,更老实、顺从,批判精神——进步的动力——甚至不复存在。"

立陶宛当代著名诗人、学者和翻译家温茨洛瓦的散文《伯克利之春》(世界文学 4)传递的是世界上一批比较独特的作家、诗人群体(布兰兑斯称之为"流亡作家")的信息,其中不乏当今世界最优秀的作家,诸如诺贝尔文学奖的得主米沃什、布罗茨基等。他们去国离乡,尽管已经定居在异国他乡,然而仍然心系故国,时时刻刻关注着祖国的人和事,关注着祖国的兴衰、同胞的命运。因此,表面貌似波澜不惊、娓娓道来的轻松文字,其背后却蕴含着深沉的政治使命感。

英国青年作家史密斯的《南腔北调》(世界文学 1)一文从人们说话的腔调居然引发出一个非常深刻甚至不乏尖锐的问题,即说话腔调背后所隐含的种族和身份的差异问题。作者写道:"在英国,你要是学地位比你低的阶层说话,你就从伦敦腔变成了伪伦敦腔,就等着被当众涂满柏油,黏上羽毛,游街示众吧。反过来,你要是学地位比你高的阶层说话,你就是背叛了自己的阶层,一样罪不可赦。"这段话如果让有在上海生活或工作经历的老一辈苏北人读到,他们一定会有强烈的共鸣,他们当年在上海的遭遇与之相比简直毫无二致。而文章中引述萧伯纳《卖花女》中改变了口音却失去了自我的姑娘伊丽莎的故事,然后又联系美国总统奥巴马的事例,更是把人们(尤其是移民)的说话口音问题分析得入木三分。

加拿大作家麦克莱奥德的《船》(外国文艺 6)是一篇私人回忆性质的散文,经得起慢慢咀嚼和回味。叙事者出生在一个渔民世家,从小在海边长大,海港、码头、船、出海打鱼是他回忆的最主要内容。现代社会经济和文化的发展及其对叙事者所居住的渔村的入侵,猛烈地冲击着渔民们传统的生活理念和生活方式。喜欢读书、读报的父亲对生活中的新变化能够坦然地面对并接受，但"只是局限于她黑黝黝而无所畏惧的眼睛所看到的表面的东西"的母亲却适应不了新变化和新事物。最后，叙事者的几个姐姐一个接一个地跟随着外来的城里人远走高飞，父亲在叙事者15岁那年出海遭遇特大风浪不幸身亡，而对大海满怀热爱的母亲则继续一人孤独地坚守在海边的渔村。

2011年诺贝尔文学奖颁发给了瑞典诗人托马斯·特朗斯特罗姆，对许多人来说会感到意外，但对于李笠、北岛这两位诗人翻译家来当属意料中事，因他们俩早在2001年和2004年就分别翻译出版了《特朗斯特罗姆诗全集》和《北欧现代诗选》，对其进行了详细的译介，并给予高度评价。《当代作家评论》（2011年第6期）"诗人讲坛"做了一件非常有益的事，把当年李笠、北岛翻译的特朗斯特罗姆的几首诗翻拣出来，重新发表，让我们具体感受特翁诗中包蕴着的"对存在的深刻洞察和追问"，以及在这种洞察与追问中表现出的"对孤独、黑暗、救赎和死亡等主题的复杂思考"。我们把这几首译诗也转载在这里，以飨读者。

在当代以色列诗人阿达夫的诗（外国文艺2）和荒诞派戏剧大师爱尔兰剧作家贝克特的诗（外国文学6）中，奇特的意象和隐喻，给读者以强烈的视觉刺激，而深深蕴藏在诗中的哲理则让读者感受到两位诗人对当代人类所面临的冷漠、异化、荒诞境遇的独特思考。

独幕剧《荷兰人》（外国文学5）是当代美国著名非裔作家阿米里·巴拉卡的代表作之一，非常鲜明地体现了作者的黑人美学思想。该剧1964年在纽约初演当年即获得百老汇戏剧的奥比奖，1967年被改编成电影，2007年再次被搬上舞台。该剧的人物、故事都很简单，但主题却非常深刻：黑人青年克莱坐在地铁车厢里正翻阅着杂志，这时一位30岁左右的白人女子露拉走过来，用语言和动作挑逗克莱。起初克莱也逢场作戏般地回应露拉的调情,但随着露拉的语言越来越疯狂,越来越具有种族攻击性——她将克莱称作"中产阶级的黑杂种"、逆来顺受的"老汤姆",克莱终于忍无可忍,抽了露拉几个耳光,并大声呵斥。这时露拉拿出小刀,不动声色地把克莱刺死,并命令车厢里的其他乘客把尸体扔到窗外。然后她收拾好自己的物品,又去寻找下一个黑人青年作为她攻击的目标了。

图书在版编目（CIP）数据

译入与译出：谢天振学术论文暨序跋选 / 谢天振著 .
—北京：商务印书馆，2020
（季愚文库）
ISBN 978-7-100-18178-5

Ⅰ . ①译… Ⅱ . ①谢… Ⅲ . ①文学翻译—研究 Ⅳ .
① I046

中国版本图书馆 CIP 数据核字（2020）第 045034 号

季愚文库

译入与译出

谢天振学术论文暨序跋选

谢天振　著

商　务　印　书　馆　出　版
（北京王府井大街 36 号　邮政编码 100710）
商　务　印　书　馆　发　行
上海雅昌艺术印刷有限公司印刷
ISBN　978-7-100-18178-5

2020 年 4 月第 1 版　　　开本 880×1240　1/32
2020 年 4 月第 1 次印刷　　印张 13¼
定价：70.00 元